目送自己进入旷野

文学写作的意义与限度

荣光启 著

创于1897
商务印书馆
The Commercial Press

本书系国家社科基金项目“当代中国的基督徒文学研究”
（项目编号：14BZW145）阶段性成果。

目 录

第一辑 诗歌的问题

第二辑 诗坛：一个特殊的中国社会

第三辑　文学写作的意义与限度

第四辑　小说的旅途

第一辑　诗歌的问题

“诗”，无处不在；“诗”，与你有关

一

当我们说到“诗”，一般人脑海里会马上浮现出许多经典诗歌文本，习惯性地认为那些文字才是“诗”。但通常的情况是：“诗”/“文学性”，从发生学的角度，首先是一个人的说话方式的特别及由之带来的效果。[1]人很多时候，为了表达内心的真实的或复杂的状况，会寻求一些区别于平常的交际性、工具化的说话方式。比如，他会组织自己的语言，诉诸情绪、感觉、经验、想象和记忆的叙述，试图传达出日常交际语言无法传达的内容。这样的话，这种言语活动就有可能带来某种表达的“新鲜”，其中有趣味性，或者有某种深刻、感人、恸人的意蕴。人的言语活动所带来的意蕴之“新鲜”，才是“诗”/“文学性”之开始。

我们通常说的“诗”/“文学性”，其实首先是言语活动所体现出的一种别样的意趣、意味。从作者来说，他是主动的，他希望能够表达出一

1 这是从人主动创造的角度来说的。还有一种情况：人说出的是平常语言，但由于历史语境或当下特殊语境的反衬，会使这一平常语言显出不平常而有“诗意”。这种“诗意”之发生，是被动的，不在本文讨论之列。

个真实的自我，为此他会运用与日常交际语言不同的说话方式；而从接受角度，作者所呈现的语言活动之特别，会让读者在“异样”的接受中意识到另外的内容，通常是获得关于人、关于生活或生命的某些新的感知。当然，这种感知不是概念推演、在严密的逻辑性叙述中的哲学化的“具体”，而是蕴藉在文学性的“具体”之中。这种“具体”由对情绪、感觉、经验、想象和记忆的叙述构成。这样的“具体”叙述其目的是为了作者所体会到的存在，能在最大程度上被某些读者“具体”感知。如同俄国形式主义理论家什克洛夫斯基所言：“正是为了恢复对生活的体验，感觉到事物的存在，为了使石头成其为石头，才存在所谓的艺术。”[1] 艺术的目的（也是“诗”之目的），首先不是让人思虑“石头”意味着什么，而是让“石头”作为“石头”本身被人感知。这里的“石头”，当然可以指代我们的生活。

二

当我们有这种认识，我们可以获得两种益处：一是不苛责他人的写作。如同我们经常做的：以我们自己认为的最杰出的最经典的作品为标准，来评估我们面前的作品，轻易地说出其中的问题与缺点。这种态度其实很容易让我们忽略作品的创新性与艺术性。这是对“诗”的一种合理的批评态度；二是意识到“我”自己也是“诗人”。在言语活动中产生“诗”，并非只是他人的事、一些所谓著名诗人的事，也是“我”的事。当人有这种意识，最终的效果不是他有没有成为“诗人”，而是其语言表达能力的提高。这是对“诗”之功能的合理认知。

从原初的意义上说，“诗”是特定生活状况中自我心灵的一种语言表

1 ［俄］维·什克洛夫斯基:《散文理论》，刘宗次译，百花洲文艺出版社，1997年，第10页。

达，对“诗”的思忖，其实是对生活、自我与语言之关系的一种思虑。这样讲的话，“诗”是日常生活中的语言现象，“诗”无处不在。同时，“诗”是一个有语言自觉意识的人的一种表达能力，“诗”与每个人有关。

三

“口语诗”的流行，已经是当代汉语诗坛不可回避的问题，无论是读者眼目所见，还是诗人的作品呈现，口语化的写作，都相当普遍。有意思的是，读者对口语诗的态度也非常极端。支持的人竭力高举之，反对者觉得这种写作方式不值一提。

“口语”这里指的是现代汉语中与书面语相对的语言形态，我们在日常生活中的交谈，一般来说，普遍使用的是口语。这样的语言注重交际功能，其声音和意义具有普遍性，在表达时尽量避免歧义、多义和复杂性。而语言的“诗功能”恰恰相反：它要求表达效果具有隐喻、象征意味，指向更深更广的意义领域。以口语为“诗”，其中语句通俗易懂，明白如话，这可能吗？

新诗自发生以来，一直有以口语为诗之传统，在白话文运动中，以白话、口语、俗语、俚语为诗，乃是“革命性”的，新文学也由此面对许多敌对阵营的挑战。新诗诞生之后，随着对诗的艺术性的追求，口语化的诗作，不能说是主流。当代文学阶段，尤其是“第三代”诗人的写作，口语化的作品在其中极为引人注目，但在纷繁的流派与主义中，仍然不能说是诗坛主流。但在我们这个时代，情况似乎大为改观。翻阅诗歌杂志和浏览诗歌网页，你会发现：新诗的写作似乎如此简单！最直接的现象就是口语化的诗作铺天盖地。无论是读者所见还是作者正在进行的实践，新诗的口语化现象都相当普遍。与口语相对的是书面语，为什么没有“书面语诗”？

为什么要单独列出“口语诗”概念？

了解新诗历史的人应该知道，“口语诗”一直有强烈的政治意识形态特征，其诞生往往产生于一个争夺话语权力的场域。白话文运动，反对的是旧诗词、文言文写作的权势；当代的口语诗，其发生的语境也相似。口语诗常常与“革命”相关，它要去除的是既有的笼罩诗歌写法、统摄诗歌写作的某种意识形态。新诗发生初期，诗歌作者因惯用旧诗词而产生许多陈言套语、陈词滥调[1]，陈独秀、胡适一代人极为反对。当代口语诗的历次勃兴，也有此类状况。“第三代”诗人的反对“隐喻”、反对“文化”；“70后”诗人竭力倡导“感性”的“下半身写作”，都有颠覆既有诗歌意识形态（诗/诗歌语言，应该是这样的、诗意，是如此产生的等等观念、内在成规、审美“程式”）的革命意图。

也正是这种革命性，使人们对口语诗产生了截然不同的态度与认识：第一种态度——支持者认为，口语诗才是新诗之正道。在世纪之交的中国语境里，它反对的对象正是广泛流行的“知识分子写作”特征，那种习惯以有异域文化特征的、书面语特征的、“西方化”的、从翻译作品中来的语言与意象进行诗歌写作的方式。第二种认识——口语诗写作的反对者则认为：口语诗差不多是“口水诗”，大白话、“废话”、缺乏“诗意”，难登大雅之堂；口语诗写作没有难度、口语诗均通俗易懂，不值得深入研究；好诗人不太爱写口语诗、常写口语诗的作者中，难有好诗人大诗人。

对形态各样的口语诗的理解，检验我们对新诗的包容度和理解力。

---

1 在当代诗坛颇有影响力的诗人余怒新近完成诗集《转瞬》，在《后记》中，他一再声明，他的写作针对的仍然是新诗的“陈词滥调”、已经成为今天的新诗之传统的“陈词滥调”：“在文学领域，语义被文学化（诗化）的情形已然为人们熟知，但节奏被文学化（诗化）的情形仍然为人们忽略；正如‘陈词滥调’中的‘陈词’为人们警惕，‘滥调’却并不为人们在意的情况一致。而写作的‘去文学化’的最重要的环节就在于去除‘滥调’，因为相较于‘词’，‘调’藏得更隐蔽，是更深层次的语言经验和集体意识的表现形式。‘调’，除了语法规范、修辞逻辑、隐喻体系、赋意方式、句式模式、言语习惯等形式因素之外，还包括着话语的节奏和音调……”

四

在2022年8月下旬一次媒体的电话采访中，记者问到为什么今天大众对新诗的意见这么大，仿佛每一次新诗被大众所关注，都是因为什么丑事（在他们看来的“烂诗”，却获得某些殊荣），然后记者说“胡适、郭沫若写的第一代新体诗”好像大家觉得还好……

我当即否定：“大众也读不懂胡适、郭沫若，很多人也骂他们，不知道他们写的是什么，这种东西怎么能叫诗呢，一样的……”然后接下来我有一个解释：“普通的读者是不能够鉴赏这样的诗的。因为我们还停留在唐诗宋词那个标准，不太理解现代诗是怎么写的，我们仍然是以古典诗歌评价的那个标准，去看待新诗”。

这个解释，由于缺乏我和记者对话的语境，被单独摘出来，听众很不能接受：一是认为我贬低唐诗宋词，看低古典诗歌，这大概算我的无知以及诋毁传统文化……二是我太不尊重“普通读者”，竟然说他们“不太理解现代诗是怎么写的”，甚至“不能够鉴赏”在他们看来是“烂诗”的东西，这，简直是侮辱。

事实上，我一直期待新诗能够被理解。这种理解倒不是为了新诗写作者或者新诗研究者的利益，而是觉得新诗在被误解中，普通读者最有损失：诗不光可以欣赏，也可以用来自我表达，每一个有语言能力的人，都可以尝试去写诗，或者说在语言中创造“诗意”。但现在的情况就是，由于对“诗意”的认知仍然停留于旧诗的“阅读程式”（读者对不同文类的期待意图、内在的文学能力），体察不到新诗的诗意，或者不认同新诗的诗意，导致了许多人对新诗的鄙视、远离了一种可以言说内在自我的艺术方式。

我非常尊重诗歌的读者，我希望诗歌写作能够回到普通人的意识之中：诗，不只在典籍或旧时代之中，也在我们的日常言语活动之中；诗人，不只是李白、杜甫、徐志摩、海子、顾城、狄金森，你也可以是。

“诗意”上的分歧：当代新诗的读者与作者

当代新诗有多重分裂。首先是读者对新诗的不信任，认为新诗无“诗意”；其次是诗人之间的不认同，口语诗人认为“知识分子写作”写得“不清楚”、难见“生命质感”，而后者则质疑前者对“现实”和诗歌功能的表象化认知。其实关键问题是人们在何为“诗意”上的分歧。读者以对待旧诗的“阅读程序”来“归化”新诗，故看不到新诗的“诗意”。口语诗人的写作，满足了人们对诗的现实“内容”层面的诉求，而忽视了诗与现实可能有比想象现实、创造现实等更复杂的关系。诗是经验、语言和形式三方互动的艺术，没有哪一种语言形态本身携带“诗意”。读者对新诗的“文学能力”，需要特定的“文学教育”来塑造。当代已经有一些诗人，在积极地从事关于诗歌认知的指导。

一、新诗与读者之间

新诗界至少在2016年就开始有关于“新诗百年”的学术会议。无论是研究者或写作者，对于新诗“百年”来的“成就”，绝大部分是肯定的。其中，最有成就感的是诗人自身，他们当中，认为当代诗人在“多个方面”已经“远超”现代诗人的，不在少数。一位在艺术风格上颇有建树的诗人这样说：“1980年代后期至今三十年的当代中国诗歌，其所取得的成就，其在诗歌多个方面拓展、发现的意义，在未来诗歌史的评述中的地位将远超此前七十年的中国诗歌。……他们面对一个前所未有的复杂的当下，和一个更加复杂但也更加开阔的未来，背靠一个分类精细、随取随用的传统资源库——他们几乎不可能写出逊色于前辈的诗歌。”[1]

姑且认为这样的言论不乏合理之处，“成就”归“成就”，但我们也不能忽视当代新诗所面临的诸多问题。比如首要问题，这些所谓“成就”，一般读者并不认同，新诗有多少读者可能是个尴尬的问题（虽然所有的诗歌有多少人在关注，也是个问题）；其次是诗人自身的写作方式，彼此并不认同。比如写作素来口语化的诗人，批判有所谓“知识分子写作”习气的诗人，认为后者的写作缺乏某种清晰性、缺乏某种容易辨认的“生命质感”等。对于后者来说，可能也认为前者的写作存在极大的问题：这种“模仿”现实，自信能清楚地呈现某种“真实”的写作方式[2]，真的有效吗？我们可以认为写作方式是多样化的，诗人之间不必相互认同。但作为读者和研究者，我们似乎有必要追问：双方的有效性和致命的问题到底在何处，现代汉语诗歌在今天有无写作上的共识？对于一种文类的建设，写作者缺乏必要的共识，这种建设是没有前景的。

读者对新诗不信任，认为这样的文字根本不是“诗”。“现代诗歌和诗人都没有存在的必要”，作家韩寒的观点有一点代表性：“现代诗这种体裁也是没有意义的。这年头纸挺贵，好好的散文，写在一行里不好吗？古诗的好在于它有格式，格式不是限制，就像车一定要开在指定路线的赛道里一样，才会有观众看，你撒开花了到处乱开，这不就是交通现状吗，观众自己瞎开也能开成那样，还要特地去看你瞎开？这就是为什么发展到现在

1　清平：《创作谈》，《草堂》，2016年第7期。

2　“现实”与“真实”，在英语里，都是“reality”一词。

诗歌越来越沦落。因为它已经不是诗，但诗人还以为自己在写诗。"[1]

韩寒的质疑里有一些前提值得注意：新诗"已经不是诗"，这话表面在读者心目中关于"诗"，有一个先在的认知（比如"格式""体裁"）。这个认知决定了读者的审美期待、对文本是否为心目中的"诗"之判断。

当代新诗的发展并没有给韩寒这样的判断有多大反击，相反，却在"不是诗"、不像诗的大道上一路狂飙。从上世纪末以来，"下半身写作""梨花体""废话诗""羊羔体""乌青体"等各种文学事件，给人们对新诗的认知带来极大冲突。"口语诗"的流行，已经是当代汉语诗坛不可回避的问题，无论是读者眼目所见，还是诗人的作品呈现，口语化的写作，都相当普遍。

"口语"这里指的是现代汉语中与书面语相对的语言形态，我们在日常生活中的交谈，一般来说，普遍使用的是口语。这样的语言注重交际功能，其声音和意义具有普遍性，在表达时尽量避免歧义、多义和复杂性。而语言的"诗功能"[2]恰恰相反：它要求表达效果具有隐喻、象征意味，指向更深更广的意义领域。以口语为"诗"，其中语句通俗易懂，明白如话，

---

1 纪希：《韩寒：现代诗和诗人怎么还存在》，豆瓣小组，2006年10月14日，https://www.douban.comlgroup/topic/1242810/?_i=6713372AhmcVcA。

2 结构主义语言学家雅克布逊（Roman Jakobson，1896—1982）对语言的"诗功能"有图示——横轴为"组合轴、历时性限度"，以"换喻"为特征；纵轴为"选择轴、共时性限度"，以"隐喻"为特征。图示旨在表明在语言发生的过程中诗意如何发生。通俗地说，我们是在历时性上、组合轴上说话，但其实在话语形成之前，有一个共时的、选择的过程，比如说，通常的"我爱你"一句话，它是组合的、历时性的、"我—爱—你"三个意义单位是"毗连性"的，这种说话方式是散文式的（诗的支配原则是相似性原则，散文则以毗连性为主），而诗歌的方式就不一样了。句段构造的原则是语言的"对等原则"（相似与相异、同义与反义），"诗功能"的发生就是将构造语句的方式从选择轴投影在组合轴上："相似性附着于毗连性上，其结果是使象征性、复杂性和多义性成为诗歌的实质。……在诗歌中，由于相似性被投射到毗连性上，致使一切换喻都带有轻微的隐喻特征，而一切隐喻也同样带有换喻的色彩。"（转引自胡经之、王岳川：《文艺学美学方法论》，北京大学出版社，1994年，第240页）组合轴上的"我—爱—你"经过选择、替代，可能会成为"我—稀罕—你""老鼠—爱—大米"等不一样的表达，这种表达会产生象征性、复杂性和多义性，带来说话的"诗意"。

确实降低了读者对“诗意”的期待。有不少人认为口语诗差不多是“口水诗”，大白话、“废话”、缺乏“诗意”，难登大雅之堂。与此相关的是这样的认识：口语诗写作没有难度、口语诗均通俗易懂，不值得深入研究；甚至像韩寒所说，“现代诗歌和诗人都没有存在的必要”。

二、诗人与诗人之间

不仅是读者对新诗能否称之为“诗”产生极大怀疑，就是作者阵营之内，诗人与诗人之间，也发生了分裂。最大的分裂当属上世纪末以来“下半身写作”阵营、高举口语化写作的诗人对被称之为“知识分子写作”的诗人们的不满。

“朦胧诗”之后，一批被称之为“知识分子”的诗人对待这个时代有着自己的修辞方式，他们强调诗歌语言对现实的隐喻性和反讽性的处理，重视意象与现实生活的曲折、复杂的对应，力求使诗歌产生更丰富的歧义、多义或隐喻与转喻意味。不可否认，对于诗歌而言，这是一种高超而必要的修辞方式和审美形式。不过，缺乏欧阳江河、西川那一代人浓重的历史意识、政治意识和命运感的“70后”，他们当中有一部分人对这种让“感觉”往往“不在现场”的修辞方式和审美形式，充满了怀疑和诘难：

“只有找不着快感的人才去找思想。在诗歌中找思想？你有病啊。难得你还不知道玄学诗人就是骗子吗？同样，只有找不着身体的人才去抒情……”“所谓下半身写作，追求的是一种肉体的在场感。注意，甚至是肉体而不是身体，是下半身而不是整个身体。因为我们的身体在很大程度上已经被传统、文化、知识等外在之物异化了，污染了，已经不纯粹了。太多的人，他们没有肉体，只有一具绵软的文化躯体，他们没有作为动物性存在的下半身，只有一具可怜的叫作‘人’的东西的上半身。而回到肉体，追求肉体的在场感，意味着让我们的体验返回到本质的、原初的、动物性的肉体体验中去。我们是一具具在场的肉体，肉体在进行，所以诗歌在进行，肉体在场，所以诗歌在场。仅此而已。""诗歌从肉体开始，到肉体为止。"[1]

在这一完成于2000年6月的《下半身写作及反对上半身》的"宣言"中，沈浩波反复提到"肉体"和"在场"这些词汇，表达了一代年轻人对于现存文化观念和审美形式对身体感性的压抑。他们的主张虽然偏激，语言也显得极为粗俗，但这一话语的题旨还是值得人们重视。

马尔库塞在其论述了"文化革命"、艺术的政治潜能等问题的《阻碍革命和反抗》(*Counterevolution and Revolt*)一书说，人们为了打碎这种"压抑着人们头脑和肉体的现存语言与意象"、为了"彻底的不妥协，与新的历史性革命目标的交往，需要同样不妥协的语言……这种崭新的语言，如果要成为政治的，那么，它是不可能被'发明'出来的，它必将依赖对传统材料的颠倒使用……这另一种语言，主要存在于处于社会对立的两极的两个领域：(1)在艺术中；(2)在民间传统中(黑人语言、黑话、俚语)"。"在艺术中"，意味着"回到一种'直接的'艺术。……'直接的'艺术所要找寻的艺术形式……就是对感性的文化的寻求。"[2]

某种意义上，"下半身"写作也是一种"直接的"、寻求"感性"的写作方式。这种写作方式寄予在一定的语言当中。当"下半身"诗人一再拿"知识、文化、传统、诗意、抒情、哲理、思考、承担、使命、大师、经典……"[3]这些词语开涮时，我们会情不自禁想起当初西方那些嬉皮士、黑人在反对资产阶级文化时的语言策略：他们"'夺过'西方文明中某些最崇高和最高雅的概念，让它们退掉神光，并重新界定它们。例如，拿'灵

1 沈浩波：《下半身写作及反对上半身》，《心藏大恶》，大连出版社，2004年，第320—323页。

2 ［美］赫伯特·马尔库塞：《审美之维》，李小兵译，广西师范大学出版社，2001年，第139—142页。

3 沈浩波：《下半身写作及反对上半身》，《心藏大恶》，第318页。

魂'这个词说来(自柏拉图以来,该词从根本上看,就像百合花一样洁白),这个词作为娇嫩、深邃、不朽,即作为在人身上是人性之根基的东西,在现存的谈吐天地中已变成难堪、粗野和虚伪的词。现在它已被退其神光,在这种质变下,被转移到黑人的文化中。它们是黑人(soul)的兄弟……"[1]而当我们读到"下半身"诗人在作品中广泛运用的被很多人认为极为下流、"猥亵"的词汇时,也许我们会想起西方反资产阶级文化的左翼人士在谈吐中开口闭口"fuck""shit"这样的情形。对关乎"下半身"的感性与经验的描述,大量使用口语、俚语、"猥亵"语言甚至黄色笑话,是"下半身"写作有效地反对他们所不满的诗歌审美形式的重要策略。

有意思的是,高举口语写作的诗人,一般并不认为自己的语言方式有什么问题,相反,他们往往认为:"口语诗"才是诗的正道。比如"第三代"诗人、素以"废话"诗著称的杨黎就质疑"口语诗"这一提法:"经过近百年的努力,现代汉语已经完全成熟。单就诗歌而言,我们现在说诗,不再需要说白话诗,也不需要说新诗、自由诗,我们只说诗,我们就知道我们说的是什么。""作为一个用现代汉语写作的人,它写的不是现代汉语,又会是什么呢?只不过有人写得清楚,就被说成是'口语'。相反,有的人写得不清楚,难道我们就应该说它是'书面语'吗?所以我说,'口语诗'作为一种风格被提出,是一个阴谋。这个阴谋被写得不好的人用来混淆是非。""这个阴谋,是'知识分子写作'对纯粹的、现代汉语的写作所立的圈套。"[2]

就诗人对"现代汉语"和"口语"之关系的认识,我们会发现一个值得注意的结论:那就是不存在"口语诗"一说,用现代汉语写诗写得"清楚"的其实都可以叫"口语诗",言下之意,"知识分子写作"是一种写

1 soul,意为"灵魂",但又可作为黑人自豪的称谓,还有"美国黑人的""美国黑人文化的"等义。参见[美]赫伯特·马尔库塞:《审美之维》,第108页。

2 杨黎:《关于"口语诗"》,《诗潮》,2005年9—10月号。

得"不清楚"的写作。这里我们看到"口语诗"的意识形态性——它不是一种外在"风格"，而是一种内在的价值标准，这个标准是"写得清楚"。以这个标准来衡量，"知识分子写作"阵营那帮人，其作品是值得怀疑的（缺乏"感性"的语言、缺乏生存的"在场感"，其对"现实"的叙述，是"不清楚"的……）。

三、"诗意"与语言环境

我们先说读者与新诗之间的问题。对于"知识分子写作"风格中的作品，一般读者可能会觉得晦涩，因无法触摸到其中的"诗意"，敬而远之。而对于口语化的作品，读者多是认为其中没有"诗意"、没有"意境"，缺乏"美感"。

新诗多为口语诗，口语诗缺乏"诗意"，这是许多人对当代新诗的一种普遍印象。但无论如何，我们不要忘记一个事实：语言本身并不携带多少"诗意"，无论是哪一种形态的语言，都必须经由传达特定的感觉、经验和想象，且在特定的形式中，才能建构诗意。关键的问题可能在于："诗意"何来？"诗意"是先在的、本质的，还是有与语言环境、历史语境相关的生产方式？

诗是一种特殊的说话方式，那如何"说"，才有诗意呢？我们必须意识到我们生活在一个怎样的语言环境中，这个语言环境就是"口语""五四"以来的白话文。今天，这种民族共同语[1]被民间俚语俗语、网

1 "五四"时期，民族共同语的建设目标为"国语的文学，文学的国语"。"我们所提倡的文学革命，只是要替中国创造一种国语的文学。有了国语的文学，方才可有文学的国语。有了文学的国语，我们的国语才可算得真正国语。国语没有文学，便没有生命，便没有价值，便不能成立，便不能发达。"胡适：《建设的文学革命论》，原载1918年4月15日《新青年》第4卷第4号。

络用语等语言资源填充得越来越通俗，但我们就是在这样一个语言环境中，我们正在用这些语言说话。当然，你也可以整天之乎者也、唐诗宋词式地说话，那你的写作只能归到旧诗词的领域，就很难与大多数以口语写现代诗、新诗的写作者对话。

我们今天的语言环境不是文言文、文学作品已不是唐诗宋词的样式，但是许多人评价诗歌，思维还停留在过去的语言环境中。比如我们面对一首诗，我们常常说：这首诗语词、意象美不美，意境如何如何……但很可能真实的情况是，口语化的现代诗并不“美”，甚至有的诗的价值，并不在于“意境”（比如新诗发生期的重要作品、郭沫若的《天狗》一诗，岂是“意境”可以评价的？），你若按照古典诗词的方式去读，它局部无任何可取之处。但是，你整体上会体会到它让人感动的地方。

我的好妻子
我们的朋友都会回来
朋友们会带来更多没见过面的朋友
我们的小屋子连坐都坐不下

我的好妻子
只要我们在一起
我们的好朋友就会回来
他们很多人还是单身汉
他们不愿去另一个单身汉小窝
他们到我们家来
只因为我们是非常亲爱的夫妻
因为我们有一个漂亮的儿子
他们要用胡子扎我们儿子的小脸

他们拥到厨房里
瞧年轻的主妇给他们烧鱼
他们和我没碰上三杯就醉了
在鸡汤面前痛哭流涕
然后摇摇摆摆去找多年不见的女友
说是连夜就要成亲
得到的却是一个痛快的大嘴巴
我的好妻子
我们的朋友都会回来
我们看到他们风尘仆仆的面容
看到他们浑浊的眼泪
我们听到屋后一记响亮的耳光
就原谅了他们

这是韩东的作品《我们的朋友》，它传达的是一种整体的感受：普通人的人世沧桑与兄弟间某种深切的情谊。这样的感受我们都有，我们也有同样的语言，也许我们也有写诗的冲动，但我们常常忘记了该如何使用语言，觉得已有的口语不能成为诗的语言，所以我们常常一写就成了辛弃疾李清照式的文字，作品缺乏某种当代性、无法切近当下人的生存状态。由于不能很好地使用口语，作品无法言说出真实的生存经验。

口语诗貌似容易，但要写出好的诗意，是很艰难的。比如说“第三代”诗人的作品，像《我们的朋友》这样的诗，传达出的主要是整体的诗意，你如果只看局部，你会觉得都是废话，但是当你读完你会非常感动，这是非常不容易的。如果你认真地去和写口语诗的诗人交流，他们会告诉你，其实我们写诗比你们想象的要难，因为我们要用这些废话写出有诗意的东西。我们知道贾岛为了追求诗意的传神，“两句三年得，一吟双泪流”，其实写口语诗的诗人比贾岛要更费劲儿，口语诗人在语言的干净、直白、“废话”上，到了非常彻底的地步，但是整体上会让你觉得非常有意思。因此写好口语诗非常不容易。沈浩波在《后口语写作在当下的可能性》中就说：“其实口语写作是难度最大的一种写作方式，因为选用的语言是没有任何遮蔽和装饰的口语，所以只要有一点毛病都如同秃子头上的虱子，无法蒙混过关。”[1] 这话也回应了人们对口语诗的一种普遍认识：“口语诗”的写作，没有难度。

如果我们将“诗意”定义为语言在表意时所产生的让人感动或者有趣、有启发等效果的话，不同的语言系统，其诗意生产方式是不一样的。比如五言、七言，其说话方式和诗意生成方式与今天的口语诗是不一样的。晚唐诗人温庭筠的《商山早行》：“晨起动征铎，客行悲故乡。/鸡声茅店月，人迹板桥霜。/槲叶落山路，枳花明驿墙。/因思杜陵梦，凫雁满回塘。”杜甫的《登高》：“风急天高猿啸哀，渚清沙白鸟飞回。/无边落木萧萧下，不尽长江滚滚来。/万里悲秋常作客，百年多病独登台。/艰难苦恨繁霜鬓，潦倒新停浊酒杯。”在这里，基本上每一句话是3个意象，意象之间的关系是没有说明的，你可以在这里调动自己的经验、展开自己的想象，像“鸡声—茅店—月，人迹—板桥—霜”一句，对于在中国乡村中学上学的孩子来说，这里可能会让他联想起悲惨的住校岁月：礼拜一早上，鸡还在叫的时候（凌晨五点钟左右）就出发要去学校了，为了赶早读为了赶老师的点名，月亮还挂在天上，秋天的时候，人的脚印真的印着地上的霜……不同的读者在这里可能会有不同的经验、记忆的恢复，都能收获许多感动。

古代汉语形成的方式有很多原因，比如许多单音字能表达独立的意思、语言极为简练。比如《吴越春秋》中《勾践阴谋外传》所载的《弹

1　沈浩波：《后口语写作在当下的可能性》，《诗探索》，1999年第11期。

歌》："断竹，续竹，飞土，逐宍。"[1]但是今天我们日常用语中通常是几个词在表达一个独立的意思（你好吗？"How are you?"……），语言系统、说话方式变了，诗意生成方式也变了，你不能以过去的标准来要求今天的写作。你说唐诗宋词"美"，其实指的是它们的"空疏"，无论是境界还是情感，古典诗词的表达都是非常"空疏"的，你可以将自己放在里面，所以你很感动，这是古典诗词的优势。

四、"阅读程序"与"归化"

但古典诗歌有时显得缺乏情感言说的个体性与"精密"性，由于语言和形式的原因，其经验的传达是相当空疏的、抽象的，只有大概的意思（所以读者大都能将自己放置其中）。李白的《送友人》："青山横北郭，白水绕东城。/此地一为别，孤蓬万里征。/浮云游子意，落日故人情。/挥手自兹去，萧萧班马鸣。"这里的送别友人，情感基本上是靠画面表达的，没有内心的深入呈现，作者到底是怎样的情感？我们无法获得其具体性。现代诗在人看来有时啰唆、没有想象的空间，但在情感、经验的表达上，更加具体、细密，现代人所获得的感动，正是从这里来。

新诗的读者，直到今天，很多人还常常是以看旧诗的眼光评价新诗。在中国古典诗歌几千年来已经发展得高度成熟的"阅读程序"面前，读者的一些反应也是因为这种"程序"对其诗学眼光的客观制约。这个诗歌阅读与认识上的固定"程序"，关涉到特定社会语境中"诗歌文本"与"读者/作者"的多重关系。"中国传统诗歌的作者和读者基本上是一群具有高度文化素养的精英分子，他们学富五车、好整以暇、倾心于绝妙诗艺的探

1　游国恩、王起、萧涤非、季镇淮、费振刚主编：《中国文学史·一》，人民文学出版社，1963年，第18页。

究。在创作群和诠释群之间——或简言之，诗人和读者之间——存在着一种相当密切的契合。”[1] 特殊的运行机制使古典诗的读者和作者范畴往往趋于同一：诗歌的读者往往也是作者，作者当然更是读者。古典诗歌的读者虽然“他们对于诗的态度各有不同，而对于怎样解释一首诗的看法大致总是一致的。他们对于形式上的困难和利弊都是了如指掌的。总而言之，旧诗的读者和作者之间的关系是极其密切的。他们互相了解。”[2]

按照结构主义诗学的观念，文学之所以是有意味的、可以认识的，乃是因为主体的内在已经有一套对文学的“约定俗成的惯例的认识”，但同时，“文学之所以能活跃起来”，也是“由于一套又一套的阐释程序的缘故”，文学同时也是因为“程序”的不断受冲击、被更新而具有了无尽的趣味和活力。所谓“文学效果取决于这些阅读程序，而且文学革命也正是从新的阅读程序取代旧的阅读程序开始的。”[3] 文学“与关于世界的其他形式的话语相比，有其明显的属性、特质和差异。这些差异存在于文学符号组成的作品之中：存在于产生意义的不同方法之中。”[4] 文学由丰富的语言、形式符号构成，其特质在于其产生意义的多元的方式，也正是在文学所呈现的丰富的差异性中，人对自我和世界的理解在不断变化；同时，自我与世界的变化，也反映为文学及其语言符号的变化。如果我们把文学作品的语言符号视为“产生意义的不同方法”，我们可能就不会将“意义”作本质化的理解，而漠视或指责语言符号的更新，从而削足适履地使语言或文本的新异要趋同既定“意义”的“归化”。

前述韩寒认为新诗没有理由存在，其中一个原因就是旧诗有“格式”而新诗并没有。对于这种新诗的“体裁”，一般读者正是以旧诗的阅读程

1 ［美］奚密：《从边缘出发——现代汉诗的另类传统》，广东人民出版社，2000年，第65页。

2 梁文星：《现在的新诗》，载夏济安编：《诗论》，文学杂志社，1959年，第47页。

3 ［美］乔纳森·卡勒：《结构主义诗学》：盛宁译，中国社会科学出版社，1991年，第195页。

4 ［美］乔纳森·卡勒：《结构主义诗学》，第194页。

序来对待的，故他们常常觉得面前的文本“无意义”。“所谓一种体裁的程序……就是意义的种种可能性，就是将文本归化的各种方法，以及给予在我们的文化所界定的世界中以一定的地方。所谓把某一事物吸收同化，对它进行阐释，其实就是将它纳入由文化造成的结构形态，要实现这一点，一般就是以被某种文化视为自然的话语形式来谈论它。……‘归化’强调把一切怪异或非规范因素纳入一个推论性的话语结构，使它们变得自然入眼。”[1]评价诗歌的某种“自然的话语形式”在今天可能仍然是“意境”“优美”“感动”等，但现在我们知道，它并不适合所有的新诗。

现代人读诗，有时需要读到一个真实的自己，让久已忘却的自我在读诗中复活。人们期待在诗中看到真实的自我、人性与世界，这是当代诗很关键的地方，无论你用什么样的语言，关键在于你能否写出一个真实的自我、一种真实的人类处境？读者正是在那些貌似“废话”但其实是意思之细密甚至“啰唆”的地方收获感动。

语言系统改变了，意义的发生机制也已经变化，我们对何为“诗意”应该重新思考。（当然，新诗和旧诗还是有诸多一致的地方，这是另一个题目，在此不表。）如果旧诗我们常常以“美”来评价的话，那么新诗我们常常在其中寻求“真”。旧诗因为在局部字词方面要处理得很“美”、很动人，故写作者要“炼”字，诗词有“字眼”。但新诗的效果是整体性的，你在整体阅读之后会收获一种触动。故我们不能以对待唐诗宋词的审美程序来处理口语化的现代新诗。新诗不是缺乏“诗意”，只是由于语言系统的改变，“诗意”的生产方式发生变化，旧眼光难以看到新“诗意”而已。

1 ［美］乔纳森·卡勒：《结构主义诗学》，第206页。

五、“清楚”与“晦涩”

再说诗人与诗人之间的问题。口语诗人强调的诗之“清楚”是对什么而言的？在“诗质”层面，诗的“清楚”肯定不是小说和新闻对现实、人生、心灵的“清楚”叙述，而是传达人对自我对感觉、经验与对世界的想象、记忆之“清楚”。正是在这个地方，诗需要的可能不是“清楚”，而是含混、暗示、含蓄与象征。还有，诗的“清楚”是由语言建构的，在一部分诗人看来的“清楚”，在另一群人看来，其实是语言的直白与对“现实”的表象化认知。对这群人而言，以复杂的意象、想象来言说现实中的“现实”，这才是“清楚”，而他们那种趋于晦涩、繁复的诗歌语言，在高举口语诗的写法但又不满意“口语诗”之称谓的诗人看来，恰恰是新诗的“不清楚”。

既然“清楚”不是诗歌的标准，“口语”当然也不是。现代汉语的历史和现状决定了我们今天无论是口语或书面语都不是一种“纯粹”的语言（一种语言怎么会“完全成熟”？现代汉语更不是），如果不经过意象和想象的转化或历史语境的参照（有些平庸的诗作其实是在历史转型时期文化语境的放大下才显出其意义的，这里的功劳就很难说就全来自诗人），哪一种形态的语言，本身不意味着能产生“诗意”。在你眼里充满诗情画意的言语，在别人听来，可能是十足的陈词滥调。“下半身”诗人的某些作品，而在你看来“下流”“粗俗”，但对于一些批评家，却认为这些作品有直击“现实”、穿透世界的效果。一种语言构成的文本有“诗意”与否，还取决于这种言语活动发生的语境，取决于读者是否明白语境的变化。

其实不仅是读者、口语化写作的诗人，就连专业的诗歌批评家，对待新诗在当代的某些“知识分子”化、不太“好懂”的类型，仍然是持批评态度的。2005年7月在海南岛西南原始森林尖峰岭召开的雷平阳、潘维诗歌研讨会上，诗人臧棣和批评家徐敬亚曾经就发生针锋相对的论争：

徐敬亚：……雷平阳与潘维的诗歌各有自己的特点，两个人的状态也不同，潘维过于迷恋语言、语感。其实与人生比，语言不算什么。潘维有自己特别的优雅、安静、精细。雷平阳的诗，非常质朴，写出了生命。……

……

臧棣：动不动谈什么生命个性，在我看来，这样来评价诗歌，是用古典标准评价现代，用八十年代评价九十年代。……

……

徐敬亚：……我不赞同文化批评（笔者注：指潘维的诗歌写作方式），文化批评是错误的。何谓好诗，不难判断，一首有生命质感的诗歌就是好诗。

臧棣：每个人的生命质感是不一样的，为什么你看出来的生命质感才是唯一的，有的诗歌的生命质感也许你没看出来。

徐敬亚：你的诗歌里就没有生命，你的诗代表文化。

臧棣：文化本身就有生命，文化永远有生命，要不怎么那么长久。

徐敬亚：你的诗歌蔑视生命。

臧棣：我从不蔑视自己的生命。

徐敬亚：你的诗里看不出有生命。

臧棣：你怎么知道我的诗歌里没有生命，每个人的生命质量不一样，你看不出来是你的问题。[1]

1 《尖峰岭诗歌研讨会纪要》，《诗刊》下半月刊，2005年第10期。

当徐敬亚以“生命”、个性这样的词汇来评价诗歌时，臧棣认为这样做是以“古典标准”来评价现代诗，以20世纪80年代的诗歌标准来评价90年代诗歌，以旧程序看待新的诗。徐敬亚崇尚的“诗意”是诗歌以语言切入现实、反映生命真实的那种触动人心的直接性，而臧棣从20世纪90年代以来中国知识分子知识型构的变化出发，更体恤不同个体的不同生存方式、对“现实”的不同认识，他由此也更愿意在诗歌中展开“现实”的虚构性与想象性，以繁复的语言和机智的想象呈现诗歌写作本身的趣味性和可能性，他的诗也因此被很多人认为是可鄙的“知识分子写作”的典范。

在徐敬亚那里，好诗的标准是语言能个性化的、简约化地言说现实，他对“诗歌”的“简明定义”是“用最少的翅膀飞翔”——“作为最本质意义上的诗，是生命冲动中原发的闪电……”[1]，在他那里，诗是现实的衍生物，现实是一个实体，诗只要能分享它就行了。“诗与现实的同一性被认为是理所当然的。在这样的欣赏习惯里，诗就如同是伸向现实的一把筛子。而诗的好坏，则关系到筛子眼选多大的才算合适，以及晃动筛子时手腕的控制力量。人们似乎很愿意相信，从筛子眼中滤下的东西是诗歌的垃圾，而那些经由反复颠动最终留在筛子里的东西是诗歌的精华。或者说，那些渐渐在筛眼上安静下来的东西，才是对现实经验的新的组合。”[2]好诗的标准是诗如何以最少的语言最有效地把现实赎买出来，让人震惊而愉悦，这也是一种常见的写作经济学。

而在臧棣那里，“现实”是值得怀疑的，随着20世纪80年代那个宏伟的想象共同体的被解构，20世纪90年代的知识分子与朦胧诗一代人不同，开始怀疑现实的虚构性，同时，他们将对抗政治、文化权势的热情也转向于语言的运作中，写作是一种政治实践，在语言的“弄虚作假”中解构不同的话语权势。由此，臧棣的“诗意”与徐敬亚截然相反，他认为诗不是以

1　见《特区文学》2005年第11期《读诗·批评家联席阅读》栏目《十面埋伏》。

2　臧棣：《听任诗的内在引领》，《特区文学》，2005年第4期。

最少的翅膀飞翔、以最少的语言言说现实，一首好诗的意义在于它在多大程度上创造出一种可能的现实：“诗，主要的，不是用来反映我们在报纸上和电视上所看到的现实的。也不是回应我们在大街上的遭遇的，诗是对现实的发明。从诗的特性来看，我们也可以说，诗人最主要的工作就是创造诗的现实。何谓诗的现实？简单地说来，它就是对称于我们的存在的诗意空间。这一诗意空间最显著的，也是最可感知的特征就是它不拘泥于任何实体。”[1] 诗在虚构另一种需要智力和想象力才能达到的现实，意义不再容易解读，变得“晦涩”[2]。但在对智力和想象力的考验之后，读者也可能会收获对这一类文本的别样的愉悦。

几只羊从一块大岩石里走出，
领头的是只黑山羊，
它走起路来的样子就像是
已做过七八回母亲了。
而有关的真相或许并不完全如此。

它们沉默如
一个刚刚走出法院的家庭。
我不便猜测它们是否已输掉了
一场官司，如同我不会轻易地反问
石头里还能有什么证据呢。

1 臧棣：《听任诗的内在引领》，《特区文学》，2005年第4期。

2 “晦涩”一词对于臧棣来说，并不是贬义，而是一种诗学观念（涉及诗与现实之关系、诗之社会功能等方面）、美学“风格”，“中国现代诗歌史就是一部反对晦涩和肯定晦涩的历史”。他为此专门撰写过《现代诗歌批评中的晦涩理论》，《文学评论》，1995年第6期。

从一块大岩石里走出了
几只羊，这情景
足以纠正他们关于幻觉的讨论。
不真实不一定不漂亮，
或者，不漂亮并非不安慰。

几只羊旁若无人地咀嚼着
矮树枝上的嫩叶子。
已消融的雪水在山谷里洗着
我也许可以管它们叫玻璃袜子的小东西。
几只羊不解答它们是否还会回到岩石里的疑问。

几只羊分配着濒危的环境：
三十年前是羊群在那里吃草，
十年后是羊玩具越做越可爱。
几只羊从什么地方走出并不那么重要。
几只羊有黑有白，如同这首诗的底牌。

这首诗就叫《反诗歌》。诗“从一块大岩石里走出”的“几只羊”开始，这本身就是一件“不真实”的事情，是一种想象的图景，而不是切实的现实图景。从这样一个非现实性的基础出发，诗歌能否完成一次漂亮的想象的旅程？臧棣似乎并不关心诗歌的现实基础，“不真实不一定不漂亮，/或者，不漂亮并非不安慰”，诗歌是一个想象的世界，想象力的自由与释放也许也是一件重要的事情，“几只羊从什么地方走出并不那么重要”，重要的是诗人完成了一次想象的考验，像一次危险的说谎，他必须把这个谎言塑造得完美，他在诗歌中创造出一个虚虚实实的“羊”的图景（“几只羊”只是道具而已）。这是一种与现实经验的想象性言说这种传统诗歌写作方式逆向的写作，确确凿凿是一种“反诗歌”，是一种寻思诗歌写作的多种可能性的“元诗歌”。

当代诗歌的许多分歧之根本也许就在这里：由于在诗与现实之关系这一知识型构（范式）上差别甚大，人们对诗歌的评价标准也就不可能统一。对“诗意”的认识标准不一，自然也会带来评价好诗的尺度的不同。当我们把诗定义为生命意识的呈现、灵魂的挖掘，而忽略诗其实不仅是语言写成的，还是因为有诗之形式（那诗之所以为诗的东西）才成立的。但当代诗歌写作者和批评家大多似乎热衷于诗歌反映现实的真实性、深刻性为尺度，不要说无视诗之形式的重要性，连看起来想象细密、叙述曲折、意象繁复的诗作都不能忍受。

王光明曾竭力推荐陈东东诗作《蟾蜍》，认为此诗“不是负有社会使命感、以启蒙和布道为己任的诗歌，它捕捉的是个人生命某个瞬间的感受意绪。这种感受意绪往往是某种朦胧的情感和意念，被诗人的慧心所捕捉，并通过语言技巧转化为诗的情境和旋律。它是抽象的、朦胧的、缥缈的，就像人的灵魂，或者梦的进行，空灵得难以塑形，但正由于此，诗人的想象能趁着它的节奏翩翩飞翔——有心的读者，不妨留意一下某种抽象的心情被赋予的丰富性和美妙的旋律感，它给我们的，不是主题，不是思想，而是感动与遐想”。这种完全沉浸于个人朦胧意绪、以繁复的语言和意象呈现繁复的内心的诗作其实也在修改着人们对“诗意”的认识标准，诗是不是必须有那种“生命冲动中原发的闪电”、有一种直击人心的“内容”？有一种诗歌“抽象得没有内容，是否可能包含了更多的内容？诗歌的意义是否应该把散文说得清楚的‘内容’留给散文，而散文的无法抵达之地，则正是诗歌的用武之地？”但此种对诗歌的认识显然不能为更愿意在诗歌中直取“内容”的人所接受，它显然“过于迷恋语言、语感”，它得到的反馈自然是批评家的严厉反驳，《蟾蜍》一诗被认为简直是“一次越绕越麻烦的冥想，一种人造塑料般的诗歌倾向”，这样的写作“真是浪费天才啊”！[1] 正在这里批评家为诗歌做出了那个著名的“简明定义”。关于“什么是诗”的“程序”，带来审美上的“归化”，它把它所认为的“一切怪异或非规范因素纳入一个推论性的话语结构”、宣判什么样的写作才能带来真正的诗意。

六、“文学能力”与“文学教育”

这恐怕是当代最优秀的诗人与批评家之间的论争，也呈现了当代新诗在诗学观念与写作方法上的极大分裂。或许在这个体制化的后工业时代，我们的生活和生命都变得太空虚乏味了，在现实中我们不能期求的，我们只好将目光转向诗歌，寻求真正的心灵慰藉。尽管很多诗人和批评家也认为“形式即完成了的内容”，但事实上对于诗歌，人们对情感、思想、经验等“内容”方面的诉求，仍是过于急切和普遍。至于诗歌的语言方式和形式功能，往往被忽略不计。一些意识和情感、经验的想象关系转换得特别复杂的诗作往往被认为“啰唆”“知识分子写作”习气。许多人对这一类的诗作失去了耐心。

这也是当代读者要思考的：如果我们要的是情感、经验、思想和想象的“清楚”表达，如果诗的形式是不必要重视的话，那我们在各种文类中独独高举诗歌的理由是什么？它和分行的散文区别在哪里，仅仅因为诗歌的“翅膀”少吗？在这个将自由诗的“自由”被误解的时代，也许我们要听听T.S.艾略特的劝告：“对一个要写好诗的人来说，没有一种诗是自由的。谁也不会比我更有理由知道，许许多多拙劣的散文在自由诗的名义下

1　见《特区文学》2005年第11期《读诗·批评家联席阅读》栏目《十面埋伏》。

写了出来”。[1]我们的许多诗作是不是在自由诗的名义下写出来的散文？

语言在经验与形式之中，才会互动、生成出某种“诗意”之效。而个体的经验，又在历史的语境中被反衬出其意味。读过于坚长诗《0档案》的人，可能会认为，他以看起来最没有“诗意”的档案用语，建构了一种当代人在某种体制中的真实的生活史、呈现了某种特定的生命形态。有学者认为：“《0档案》以戏仿和反讽的手法，深入呈现了历史话语和公共书写中的个人状况：‘0档案’，在档案中，人变成了‘0’，是空白，不存在，被历史归类和社会书写滤去了一切属于具体生命形态的东西，不过是政治或道德符号。……福柯通过古典时期癫狂史的描述，展示了西方资本主义文明体制以禁锢、压制和拒斥癫狂与非理性来确立理性时代的观念与秩序的过程。而《0档案》，则揭示了语言的书写暴力：不是人书写语言，而是语言在书写人，档案是最典型的权力运作，意味着体制权力架构对人的编排、监控、压制和扭曲。”[2]再没有比“档案”的语言更有公共性、无多少含混性的语言了，“档案”可谓口语中最乏味的语言，这种语言类型如何在特定的形式中显出“诗意”？以档案的语言以及与卷宗相应的诗歌形式，于坚给出了一个令人震惊的长诗样本。“诗意”不单是来自主体的经验，语言本身不会自动携带“诗意”，“诗意”在经验、语言和形式的三方互动、生成之中。

当然，读者对诗的认知，取决于我们的教育环境。而在此环境之中，诗人自身责无旁贷。这不光是为自己的写作辩护的问题，更是普及“何为诗”之“教育”的责任。正如人有说话的能力一样（他不一定要如语法学家那样知道为什么是这样说而不是那样说），人也有“文学能力”（“把文学能力视为阅读文学文本的一套程序”[3]，要理解诗歌，“就必须对诗歌的约

1 ［英］T.S.艾略特：《艾略特诗学文集》，王恩衷编译，国际文化出版公司，1989年，第186页。

2 王光明：《现代汉诗的百年演变》，河北人民出版社，2005年，第620—621页。

3 ［美］乔纳森·卡勒：《结构主义诗学》，第175页。

定俗成对的程序具有足够的实际经验。”[1]），这种能力不是先天的，而是在“文学教育”中习得的。读者的“文学能力”，这个说法对某些作家来说，可能是冒犯。因为他们自信于存在一种“自发的、创造性的、富于感染力的文学”，但文学作品的意义的发生，离不开读者的“阅读程序”：“有人认为，整个文学教育这一套只不过是一个大骗局……事实已经再清楚不过，只凭一种语言知识和一定的阅历，远不足以把人造成洞察敏锐、胜任愉快的读者。要达到这一层次，就需要接触一定范围的文学，而且在许多情况下，需要接受一定形式的指导。”[2]

当这样的“指导”由诗人来从事，可能会使受教育者更能理解当代新诗。于坚一直是诗歌教育家，他一直在传递关于诗歌的“知识”，“拒绝隐喻”恐怕是其中最深入人心的观念。传递诗歌写作就是拒绝语言中的陈词滥调之观念。当代诗坛颇有影响力的诗人余怒，其诗作虽然较为口语化，但在意蕴上，也是相当“晦涩”的。在新近完成诗集《转瞬》的《后记》中，他也一再声明他的写作，针对的是仍然是新诗的“陈词滥调”、已经成为今天的新诗之传统的“陈词滥调”：“在文学领域，语义被文学化（诗化）的情形已然为人们熟知，但节奏被文学化（诗化）的情形仍然为人们忽略；正如‘陈词滥调’中的‘陈词’为人们警惕，‘滥调’却并不为人们在意的情况一致。而写作的‘去文学化’的最重要的环节就在于去除‘滥调’，因为相较于‘词’，‘调’藏得更隐蔽，是更深层次的语言经验和集体意识的表现形式。‘调’，除了语法规范、修辞逻辑、隐喻体系、赋意方式、句式模式、言语习惯等形式因素之外，还包括着话语的节奏和音调……”[3]

韦勒克认为“‘虚构性’（ficitonality）、‘创造性’（invention）或‘想

1 ［美］乔纳森·卡勒:《结构主义诗学》，第179页。

2 ［美］乔纳森·卡勒:《结构主义诗学》，第183页。

3 余怒诗集《转瞬·后记》，未刊稿，2020年4月余怒发诗集电子版与笔者交流。

象性'是文学的突出特征"[1]，这没有问题，不过文学的这些特征常常使人认为文学"无用"，在一个功利化的世代，人们急需有用的"知识"。惯以"晦涩"之诗著称的臧棣，反复声明，诗歌其实也是一种"知识"："现代诗歌所取得的最大成就，即是通过持续的丰富多彩的艺术实验，将想象力塑造成了一种执着于自由关怀的特殊知识"[2]。缺乏诗歌这种"特殊知识"，人对生命的感受是不完整的，在真实生活中，也是缺乏想象力和创造性的。臧棣的诗歌写作有独创性，但他关于诗是"特殊知识"的呼吁，其实是西方先贤之见在当代中国的回响："当代有一派人发现诗可以传达知识——某一种知识，因此确认书的效用和严肃性。诗是知识的一种形式。亚里士多德在他著名的论著中似乎说过诗比历史更具哲学性，因为历史'处理的是已经发生的事情，诗则处理可能发生的事情'，即诗重视的是一般性和可能性。然而，历史像文学一样，现在已显现出它的分类粗略和界说不准确的弱点，而科学毋宁说已成为文学的强劲的对手，因此人们主张文学应该表现科学和哲学所不在意的事物的特殊性。虽然像约翰逊博士那样的新古典主义理论家仍会认为诗歌是'一般性所散发的光芒'（grandeur of generality），但现代许多学派的理论家（如伯格森，吉尔比……兰色姆……斯特斯……）都强调诗的特殊性。"[3]

加强关于诗的"文学教育"，提高读者的"文学能力"，读者对当代新诗的理解、不同阵营的诗人之间的认同，也许会有所改善。

---

1 ［美］雷·韦勒克、奥·沃伦：《文学理论》，刘象愚等译，生活·读书·新知三联书店，1984年，第14页。

2 臧棣：《诗歌：作为一种特殊的知识》，载王家新、孙文波编：《中国九十年代诗歌备忘录》，人民文学出版社，2000年，第45页。

3 ［美］雷·韦勒克、奥·沃伦：《文学理论》，第22页。

“地方性诗歌”的真义

一

诗人说话有时是不讲道理的，他以直觉的方式说话，里面自有暂时你不能理解的道理。有些人很较真儿，喜欢对诗人不讲道理的话作学术性的辨析，这样可能会南辕北辙、错失其中的真义及对你有用的东西。我清晰地记得谭克修对我宣扬他的“地方性”或“地方主义”诗歌时的那个场景，那是在2013年6月潜江龙虾文化节期间，我们是所谓的作家艺术家的代表，混迹在以当红歌手汪峰为代表的嘉宾队伍之中，我们谈论神圣而崇高的文学问题时，手上常常挥舞着鲜艳的龙虾。龙虾这种地沟里的虫子，也能冠在“文化节”这么宏大的词语前面，着实令我惊叹！这与“地方性”这个含混的词语，冠在高大上的诗歌前面，是否有类似之处？这些词语的混搭，常常让我感到：它们追求的可能并不是某种崇高与优美，而是各有所图。但在这个商业化的时代，一切以利润最大化为目的，这样又有什么不可以呢。地方性的龙虾，若能借着文化节的大旗而走向世界，将波士顿的龙虾赶下美国人的餐桌而取而代之，这也是能算我们实现伟大中国梦的一部分吧。而当代汉语诗歌，若以“地方性”为通道，走出一片开阔的前景，作品让世人所认同，诗人让同行刮目相看，这也未尝不可。

"地方性诗歌"的提出者湖南诗人谭克修，我一直非常熟悉。他早年是校园诗人，抒情诗的高手，毕业后，成为一名出色的建筑设计师，神奇的是，他从自己的城市设计、建筑规划的领域，写出了一系列讽喻当代中国社会现实的作品（如《某县城规划》《海南六日游》)，他的诗集《三重奏》在圈内颇受好评。从"地方性诗歌"的意义上来讲，他真是从自己所在的"地方"（居住地、方言区或职业领域）写出了好的诗歌。

谭克修的"地方性"诗歌观念首先要区别的是"地域性""地理性"等概念，它不是在谈论湖南诗人、湖广诗人、西北诗人、边塞诗人、湖畔诗人、旅美诗人等等，它首先针对的是现代中国社会和全球化浪潮对个体生存的独特境遇和深度经验以及寻求永恒价值的冲动的湮灭。这里的"地方性"针对的是至少因前面两个因素而来的普遍的、平面化、在传媒中被推波助澜的生存空间。这空间毋宁说是一种幻象：都市生活、消费文化、一切都是商品、全世界任何地方都触手可及、全世界任何地方似乎都呈现出一样的图景……在这个幻象化的空间中，"个体的人"消失了，文学所应当追寻的永恒价值和深度思忖变得难得一见，即使有这样的人，也被同行取笑为疯子或被死神提前掳去。诗歌在这个时代，许多文本成为对时代万象的肤浅记录，许多写作在语言和形式上追逐着消费社会的时尚（片断式的、迅即生产的、给人"一针见血"的阅读感受的……)。

"地方性"的意思：作为个体的人，"我"在自己所居住的土地上，在自己的日常生活的真实经验中，不追逐题材或主题上的时尚，不追逐文学之外的东西，"我"始终关注的是个体命运的痛楚、所有人都面对的生命的难题、灵魂与永恒的问题……"我"在这样一个"地方"，而不是在你那个被称为"现代"的、常常要与"世界"接轨的"地方"。对于一个写作者来说，这个"地方"显然大于"地域"的概念，它与后者有关，深深扎根于后者但超越了后者而到达了某种"灵魂深处的真实""……世界展开的地方”。

“……那些独自坚守着脚下土地的独立写作者。无论他坚守的是大城市还是边远地方，他笔下的那个地方，将是时间长河中唯一幸存的地方。由于他的坚守，‘边远地方并非世界终结的地方——它们正是世界展开的地方’（布罗茨基评价加勒比岛国圣·卢西亚诗人德里克·沃尔科特语）。那么，他的写作，也将成为不朽的写作。反过来，要让自己的写作不朽，专注于福克纳的约克纳帕塔法‘那块邮票般小小的地方’，让地方性成为自己的身份证和通行证，似乎更容易达到目的。这种邮票大小的地方，还包括加西亚·马尔克斯笔下的马孔多，沈从文笔下的边城，贾平凹笔下的商州，莫言笔下的高密……我想，省略号里面一定有散落在地方主义诗人脚下的不为人知的某地。”[1]

二

其实，“地方性”写作的作家还有很多：韩少功的《马桥词典》在我看来是典型的“地方性”写作。人生活过的地方，随着现代化的进程，方言和往事消失殆尽，以语词为契机，回忆往事，复活记忆，这是“词典小说”自然的由来，“词典小说”应该是小说写作的一种常见形式，只有那些缺乏写作经验的评论家才会认为这样形式是抄袭了西方某部“词典小说”。海子一生只活了25岁，他曾经认为，他的故乡——安徽省怀宁县农村，他在这里生活了15年，他也至少要写15年。海子的优秀，当然与他的“地方性”写作分不开。

“地方性”作为写作的资源以及作为伟大的文学作品的源头，这是没

1　谭克修:《地方主义诗群的崛起：一场静悄悄的革命》,《明天》第5卷《中国地方主义诗群大展专号》，长江文艺出版社，2014年。

有问题的，我很赞同谭克修自己撰写长文为“地方性诗歌”做大规模的辩护与高举。但对他的辩护我这里并不想做学理性的辨析，以我对谭克修他们这一代人的了解，我很想分享的是：“地方性诗歌”概念提出的背景和意图。

谭克修所在的城市是“地方”，不是北上广，但我知道他的比拼对象不是一线城市的诗人同行，他要较劲儿的是当代诗坛目前最核心最霸权的力量——“第三代诗人”。他和武汉的张执浩、北京的臧棣以及今天写作劲头正盛的某些20世纪60年代、20世纪70年代出生的诗人一样，觉得当代中国诗坛更应该把目光转向“朦胧诗”、“第三代诗人”之后的写作者。我们写得多好！但教科书、出版业、评论家……你们谈论的，更多的还是那帮人。“地方性”只是谭克修的一个武器，我相信没有这个武器，他还有另外的说辞，要整出一个东西，来标明我们这一代人。已故的昌耀是谭克修经常引用的一个例子：你看这个人，长期居住西北一隅，用他那独特的气质和汉语写作，生前少有人关注，死后大家才慢慢注目，在“地方”上，有多少这样的诗人！而在写作的非中心的方式上（比如方言写作，比如在题材上专写自己生活的那一小块土地……），又有多少这样的独特的诗人！唯有这样的诗人，才是真正有质量的、有力量的、作品能超越时间的写作者。其实没有昌耀，谭克修也会列出另外的诗人，当代诗坛不乏这样的诗人，只是他们在“地方”，你不知道。

我们“知道”的是谁呢？是曾经的“朦胧诗”五位诗人：江河、杨炼、舒婷、北岛、顾城；在他们之后，“后朦胧诗”或者“新生代诗人”或者“第三代诗人”或许也有五位，比如西川、欧阳江河、翟永明、王家新、柏桦或者是另外的谁谁谁；而在“第三代”之后，有没有这样拔尖的五诗人？也许是有的，比如有人认为“臧棣、余怒、陈先发、张执浩、雷平阳”等人，当然，还有谁谁谁，也非常不错，总的来说，“第三代”之后，这样在写作上风格极为鲜明，几乎没有任何人可以代替、遮蔽的诗人，大有人在，但是，他们很多人，仍然在“地方”，没有进入起码的诗歌批评的中心，许多批评家，文本当中，对于在“第三代诗人”之后的状况，常常是失语的。

诗人骆英先生说起过一件事情，某年他与西川一起访问法国，在一间教堂（多么富有象征性的场景）门口，西川感叹：今天的中国诗歌，在经验、感觉和想象方式，在语言、意义的独创性上，已经可以独立于西方了，中国诗歌向西方诗歌学习的时代过去了，中国诗歌从此站起来了……这当然是当事人的说话大意了，但我们可以看到以西川为代表的“第三代诗人”的情结与抱负：曾经效法西方，今天终于松口气：我们（当代中国诗歌）已经独立于西方、长大成人了。

这是“第三代诗人”伟大的地方，他们做出了许多探索，做出了许多牺牲，没有他们，后来的诗歌状况我们难以想象。但是文学史上，弑父的情形是不可避免的，后来者喊出了“超越”（pass）的口号是正常的，这是文学史的行进方式。就像当初的诗人喊着“Pass北岛”一样，今天的诗人当然有理由喊出“Pass西川”。我们不会因为说“Pass”……就会否认北岛、西川等诗人的价值与伟大。“地方性”诗歌所针对的，是这样的一个背景，这个背景是由“第三代诗人”的背影构成，这个概念的提出，是提供了一条道路，或者说发出一个声音：今天，“我们”，一批优秀的在20世纪60年代、20世纪70年代出生的，或者更年轻的诗人，才是当代诗坛更应该关注的“地方”。

就像谭克修创办《明天》诗刊来对应于“朦胧诗”的崛起刊物《今天》一样，他提出的“地方性”诗歌其实就是对应于“第三代诗人”在写作上的与世界接轨。“第三代诗人”曾经的向“大师”致敬、与世界接轨并没有错，这也许是当代中国诗歌必须走的一步，但今天，当代中国诗歌已经成长，像西川说的那样，已经站起来了，这个时节，我们是否更关注接下来的历史中的新生力量？

三

谭克修自己的诗歌前面已经介绍过，在湖南，“地方性诗歌”的另一位支持者——一直默默无闻的诗人路云（刘云芝），多年来，路云的写作一直持守自己的风格：神话般的卓越的想象力、奇诡的意象与修辞、磅礴的诗形结构……他是我印象中当代中国最独特的诗人，他的诗风有楚地古老的巫觋文化的神秘，又有现代孤独个体的焦虑的当下感，他是我印象中颇能代表“地方性”诗歌的一位。他的诗作在想象和感觉的奇诡上我觉得当代中国几乎无人能及，但偌大诗坛，几乎无人知晓，偶尔从人口中听说，竟是鄙夷的口吻，视他为落伍者。

路云的长诗《彼岸》三部曲《偷看自己》《第一次死亡和十八岁颂歌》和《与一颗飞翔的子弹平行》有着生命死亡—成长—死亡—飞翔的意义结构，其独特的想象力能够将心灵的那些剧烈的冲动塑造为人格化的意象，最令人触目惊心的莫过于诗中一再出现的“再”：“谨以此献给我唯一的兄弟：再。……”“再”是谁？“再我的生命，一种古老的生长方式，住在/时间的外面，把每一次死去都称为出发。他/拧着我的目光掠过鼻尖，打开生命的另一/页：再生人。哦，第七种幸福就是能打听到/他的传说。再我的兄弟。”[1]“再一个人在十八岁的夜晚突然死去，让我怀/疑这具沉默的尸体就是那个年轻的凶手。无论/他带上多少个梦想逃亡，我都会把今夜仅有的/三根肋骨扎成木排，追上他，直至他将死亡的/颂歌演唱完毕。”[2]“那些僵尸像镙钉一样被牢牢钉在命运的柱子/上。烧吧，冲天的火光是唯一的出路，在经/久不息的大火中我们相遇，朋友啊，那滚滚/浓烟是无边的黑暗。

1 路云：《出发》，贵州人民出版社，2005年，第114页。

2 路云：《出发》，第123页。

再我的兄弟，光明是/一片巨大的水域吗，那辽阔的夜晚梦朝何方。”[1]这个“再”是“我的兄弟”，是“我”的另一个生命，住在“我”的心肠肺腑之中，以至于“我”的每一个行动，都在与之商榷，期待他的回应。这种与自我灵魂的漫长的对话性结构令人震颤。

《彼岸》三部曲之二《第一次死亡和十八岁颂歌》共18首，第一首《一第一根肋骨》：

九月是我的亲娘
九月生下我　我把菊花一瓣瓣交给秋天
我看见果子便呕吐　看见女人便四蹄腾空
这是我难言的苦痛和隐蔽的热情

我曾经查看过大风的家谱
我自信力大如牛　我自信江山如画
在日益辽阔的梦中　我挥汗如雨
我曾经手抚第一根肋骨　像是闪电
巡视我祖国的歌台

那一声声呼喊势如烈火
那一声声呼喊大如六朝
我微微领首　波澜不惊

“第一根肋骨”关乎生命、青春、躁动的热情与最初的成长，在路云的诗歌中，你能看到一种久违的想象方式，这种诗歌想象很多时候来自直

1　路云:《出发》，第142页。

觉与无意识，来自诗人躁动的内在感觉与直接的语言描述；除此之外，你还能惊见当代诗歌久违的吟咏性，他的诗除了在感觉上是现代诗之外，还是可以在声音上能掀动情感的“歌”。对我而言，在海子之后，在想象力和语言的自由与诡异、诗形的庞杂的方面，我很少看到如此有才华的诗人。

我是强盗[1]

我坚信天下最好的酒一定叫女儿红
我坚信我的女人一定会来到我的身旁
我放下拳头是一只比酒杯还小的行囊

我坚信杜康深爱着一个女人　美丽如水
这个女人一定是上帝的好女儿
她把爱情奉献给一个男人
从此　我坚信酒是一个男人扛着的河

这是唯一的忧伤和一个男人毕生的光荣
如果我爱你　我就会圈养牲畜　占山为王
如果我离开你　那一定是我们的粮仓
在一阵大风下嫁给了那顶草帽

我想去看看你[2]

我想我的兴奋像一头野猪
兄弟　我的好兄弟　我来了！

1　路云:《出发》，第53页。
2　路云:《出发》，第67页。

但我难以启齿　难以抬头
我的脸上杂草丛生　我粗糙的眼光
在砂布上一遍遍醒来　成为另一张砂布
比诗歌更零碎是我的声音
比沙尘更加晦暗的是一阵阵昏眩

我看见你在一张白纸上画下三条河流
三个秋天的南瓜
我立刻在草棚里打起了呼噜
我立刻在秋天的额头上翻起了跟斗
兄弟　我的好兄弟　一阵阵风
把我连根拔起　一阵阵雨水把我
从浓烟中抱走　放在一只蚂蚁的背上

只有一剑劈开的光明　像一根蛛丝把我绊倒
兄弟　我因此加快步伐

路云的诗歌，其想象力不按文化和知识性的想象理路，让人嫉妒真的有那种完全来自个人直觉的诗篇。他常常在“浓烟中”等待诗神将他抱走，焦黄的指头等待灵感的降临，他甚至常常用翻过来的烟盒来记录突然降临的语句。“坚信……”之类的说话方式使他的诗歌语势如同强盗，蛮不讲理。他的诗歌意象和语言，与当代中国的流行文化、热门词汇似乎是隔绝的，似乎不是我们这个时代的想象方式，也不是我们这个时代的说话方式、修辞方式。他似乎像一个穿越者，走错了朝代，那些想象、意象和说话方式，让我们听起来新鲜、有趣；有时你又感到笨拙，但里面有一种新鲜的想象的力量或久违的心灵的震撼……他的语词和风格，似乎生活在另一个年代，另一种文化场域中，然而，无论怎样……这些阻挡不了他诗歌中那跳跃的热情、优美的愁绪、躁动至迸裂的心脏对你的感染。

四

湖南有许多优秀的诗人，和谭克修一样，路云也是极有“个人风格”的诗人，他不仅全身心倾注于文学写作，甚至是一个拒绝发表作品的人，他的写作回到了印刷术尚未发达、传播方式古老笨拙的年代——“我”的诗歌在朋友中得到应和酬唱足矣。他在望月湖的一栋高楼上，临湖读书，奋力写作，不为谁人，只为永恒的困惑，只为缪斯的间歇临在。他应该是谭克修说的“地方性”的诗人，他的写作，始终只在一个“地方”。

这样的“地方”诗人，当然还有不少。蛰居江城安徽安庆的诗人余怒，大诗人于坚曾经这样写他：“余怒毫无疑问是二十世纪九十年代出现的最优秀的诗人之一，但在这个国家谁知道他？我指的不是一般读者，而是那些以当代诗歌研究混饭混教授职称的人。余怒不是最近才冒出诗歌的水面的，他的写作可以追溯到上世纪的八十年代。但他依然冒不出中国当代诗歌的水面。他反对水泡，‘我一生都在反对一个水泡//独裁者，阉人，音乐家/良医，情侣/鲜花贩子//我一生都在反对/水泡冒出水面’（《苦海》）。而这是一个水泡成群乱冒的时代，虽然他的诗远比那些名单上的知识分子杰出得多，从他的诗歌中一个读者可以指望获得人生的智慧和喜悦，而不是知识。诗人余怒不是水泡，所以诗歌教授们看不见他。”（于坚：《余怒：反对水泡》）

还有很多路云、余怒这样的孤独的写作者，这些“二十世纪九十年代出现的最优秀的诗人……”但在这个国家谁知道他？在这个背景下，“地方性诗歌”的意图其实是：概念本身并不重要，重要的是这个声音的吸引——来看“我们”，“第三代”之后的“我们”、正在写作的“我们”、在某种边缘地域不懈执着于诗之创造的“我们”……“我们”，才是当代诗坛应该更被关注的“地方”。

“大诗”与“肉体的真实感”：海子诗歌的一个问题

一、“伟大的诗歌”

当代文坛自从于坚发出“从隐喻后退”[1]的呼声以来，海子的诗歌也就成了负载文化隐喻意味最多的标本，由此许多人对海子的诗歌方式开始冷眼相待，仅仅将海子的诗视为青春才子的浪漫呼喊与偏执的文化臆想，许多人倾向于认为海子的诗歌更满足于建构一种新型诗歌的宏伟构想而缺乏对存在的具体把握[2]，海子所说的“伟大的诗歌”[3]、“大诗”[4]概念也遭到了曲

1 于坚的《棕皮手记·从隐喻后退》写作时间为“1993—1995年8月于昆明”，于坚：《棕皮手记》，东方出版中心，1997年。

2 于坚就认为海子“把在青春期所能想到的一切谵语都写下来。而在一个成熟的诗人那里，这些都被沉默省略掉了。……海子对空间和时间把握的方式是依赖于集体无意识的、隐喻式的。海子缺乏对事物的具体把握能力。他看见整体而忽略个别的、局部的东西。”于坚的《棕皮手记·1990—1991》，于坚：《棕皮手记》，第267页。臧棣也认为海子“更沉醉于用宏伟的写作构想来代替具体的本文操作”。臧棣：《后朦胧诗：作为一种写作的诗歌》，载王家新、孙文波编：《中国诗歌九十年代备忘录》，第205页。

3 海子：《诗学：一份提纲·四、伟大的诗歌》，载西川编：《海子诗全编》，上海三联书店，1997年。

4 海子对诗的划分是：“纯诗（小诗）和唯一的真诗（大诗），还有一些诗意状态”，并认为写作“大诗”“是一个死里求生的过程”。西川编：《海子诗全编》，第888页。

解和嘲笑。人们往往认为这种“大”意味着在具体经验上的“空”。

其实不管是说海子“浪漫”也好，还是只看见文化的整体忽略细节也好，还是在诗歌写作中缺乏具体的操作也好，问题是海子自身并不是对这些一无所知，更重要的是他根本就自觉于这样。也许是个人气质和生命价值取向的不同，海子热爱德尔德林这样将生命的痛苦歌唱得“令人灵魂颤抖”的诗人，在生存方式上，他也逐渐认同“诗歌是一场烈火，而不是修辞练习”。[1] 在诗歌写作上，他也渐渐走向简略（正如“老老实实的、悠长的生活”，“磨难中句子变得简洁而短促”[2]），依赖天才与直觉。其实认真阅读海子的诗学文章及诗作，我们就会对他的“大诗”概念重新理解。

海子说“与其称之为伟大的诗歌，不如称之为伟大的人类精神”，首先，认为诗歌直指“伟大的人类精神”有什么错呢？而海子提出这个概念，他并不是凭借空泛的想象，他是在具体的对中外那些著名作家的评判中提出这种构想的。他以凝练而形象的语言，通过一系列人们耳熟能详的著名作家和经典作品的分析，认为人类诗歌史上有两种重大的失败，一是一些诗人“没有将自己和民族的材料和诗歌上升到整个人类的形象”，这是诗人们在经验言说方面的问题，“他们虽然在民族语言范围内创造了优秀诗篇，但都没能完成全人类的伟大诗篇。”二是一些诗人虽然有具有“深度”和“复杂”的经验，但在表达上具有“碎片”性和“盲目”性，仍然不是好的诗歌。

这种从诗歌本身出发的判断怎么会只是空泛的构想呢？至少是一种值得我们关注的视野上的宏阔吧。而阅读过海子诗作的人会知道，海子并不是只关心“整体”，“缺乏对事物的具体把握能力”，海子写出了多少类似“把石头还给石头”“今夜我不关心人类，我只想你”的“日记”！[3] 多少人对他的抒情短诗留恋不已！正是他独特的想象把中国文学中一些早已硬化的如“村

1　海子：《我热爱的诗人——荷尔德林》，载西川编：《海子诗全编》，第916—917页。

2　海子：《民间主题》（长诗《传说》原序），载西川编：《海子诗全编》，第873页。

3　海子：《日记》，载西川编：《海子诗全编》，第423页。

庄""麦地""太阳"语言和意象等还给了自身，使人重新感受到这些朴素的意象的丰富性，人们开始沉浸在海子的天才所带来的诗歌感动和久违的文学愉悦中。人们更倾向于海子的短诗，但那些为人诟病的长诗，又有多少人认真阅读呢？其实那些长诗大多是由和短诗一样由趣味的片断构成的，并不是凌空蹈虚，也不只是一堆缺乏具体生存感受的文化臆想。海子的"大诗"并不是个人的浪漫遐想，这是他建立在巨大的阅读量和尖锐的判断力之上的对当代中国诗歌的一个批判和建议，其目的是为了克服"诗歌的世纪病——对于表象和修辞的热爱，……对于视觉和官能感觉的刺激，对于细节的琐碎的描绘"[1]，如果考虑到当代中国诗歌中口语化、世俗化的过度，海子的说法就不失为一个有效的建议。海子事实上也是当代中国诗歌的一个批判者，他的许多发言其实就是针对当时的诗坛，他曾直言："我的诗歌理想，应抛弃文人趣味，直接关注生命存在本身。这是中国诗歌的自新之路。"[2]

二、"肉体的真实感"

1989年3月26日，一个中国诗人在山海关附近的一段慢车道上卧轨自杀。这个25岁的年轻人短暂的一生创作了200多万字[3]令人惊叹的诗歌、诗剧等作品，这些文字饱含生命的激情、爱的挣扎、对苦难的担当、对永恒的热望，这个人的一生是用自己的性命在写作，亦如他自己所言，他的写作犹如梵高的绘画，是"从地下强劲喷出的/火山一样不计后果的"(《阿

1 海子:《我热爱的诗人——荷尔德林》，载西川编:《海子诗全编》，第916—917页。

2 海子:《诗学：一份提纲·三、王子·太阳神之子》，载西川编:《海子诗全编》，第897页。

3 西川在2009年3月由作家出版社出版的《海子诗全集》中说到这个数字是由骆一禾估计出来的，并不准确。海子还有少量遗作尚待整理出版，比如海子读《红楼梦》的笔记，海子酷爱《红楼梦》，他在书中留下了200多张便笺，红笔者整理，约22000字。而他在书上做的各种标记，更不计其数。

尔的太阳——给我的瘦哥哥》)，在这种“不计后果”的写作中，他走到了尽头。

陈超在一篇文章里说到他有一次“到山区看望教育实习的学生。当我走进太行山褶皱里一所中学，我听到高一年级教室传出‘面朝大海，春暖花开’琅琅的诵诗声。海子的诗歌入选中学《语文》必修课本已近十年。现在，海子已成为继朦胧诗之后当代最有影响的一位诗人（不是‘之一’)，他的诗作得到了精英知识分子与大众的一致认可，甚至跨出文学领域，他成为人文知识分子们‘回忆八十年代’的理想主义的一只精神屋宇尖顶上的‘风信鸡’。无论是出于对现实焦虑的曲折的宣泄，还是精神文化意义上的怀旧，海子都成为非常重要的精神镜像或参照。”[1]《天涯》主编李少君来武汉，也说到海南很多楼盘都用“面朝大海，春暖花开”作广告语，大家还讨论起房地产商到底要不要支付海子家人费用。安徽的批评家杨四平也说到，安徽师范大学校门口即有楼盘曰“春暖花开”……有人说他是一个天才，有人说他的写作预示着新诗在新的时代的危机，有人将他死后日渐高涨的声誉讥讽为“神话”，但无论如何，今天，这个人及他的诗，在这个时代的影响力可能已无处不在了。

大约从1993年我开始真正热爱现代汉语诗歌起，海子是我读得较多的诗人之一。“我看见了天堂的黑暗/那是一万年抱在一起”[2]、“诗歌的金弦踩瞎了我的双眼/我走进比爱情更黑的地方”(《太阳·诗剧》(1988年6月）之《司仪（盲诗人)》)、“我的名字躺在我身边/像我重逢的朋友/我

1　陈超:《海子20年祭：大地？太阳？这是个问题》,《中华读书报》，2009年第12期。

2　骆一禾:《“我考虑真正的史诗”(代序)》，海子:《土地》(《太阳·土地篇》)，春风文艺出版社，1990年。此文作于“1989年4月26日海子忌月之日”。海子此诗句给我印象很深，它来自骆一禾的引用，我一直未找到它出自海子哪一首诗，西川在《生命的故事》(载《深浅——西川诗文录》，中国和平出版社，2006年）一文中提到，海子“有一年他旅行去了四川。在成都他见到一些诗人。吃饭时大伙比赛想象力：天堂是什么样？天堂里有什么？后来海子跟一禾和我吹牛：他的想象力最棒，他把别人全‘灭’了”。我怀疑此诗句的产生与此事相关。

从没有像今夜这样珍惜自己"(《失恋之夜》)……海子给了我许多印象深刻的诗句（那些众人熟悉的这里我就不列了），每个喜欢海子的人都知道在他那里有无数优美的诗句。从人的角度，海子是天才（尽管我一度否认"天才"的存在）；从诗的角度，他诗中的想象和经验总是叫人吃惊、但又能够让你接受、让你陷入无尽的忧伤。他的诗一度和里尔克、卡夫卡、T.S.艾略特、鲁迅等人的作品一起，给了我们（一些爱好文学的兄弟）一段难忘的在文学中悲欣交集的岁月，他们的言语一度代替我们自己说话。

我越来越体会到诗人西川说的一些话并不过分："海子是一个天才"、"仿佛沉默的大地为了说话而一把抓住了他，把他变成了大地的嗓子"、海子的诗句是"抵达元素的"(《怀念》)。骆一禾说海子"近300首抒情诗是具有鲜明风格和质量的，堪称对中国新诗的贡献"[1]，这话也不过分。

当然，我也知道很多人有反对意见，有人就认为"海子是小农社会最后的才子之一"、"把在青春期所能想到的一切谵语都写下来。而在一个成熟的诗人那里，这些都被沉默省略掉了。……海子对空间和时间把握的方式是依赖于集体无意识的、隐喻式的。海子缺乏对事物的具体把握能力。他看见整体而忽略个别的、局部的东西"。[2] 有人说"……海子乌托邦式的青春抒情，离自己肉体的真实感越来越远……这是一种不敢正视自己真实生命状态的身体自卑感的具体文化体现"。[3]

"海子缺乏对事物的具体把握能力"？如果我们把这一问题落实到诗歌对人类情感、经验和感觉的想象性表达的"具体"上来，长诗我们且不说了[4]，海子有那么多短诗，像《面朝大海，春暖花开》《亚洲铜》《日记》

1 骆一禾:《"我考虑真正的史诗"(代序)》，载海子:《土地》(《太阳·土地篇》)。

2 于坚:《棕皮手记》，第267页。

3 谢有顺:《文学身体学》,《花城》，2001年第6期。

4 其实对于那些不"习惯"读海子长诗的人，只要把它当作片段来读，也能收获无数杰出的短诗，我在编选《海子最美的100首抒情短诗》(湖南文艺出版社，2009年)时就试图让人们看到这一点。

《春天，十个海子》《麦地与诗人》等，它们若没有对现代个体心灵某些具体状态的把握，怎么能够如此打动人心、流传甚广？海子的抒情诗，缺乏“肉体的真实感”？这个意见最让人疑惑。但在对海子诗歌的批评中，这一意见却相当耳熟，认为海子诗歌在把握事物尤其是肉身感觉时显得抽象、不真实、空洞的人其实不少。下面我就想让大家读读《幸福（或我的女儿叫波兰）》《十四行：玫瑰花》《献诗——给S》等诗，我们来看看海子诗中有怎样的“身体”想象和“肉体真实”。

幸福（或我的女儿叫波兰）[1]

当我俩同在草原晒黑
是否饮下这最初的幸福　最初的吻

当云朵清楚极了
听得见你我嘴唇
这两朵神秘火焰

这是我母亲给我的嘴唇
这是你母亲给你的嘴唇
我们合着眼睛共同啜饮
像万里洁白的羊群共同啜饮

当我睁开双眼
你头发散乱
乳房像黎明的两只月亮

1　海子喜欢“波兰”一词，“女儿叫波兰”并无特别所指。见西川编：《海子诗全编》，第120页。

在有太阳的弯曲的木头上
晾干你美如黑夜的头发

1986（？）

在这首诗里我们有没有看见身体、恋爱、嘴唇、亲吻、性爱、幸福？有没有“肉体真实”？

献诗——给S[1]

谁在美丽的早晨
谁在这一首诗中

谁在美丽的火中　飞行
并对我有无限的赠予

谁在炊烟散尽的村庄
谁在晴朗的高空

天上的白云
是谁的伴侣

谁身体黑如夜晚　两翼雪白
在思念　在鸣叫

1　西川编：《海子诗全编》，第359页。

谁在美丽的早晨
谁在这一首诗中

1987.2.11

十四行：玫瑰花

玫瑰花　蜜一样的身体
玫瑰花园　黑夜一样的头发
覆盖了白雪隆起的乳房

白雪的门　白雪的门外被白雪盖住的两只酒盅
白雪的窗户　白雪的窗内两只火红的玫瑰谷
或两只火红的蜡烛……热情的蜡烛自行燃尽
两只丁当作响的酒盅……热情的酒浆被我啜饮

在秋天我感到了
你的乳房　你的蜜
像夏天的火　春天的风　落在我怀里
像太阳的蜂群落入黑夜的酒浆
像波斯古国的玫瑰花园　使人魂归天堂

肉体却必须永远活在设拉子[1]
——千年如斯
玫瑰花　你蜜一样的身体

1987.8

1　设拉子，一译舍拉子，波斯（今伊朗）地名。见西川编:《海子诗全编》，第362页。

其实在海子诗中，“身体”“肉体”“嘴唇”“内脏”“胃”“乳房”“胸膛”“血”等意象并不少见，其中“肉体”“乳房”等词汇会频频进入你的眼帘，就是“精液”[1]一词及其味道，有些诗作里你也能发现。仅从这些身体意象和肉体感觉来判断海子是否缺乏“肉体真实”，我想答案都是否定的，还有一点需要肯定的是，说这些话的人不是对海子（诗歌或被偶像化的人）素有偏见（这也可以理解），就是对海子诗歌读得太少。

三、“从景色进入元素”

其实要明白海子诗中为什么不乏身体想象或肉体意象是不难的，“伟大的诗歌，不是感性的诗歌，也不是抒情的诗歌，不是原始材料的片断流动，而是主体人类在某一瞬间突入自身的宏伟——是主体人类在原始力量中的一次性诗歌行动。这里涉及原始力量的材料（母力、天才）与诗歌本身的关系，涉及创造力化为诗歌的问题”（海子:《诗学：一份提纲·四、伟大的诗歌》)。海子的诗歌理想是“诗歌/行动”一体的，这“一体”中包含着对人的生命极限的超越，“主体人类在某一瞬间突入自身的宏伟”，海子的抒情建立在他丰富的肉身感觉上（《日记》:“我是肉，抒情就是血”），他宏伟的诗歌理想更是建立在他的肉身感受上，甚至，这肉身就是“原始材料”（《土地·第六章王》:“尸体不是愤怒也不是疾病/其中只包含疲倦、忧伤和天才”）的一部分。

但海子诗歌写作中主要还是那种建立在乡村经验上的奇特想象、对民族苦难命运的自觉意识、对历史的担当与言说出“本质”的意识，诚如他

1　西川编:《海子诗全编》，第664页。

自己所说的："我的诗歌理想，应抛弃文人趣味，直接关注生命存在本身。这是中国诗歌的自新之路。"[1]在另一处他说：

> 诗有两种：纯诗（小诗）和唯一的真诗（大诗），还有一些诗意状态。
>
> 诗人必须有力量把自己从大众中救出来，从散文中救出来，因为写诗并不是简单的喝水，望月亮，谈情说爱，寻死觅活。重要的是意识到地层的断裂和移动，人的一致和隔离。诗人必须有孤军奋战的力量和勇气。
>
> 诗人必须有力量把自己从自我中救出来，因为人民的生存和天、地是歌唱的源泉，是唯一的真诗。"人民的心"是唯一的诗人。
>
> 在写大诗时，这是同一个死里求生的过程。[2]

这两段文字都有"直接关注生命存在本身"的自觉意识和诗歌境界上的开阔与奇诡。海子说的"人民"及"大诗"显然不是我们通常理解的人民大众、集体合唱、民族史诗之类的东西，海子说的"大诗"对应的是"纯诗"，他的理想是一种反对迷恋修辞、将诗的创造力与个体生命的爆发视为一体、试图抵达生存真相与生命奥秘的"元素"的写作。他的"人民"即他在长诗和短诗里常常提到的"人类"，既有个体的悲欢亦有对作为整体的人类的忧思。海子期望他的写作，"必须从景色进入元素"：

> 景色是不够的。好像一条河，你热爱河流两岸的丰收或荒芜，你热爱河流两岸的居民，……你热爱两岸的酒楼、马车店、河流上空的飞鸟、渡口、麦地、乡村等等，但这些都是景色。这些都是不够的。你

1 海子：《诗学：一份提纲・三、王子・太阳神之子》，载西川编：《海子诗全编》，第897页。

2 海子：《动作（〈太阳・断头篇〉代后记）》，载西川编：《海子诗全编》，第898页。

> 应该体会到河流是元素，像火一样，他在流逝，他有生死，有他的诞生和死亡。必须从景色进入元素，……不仅要热爱河流两岸，还要热爱正在流逝的河流自身……[1]

“河流”的意象在这里代表“生活”和“生命”。是的，当代诗歌可以书写生活中各样的场景、生命中各样的感觉和经验，但这些都是“景色”，仅有“景色”是不够的，我们还应该关注河流本身，关注生命中那些像“元素”一样最基本的东西，也许只有这样，我们的诗歌才能更深入地穿透生存的表象、寻思生命的真谛。到这里，也许我们会明白，海子不是不擅长言说身体感觉、“肉体真实”，而是他更愿意去做他认为的更重要的事。并且，由于他写作中以身体、“血”（《诗学：一份提纲·七、上帝的七日》：“我来说说我的血”）为原始材料，其实我们要做他诗歌中见到“肉体真实”是不难的，但问题是，如果我们只以这一要求来衡量一个诗人，且得出“缺乏对事物的具体把握能力”，甚至认为他有“一种不敢正视自己真实生命状态的身体自卑感”，那就显得太走题了。

1 海子:《我热爱的诗人——荷尔德林》，载西川编:《海子诗全编》，第916页。

“自然”话语中的现代性问题

一、现代派文学中的四种关系

现代著名诗人、翻译家袁可嘉先生在其《欧美现代派文学概论》第一章，讲到西方现代主义文学所呈现的整体的特征，这一特征在于“它所表现的对现代西方资本主义文化和文明的深切的危机意识和紧迫的变革意识……表现为卡夫卡式的焦虑不安、《荒原》式的悲观绝望、乔伊斯对人性的精密解剖……”而“贯彻其中最根本的因素还要算它在人类四种基本关系上的全面扭曲和严重异化：在人与社会、人与自然、人与人、人与自我四种关系上的尖锐矛盾和畸形脱节，以及由之产生的精神创伤和变态心理、悲观绝望的情绪和虚无主义的思想……”[1]有意思的是，袁先生认为这四种关系的全面异化，问题在于“现代资本主义生产关系和社会关系的腐蚀作用”[2]，这是我们熟悉的一种解释问题的方式，其历史原因我们心知肚明，不提。

1　袁可嘉：《欧美现代派文学概论》，广西师范大学出版社，2003年，第6页。

2　袁可嘉：《欧美现代派文学概论》，第7页。

我想说的是，对于熟悉基督教与西方文明之关系的人，可能会认同：这四种关系的被破坏，其背后是人与神/上帝之关系的被破坏。现代派文学所描述的与此四种关系相关的问题，其背后是人与“神”（终极存在、万物本源）关系的问题：人与“神”的关系被破坏了，导致了此四种关系的被破坏。我在这个意义上理解李少君诗歌里的“自然”与“神”的问题，他诗中的大海、自然山水，很多时候不是文人怡情养性的寄托性的事物，而是诗人对自我与世界之关系的一种本体性的认知。不同的是，他不是以哲学家的话语来陈述这种认知，而是以诗的方式，在感觉、经验、想象、情感与记忆的陈述中言说这种认知：“自然”不是终极，“自然”的背后是“神”：

三五间小木屋
　　泼溅出一两点灯火
我小如一只蚂蚁
今夜滞留在呼伦贝尔大草原中央
　　的一个无名小站
独自承受凛冽孤独但内心安宁

背后，站着猛虎般严酷的初冬寒夜
再背后，横着一条清晰而空旷的马路
再背后，是缓缓流淌的额尔古纳河
　　在黑暗中它亮如一道白光
再背后，是一望无际的简洁的白桦林
　　和枯寂明净的苍茫荒野
再背后，是低空静静闪烁的星星
　　和蓝绒绒的温柔的夜幕

再背后，是神居住的广大的北方[1]

《神降临的小站》(《诗选》第121—122页）是李少君流传甚广的作品，这里边的自然境界令人敬畏，但李少君比一般诗人多出一点的地方是，他指出了人心里的敬畏的来源：不是这境界本身的美与力量，还有更深广的原因在背后，即使我们说不出是什么，但我们陈述我们的感受，我们至少可以说——“背后，是神居住……”类似的作品还有《神之遗址》等。显而易见，李少君比一般诗人对“自然”的认识要更进一步。

二、“自然……成了人物意识的象征”

一般来说，“自然”与社会性的现实相对，现代的人，改变了周遭世界，最终却发现，被自己改造的现实成了异己的存在（器物、制度、文化与文明）、让人不舒适的存在，于是，人要逃离，所谓“久在樊笼里，复得返自然”[2]，这里的“自然”，是与人的当下生存环境相对的，歌咏此“自然”，是对现实不满之人，在文学中暂时的替代性的满足。从古至今，抒写人在自然之中的舒适与自由，是文学的重要主题。

但这一境况在19世纪末以来的西方现代派文学中发生了改变，自然不再是自然，如袁可嘉先生所说：“在人与自然……的关系上，现代派同样表现出深刻怀疑和全面否定的态度。在现代派笔下，美丽的大自然消失了，它不再是独立的自在物，而成了人物意识的象征。”[3]最典型的例子是20世纪

1 本文引用李少君诗作，皆出自《常春藤诗丛·武汉大学卷》之《李少君诗选》，太白文艺出版社，2019年。

2 ［晋］陶渊明：《归园田居（其一）》，载游国恩、王起、萧涤非、季镇淮、费振刚主编：《中国文学史（一）》，第274页。

3 袁可嘉：《欧美现代派文学概论》，第7页。

英语世界的大诗人艾略特的《J. 阿尔弗雷德·普罗弗洛克的情歌》(1917年)的开头:“那么就让咱们去吧,我和你,/趁黄昏正铺展在天际/像一个上了麻醉的病人躺在手术台上……”[1]这里的“黄昏”不是美丽的夕照,而是将死的现代人的形象。这个情境,多年后,出现在当代汉语诗歌中,北岛的名作《回答》(1976年4月):“卑鄙是卑鄙者的通行证,/高尚是高尚者的墓志铭,/看吧,在那镀金的天空中,/飘满了死者弯曲的倒影。”[2]这开头,我们是否觉得似曾相识?

叶维廉先生曾说,“当欧美现代主义的极端实验正走到穷途末路,正苦苦挣扎追求一个新的路向之际,中国现代诗人群中,与欧美现代主义颇为相近的一种动向,业已逐渐爆炸性的展张:中国诗人开始对传统极端反抗,对各种因袭形式加以破坏和背弃……他们还特别强调‘存在主义’中‘情意我’(ego)世界的探索之重要。”[3]叶维廉先生勾画出的现代主义基本特质和精神是:“一、现代主义以‘情意我’世界为中心。二、现代诗的普遍歌调是‘孤独’或‘遁世’(以内在世界取代外在现实)。三、现代诗人并且有使‘我在存在’的意识。四、现代诗人在文字上是具有‘破坏性’和‘实验性’两面的。”[4]中国现代诗歌的发展滞后于欧美现代诗,在向后者学习的过程中,我们建立了一个以自我世界为中心的抒情模式,“自然”作为传统诗歌的言说对象和诗人所在的“外在现实”,处于被“背弃”的境地。如英语诗人艾略特一样,在中国现代诗人的笔下,黄昏也不再是黄昏,自然不再是自然,而成为自我意识的象征,于是本可以作为风景的“自然”成为意蕴复杂的关乎自我的想象之境,在追求文学的“现代性”的进程中,“自然”的处境岌岌可危:

1 [英]艾略特:《情歌、荒原、四重奏》,汤永宽译,上海译文出版社,1994年,第3页。

2 洪子诚、程光炜编选:《朦胧诗新编》,长江文艺出版社,2009年,第4页。

3 叶维廉:《论现阶段中国现代诗》,《叶维廉文集》第3卷,安徽教育出版社,2002年,第193页。

4 叶维廉:《论现阶段中国现代诗》,《叶维廉文集》第3卷,第195页。

大都会的脉搏呀！

生的鼓动呀！

打着在，吹着在，叫着在，……

喷着在，飞着在，跳着在，……

四面的天郊烟幕朦胧了！

我的心脏呀，快要跳出口来了！

哦哦，山岳的波涛，瓦屋的波涛，

涌着在，涌着在，涌着在，涌着在呀！

万籁共鸣的Symphony，

自然与人生的婚礼呀！

弯弯的海岸好像Cupid的弓弩呀！

人的生命便是箭，正在海上放射呀！

黑沉沉的海湾，停泊着的轮船，进行着的轮船，数不尽的轮船，

一枝枝的烟筒都开着了朵黑色的牡丹呀！

哦哦，二十世纪的名花！

近代文明的严母呀！

这是郭沫若在1920年6月间作的《笔立山头展望》，此山“在日本门司市西。登山一望，海陆船廛，了如指掌”。[1] 这里是现代城市，更是自然之境，但此诗是否陈述了“自然”之真实？比如轮船上“一枝枝的烟筒”冒出的黑烟，是美丽的“黑色的牡丹”“二十世纪的名花、近代文明的严母”吗？这里的“近代文明”，即今天我们说的现代文明（modern civilization），即追求器物与制度上的先进性的“现代性”（modernity），在追求此现代性

1 郭沫若:《女神》，人民文学出版社，1998年，第70—71页。

的热潮中，环境的污染、"自然"的被伤害，也就不在作者的眼光之内了。在现代的西方文学和20世纪中国的新诗当中，许多时候，人虽然在抒写自然，但可能人与自然的关系是断裂的：自然，只是文学的材料、写作者利用之表达自我世界的对象。

三、"诗人在天空景象中召唤……"

有幸的是，当代许多诗人，已经意识到这个问题，他们许多人愿意像海子在《日记》(1988年6月27日)里说的那样："……把石头还给石头/让胜利的胜利/今夜青稞只属于她自己/一切都在生长……"[1] 让自然回到自然，让自然作为自然本身呈现，而不是让自然作为人内心形象的投射。这是许多当代诗人的共识。

值得注意的是，李少君虽然被人誉为"自然诗人"，但他并非是那种专门以"自然"为题材来写作的诗人，像过去的所谓"石油诗人""煤炭诗人"和"战士诗人"等。他同样也写了很多关于城市场景、个人成长历史的诗作。说他是"自然诗人"，不是说他已经将"自然"掌握在心胸，毋宁说他是一位在寻找"自然"、召唤"自然"出场的诗人。那种"召唤"自然出场的方式，使李少君的诗，看似平淡，实则背后有意蕴在涌动：

每天，我都会驱车去看一眼南渡江
有时，仅仅是为了知道晨曦中的南渡江
与夕阳西下的南渡江有无变化
或者，烟雨朦胧中的南渡江

1　洪子诚，程光炜编选:《朦胧诗新编》，长江文艺出版社，2006年，第260页。

与月光下的南渡江有什么不同

看了又怎么样?

看了，心情就会好一点点

《南渡江》[1]这首小诗貌似平淡无奇，这样的口语诗在当代诗歌生产的洪流中，似乎随地可见。但是这首诗的第二阙非常重要，人为什么“每天”都要去“看”那个固定的自然场景？为什么“看了，心情就会好一点点”？诗作到这里戛然而止。人需要“自然”，“自然”背后有东西，那是灵魂内在的需要，没有别的东西可以替代。以色列历史上伟大的君主、大卫王之子、被认为极有智慧的所罗门王在《传道书》里曾这样说到人与万物之关系：“神造万物，各按其时、成为美好，又将永生（原文是‘永远’）安置在世人心里。然而神从始至终的作为，人不能参透。”[2]在神（上帝）所创造的秩序中，人与万物都有自己合宜的位置，但在人犯罪之后的处境中，这个关系被破坏了，人的犯罪不仅使自身遭受罪的苦，也使万物一同坠入“虚空”。“救赎”，这个命题，不是专属于人的，也是属于万物的。《圣经》中的救赎图景是：“受造之物切望等候神的众子显出来”[3]，万物在仰望人重新成为神之子。唯有如此，世界的多重关系才得以被恢复。《南渡江》一诗中，“我”非常需要去“看”那个熟悉的自然场景，因为“我”本来就在那个“各按其时、成为美好”的秩序中，“看”是安放自己，它使我心灵得安慰。德语诗人荷尔德林将这种熟悉的场景称为“疏异者”，比如天空的形象，他说：

1 李少君:《李少君诗选》，第44页。

2 《旧约·传道书》3：11。

3 《新约·罗马书》8：19。

什么是神？不知道，

但他的丰富特性

就是他天空的面貌。

因为闪电是神的愤怒。

某物愈是不可见，

就愈是归于疏异者……[1]

“诗人之为诗人，并不是去描写天空和大地的单纯显现。诗人在天空景象中召唤那种东西……不可见者为了保持其不可知而归于某种疏异的东西。”[2]不是“单纯”描述具体的“自然”场景，而是提示我们去思想这场景背后的“背景”(《我是有背景的人》,《李少君诗选》，第62页)、那可以被称为“神”性的更大的东西——某种隐而未现的、一定在某处的“自然”，诗歌中有巨大的空白，恐怕才是李少君诗歌最大的魅力。

寄畅园中听清响

凌晨，先是大片密集的鸟鸣淅淅沥沥

然后是钟声，随晨曦一道覆盖青林

接着开始有人语响，三三两两

此院匾题曰清响，每当寂静时刻

庭中泉涌，石间溪流，从不停歇

八音涧中，有一泓清水

在岩石与洞穴之间迂回跳溅

1 ［德］海德格尔:《……人诗意地栖居……》，载孙周兴选编:《海德格尔选集（上）》，上海三联书店，1996年，第475页。

2 ［德］海德格尔:《……人诗意地栖居……》，载孙周兴选编:《海德格尔选集（上）》，第476页。

浪花击石，演奏出不同的韵律
微云在天空中商量着布景
万物彼此激荡，发出各自声响
丛林里回旋着一曲自然的轻音乐

每天最终的尾声
一定是在深夜，万籁俱寂之后
一滴水声，击破清空
最后一声鸟鸣，仿佛世界圆寂前的暗自叹息[1]

这首非常有古典诗词情境的作品中，结尾的意味是悲剧性的，诗人没有停留在世界的幽静给人的满足，而是提醒我们“尾声”，有“一滴水声，击破清空”、有“一声鸟鸣，仿佛世界圆寂前的暗自叹息”。这滴水声，宣告“清空”的不完全、提醒我们“清空”背后有东西；那声鸟鸣亦如是……这些“疏异者”引导我们思想那“不可知”“不可见者”。自然场景的描述，在这里引导我们思忖那更大的存在，正如“广大的北方”为何如此让人肃穆，乃是因为“背后，是神居住……”

四、回到人与自然之关系失落的地方

现代派文学的一个起点，是人与自然关系的失落，而此失落的原因，是人背弃了海德格尔说的存在背后的“不可知”“不可见者”，因此背弃，自然不再是自然，人也失去了一直依存的某种关系，人进入了一种悲剧性

1 李少君:《李少君诗选》，第157—158页。

的命运，在这种命运中，我们常常哀叹的是“我没有故乡”。当代诗人中，李少君是很独特的一位，出于诗人的天性，他笃定自然不是孤立的，其背后有更大的存在，虽然他没有从哲学和神学上来描述之，但他以诗的方式在言说之，这也是他的一系列句式出现的原因：“我是有大海的人”[1]“我是有背景的人”“我是有故乡的人”[2]……

“背景”“故乡”等主题，是失落的现代人的“共同回忆”，李少君的诗歌，没有执着于“私人体验”，而是努力抵达人深处一种普遍的渴念——“共同回忆”。美国学者谢大卫[3]在《圣经与英语诗意想象》（*Scripture and the English Poetic Imagination*）一着中说到现代诗人的“困境”与“盼望”：“首先，现代哲学将自我作为它的起点……其次自我是一个孤立的个体……自我的前提是个寻找知识的思想者，也就是寻找那些有帮助信息的人。带着这样关于自我的预设，还会有什么人读诗歌呢？更糟糕的是，认为个体带着孤立的本性，以此为假设的诗人不可避免地写出晦涩，无意义的诗歌来。……现代主义的座右铭简而言之就是：‘对你而言的意义——完全取决于你自己。’这或许能解释为何诗歌从潮流中落伍。……‘现代诗人感觉自己必须在任何公众视野之外。’如果我们是疏离的意义制造者，我们就对读者没有任何责任，对任何在上或名誉之外的事没有热情，对任何道德判断没有权威。……‘现代诗人的一个困境就是他们的听众知道的词汇越来越少。这进一步切断了与过去的对话。’但是在现代诗人中间，在当代英语诗歌中仍有盼望。那些寻找表达‘个人性作为一种关

1 李少君：《李少君诗选》，第4页。

2 李少君：《李少君诗选》，第51页。

3 谢大卫（David Lyle Jeffrey），加拿大人，现任美国得克萨斯州贝勒大学（Baylor University）教务长及文学与人文科教授。谢大卫教授是中世纪研究、《圣经》和文学跨学科研究方面的知名学者，当代西方重要的基督教思想家，写作和主编了十余部著作，其中包括在宗教与文学跨学科研究方面具有里程碑意义的著作《英语文学中的圣经传统词典》（1992年），以及获得多种学术奖项的《圣书的子民：基督教的特质和文本传统》（中国人民大学出版社，2005年）。

系'的诗歌，那些激发'不单是私人体验也是共同回忆'的诗歌，将带我们回到'某些共同的异象中。这样的诗歌将成为我们回家的路。'"[1]

李少君的"自然"之诗不只是对现代诗的一种反拨（从前是现代的、城市的、混杂的、变形的，现在是自然的、乡村的、单纯的、归正的），而是对人之现代性的一种思忖：到底什么是现代性？一定要如此吗？是人的真实需求重要还是某种世界性的文化进程力量更大？我们到底要依附哪一边？李少君以长期的诗歌写作回应了这一问题：人的需要"故乡"之感是最重要的心灵需求，文学的现代性不一定在现代派的反社会、反自然、高扬自我、宣称"他人就是（我的）地狱"[2]之类的思想意识及相应的形式探索，文学的现代性也可能体现在作家一直思忖一些人之最基本的命题上，比如人与"自然"之关系，比如"自然"背后的存在……我相信李少君对此是有自信的，在他下面这首诗里，我看到了我的预见：

云的现代性

诗人们焦虑于所谓现代性问题
从山上到山下，他们不停地讨论
我则一点也不关心这个问题

太平洋有现代性吗？
南极呢？抑或还有九曲溪
它们有现代性吗？

珠穆朗玛峰有现代性？

1 杰西卡・胡顿・威尔逊（Jessica Hooten Wilson）：《为什么基督徒需要诗意的想象?》。

2 袁可嘉：《欧美现代派文学概论》，第9页。法国存在主义哲学家、作家萨特在其《关闭门户》一剧中的名言，第9页。

黄山呢？还有武夷山
它们有现代性吗？

也许，云最具现代性
从李白的"众鸟高飞尽，孤云独去闲"
到柳宗元的"岩云无心自相逐"
再到郑愁予的"云游了三千岁月
终将云履脱在最西的峰上……"

从中国古人的"只可自怡悦，不堪持赠君"
到波德莱尔的巴黎呓语"我爱云……
过往的云……那边……那边……奇妙的云！"

还有北美天空霸道凌厉的云
以及西亚高原上高冷飘忽的云
东南亚温润的云，热烈拥抱着每一个全球客

云卷云舒，云开云合
云，始终保持着现代性，高居现代性的前列[1]

云有现代性吗？或者问"自然"有现代性吗？诗人的回答是：有！"自然"，超越"现代性"之问题，因其一直是人最需要关切的问题。"自然"之诗，不是保守、不是田园主义、不是湖畔派、浪漫主义，而是思忖人在何处真正得安慰的一种写作。这种写作，如人一直仰望高天之上的

1 李少君：《李少君诗选》，第128—129页。

“云”，这种仰望与思忖，在任何时代，都“始终保持着现代性，高居现代性的前列”。

李少君诗歌作为一系列的关于“自然”的话语，如果说比一般诗人更值得关注的话，其原因在于：对于“自然”的正视或者拯救，更多诗人是凸出自然本身，这确实也恢复了自然在现代文学话语中的正常位置。但李少君的诗，将“自然”的“背后”凸显出来，这样，不仅诗歌意蕴在美学上变得深广，同时，这种写作也更深地回应了现代文学中“自然”之失落的问题。

如果说一般人是回到了“自然”、崇敬“自然”本身，他则是逼近了“自然”之后的“神”“不可知”“不可见者”等问题，他回到了人与自然关系被毁坏的源头。“自然”之在、之美，也许不是自然而然，可能是“自然”背后的存在，使“自然”成为我们在心灵上被震撼、在审美上陶醉的“自然”。从此源头出发，解救在东西方现代诗人笔下被运用以表达自我世界的、丧失了真实状态的“自然”，回复一种合宜的人与自然之关系。虽然诗人没有在基督教的文化语境里谈论问题，但他努力以人的终极思忖与东方美学来回应这一问题。他的写作，在对人与自然之关系的“拯救”上，会更有思想价值和美学意蕴。人与自然的关系，是现代性的问题，也是中国现代文学领域里迫切的、一直在纠正的问题（如前面提到的叶维廉先生的著述）。我认为李少君对此问题的思虑，比当代很多诗人更进了一步。

还可以补充一点：现代诗缺乏读者，这是一个众所周知的事实。这个事实的形成，与诗人的自我中心、对人生颓败一面的偏执，密切相关。现在，李少君的诗，呈现了清新的自然场景、在自然场景中召唤神圣之物，他似乎在纠正现代诗人在“私人体验”上的偏执，让我们进入关于“故乡”“背景”这些“共同回忆”。这恐怕是他的诗收获了不少读者之原因。

寻求何为好诗的共识[1]

一

在不同的文学类型中，“诗”到底是什么？好诗又应该是怎样的？这些问题不同的人对之的态度是不一样的。武汉诗人张执浩有时批评我的诗歌研究：“你老是要把‘诗歌是什么’搞清楚干啥？我写了这么多年诗，都没有搞清楚这个问题，现在，我觉得这个问题并不重要……”张执浩说“目击成诗”，强调日常生活中诗意的突然涌现，强调写作的不做作与被动性，这是很好的写作状态。张执浩有多年的写作经验，对诗是什么及何为好诗已经形成了一种深度的自觉意识，虽然他没有系统地去阐述。可以说，关于这些问题，至少他与那个写作中的自我建立了一种共识，不然，他不会有那种“目击成诗”的自信。但对于读者和一般诗人而言，诗是什么及何为好诗的共识，显然有待知识界和诗歌界的寻求、建构与引导。

这种寻求共识的意义其实是为了诗歌写作本身。当人们不知道何为诗，就会创造无数种被称为诗的非诗之物，也成就了无数算不上诗人的诗人。

1　本文为《2016年度十大好诗》（深圳报业集团出版社，2016年）而作。

如果我们将写诗当作一个“专业”，或者说人文学科的一个分支，我们就必须要在一定的范围内来谈论它，这个范围就是“范式”。“日心说”对“地心说”来说，就是一个不同的范式。宇宙大爆炸理论下的世界观，对于宇宙无始无终的知识系统，就是一个新的范式。范式规定了谈论问题的方式与边界，对于问题的展开与深入，有一定的有效性，但这种有效性也可能是有限的。这种有限性酝酿了范式的被突破而形成新的范式。对于现代汉语诗歌来说，其范式是什么？你不能在我们诗是什么的时候，你说，我有了灵感就写，是不是诗我从来不管……你不能在我们谈论何为好诗的时候，你说，我只看它感人不感人、深刻不深刻……因为这都不是在同一个范式下讨论问题。当我们谈论现代汉语诗歌时，我们就必须涉及汉语、诗和“现代”这些基本的元素，这些基本元素及其相互关系构成了谈论何为好诗的一种范式。

二

文学是一种特殊的说话方式，“诗”更是，在一切文类中，它的形式感更集中更突出，它对语言、意象的要求最严格。诗歌言说“现实”经验，但它并不直接满足人的意义诉求，更不直接等同于“现实”，而是在具体的“语言”形态和特定的“形式”机制中间接呈现“经验”的现实。当我们谈论诗歌的发生，有三个因素是不可避免的，即现实经验、语言符号和艺术形式。从“新诗”所在的历史时间看，与此相关的分别是：个体的现代性的现实境遇，汉语所必须面临的现代转换和诗歌传统形式与现代经验的冲突。从语言角度，“新诗”的语言——“白话”也在传统句法和西方“文法”的多方“对话”中发展成为渐渐成熟的现代汉语。从形式角度，“新诗”的体式“自由诗”也不能被绝对化，不加分辨地崇尚“新诗应该是自由诗”（冯文炳:《新诗应该是自由诗》），无视诗歌所必需的情感的内在节奏、声音美学，而是应该在经验和语言、诗行之间寻找节奏的美妙平衡，建设真正“现代”的“诗形”。

可以说，现代汉诗的本体状态乃是一种现代经验、现代汉语和诗歌形式三者互动的状态，意义和韵味乃是在三者相互作用而生成的。现代汉诗的意蕴生成必得在经验、语言和形式的复杂互动中考察，单纯地谈论任何一个因素都是偏执。新诗的诞生，与古典诗歌无法言说现代的个体经验这一历史状况有关。而初期白话诗遭到新月派的反对，正是因为胡适等人在用新的语言言说经验之时忽略了形式，以为“自然”地表现“自我”就有了“诗”，新诗有了新的“自我”和新的语言就“自然”有了“音节”。而形式的更新，带来了经验言说上的自由，使经验真正成为“现代”的。一首好诗，理论上是经验、语言与形式的美妙互动所形成的效果，它不是口语诗人常常追求的某一个令人震惊或者捧腹的“意思”的凸现；也不是知识分子诗人通篇都是暧昧的叙述但其个人对于现实的真实经验你无法把握（更不谈作为一个知识人对于现实的判断）。

记得2009年夏天在哈佛大学访谈宇文所安和田晓菲二位教授的时候，我们聊到这个问题，当我问田晓菲教授写诗时，是否会考虑经验、语言和形式的多重互动之关系，她笑曰：“写作中的人哪会想到这些？那还叫写作吗？”确实，写作的状态可能是被动的、即兴的甚至迷狂的，不会像我们在这里分析性地对待过程与要素。但是，关于何为好诗的“意识”一定在写作者的内心发生作用，这个作用会成为他的被动或迷狂状态中的一种自觉、无意识。我们那次访谈的中心叫“诗的规则与学术的规则”，中国文人或诗人，对于文学与写作的理解，常常是浪漫化的，自诩天才者居多，尊重“规则”、有T. S.艾略特说的“历史意识”者少。没有对“规则”的共同认识与尊重，就不可能有精彩的游戏过程与结果。这就好比现代足球一样，职业联赛水平越来越高，比赛越来越精彩，与多方面规则的完善大有关系。在宇文所安的唐诗研究中，他提到初唐诗的意义。我们一般认为盛唐时代，诗歌兴盛，大约是国势强盛的缘故。而他的看法是，那些名声不大好的宫廷诗人，其实是诗歌写作的专业人士；看似绮靡颓废的初唐诗，其实是在试验汉语写作的规则，正是这个规则（近体诗或律诗）的形成，带来了后来汉语诗歌发达的局面。

三

从寻求何为好诗的共识之角度，“2016深圳读书月年度十大好诗”的揭晓，这个活动的意义不仅在于对于十位诗人（韩东、黄茜、津渡、柳宗宣、潘洗尘、冉冉、宋琳、杨碧薇、杨沐子和张战）或两个诗歌组织（《诗歌与人》和《诗建设》）的奖励与标识，他们确实非常优秀，也非常重要，配得这些嘉奖（当然，一个健康的诗歌时代，更应该是“开元全盛日”的“但见诗歌不见人”），更在于这个活动所显现的文化风向标：有好诗吗？何为好诗？

从我的角度，后来结集出版的《2016年度十大好诗》一书向读者证明了这个提问。你对入围的90首是否是“好诗”也许意见不一，但对最终获奖的十首应该能够认同。韩东的《我们不能不爱母亲》、黄茜的《女巨人》、津渡的《咸鱼铺子》、柳宗宣的《鱼子酱及其他》、潘洗尘的《深夜祈祷文》、冉冉的《手心的镜子》、宋琳的《来自基弗的画》、杨碧薇的《一个陌生人的死亡》、杨沐子的《聊天正在形成》、张战的《陌生人》这十首，无疑是当代汉语诗歌最近的杰作，每一首都给我震惊的体验。每一首我觉得都称得上评委的赞誉。每一首都值得人们再好好评读。

《女巨人》确是一首巨人之诗，作者在宗教、历史与世界文明方面的知识修养、诗歌言辞的繁复与狂热诗绪的有序流淌，让我震惊。美丽的女诗人，诗歌想象力与写作中的激情如此磅礴、强大。《聊天正在形成》犹如一部现象学的专著，一句句读起来似乎还有感觉，但连起来却难以理清头绪，原来，杨沐子的言说方式与一般的诗人截然不同：大多数人写作，是感觉、意识到审美意象、意境的转变，而杨沐子，则是在意识、感觉这个场域的不断转换、辩诘、怀疑、生成……诗歌呈现的，始终是意识、感觉层面的存在。作者明显有哲学家的素养，若是脱离了她的意识哲学，其诗歌简直是语言游戏；但如果了解这位诗人对世界认识的方法论，我们会看到其作品是当代汉诗写作的一条险峻路径，至少，在对存在之思忖的深度上，在当代诗歌的结构上，杨沐子带来了一种久违的哲学性的复杂感。

韩东的《我们不能不爱母亲》、津渡的《咸鱼铺子》、柳宗宣的《鱼子酱及其他》、潘洗尘的《深夜祈祷文》、冉冉的《手心的镜子》、杨碧薇的《一个陌生人的死亡》、张战的《陌生人》这几首让我震惊的是作者叙述日常生活的能力，他们能在如此平凡的日常中提炼出那些叫人无法面对的真实。大多数作品，某种生命的经验呈现在语言的精心组织与形式的巧妙结构中，令人震颤。这些诗作，叫人激动、紧张，又让人恢复平静。这种平静是悲剧提纯了人的心灵之平静。人心在此得到了一次洗礼，诗歌正是在此缓慢地改变着人的精神。

我们不能不爱母亲，
特别是她死了以后。
衰老和麻烦也结束了，
你只须擦拭镜框上的玻璃。

爱得这样洁净，甚至一无所有。
当她活着，充斥各种问题。
我们对她的爱一无所有，
或者隐藏着。

把那张脆薄的照片点燃，
制造一点烟火。
我们以为我们可以爱一个活着的母亲，
其实是她活着时爱过我们。

这是韩东的《我们不能不爱母亲》。这是一首叫人尴尬的诗。我们常常这样亏欠着母亲，但我们还在说“爱”。这首诗将人的无能与虚伪活剥出来给人看。在经验上我们是震慑的，不敢面对；在语言上，韩东真是老辣的写作者，用词非常节俭，语句非常“洁净”；在形式上，表面上平铺直叙，实则在每两句之间，都有着对称或对立的意义结构。比如，“我们不能不爱母亲”和“特别是她死了以后”，“不能不爱”本身就是悖谬，充满意味。而特别是在母亲死了之后显得爱母亲，这更是悖谬。这些结构使全诗处处都是张力。对于韩东在这里的获奖，我想到的话就是“姜还是老的辣”，不服不行。

四

在当下诗坛，我还能在一些场合常常遇到韩东，算是比较熟悉的前辈。而对于宋琳，则是只能在书上读到他了，这一次在“十大好诗”里读到宋琳的《来自基弗的画》，真是再度体会到实力派“第三代诗人”的强大功力。

是的，这是大地的真实写照。
生活模仿了艺术——废墟如记忆

在大脑深处燃烧着。太多的灾难，
非自然的，道德的，语言的，
我们已经习惯。在一个火山口般的大坑边缘
喝茶，造爱，乘电梯做穿越地狱的旅行，
瑟瑟的风仿佛死神温柔的祝福。
太多隐忍，当城管暴打一个小摊贩；
女中学生被自己的同伴当街羞辱，
围观者看见的只是被斗败的蟋蟀。
人心滑向深渊而股市崩盘。
氰化钠爆炸，在第二个广岛，
在大阅兵即将开始的闷热的八月，
仿佛冬眠的战神突然醒来。
冲击波的威力（我们曾在“文革”期间的
核战宣传片中见过）摧枯拉朽，
回眸间，那喷火女怪的舌头已舔破
疲惫如居民楼玻璃窗的梦境。
银灰的金属流体美如虚拟的液态人，
正匍匐前进，去吞噬消防员年轻的肉身。
其中一位，刚尝了口新婚之蜜，
旋即化作灿烂的火雨。
是的，生活模仿了艺术，但技法笨拙，
废墟的签名永远是：一片狼藉。
烧成骷髅的汽车的空架子
组成兵马俑的方阵，浩浩荡荡，
等待着被检阅，而蒲公英的小降落伞
载着失踪者的名字漂浮到了海上。

农民工的棚子早已不知去向。
一只收音机反复在唱：
明天，亲爱的妈妈将找到我的骨头。
我们果真能熬到天亮吗？
果真有讳莫如深的人指给我们看，
一条穿越秘而不宣的设计图，
实际并不存在的防线吗？
官方忙于辟谣，疯子在赶写赞歌，
我们闻所未闻的真相在黑暗中酣睡着。
一个窗前的小女孩被壮丽的蘑菇云惊呆，
她张大了嘴，像苏拉密站在焚尸炉外。

2015/8/28

当代汉语诗歌，口语诗之于现实的呈现与批判，是有卓越的贡献的，但在诗的意义上，又让人觉得缺乏一种美感和强大的力度（小的力度是有的）。而“知识分子写作”类的作品，在语言和形式的美感上、某种玄学氛围的营造上，越来越登峰造极，但是也越来越难以见到某种人对于现实的痛感。当代汉语诗歌，很多时候，让人感觉越来越像诗，但缺乏的却是“初恋的狂喜”“幻化的形象”和“更深的绝望”（穆旦:《我》）的某种综合。袁可嘉先生将1940年代的诗歌的艺术追求概括为:“纯粹出自内发的心理要求，最后必是现实、象征、玄学的综合的传统；现实表现于对当前世界人生的紧密把握，象征表现于暗示含蓄，玄学则表现于敏感多思、感情、意志的强烈结合及机智的不时流露。”1940年代，是战火纷飞的年代，是诗人穆旦参加远征军出生入死的年代，诗歌如何不干预现实？诗歌又如何在干预现实之中仍然是诗歌？穆旦这些“九叶”诗人的作品是一个很好的证明。没有哪个年代没有不让人揪心的“现实”。今天的当代汉语诗歌，在阅读中，将人“点燃”，使人“痛苦”，又使人能“等待伸入新的组合”（穆旦:《春》），这样的“现实、象征、玄学的综合”之作也许并不多。

无论是德国艺术家基弗的画，还是“苏拉密站在焚尸炉”的意象，都在使宋琳的这首诗与当下中国现实制造一种疏离感，但是，“氰化钠爆炸”“吞噬消防员年轻的肉身”又明显指向当代中国的真实事件。诗中出现两次“生活模仿了艺术”，大爆炸“模仿”了基弗的画，中国小女孩模仿犹太姑娘苏拉密（也译为“书拉密”）当代模仿了历史，“官方忙于辟谣，疯子在赶写赞歌”，而诗人在追问“秘而不宣的设计图”。这首诗，在言说一种关于当代中国的现实经验上、在语言意象的精确上和在叙述形式与结构的自然上，既让人读到了久违的诗歌中的现实关怀，又让人读到了经验、语言和形式三方互动所形成的那种让人触动的、灵魂震颤的美学效果。

五

一首好诗，理论上是经验、语言与形式的美妙互动所形成的效果，这是我企望读者和写作者能形成的关于“好诗”的共识。我个人认为这《2016年度十大好诗》客观上体现了这一点。尽管诗人们通常是反对“共识”的，但“共识”之所以是“共识”，因为它连接着一个民族共同的语言和文化结构，这个“结构”决定了我们写作的范式和我们对文学的期待。

没有关于“共识”的期待、寻求、建设与引导，文学写作只会没落在灵感降临的偶然、随机性与写作者的自大狂情绪中。有“共识”才可能有“共识”的被打破，正如确立了范式才会有范式的被突破，才有科学中的世界观的变化与进步。诗歌写作需要“共识”的引导、保护与检验。我们应该有更多的这样寻求“共识”的“诗歌共同体”。

第二辑　诗坛：一个特殊的中国社会

诗歌的中年——屠岸诗歌与卞之琳、冯至的关系

一、心境："深秋有如初春"

朱自清先生曾这样评价冯至的《十四行集》："闻一多先生说我们的新诗好象尽是些青年，也得有些中年才好。冯先生这一集可以算是中年了。"[1]闻一多先生如是评价冯至应该是中肯的，但其实这个评价放在现代另一个优秀的诗人身上也是合适的，他便是卞之琳。袁可嘉赞卞之琳曰："在新诗内部，卞之琳上承'新月'，中出'现代'，下启'九叶'……"[2]确实，新诗到了卞之琳、冯至、"九叶"诗人，才有了"长大""成熟"的样子。卞之琳诗歌和冯至的《十四行集》都有"沉思"、"内向性"、凝重的特点，不同的是《十四行集》关于生存的思虑更深广一些；卞之琳诗关于诗歌本身如意象"距离的组织"等问题的实验更偏重一些，其对生存的思虑在风格上没有冯至开阔、澹然，卞之琳诗更多显示出冷凝式的"理趣"。"中年"的（诗歌）写作区别于"青春期"的（诗歌）写作，"青春期"的写

1　朱自清：《新诗杂话·诗与哲理》，《朱自清全集》第2卷，江苏教育出版社，1996年，第336页。

2　袁可嘉：《略论卞之琳对新诗艺术的贡献》，《文艺研究》，1990年第2期。

作是浪漫唯美的、激情迸射的、辞章华美的，而“中年”写作则是冷静沉思的、言语缩减、思想含蓄的，就像一条奔腾不息的河流，“中年”的阶段是它就要接近大海（领悟人生的真谛）的阶段，它开始减速、对自身的奔腾有所抑制，它的风格也因节制、含蓄而显得深沉、阔大。我说的“诗歌的中年”不是指失去了思想锐气、语言陈腐的“中年的诗歌”，它指的即是诗歌写作的一种作风，如冯至、卞之琳那种“内向性”、语词缩减、思想含蓄的作风。我在这里以这种作风来概括屠岸部分诗歌的一种品质以及其与卞之琳诗和冯至诗的诗艺传承关系。

我素来喜欢琢磨一个诗人给他的诗集所取的名字。一本诗集里肯定有许多诗人酷爱的好诗，为什么他只选这首诗的题目作诗集的标题而不选那个？这其中绝不是无意识的瞎决定。譬如屠岸先生新出的诗集《深秋有如初春》（人民文学出版社，2003年，以下凡引屠岸诗未注明出处，皆引自此书），这其中不乏另外的好诗，为什么偏偏选这一首作为诗集的总名目？“再一次来到大草坪，/再一次迎接小阳春，/再一次看见蜜蜂和蝴蝶/飞舞在铺满菊花的小幽径。/哪里是银铃般的笑声？/哪里是溪水般的眼睛？/五十年风雨可是埋葬了/所有的软语温存？//再一次来到引水亭，/再一次拥抱小阳春，/再一次凝视少男和少女/徘徊在秋阳照暖的棕榈林。/哪里是活泼和娇嗔？/哪里是端庄和沉吟？/半个世纪的史册没录下/一生的惆怅和欢欣？/深秋有如初春：/这诗句勾魂摄魄；/深秋有如初春：/这诗句石破天惊！/曾经存在过瞬间的搏动——/波纹在心碑上刻入永恒。”五十年风雨，半个世纪的烟云，当诗人再次故地重游，物是人非，但诗人没有什么特别的感伤，他的心理经验恰是一种“中年”心境——“深秋有如初春”！从诗人的年龄、人生经历来说，明明是秋之萧瑟，为什么竟有初春的淡淡欣悦？原来，在诗人活过的年月里，他没有虚度光阴，对于那些发生过的令人激动的“瞬间的搏动”，他皆已经刻在心碑上，这些岁月的波纹，对于诗人的心灵，是永恒的收获与珍藏。深秋，对于他人是秋风萧瑟，寒意逼人；奥地利大诗人里尔克甚至说："谁这时没有房屋，就不必建筑，/谁这时孤独，就永远孤独"。[1] 但对于1998年深秋的屠岸而言，他在深秋收获的是初春才有的新鲜的希望和暗暗的喜悦，这种在深秋时节体会心灵深处初春般的清凉和温暖的感觉是多么幸福啊。我相信屠岸先生以"深秋有如初春"为这本有总结其人生经历、诗歌创作经历性质的诗集的标题是有深意的。当代一位诗人在一首诗里写道："传记的正确作法是/以死亡开始，直到我们能渐渐看清/一个人的童年"。[2] "深秋有如初春"，这是一个人在历经世事沧桑之后从当下向童年的漫长回眸，在此回眸中、在诗歌与往事当中，他对自我的形象的"渐渐看清"；"深秋有如初春"，诗人要表达的是他翻译、写诗的一生一直没有更改的心境，他在人生深秋时节那收获日的淡淡喜悦和历经波折后的沉静心态。

二、诗风：卞之琳式"精微与隽永"

屠岸自己在谈起他的诗歌创作道路时，也承认对他影响最大的诗人是卞之琳先生。屠岸一直说他"最喜爱的现当代诗人是冯至、卞之琳和艾青"。[3] "我译莎翁十四行诗，按照卞之琳先生的译法，以顿代步，韵式依原诗。我也用这种格律写汉语十四行诗，受到卞先生的肯定。"[4] "在诗歌创作的道路上，我结识的诗友有一长串名单，如邹荻帆、唐是、牛汉、绿原、莫文征……前辈诗人卞之琳是我的老师；艾青、藏克家、冯至、田间等

---

1 ［奥地利］里尔克：《秋日》，冯至译，载臧棣编：《里尔克诗选》，中国文学出版社，1996年。

2 王家新：《持续的到达》，《王家新的诗》，人民文学出版社，2001年，第80页。

3 屠岸：《诗歌是生命的播撒——屠岸访谈录》，《深秋有如初春》，人民出版社，第386、388、389、394、388页。

4 屠岸：《诗歌是生命的播撒——屠岸访谈录》，《深秋有如初春》，第386、388、389、394、388页。

也经常鼓励我。”[1]在那么多前辈和诗友中，他一般只称卞之琳为“我的老师”。其实即使没有屠岸自己的坦白，我们从他的诗歌中也可以发现浓厚的“卞诗之风”，在诗艺上，屠岸很好地学习和继承了他的老师卞之琳先生。我们来看看他的诗集中那些有沉静、含蓄之美的作品。

《夜行》：“可怜，迟归的游子/生疏了故乡的路途//没有街灯的夜/走过挑担卖糖粥的老人//森严，夜之怖动/渐闻深巷的犬吠//身后，有足步声/连带着回声逼近……”此诗写一个回乡的游子在夜晚路途中的孤单与惊悸，但作者在描述这些感觉时却不是连贯性叙述，而是不停地转换叙述的对象：游子——卖糖粥的老人——深巷犬吠——身后那恐怖的脚步声，让读者在阅读中的紧张心绪一点点增加，对那个深夜回乡的游子不仅更加担心起来，诗歌有一种凄清、恐惧的整体效果。意象（意境）之间的转换和组织可以说有点卞诗的样式。下面这首《卧病》恐怕更有卞诗味道：

他乡的卧病，
草席仿佛觉得冷了。

泥炉发出灰红，
墙外敲过卖铜鼓饼的担。

浓烈的苦味，
无力地揭开药罐的盖。

忽然接到家信，
字迹在恍惚中爬。

1　屠岸:《诗歌是生命的播撒——屠岸访谈录》,《深秋有如初春》，第386、388、389、394、388页。

这首诗在意象之间的连续性上、在叙述视角的不停转换上、在抒情主体的不断换位上总是让我想起卞之琳的《距离的组织》《尺八》等名作。我们就顺便看看《距离的组织》:“想独上高楼读一遍《罗马衰亡史》,/忽有罗马灭亡星出现在报纸上。/报纸落。地图开,因想起远人的嘱咐。/寄来的风景也暮色苍茫了。/(‘醒来天欲暮,无聊,一访友人吧。’)/灰色的天。灰色的海。灰色的路。/哪儿了?我又不会向灯下验一把土。/忽听得一千重门外有自己的名字。/好累啊!我的盆舟没有人戏弄吗?/友人带来了雪意和五点钟。”[1] 我很喜欢这《距离的组织》,尽管有人怀疑卞诗有“做”的痕迹,但我仍然迷恋卞诗那在诗歌的殿堂里自由实验的作风,卞之琳的诗歌思绪一会儿到这一会儿到那,飘忽不定,你若不仔细琢磨肯定犯迷糊,但是你要是会“移情”、进入诗境,在他的诗歌迷宫里你死死追随叙述者的视角转换路线,你就会兴趣盎然。

海外学者赵毅衡先生曾对卞诗的特征做过概括,大致包括如下几点:1.“动力的感官性”;2.“异类意象嵌合”;3.“思辨美”;4.“声部应和”;5.“抒情‘我’的变幻”[2]。1、2、4、5点讲的是技巧,3是卞诗的思想力量的来源。1类似与西方象征主义大师们强调的“抽象的肉感”(使抽象事物具体可感);2乃卞之琳诗歌意象的选取、结合很是奇诡;4和5是对卞诗的叙事学分析,表明的是卞诗中说话者的声音是多个,分叙述者,隐含读者等,5可以说是4之效果(巴赫金的“复调”)的原因。赵毅衡对卞诗的理解我认为是很精彩的。《距离的组织》一诗,叙述者“我”想独上高楼读一遍《罗马衰亡史》,忽然看到报纸上有罗马灭亡星(天文学者发现近日异常光明的一新星其爆发而致突然灿烂,恰好当远在罗马帝国倾覆之时)的信息,真是奇妙的巧合!报纸由于人之惊悚悴然落地,报纸上的地图使

1 卞之琳:《中国现代作家选集·卞之琳》,人民文学出版社,1995年,第36—37页。

2 赵毅衡:《读卞之琳》,《豌豆三笑》,上海教育出版社,1998年。

他想起异地的友人和友人的嘱咐。明信片上那寄来的风景暮色苍茫。叙述者心里一个言语："醒来天欲暮，无聊，一访友人吧"，有一个全知视角：屋外天、海、路全是"灰色的"。人生如梦，梦里不知身是客，这是哪儿了？生命中真的有一种无法承受的虚空，心里的声音："好累啊！"我又不能如古人会法术，在灯下验一把土就知道"我"在哪儿。恍惚间，听得一千重门外有自己的名字，这也许是幻觉，也许是真实。人生如此孤单。恍然若梦。正当儿，有友人来访，屋外有雪，他给"我"带来了雪意，他给"我"带来了时间，"我"似乎清醒了一点。"雪意"和"五点钟"这迥然不同的意象结合在一起，一个古典一个现代一个抽象、虚幻一个具体、切实，一并"带来"，这样的离奇的表达法叫人又惊讶又折服。这首诗表达的是人的一种寻常心情和特定时间片段，但其中的思路、情感、情境的曲折转换很是独特，把人的某种恍惚和孤独的状态表达得具体、生动而真实，增强了读者感受这一恍惚和孤独感的难度，延长了读者体会诗歌意味的时间，从而让读者对自己生存境遇的心理体验更深入更长久。也许有人会责问卞之琳这样似乎有些"艰涩"的诗歌：诗歌有什么必要弄得读起来艰难甚至艰涩？其实不是诗人故意刁难读者，而是故有的文化方式已经使人对生活的感受和思考造成了习惯和遗忘，诗人要以这种"陌生化"（"反常化"）的方式恢复人对生活的感觉。以俄国形式主义理论家什克洛夫斯基的一段话来说，就是："……那种被称为艺术的东西之存在，就是为了唤回人对生活的感受，使人感觉到事物，使石头作为石头被感受。艺术的目的就是把对事物的感觉作为视象，而不是作为认知提供出来；艺术的程序是事物的'反常化'程序，和予其以复杂化形式的程序，它增加了感受的难度和时延……"[1]《距离的组织》这样的诗作在我看来就是诗人以独特的语言组织使"孤单""恍惚"这样把握不定的东西像石头一样有了质感，真

1 ［俄］什克洛夫斯基：《关于散文理论》，载胡经之、王岳凡编，《文艺学美学方法论》，北京大学出版社，第164页。

正地是使“孤单”“恍惚”作为“孤单”“恍惚”被感受。

《卧病》一诗写一个在他乡卧病在床的人孤苦伶仃的感受。(《距离的组织》不也是写一个孤独的、患了感伤之病灵魂?)第一段写卧病之人,第二段写墙外路过的人,第三段写熬药的药罐(苦味浓烈地溢出但卧病之人无力揭开),第四段写忽然飘来的家信。四个语段抒写的对象是不一样的,看起来似乎没什么联系,但正是这四个看似孤立的画面,却更加显示出一个病在异乡的孤苦灵魂的真实处境。卧病在床,心冷而觉草席更冷;一个人面对灰红的泥炉,室内的清冷、心里的孤单导致对声音、对温暖的渴望,更敏感于屋外的人声;药罐里的药开了,苦味溢出,但无力去揭开,一个呼呼冒气的药罐和一只无力揭开、颤抖的手,构成了一幅悲惨的图画;忽然到来的家信,给人莫大的安慰,泪眼朦胧,信上的字在恍惚中乱爬。除了抒写的对象在不断变换外,同时抒情的主体也在不断位移,第一段主体由病人“移入”草席,不是病人冷,而是草席冷;第二段主体转移到窗外的那个卖饼的人身上;第三段主体无力去揭开药罐的那只手;第四段回到读信的病人。如果不理解这种抒情主体由“我”不断位移至别的事物的方式,我们就不可理解为什么不是病人觉得冷而是“草席仿佛觉得冷了”?“浓烈的苦味,无力地揭开药罐的盖”是“苦味”无力揭开……?字迹怎么会爬呢?是读信的人眼睛里滚动的泪水导致字迹如此。

三、诗艺:“客体感受力”与情思的“凝练”

1943年屠岸写的这首诗,肯定是有具体的体会的,他可以将这种情景渲染得悲苦万分,但屠岸没有,在这里,他的感情和语言非常节制,我说屠岸的诗有卞诗之风,正是指他有卞诗的“冷凝”的风格。鲁迅曾经说过:“我以为感情正烈的时候,不宜做诗,否则锋芒太露,能将‘诗美’杀掉。”[1] 作为一个杰出的翻译家，屠岸在翻译西方诗歌时，西方诗人的诗学观念对他的影响是不可忽视的。诗人自己说：“英国诗人济慈曾经在他的诗歌通信中，提出一个著名的诗歌概念‘negative capability’，有人译做‘反面的能力’‘消极感受力’或‘否定自我的才能’等，我参考各种翻译，揣摩济慈的原意，把它译为‘客体感受力’。济慈提出的这个概念，是对诗歌理论的重要贡献，已成为世界诗坛的共同议题。‘客体感受力’的意思就是指诗人把自己原有的一切抛开，全身心地投入到客体即吟咏对象、投入到诗歌创作中去，形成物我的合一。”[2] 屠岸翻译过英国诗人济慈的诗文，济慈的诗学对他的影响是不用说的。其实，济慈的这个理论在艾略特那里表达得更清楚，即艾略特的“非个性化”理论：“一个艺术家越完善，他本身那种作为感受者的人和作为创造者的心灵越是完全分离，心灵越是能把热情（材料）加以融会、消化和转化。……诗并不是放纵情绪，而是避却情绪；诗并不是表达个性，而是避却个性。不过，当然，这只有那些有个性、有情绪的人才能懂得需要避却个性、避却情绪的个中道理。”[3] 很显然，不是屠岸没有个性、情绪，而是他作诗时强调济慈所说的“客体感受力”，把自己主观的一切尽量“抛开”，全身心地投入到客体即吟咏对象当中，以物观物，他能如卞之琳一样，在创作中保持着惊人的冷静，将感情经过浓缩、提炼，升华为鲁迅所说的“诗美”。

也许此“诗美”说是“升华”而来不合适，屠岸先生在谈到卞诗时说：“诗人的思想感情，经过了火的锤炼、水的洗礼，实现了诗的变形；结晶或升华。结晶，是晶体从溶液或蒸汽中析出来。升华，则是固态物质不经过液态而直接变为固态的冰晶。凝练——凝而又炼，似乎就是思想感情

1　鲁迅：《两地书·三二》，《鲁迅全集》第11卷，人民文学出版社，1981年，第97页。

2　屠岸：《诗歌是生命的播撒——屠岸访谈录》，《深秋有如初春》，第386、388、389、394、388页。

3　［英］T. S. 艾略特：《传统与个人才能》，曹庸译，《外国文艺》，1980年第3期。

经过类似水和火的作用而实现了变形，变成更高一级的东西：诗的艺术。”[1]屠岸先生本人也有许多“凝练”的诗作，如收在诗集《哑歌人的自白》里的《小城》：“小城的暮秋——/两三株枯树//斜阳太淡了/像一层薄舞//西风，扫尽了/石皮上的落叶//和老年人心中/仅存的暖意//寂寞爬上了/每一片荒芜//白云，遮断了/街头的归路”[2]，尽管这首诗末二行是借用林庚先生的，但是整首诗在写深秋黄昏时的感情的冷凝、意象意境的精微是完全和谐的，看不出有“衔接”的痕迹。“寂寞爬上了/每一片荒芜//白云，遮断了/街头的归路”林庚二句表达了一种人生寂寥、“何处是归程”的空无境界，语言的简练和意境的深远着实让人惊叹，但之前屠岸的诗行整体上风格也是如卞诗一样的“精微与冷隽”：暮秋、枯树“两三株”（写树的孤单）、斜阳（一个“淡”字写尽了斜阳的无力和人心的倦怠）、扫尽了石皮上（情境的冷、硬）的落叶的西风，也扫尽了老年人心中仅存的暖意（由物及人、意蕴含蓄）……屠岸先生的作品中，像《小城》（《哑歌人的自白》里还有《烟》《别》《流萤》《谢幕》等）这样的诗作不在少数。

四、诗思：卞之琳的“理趣”与冯至的哲思

卞之琳诗歌的杰出之处除了复杂的诗艺之外，作者在诗中对宇宙人生的深切思虑带来的“思辨美”也是非常突出的，也有学者称之为“理趣”。[3]在屠岸的诗中，我们也可以看到一些有“理趣”之美的佳构。《星眸》：

---

1 屠岸：《精微与冷隽的闪光——读卞之琳〈雕虫纪历〉》，《中国现代作家选集·卞之琳》，人民文学出版社，1995年，第285页。

2 屠岸：《哑歌人的自白》，人民文学出版社，1990年，第16页。

3 林焕标（凡尼）：《中国现代新诗的流变与建构》，广西师大出版社，2000年，第284页。

依稀，在篱畔
三十年前野草丛里
流星，莞尔一笑
向秋风告别

如今，在灯前
又见到深情的眼睛
不觉有一滴
清滢的泪光
从夜空坠落

三十年前的野外属于我们的流星滑过天边，那是它莞尔一笑向秋风告别；沧海桑田，三十年后再见你深情的眼睛，有些东西失去了永远就回不来了，在我的心里，我感觉有一滴清滢的泪光从夜空坠落，仿佛三十年前那场流星。从前天上的流星是我们的快乐时光，今天心里的流星是我们之间一种东西的塌陷。这里，流星和人心之间相互隐喻的关系非常美妙，叫人感伤又趣味无穷，流星和人心之间的相对性甚至叫人想起卞之琳的名作《断章》。值得一提的是，这首诗写于1978年，作者在那个意识形态狂飙突进的年代竟然有一些像这样的“纯粹”的诗作，实在值得赞叹。

我们在屠岸的诗中经常看到他对人的生死、时间、空间等问题的追问与沉思。在对这些存在主义的哲学命题的思考上，屠岸无疑是受到了他诗歌创作上的另外一位导师——冯至先生的启发。虽然冯至和屠岸的师生关系没有屠岸和卞之琳之间那样直接，但冯至先生的思想力量和诗学观念对屠岸那个时代的知识分子的影响是深刻的，冯至除了是屠岸“最喜爱的现当代诗人”外，也曾给予过屠岸宝贵的“经常”的“鼓励”。《死》：

长期的折磨
或刹那的欢愉
都没有记忆
都无可回顾
寂灭
淹没了全部
但是——
对蛇的诅咒
一个骨灰盒
岂能封住
对天鹅的眷念
不可能被坟茔
埋入泥土
死亡
不过是
生的律动
用另一种形式
永恒地亘续

作者对生与死之关系的思考让人想起冯至《十四行集》中的诗句："……我们安排我们/在自然里，像蜕化的蝉蛾//把残壳都丢在泥土里；我们把我们安排给那个/未来的死亡，像一段歌曲……"（《十四行集·二》）"从沉重的病中换来新的健康，/从绝望的爱里换来新的营养，/你知道飞蛾为什么投向火焰，//蛇为什么脱去旧皮才能生长；/万物都在享用你的那句名言，/它道破一切生的意义：'死和变'。"（《十四行集·十三》）

在屠岸的另一首诗里，我们也看到了那种近似冯至经常用诗歌表达的

“蜕变论思想”:“现在，变成过去。/一切经历变成经验。/经过回忆的触媒，/经验发生变异;/甜蜜变成酸楚，/苦果化为甘饴，/平安萌发惊惧，/灾祸导向安谧，/灭亡，来自生命的泛滥，/黑暗由光明蜕化。//过去，现在，未来，/是连续的、绵亘的/永不休止的质变。”(《质变》)和那些前面的优秀的诗人一样，屠岸在诗歌中表达出人的一种谦卑而始终希望不灭的心境，如冯至在《十四行集·一》里所写的:“我们准备着深深地领受/那些意想不到的奇迹，/在漫长的岁月里忽然有/彗星的出现，狂风乍起……”[1]在漫长的岁月里，诗人时刻准备深深地领受那些意想不到的奇迹，不管是甜蜜、酸楚，苦果、甘饴，平安、惊惧，灾祸、安谧……对于生存中的一切，诗人以整个生命在承受。也只有这样的诗人，才会在人生的深秋，有初春的感觉。

五、诗形：在“十四行诗”上的成就

在同时代诗人中，在“十四行诗”的创作上恐怕屠岸的成绩是最丰厚的，他对十四行诗的痴迷在中国当代诗人中少有。这种痴迷一方面来源于诗人的翻译职业，曾经翻译莎士比亚的十四行诗等，另一方面则是“从冯至的《十四行集》得到启发。”[2]一个热爱十四行诗的诗人不是对西方诗歌的膜拜，更不是形式主义迷恋，而是做一个诗人的职责。诗歌是必须是有“形式”的，这是“有意味的形式”，是“完成了的内容”。“五四”文学革命运动，中国诗歌从古体诗向白话诗转变的过程中，正是一种“形式的丧失”，诗歌完全成了表达现代性焦虑的意义阐述，对于诗歌本身的问题一直没有很好地追究。倒是到了闻一多的新格律诗，现代诗的“思想”寻

1　冯至:《十四行集》，载王圣思编:《冯至作品集》，珠海出版社，1999年。

2　屠岸:《诗歌是生命的播撒——屠岸访谈录》，《深秋有如初春》，第386、388、389、394、388页。

找“形式”的路途才算有了一点收获，而新诗到了卞之琳诗，尤其是冯至的《十四行集》，在思想与诗歌形式的结合上，新诗才真正让人开始满意。讲究“形式”的闻一多先生引用布利斯·佩里的话说：“差不多没有诗人承认他们真正给格律缚束住了。他们乐意戴着脚镣跳舞”，闻一多自己认为“新诗的格式是根据内容的精神创造的”，是“相体裁衣”，诗人所追求的是“精神与形体调和的美”。[1] 屠岸先生对这些话有着自己的理解：“有一种说法：写格律诗是‘戴着镣铐跳舞’。我曾说过，写严谨的十四行诗在开始时确是‘戴着镣铐’，但等到运用纯熟时，‘镣铐’会自然地不翼而飞，变成一种‘自由’，诗人可以‘舞’得更得心应手，潇洒美妙。吴钧陶在论及十四行诗时说，‘写诗用格律并不是戴着镣铐跳舞。我觉得更恰当的比喻是按着音乐的节拍和节奏跳舞，它可以使舞姿更美。’”[2] 诗歌是有它自身的特性的，“形式”即是其中之一，如果仅仅将诗歌变成分行的“自由的”意义的阐述，它分不分行有什么区别呢？现代诗在初期“形式”的丧失如果没有后来新月派、戴望舒、卞之琳、冯至、“九叶”诗人的重建，将是多么令人沮丧！一个很明白的道理：正如跳舞，自由地乱跳，固然可以，但是总没有按着音乐的节拍和节奏跳得有意思，因为这样可以使舞姿更美，物者、观者的生命感受也是不一样的。诗歌的韵律、节奏等“形式”犹如听不见的音乐，是诗歌中存在的一种与人的生命、情感的形式相互应和、发生作用的内在结构，确确实实是一种“有意味的形式”[3]。

在屠岸先生的十四行诗中，我喜欢那些纯粹地抒写个体生存的生命状态的，如《声波》《呼吸》《忧思》等[4]，这些诗作不依赖对外在的事件、景

1 闻一多：《诗的格律》，《晨报副刊·诗镌》，1926年5月13日。

2 屠岸：《汉语十四行体诗的诞生与发展——序〈中国十四行诗体诗选〉》，《深秋有如初春》第385页。

3 这一美学命题来自于英国形式主义美学家克莱夫·贝尔（Clive Bell，1881—1964），其著有《艺术》等书。

4 屠岸：《屠岸十四行诗》，花城出版社，1986年。

物的叙述，完全地在自己的内心挖掘，显示出一个诗人在特定情境下对生命的沉思，由于是“十四行”的形式，避免了落入浪漫主义式的感情泛滥，显得细致、深刻而又节制，有一种自由而含蓄的美。《忧思》：“我迷惘。仿佛要失落什么东西。/我数着时间：一小时，一分，一秒……/潮汐将无声地淹没海边的礁石，/夜雾渐浓，将隐去窗外的夕照。//我迷惘。仿佛有什么事情要发生。/我翻开黄昏，它已经漶漫尘封。/仿佛有一丝笑影隐进了青灯，/然后是死寂。然而，会不会有夜风……//我迷惘。现在太静了。仿佛时光/已经停止了他永不停止的脚步。/白衣人推着白衣人进了白墙——/门关了。月光和流水开始凝固。//我担忧什么？不会有一声惊恐/在黎明之前发自我战栗的心胸！”这首诗作于1981年作者生病住院期间。一个人在医院里那孤独的环境中会自然地思考到生命的来去、人生的目的这些问题，因为在医院里我们会常见人的死生。《忧思》表达了作者在某个夜晚内心的“恐惧与颤栗”，在漫漶尘封的黄昏、在时间停住了脚步的夜半，在白衣人推着白衣人进了白墙（死亡的暗示）的情景面前、在月光和流水开始凝固的时刻，“我”担忧什么？担忧自己的生命的瞬间流逝，担忧自己在这个夜晚的软弱。但是，诗人的信心战胜了这一切，尽管他的内心是“战栗”的（因为作为一个诗人他的内心是敏感的），但他没有“惊恐”！屠岸的风格类似《忧思》的这种完全写个人心理体验的诗作，较好地体现了十四行诗作为一种诗歌体式，在表达人的思想和感情之时一种“形式”和“内容”的、“精神与形体调和的美”。

最令我感动的还是《雪冬》：“2000年12月2日，我的老师，诗人卞之琳先生以九十高龄无疾而终于北京。悲痛之余，谨以此诗呈于卞先生之灵前。”这首不同寻常的诗，真是形式上具备了冯至《十四行集》的体式，在诗艺上体现了卞之琳诗的风格。以这样的诗作告慰逝去的卞之琳恩师，实在叫人感到安慰：

雪线划过无泪的天幕，
雪帘网住长啸的枯枝；
檐下挂着颤抖的冰柱——
牢栅围困缄口的囚室。

冥中有宛鸟刍鸟飞越雪野，
带起北风把狱门吹裂。
窗上的冰花抛下郁结；
银丝织成出殡的行列。

暖气片一再降下温度，
九朵水仙花护送着弥留。
墙洞里早已遁去腐鼠；
呼吸凝滞在老人胸口。

寒霜紧裹着一代宗师——
欢乐颂乐波滤净哀思。

恩师去世，不胜伤悲，但诗人的伤悲却是隐含在诗歌的境象中：那划过天幕的雪线、网住枯枝的雪帘、屋檐下颤抖的冰柱、被栅栏围困的缄默的囚室……这些无声的境象，恰是诗人沉痛的内心的写照，天空也在无声的哭泣，没有眼泪；风中的树木似乎也是为逝者呼啸；屋檐下挂着的冰柱也在为老人的离去而颤抖，而“我”的内心，有千言万语无法说出，正如被重重栅栏围困的沉默的囚室，被囚禁的是我悲痛、复杂的内心，它甚至都无法痛哭。屠岸在移情于那些没有生命的事物身上，使个体的悲痛在这些事物身上生动地显现，他赋予了这些事物以“感官”，使人抽象的情感显得具体、深刻。而“感官性”正是卞之琳诗在描写人抽象的感觉时一个明显特征，如他的名句：“伸向黄昏去的路象一段灰心”（《归》），“伸向黄昏去的路”和灰的心互相指涉，前者有后者的茫然感，后者有前者的形象性，抽象的事物具有了肉体的体验，抽象的感觉有了具体的“外形”。“记得在什么地方/我掬过一掬繁华”（《路》）。繁华如水，双手掬起，原来是空。“暖气片一再降下温度”——明明是“我”的心在降温，但抒情主体移至客体“暖气片”身上；“九朵水仙花护送着弥留”，一种冰清玉洁的气氛围绕着老人离去的时刻——“水仙花护送着弥留”，这些毫不相干的意象奇妙地结合在一起；墙洞里的腐鼠早已遁去，但呼吸却凝滞在老人胸口，生动的“鼠”与抽象的“呼吸”有相互阐释的效果。一个人写悼念之诗，是不可能太多思虑技法的，《雪冬》如此美妙、感人，只能解释为卞之琳诗之精魂，已深深浸入了屠岸的心中，已经沉淀在他意识的深处。

未实现的故地之旅：怀念任洪渊先生

一

我应该是在1995年秋天入学广西师范大学中文系之后接触到诗人任洪渊先生的名字的。当时在桂林读硕士，现当代专业的老师中，当代方面有姚代亮教授、黄伟林教授等。姚老师主编的《当代中国文学作品选评》（广西人民出版社，1994年），就选了任洪渊的《她，永远的十八岁》（这首诗确实非常经典，值得入选）。这虽然是我们的教材，但对于任洪渊的名字，稍微更热爱现代文学一点又孤陋寡闻的我，确实还很陌生。由于黄老师本科在北京师范大学就读，任洪渊是他佩服的人，在黄老师的推崇中，我们渐渐觉得任洪渊应该非同一般。1997年初，还是冬天，学期末，我们几个爱好诗歌的文学青年在黄老师家小聚（其时黄老师也被称为“青年批评家”，是我们的“偶像”），临走的时候，他推荐一本黑皮书。这便是《女娲的语言》，当时定价为6.10元，黄老师怜恤我们这些学生还爱着诗歌，给了我们八折。当我转身离去之时，我发现黄老师屋子里那个角落，这本黑皮书还有不少。现在想来，至少在当时，任洪渊仍然像一个“角落里”的诗人，至少，不像现在这么热门。

对于当代诗坛，说任老师长期被冷遇，也许并不为过。1937年出生的任洪渊先生，其第一本书、诗与诗学合集《女娲的语言》于1993年9月才在北京的中国友谊出版公司出版。诗集里最早的诗作作于1956年，其创作生涯可谓历史悠久。而在同年5月北京的人民文学出版社出版的洪子诚、刘登翰著的《中国当代新诗史》中，只在《崛起的诗群（上）》前一章的《“迟到”的诗人》一节提到“任洪渊”的名字。据该书第362页：20世纪70年代后期至20世纪80年代初，当代中国诗坛“还出现了一群已经不算年轻的陌生的诗人名字。……他们重续自己十几二十年前的诗歌追求时，在艺术经历上，他们属于新进的‘年青’一代，而在年岁上，却已跨入中年。他们是‘迟到’的一代。……这一群诗人有刘湛秋、刘祖慈、林子、阿红、王燕生、任洪渊等”。作为一本在当代诗坛可能影响最广也最具权威性的诗歌史，似乎是为了补偿当初对任洪渊诗未给予介绍的遗憾，在十余年后的修订版中，该著对任洪渊给予了一种特别的评价：“他的作品（诗和理论文字）不多，……。但这也许胜过另一些人的‘车载斗量’。”[1]

黑色的封皮，也许暗喻诗人所认为的“人”的生命在“本体”上的“黑暗”。中国神话中的“创世”相传由“女娲”完成，“女娲的语言”指的是与西方“上帝的语言”对等与“创世”同在的语言、原初的语言，唯有这种语言可以点亮生命的“黑暗”。而翻开第一页，就能读到诗人那激动人心的“哲学导言”：“非常好，我13岁才有父亲，40岁才有母亲。大概没有什么情结或者恨结束缚着我的童年。我不必害怕，因为我没有母亲可恋，也没有父亲可弑。那么长久地，我连找都找不到他们，又有什么罪恶的恐惧需要逃避……”[2] 诗人这种自身人生经历和特殊文化境遇相互阐释的诗学文字，读来在个人传记、诗与诗学三者之间，有一种特别的魅力，让

1 洪子诚、刘登翰：《中国当代新诗史（修订版）》，北京大学出版社，2005年，第146—147页。

2 任洪渊：《找回女娲的语言——一个诗人的哲学导言》，《女娲的语言：诗与诗学合集》，中国友谊出版公司，1993年，第1页。

人不免也发出“非常好……”的感叹。

二

这本书是让人激动的。也许正是这种长久的童年的孤单产生了诗人在历史、文化上的断裂意识与创造意识。而在那个特殊的崇拜红色与黑色的时代，在可怕的理性秩序的禁锢中，一次与“F·F”的相遇、一次由女性眼眸带来的生命的微颤就可以轻易突破那无边的禁锢。那双眼睛，是洪水后“最早的黑陶罐存下的一汪清莹”。《黑陶罐里清莹的希望——给F·F》对于精神的突围，诗人更专注于与生命本身的美丽的相遇，在生命与生命相互碰撞的亮光中建造一个自己的世界。在那个集体沉默、腐朽的年代，诗人竟然以这种生命意识的自觉获得了“没有第一次青春的第二次青春”[1]。诗人在自身的经历中明白：“生命本体是一块黑色的大陆。生命也和太阳一样，不能被照亮，只能自明”。而一岁女儿“T·T”对于月亮命名式的呼叫，则启示了诗人生命自明的光源正是“语言”。在女儿第一次对着月亮的叫喊中，诗人感到：“在她的叫声里，抛在我天空中的那么多月亮，张若虚的，张九龄的，李白的，苏轼的，一齐坠落。……她把语言不堪重负的历史和文化的陈旧意义，全部丢在她童年世界的外面……那是她自由创造的语言：是生命的天然声韵，节奏和律动。”[2]

似乎正是这些特殊的个人际遇和情感经历决定了诗人对待世界的方式。如果说与“父”“母”之间的关系、境遇消弱了诗人对历史和文化的寻根情结的话，那么，“F·F和T·T”，一个引导诗人沉入生命本体的状态，一个则启示诗人寻找那照亮生命的语言之光。虽然这种个人经历当中

1 任洪渊：《找回女娲的语言——一个诗人的哲学导言》，《女娲的语言：诗与诗学合集》，第3页。

2 任洪渊：《找回女娲的语言——一个诗人的哲学导言》，《女娲的语言：诗与诗学合集》，第4页。

的事件只是象征性的，但我们还是可以窥探到任洪渊独特的世界观的来源。这个人敏锐地看到："生命的自由"只在生命本身；而这种自由的获得在他看来，需要的是胜过漫长历史中的文化。之所以不说"摆脱"而是"胜过"，是因为"人不能不是一种文化形式——上升为文化的生命和转化为生命的文化"。[1] 而语言的边界决定了生命的边界，生命的形式受制于一个人在语言中对世界的理解程度。所以对于诗人而言，他要做的事情就是"把马拉美的'改变语言'与马克思的'改变世界'改变成他的在语言中改变世界"。[2] 唯有通过在语言中创造语言，通过改变历史、文化的既有陈述，才能获得真正的生命的自由，那个不为既有历史、文化所"覆盖"的自由的、创造的言说者——"主语"才能真正诞生。在与语言的搏斗中，诗人通过一系列的诗歌写作，迎来了汉语的"新世纪"——他将1988年所作的一组诗作命名为"汉字，2000"，也许正是如此期盼。这些诗作，深刻表达了诗人对于被"覆盖"在悠久而沉重的历史、文化下的"汉字"的焦虑：

……

鲲

鹏

之后　已经没有我的天空和飞翔

抱起昆仑的落日

便不会有我的第二个日出

在孔子的泰山下

1　任洪渊：《找回女娲的语言——一个诗人的哲学导言》，《女娲的语言：诗与诗学合集》，第10—11页。

2　任洪渊：《语言相遇：汉语智慧的三度自由空间》，《墨写的黄河——汉语文化诗学导论》，北京师范大学出版社，1998年，第57页。

我很难再成为山

……

非　圣

非　道

非　佛

我只想走进一个汉字　给生命和死亡

反复

　　读

　　写[1]

为了更新语言、寻求新的自我，诗人力求从“在语言中改变语言，并且在语言中改变人和世界”[2]，让“词语击落词语”、实现对世界的“第一次命名”。[3]诗人努力使自己的“每一个汉字”不被抛进“行星椭圆的轨道”，而是让它们“相互吸引着”，拒绝任何形态的历史、文化的“牛顿定律”。[4]“在‘历史的复写’与‘生命的改写’之间，一个人突然截获了‘主语诞生’的时刻。”这种重新叙述历史其实是一种“历史的覆写”，以新的个体性的话语覆盖既有的历史陈述。这个“主语诞生”的时刻，对诗人而言，是一种“生命的辉煌时刻。那一刻，已往的一切文本解体了，词语追逐着词语，进入新的位置、轨道、空间，重组语言的新秩序。……以前，我总在寻找那个先于、高于生命的主体‘我’；现在，这个拥有全部词语

1　任洪渊：《我只想走进一个汉字　给生命和死亡反复读写》，《女娲的语言：诗与诗学合集》，第21—22页。

2　任洪渊、静矣：《眺望21世纪的第一个汉语词》，《墨写的黄河——汉语文化诗学导论》，第18页。

3　任洪渊：《词语击落词语　第一次命名的新月——给女儿T·T》，《女娲的语言：诗与诗学合集》，第20页。

4　任洪渊：《没有一个汉字　抛进行星椭圆的轨道》，《女娲的语言：诗与诗学合集》，第17—18页。

又属于全部词语的主语‘我’诞生了。从本体论向文本论迈出了一步，我们更靠近了生命/文化的转换”。[1] 对汉语的自觉意味着诗人在本体论上的自我想象在具体的文本操作上找到了可能的方法。

三

这本诗集里对历史与文化的重新抒写，让人热血澎湃，感觉汉语及其文化传统，在作者的笔下得到一种更新，那些凝结的死亡的意象，又再次复活了。到任先生的第二本著作面世，我们对他的崇敬之情已经积累得相当深切了。从我来说，他如此写诗，当然与他的生命观、语言观相关，背后是有哲学的。第二本黑皮书《墨写的黄河——汉语文化诗学导论》，大概就是为满足我们这些想探究“任洪渊哲学”的读者。

当代中国诗人中，少有人像任洪渊这样以如此明确的对汉语的自觉意识来对待诗歌写作。眺望汉语的新世纪的焦虑来自诗人对自己这一代人悲剧命运的感受，因为在诗人看来，一切都需要依赖语言来完成，“语言（尤其是汉语）运动的轨迹才是呈现生命的疆界”。[2] 诗人已意识到他们这一代人身上的多重悲剧：“文化”的滞重与“生命”自由言说的丧失、永恒“时间”对有限的个体“空间”的埋葬、“历史”的漫长的身影对在“今天”的自我的覆盖……而对于这三重的“悲剧”，诗人在他的《哲学导言》里，给予了充满希望的明确地回答：

（后现代主义文化）是生命中时间意识的又一次高涨，现代人用

1　任洪渊、静矣：《眺望21世纪的第一个汉语词》，《墨写的黄河——汉语文化诗学导论》，第17—18页。

2　任洪渊：《找回女娲的语言——一个诗人的哲学导言》，《女娲的语言：诗与诗学合集》，第24页。

自己的“现代”霸占全部历史的时空：无穷无尽的解构与重组，把以往文明的一切，连一块残砖断瓦都不剩下，作为新的材料，构筑自己“永远现在时”的生命世界。的确是生命的。……不是文化的碎片掩埋了人的尸骸，而是人的生命又一次复合了支离破碎的世界。因为我在这些碎片上触摸到的，往往不是死灰般的冷寂，却常常是生命震撼的力度和热度。

无时空体验也许是生命最神奇莫测的秘密了。当生命在这一瞬间突然明亮起来，时间和空间对生命整体的无穷无尽的切割与分裂便消失了……这一瞬间就是此刻就是最初就是最终。这一片空间就是此地就是来处就是归处。这是生命最纯净的显现：是创世也是终古。

生命只是今天。

历史只是穷尽今天的经历。……生命在今天历尽。历史在今天重写一次。

那么明天呢？明天已在今天过完。

在“生命/文化”“时间/空间”“今天/历史”这些对立的命题上，诗人态度鲜明地倾向于“生命”“空间”和“今天”，而对于通常显现人类精神深度的诸命题——“文化”“时间”“历史”，诗人认为必须对其重新“改写”。

可以说，任洪渊的哲学是一种凸现个体当下的真实生存状况的生命哲学。它关心的是个体生命在当下的真实性，将生命的自由维系在当下性的身体感受上、在心灵沉浸于时间空间消失的瞬间澄明上。不同于一般哲学家和诗人的是，他试图用他的诗歌写作来阐释的哲学——准确地说，来阐述他关于生命的意识、观念。任洪渊与当代中国诗人的区别，首先也正表现在他对待“文化”“时间”和“历史”的态度上。

四

由于个人气质和哲学意识上的原因，任洪渊特别担心他那种与“历史－文化”太靠近的写作会使个体生命“在成为历史的形式的同时丧失了今天的形式”。所以当他面对历史之时，他试图以自我在“今天”迫需的一种意识来重新“改写”历史，使历史呈现新的面貌。女娲的“创世”是第一次，他的组诗《司马迁的第二创世纪》则在讲述司马迁第二次的进行“创世”。借着历史上一个个死难或残废的传奇人物，诗人想象在“今天”的、在死亡与新生之间在时间空间消融状态中获得自由的个体生命应有的状态。司马迁，这个被阉割的男人，用文字建造了一个生动而真实的历史世界，他“美丽了每一个女人”，也成了“真正的男子汉”[1]；项羽的兵败乌江不再是耻辱，自杀只是让内心获得自由的一种方式：“他把头颅的沉重抛给那个/需要他沉重的头颅的胜利者”“心安放在任何空间都是自由的/……/可以长出百家的头/却只有一颗心”[2]；逃亡在昭关门口一夜白头的伍子胥，度过了一生中最黑暗的岁月，但那“最黑的一夜辉煌了一生”[3]；毁坏了面容的聂政，其实是“毁坏了死亡的脸”，那“毁灭完成的形象”，才是“最真实的自己面对自己”[4]；高渐离，“挖掉眼睛的一刹，他洞见了一切”[5]；腿的残疾没有是孙膑变得软弱，相反，“断足/他完全放逐了自己穷追/天下的男子

1　任洪渊：《司马迁　阉割，他成了男性的创世者》，《女娲的语言：诗与诗学合集》，第25页。

2　任洪渊：《项羽　他的头，剑，心》，《女娲的语言：诗与诗学合集》，第28页。

3　任洪渊：《伍子胥　他用最黑的一夜辉煌了一生》，《女娲的语言：诗与诗学合集》，第29页。

4　任洪渊：《聂政　毁坏了脸，他自己面对自己》，《女娲的语言：诗与诗学合集》，第31—32页。

5　任洪渊：《高渐离　挖掉眼睛的一刹，他洞见了一切》，《女娲的语言：诗与诗学合集》，第33页。

没有一支大军/逃出他后设的/三十六计”[1]；虞姬的歌声不是柔弱，更不是失败，恰恰相反，在她的歌唱中强大的秦帝国“崩溃的回声滚过月边/推倒了十二座金人/力全部静止/在她的曲线”[2]；褒姒也不是一个祸国殃民的女子，“等她一笑/一丛丛无花期的花开了/烽火//男人的桃花//……等她烂漫/男人烽火桃花/嫣然的战争”[3]……

一个个“历史”或“文化”中的人物在这里被重写，读者读到了一种少见的如此激进的历史和文化想象方式。可以看出诗人走出“历史”专注“今天”、倾心于那种生死明暗交汇时空消融的生命极致状态，可能在诗人看来，这种极致状态才是生命的自由的真正实现。在一个个人物形象身上，我们可以看到那种二元对立的生命状态，但在对立的两种状态，产生了第三种境界：虽然生命充满死亡、残缺、悲伤和羞辱，但人物最终如蚕破蛹，瞬间摆脱这些看起来叫人痛苦不堪的状态，进入了瞬间的澄明之境。“痛苦/穿破痛苦的中心/一只红蝴蝶/伤口　通明了所有的界限”[4]，所有的生命最后均消融“在日神的光之上/在酒神的醉之上”，“无时空体验”，“消遥”，极乐，自由。这种绝望中诞生、置之死地而后生的审美方式和想象方式，很容易让人想起鲁迅说过的“……于浩歌狂热之际中寒；于天上看见深渊。于一切眼中看见无所有；于无所希望中得救。……”[5]让人在这个一切价值面临着重估、充满文化碎片的“后现代文化”时代，多少多了一些活下去的信心和勇气。也许我们确实很乐于这个时代的个体命运真的就这样——“生命只在今天”，我们真的能摆脱历史因袭的重担，在一个个无时空体验的瞬间身体和生命自由地绽放。不过，如此地以“历史－

1　任洪渊：《孙膑　断足，没有凯旋的穷追》，《女娲的语言：诗与诗学合集》，第35页。

2　任洪渊：《虞姬　推倒十二座金人，力静止在她的曲线》，《女娲的语言：诗与诗学合集》，第38页。

3　任洪渊：《褒姒　她烂漫男人，烽火桃花》，《女娲的语言：诗与诗学合集》，第41—42页。

4　任洪渊：《庄子妻　随她消遥，游在日神的光之上》，《女娲的语言：诗与诗学合集》，第44页。

5　鲁迅：《墓碣文》，《野草》，人民文学出版社，1973年，第40页。

今天”“绝望－希望”的对立方式来想象世界，是否对待历史真实、现实世界的把握有使之简单之嫌？毕竟这种决绝的对待世界的方式总是让人生疑，鲁迅曾经还告诉我们：“绝望之为虚妄，正如希望相同！”[1]也许，我们还是应该在“绝望”和“希望”之间以更复杂的思忖来对付这人生、历史和世界的某种“虚妄”。

这种生命哲学使任洪渊诗为当代诗歌提供了一种重新书写历史、文化的视角和新的个体经验，使我们在阅读中有一种“改写”历史、实现“今天”的自我形象的心灵震颤。可能正因为这一点，有论者认为，“他的诗……有浓郁的浪漫主义气质。”[2]但这种“浪漫主义”使我们也不能不承认诗人对待历史的想象在“历史－今天”“绝望－希望”向度上的过于简明，省略了历史真实和现实世界的诸多复杂性，这让我们也不能不对任洪渊诗生出一些遗憾。而这种遗憾，很大程度上来自诗人更多的是将诗歌写作当作他的“哲学”“文化诗学”的另一种阐述。

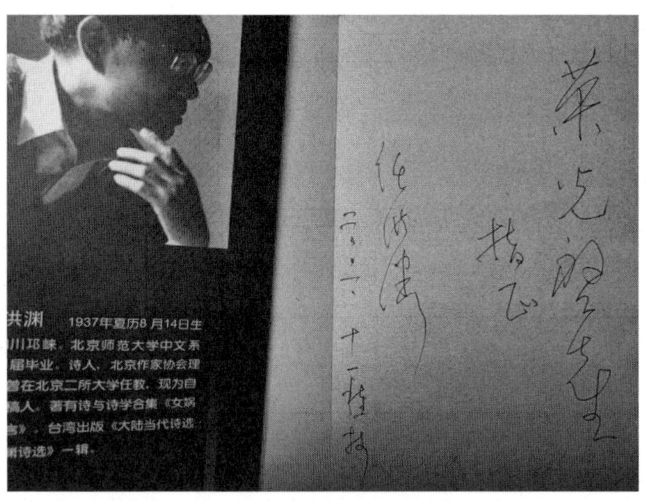

（任洪渊先生给学生的签名，2001年11月，桂林）

1　鲁迅：《希望》，《野草》，人民文学出版社，1973年，第18页。

2　程光炜：《中国当代诗歌史》，人民大学出版社，2003年，第322页。

五

真正与任洪渊先生的相遇，是在2001年的秋天。黄伟林老师邀请了任先生从北京来广西师范大学中文系给我们上课。那个学期硕士生一二年级有中国当代诗歌研究的课程，就特别请任先生主讲。那个时候广西师范大学中文系还在三里店校区的文科基地楼（中文系是国家文科基地），教室在四楼，窗明几净，环境不错。课程讲了一周，结束后也布置了课程论文，当然，批阅这些论文的工作就交给我了。

周末，黄老师和文艺学的张利群教授（当时是系主任），还有黄老师的两位硕士生，陪同任先生在八桂大地走走。他们一行人坐一辆小中巴，从桂林出发，前往广西和越南交界的边境之城东兴。我记得出发那天中午，大家一起聚餐，席间任老师甚是开心。和我们这些年轻学生一起待了一周，大家很有感情，离别时不免依依不舍。后来据参加此行的同学回忆，任先生给他们带来了一个非常愉快的旅程。桂林到东兴，600多公里，开车约要7个小时，但一路上多是喀斯特地貌，风景对于非广西居民，那是相当迷人的。从桂林经柳州过南宁，再向祖国大西南的西南海边进发，这趟旅途本身就是非常棒的自驾游，又因为有诗人任老师，往返的行程十分快乐，任老师一直热情洋溢，他的肚子里有太多文坛逸事、文学掌故，这些是说不完的；何况还有他和夫人之间的浪漫爱情故事；何况还有他挚爱的女儿……

我当时已在广西师范大学中文系任教，这门课我的职分应该是助教，但我也是最认真的学生，他的课我全程做了笔记，因为读过他的两本黑皮书，他讲课的内容我很熟悉，并且很亲切。课程虽然关乎当代中国诗歌，但我印象中他讲到诗歌部分的内容非常少，他应该是在讲文艺理论，或者说20世纪西方哲学。他口中常常蹦出罗兰巴特、德里达这些人的名字，黑板上也写了他们的一些核心观点。2001年那个时候，我意识到在高校任教，应该有博士学位，正在准备考博士，由于本科阶段我非常喜欢余华、北村、格非、苏童、孙甘露等这些“先锋派”小说家，在图书馆或资料室的现刊部，他们的作品我常常像追逐港台明星的新歌一样去追逐着读。我那时觉得最合适我的导师应该是中国社会科学院的陈晓明老师，他的《无边的挑战》（后来读到《解构的踪迹》）里边的说话方式我非常着迷。所以任老师讲课中的德里达、结构主义和解构主义等，对我来讲，没有什么大障碍，相反，觉得很亲切。在读硕士的时候，我有点骄傲的是，我的书架上没有一本现当代的书，全是外国文学和文艺理论。任老师的写作，他的文本，与我的癖好有相应之处。

课程结束，大家都郑重地请他在自己的著作上签名。他的签名内容非常客气。他竟然称我“先生”，实在让我不敢当，其时我不过刚刚留校任教。这也是他的为人，他虽然是大诗人、大学者（虽然著述不多），但对于我们学生辈，非常谦恭，但不是那种冷漠的谦恭，而是真实的、温和的、有爱意的那种。那一周是我们美好的记忆。因为我是他短时期的助教，我比别的同学与他交往多一些，他应该对我多一些印象。

六

很遗憾的是，2002年秋，当我去北京读博士，接下来几年，虽然也从同门师兄弟那里偶尔听到任先生的消息，但一直未有机会去拜访任先生。再次听到任老师的声音，已是2019年下半年，某日我正在上课，看到谭五昌老师的电话。下课之后，拨过去，谭老师说，是任老师找你。我一听，非常激动，很快任老师就打来了电话，在电话里，任老师先是回忆了那年在广西的情形，然后说他因为最近听说我在武汉大学，非常高兴，因为他也曾经也是武汉人！他曾经在武昌实验中学读书……

（湖北省武昌实验中学，1920年创立，一百年来，校名未变）

当任老师说到“实验中学”，我马上想起他的第一本黑皮书的“代跋”里边曾经提到：“1952年，在武昌实验中学，一本书被一个初中二年级学生偶然翻开：《初恋》，屠格列夫著，肖珊译。19世纪跟着我延长到了20世纪的50—60年代，直至70—80年代。今天仍未终结。不知是什么原因，在当年那所近乎是‘清华预科’的中学里，那么多数学的公示和物理学的定理，我都游戏似的玩过去了……”（《我生命中的三个文学世纪》）这所被任先生称为近乎是“清华预科”的中学，即今天的“湖北省武昌实验中学”，这也是我其时在读初中的女儿向往的学校，我曾经因为女儿亲自勘察了这个学校，看到了见证学校历史的那个著名的“惟楚有材”牌楼。学校1958年被列为全国首批重点中学。我第一次看到这个名字，就觉得奇怪，叫“湖北省实验中学”或者“武昌实验中学”不就可以了吗？但该校创办于1920年，一百年就是这个名字。这是一个有历史的学校，民国时期，武昌曾是湖北省的省会；汉口与上海、天津，是中国商业最发达的地方，可以说是当时中国的一线城市。学校所在的位置，是大武汉的中心地带，也是武昌的中心地带，历史上是风云际会之地。学校东面毗邻长江，在中学与长江之间，有中共武大会址和武昌农民运动讲习所。而西边，则是昙华林，昙华林是近代西方与华中地区文化交接最重要所在，有英国、瑞典等国外基督教机构的总部，有教会大学、教堂和教会医院，整个区域是非常欧式的，在今天，如此古典与优雅的欧式社区，在华中地区应该是独一的，在全国，应也少见。学校南边，则是蛇山之上巍峨的黄鹤楼，黄鹤楼下，即是扭转中国历史的武昌起义的军政府旧址。在这学校的三年间，除了痴迷于19世纪的俄罗斯文学，不知道任先生还有怎样的生活体验？

中学毕业，任先生响应国家号召，又在湖北省实验师范学校读了3年，1956年，任先生由中等师范生考上北京师范大学中文系。任先生因父亲的工作原因来到武汉。他父亲是中共地下党员，毕生为革命事业，功勋卓著。新中国成立后父亲在武汉生活，1951年，任洪渊插班考入武昌实验中学学习，不过，任先生在这里所展现出他的数学天才，足以与这所学校的名声相称，他的数学老师是数学家陈化贞先生，由于在代数上的特出表现，陈先生特准任洪渊可以不交作业。父亲去世后，长眠在东湖畔的九峰山烈士陵园，武汉，也算是任先生的第二故乡吧。[1]

2019年秋任先生的电话里，和我倾诉他是武汉人（真的是“倾诉”，当时他很动情），他很想再来武汉走走。当时我感到特别荣幸，我为任先生还记挂我而感动，我当即表示您来的话我一定陪您好好走走。但没想到这一年的年底，全球风云变幻，新型冠状病毒感染肆虐，更没想到，任先生会在2020年夏天去世……现在想来，这是他的人生在终末之际，想真实地重温过去的一段岁月，这是他非常盼望的一件事。这未实现的故地之旅，实在是太遗憾了……

1　见孙晓娅:《他从几代诗人的身旁走过——任洪渊小传》，《传记文学》，2017年第11期，第81—89页。

我们是否已经“Pass北岛”？

北岛和顾城、舒婷、江河、杨炼、严力、梁小斌等，为“朦胧诗”的代表诗。而食指（郭路生）和以芒克、多多等诗人为代表的“白洋淀诗群”，可以视为这股新诗潮的前期。“朦胧诗”既意味着中国当代文学史上一个重要的时代，也意味着当代中国诗歌一段光辉岁月。从社会、历史的角度，“朦胧诗”反映出“一代人”的心声：追求人的基本权利，追求自由、平等和幸福，这种追求当然是建立在对一个黑暗的政治、文化、社会体制的激烈反抗的基础之上的。而从诗歌写作的角度，“朦胧诗”是意义显得更为重要：“朦胧诗”作为一种诗歌体式，连接着1960年代中期至“文革”时期的“地下诗歌写作”，所谓“地火依然运行”（谢冕语）；从具体的文学写作、诗歌写作来看，“朦胧诗”的贡献至少有：“首先是撤出国家文化中心地带的边缘取向和面向民间社会的自力追求，保证了作为主体的思想和人格的独立性；其次是通过抒情主体的个人定位，使诗从抽象的境地回到了具体的个人话语情境。这些，既促进了新时期诗歌对现代诗歌精神上的认同，又为今后的诗歌发展提供了直接的经验和启示，并的确在新生代诗人中得到了更充分的开展。”[1]

---

1 王光明:《艰难的指向——“新诗潮”与二十世纪中国现代诗》，时代文艺出版社，1993年，第231页。

“朦胧诗”是当代中国文学不可缺少的一个阶段，某种意义上，“朦胧诗”也催生了“新生代”。“1985年以后在全国各地都起来了一大批更躁动不安的青年，他们迅速地把朦胧诗变成历史的陈迹。”[1] 青年诗人程蔚东在浙江喊出要“Pass北岛”“北岛、舒婷的时代已Pass”了。“别了，舒婷北岛，我们要从朦胧走向现实。”[2] 当代中国诗歌从“新生代”始，“Pass北岛”已成为诗人写作上创新的一种动力，也造成了人们对北岛个人的一种不敬的时代心理：那就是他们常常将北岛视为一个“过时的”朦胧诗人，而忽视了一个事实——北岛是一个在思想和技艺上有位移有变化的诗人，而不是一个静止的客体。北岛的诗从前写出了一个时代，今天身处海外的他，诗艺在不断变化，诗意也越来越精深。面对执着于诗歌本身的北岛，今天的我们不仅不能说已经pass了他，联想我们身置其中的喧嚣的、某种意义上已经失重的当代诗坛，我们应该崇敬北岛先生才是。

一、“挑战者”

2003年，因着《北岛诗歌集》(南海出版公司，2003年)，我们有幸看到作为诗人的北岛在中国内地正式的“复出”。其实对于关注中国诗歌、关注民间诗刊的人而言，北岛从来就没有消失过，他虽身在海外，但诗歌创作却从未中断，时有诗作出现在一些民间诗刊上甚至官方杂志上(如《作家》)。至于北岛本人，也没有与祖国彻底失去干系。如果说北岛是20世纪80年代中国启蒙者的一位典型的话，那么他后来的处境似乎表明，“启蒙”，这架“从世纪大门出发的轻便马车/途中变成了坦克/真理在选择它

1　蓝棣之:《生命情欲与时代脉搏》,《文论报》，1993年1月6日。

2　程代熙主编:《新时期文艺新潮评析》，河南大学出版社，1997年，第106—107页。

的敌人”。[1]

“卑鄙是卑鄙者的通行证，/高尚是高尚者的墓志铭。……我来到这个世界上，只带着纸、绳索和身影，/为了在审判之前，/宣读那被判决了的声音：//告诉你吧，世界，/我——不——相——信！/纵使你脚下有一千名挑战者，/那就把我算做第一千零一名。”这首大家非常熟悉的《回答》可以说一个思想启蒙、文学觉醒时代来临的宣言。

“……一切欢乐都没有微笑/一切苦难都没有泪痕/一切语言都是重复/一切交往都是初逢……一切希望都带着注释/一切信仰都带着呻吟/一切爆发都有片刻的宁静/一切死亡都有冗长的回声”（《一切》）“在黎明的铜镜中/呈现的是黎明/水手从绝望的耐心里/体验到石头的幸福/天空的幸福/珍藏着一颗小小沙砾的/蚌壳的幸福”（《在黎明的铜镜中》）在宣言式的声音背后，《一切》《在黎明的铜镜中》《结局或开始——献给遇罗克》等表达的是个体对时代悲剧的深层思虑和盼望。

这些熟悉的诗句，让我们对一个过去时代的文学辉煌无法忘怀。而北岛、舒婷、顾城……这朦胧诗杰出的三位代表人物，他们以各自的声音和写作之态恢复了人的尊严和写作本身的规范，我本人一直对他们保持着诚挚的敬重。北岛“七八十年代之交的作品，最主要的是表达一种怀疑、否定的精神和在理想世界的争取中，对虚幻的期许，对缺乏人性内容的苟且生活的拒绝。……在《回答》连同《宣告》《结局或开始》等诗中，诗的叙说者，在悲剧性的抗争道路上，表达了‘觉醒者’的内心紧张冲突，历史‘转折’的意识，和类乎‘反抗绝望’的精神态度，表现了在批判、否定中寻找个体和民族‘再生’之路的激情，大体而言，严肃、悲壮是北岛此时诗的主调”。[2] 评论家张闳则将北岛比作“长子”，他说，“顾城是兄弟姊

1 北岛：《布拉格》，载《北岛诗歌集》，南海出版公司，2003年，第103页。以下所引北岛诗作，凡未注明出处的，皆引自本书。

2 洪子诚、刘登翰：《中国当代新诗史（修订版）》，第187页。

妹中最小的一个。这个任性、乖戾、执拗的小兄弟，常年迷恋于嬉戏、唱童谣和想入非非。北岛显得像是一位长子，他具有作为长子所有的品质：严肃、正直、宽厚和富于责任心"，与"如果海洋注定要决堤，就让所有的苦水都注入我心中，如果陆地注定要上升，就让人类重新选择生存的峰顶"相似的是，"我站在这里/代替另一个被杀害的人/没有别的选择/在我倒下去的地方，将会有另一个人站起"(《结局或开始——献给遇罗克》)，北岛身上有一种自我牺牲精神，有知识分子历来的"启蒙者""时代英雄"的角色担当。[1]

尽管后来有一部分"新生代"诗人大叫大嚷"Pass北岛……"，但"朦胧诗"一代人的诗歌功勋业已形成，享受着他们制造的历史和传统，想pass他们是不可能的。时过境迁，20世纪90年代，他们当中逃亡的逃亡、自杀的自杀、搁笔的搁笔、转向的转向[2]，给一个时代留下了极大的遗憾。当人们再度将他们提起，似乎有这样的感觉："比事故陌生/比废墟更完整//说出你的名字/它永远弃你而去"。[3]

二、"与语词的搏斗"

值得关注的是，到了海外之后的北岛，生存态度和诗歌发生了很大的变化。"我调整时差/于是穿过我的一生"[4]"新生代"之所以不满北岛，因

1 张闳：《北岛，或关于一代人的"成长小说"》，《当代作家评论》，1988年第6期。

2 1993年10月，顾城在新西兰的激流岛，用斧头杀死了曾经也是诗人的他的妻子谢烨，然后自杀。这一事件，也成为中国文学界一段时间广泛谈论的话题。在诗歌中开始颇有反叛意识的女诗人舒婷，1992年后基本搁笔，三年后再写诗，诗风的现代感大不如前，其后诗作渐少，更多转向散文写作。

3 北岛：《无题》，《北岛诗歌集》，第99页。

4 北岛：《在路上》，《北岛诗歌集》，第101页。

为他们看到北岛的写作在客观上成了新的时代的宏大叙事的典范，又被主流意识形态和大众文化的权力纳入了“蒙蔽”的话语之中。而在海外的北岛，其写作却是极大的游离了那个曾经让他热血沸腾的“宏大叙事”。“自由那黄金的棺盖/高悬在监狱上方/在巨石后面排队的人们/等待进入帝王的/记忆//词的流亡开始了”[1]对“自由”和“真理”的绝望，使诗人开始了“词的流亡”。

北岛在海外的作品很有些变化，风格已变，可以说有着顾城在海外的风格，意象与情境细致、古怪、深邃，只是没有顾城的那么晦涩。当然，有时也淡泊。这些诗与曾经的《回答》《结局或开始》相比离“政治”很远。但这样的诗是否“单纯”，或像顾城诗歌那样的怪戾吗？答案是否定的。北岛在海外的诗与在国内的诗相比，诗歌直指意识形态的隐喻性和批判性淡化了，甚至无痕迹，但诗歌中所包含的意蕴比以前复杂了、增多了。某种意义上，我觉得后者比前者更接近诗，也更令我喜爱。他有几首新的诗作曾被人认为“不知所云”[2]。我们不妨看看其中这首《画——给田田五岁生日》[3]：

穿无袖连衣裙的早晨到来
大地四处滚动着苹果
我的女儿在画画
五岁的天空是多么辽阔
你的名字是两扇窗户
一扇开向没有指针的太阳
一扇开向你的父亲

1 北岛：《无题》，《北岛诗歌集》，第106页。

2 徐江：《诺贝尔的噩梦——北岛批判》，《十作家批判书》，陕西师范大学出版社，1999年。

3 北岛：《北岛诗歌集》，第117页。

他变成了逃亡的刺猬
带上几个费解的字
一只最红的苹果
离开了你的画
五岁的天空是多么辽阔

这首诗的语言、象、境甚是精妙。仅仅从父女亲情来“单纯”地理解这首诗就太狭隘了。“没有指针的太阳”“逃亡的刺猬”“带上几个费解的字”这样的字眼其所指是非常沉重的，它们至少与“流亡”“祖国”“汉语”有关。“几个费解的字”很有可能是指汉语在异国文化情境中的尴尬处境。这首诗看起来“单纯”，其实它对生活的包容是巨大的，其中的政治寓意无法明言，但读者可以意会。北岛以独到的在艺术与政治之间“平衡术”，完成了诗艺追求和启蒙良心的双重压迫，“从时间中突围”。

文学就是一种在美的形式中彰显生存复杂性的艺术，诗歌更是。诗歌对“政治”简单的拒绝是一种错误。20世纪40年代以来一些优秀的中国诗人不管在海内、海外，其诗歌都显示出对“政治”或广义的“意识形态”的艺术整合能力，如“九叶”诗派、王家新、欧阳江河、藏棣、孙文波等，西方像艾略特、奥登等。诗歌涉及“政治”，这将引起诗歌形式的变革，通常是增加诗歌的叙事性、戏剧化。“单纯”的、不触及“政治”的诗歌在叙事性、戏剧化方面、在艺术形式的复杂性方面（艾略特的《荒原》是这方面的经典），其包容性和形式的单薄是显而易见的。

海外诗人，由于对大陆和母语的远离与想念，在文学中总是深怀对祖国和母语的眷顾，但这也有写作上的好处，有些诗人能最终挣脱了“祖国”和母语这双重“枷锁”。现代汉语，百年之后，它肯定有它的局限，

“词已磨损，废墟/有着帝国的完整”[1] 面对母语的词语的废墟，意义的废墟，诗人在努力寻觅新的语言方式和想象方式。他们的努力，无疑对现代汉诗作出了在大陆特定语境里无法做到的贡献。下面这首诗，无论在语言、意象的选择，对政治的隐喻、对人的生存处境以及北岛那“一代人”的命运的暗示，都是独特而精妙的——

大海的祈祷仪式
一个坏天气俯下了身
顽石空守五月
抵抗着绿色传染病
四季轮流砍伐着大树
群星在辨认道路
醉汉以他的平衡术
从时间中突围
一颗子弹穿过苹果
生活已被借用[2]

母语是诗歌的源头和血液，又是牢笼和羁绊。母语是一道防线，诗人总是热爱她，又想越过她。“词滑出了书/白纸是遗忘症/我洗净双手/撕碎它……”[3] 而对于长期流亡的北岛，母语及其相应的文化还意味着意识形态的权力辖制：“边境上没有希望/一本书/吞下一个翅膀/还有语言的坚冰中/赎罪的兄弟/你为此而斗争”。[4]

1 北岛：《写作》，《北岛诗歌集》，第120页。
2 北岛：《顽石与苹果》，《北岛诗歌集》，第133页。
3 北岛：《问天》，《北岛诗歌集》，第144—145页。
4 北岛：《边境》，《北岛诗歌集》，第187页。

“在母语的防线上/奇异的乡愁/垂死的玫瑰……”[1]在母语这道神圣的防线上，北岛的诗歌进行了很多实验、扬弃和努力。“我从事故出发/刚抵达另一个国家/颠倒字母/使每一餐必有意义”[2]在后期（到海外后）北岛的写作充满了“与语词的搏斗”：“为什么不说/词还没被照亮”[3]，他从前的启蒙理想、批判激情和对政治的宣言式的决志，通通变得模糊了、消隐，但绝不是消失。他的诗歌比朦胧诗时期更“朦胧”了，但事实上是诗艺的提高和诗歌优美的复杂性的获得。

三、“零度以上的风景”

我深感海外诗人的处境的双重意味，脱离了汉语语境，在另一种语境，是一种尴尬[4]；在生存上，也造成了具体实在的压力。而这些对于诗歌写作，也许是诗神的美意：缺乏汉语语境强大的既成的语言规范，诗人的想象方式也许会获得一种自由。在诗人对人间的“父亲”的绝望之后，在人间那个“经典”的黑暗时刻过后，在流亡的岁月里，诗人的写作经受了巨大的转变，过去启蒙式的激情澎湃的写作在经过一个“零度”的时期后，诗人又找到了新的写作方式，在语词中寻找存在的真相、在异样的母语中安插尖锐的隐喻，诗人的写作在异邦似乎蒙受了天光，在看透广场上的恶之后，诗人的信仰有所转变，由追求“自由”的激情转向“爱”的自语——“是父亲确认了黑暗/是黑暗通向经典的闪电//哭声砰然关闭/回声在追赶它的叫喊//是笔在绝望中开花/是花反抗着必然的旅程//是爱的光线

---

1 北岛：《无题》，《北岛诗歌集》，第147页。

2 北岛：《据我所知》，《北岛诗歌集》，第171页。

3 北岛：《练习曲》，《北岛诗歌集》，第216页。

4 “我其实也是个街头艺人，区别在于他们卖的是技艺，我卖的是乡愁，而这个世界上乡愁是一文不值的。”北岛：《青灯·忆柏林》，江苏文艺出版社，2008年，第115页。

醒来/照亮零度以上的风景”[1]。

“是爱的光线醒来/照亮零度以上的风景”，才有新的北岛。对于诗学高深的人，诗歌江湖上的侠客猛士，也许又增添了批判和嘲讽的资料，而对于我，这是一件欣慰又感伤的事。我害怕这个时代知识分子身上某种品质的被迫改变（“修改”内心的“背景”）和意识形态阴谋的暗处笑脸。因为北岛的复出，其实正如他在诗歌中所写，付出的是一种沉痛的代价，这一代价是我们这些生活安逸的诗人所不能体会的：

必须修改背景
你才能够重返故乡……[2]

我是被你否认的身份
从心里关掉的灯[3]

现代艺术创新的冲动，使文艺家们总处在革命、造反的运动中。自1984年年底始，受朦胧诗感召、影响而走上诗坛的更年轻的诗人们为摆脱先辈的影响、获得自己在诗坛应有的席位，已经有人喊出了“打倒北岛”的口号。1986年，在上海召开的“中国当代文学国际讨论会”上，舒婷曾这样描述道：“这两年，朦胧诗刚刚绣球在手，不防一阵骚乱，又是两手空空。第三代诗人的出现是对朦胧诗鼎盛时期的发动。所有新生事物都要面对选择，或者与已有的权威妥协，或者与其决裂。去年提出的：‘北岛、舒婷的时代已经Pass！’还算比较温和，今年开始就不客气地亮出了手术

1　北岛：《零度以上的风景》，《北岛诗歌集》，第181页。
2　北岛：《背景》，《北岛诗歌集》，第160页。
3　北岛：《无题》，《北岛诗歌集》，第190页。

刀。”[1]“Pass”这个词有“经过”“结束”等意思，表明了“新生代（第三代）”不满现有诗歌秩序、锐意创新的决心。

处在北岛们的“影响的焦虑”中，新诗潮更年轻的一代喊出了“Pass北岛”这样的口号，这不失为一种革命的策略，自有其文学史意义和诗学上的实际意义。但北岛们所造成的“历史”和“传统”已经融合在后来者的“个人才能”中，想“Pass”掉北岛，几乎不可能。“Pass北岛”成为当代诗歌史的一种动力，也成就了对北岛个人的一种不敬的时代心理：那就是他们仅将北岛视为一个“过时的”朦胧诗人，而忽视了一个基本的事实——北岛是一个不断位移不断上升的诗人，不是一个静止的客体——北岛的诗从前写出了一个时代，今天他的诗艺在不断变化、其作品呈现出一种汉语诗歌的独特面貌。

新生代崛起后，同志们要pass他；1970年代人冒尖后，爱展示“下半身”的姑娘、小伙子们纷纷嘲弄他。殊不知，他们言语中的北岛只是他们一厢情愿中的“固定反应”中北岛的“历史形象”，北岛的诗其实一直在写，一直在变。被一些年轻的批评家认为难以卒读的诗篇，在我看来，恰恰是非常好的诗，这不能说明我们谁是诗歌的文盲谁是诗歌的专家，只能说明诗歌和诗人本身的复杂性。

北岛的“形象”一直在改变。从中国诗歌的当代转型来说，北岛的诗歌是一面旗帜，唤醒的是诗歌中作为个体存在的“人”；对于现代汉语诗歌的当下状况，北岛也以他在海外远离汉语语境的独特写作提供了极有价值的诗歌本身、“汉语”诗歌的参照。无论是历史还是今天，北岛都是中国诗人无法轻易“Pass”掉的。1999年以来，围绕《1998中国诗歌年鉴》和《岁月的遗照》两本诗选的编选立场的争论，中国诗坛的江湖帮派作风

1 舒婷：《潮水已经漫到脚下》，《当代文艺探索》，1987年第2期。

日益浓重；“民间立场”和“知识分子写作”的阵营对立在很多场域仍然清晰可见；写诗、做诗人，各种文学运动……某种层面，当代诗坛相当热闹。对于这样的中国诗坛，北岛身上执着于人的特殊语境、特殊生存之境的表达，执着于诗歌本身的精神；北岛新的诗作所呈现的技艺，我们今天的诗人们不仅不能说已经“Pass”了他，而要正视这精神与诗艺才是。

“关系”的诗学：阿毛诗中的“怀抱”书写

一

阿毛最新诗集《像怀抱》是她2018—2021年这四年间诗作的精选，2021年12月武汉出版社出版。在“跋”中她自道：“四个不同年度……我诗歌的声音与样貌！/现在，她们在这里！……她们是内宇宙：她是葵花，又是太阳/是不眠的眼睛，是安静的湖水//是我五脏六腑里的/群山和大海//是天真敏感/与神经质//是全方位的爱/与崩溃//是我须臾不能释怀的/内宇宙与全人类/她们更是怀抱……”诗歌在这里，成为给予写作者安慰的“怀抱”，写作者在其中体会到真切的爱，因为当我们念及作品，作品已不是作品本身，同时也是作品吟咏的对象的临在。这些对象给我们安慰。

我想，之所以以“怀抱”来形容诗作，是因为诗人对爱的需要与对爱这一主题的关切。作为个体生存的人，不可能永远是独一的存在，总会生活在一定的关系之中，这个关系的好坏，决定了人的幸福感。人需要与他人的美好关系。在这个美好关系之中，人体会到被爱。而体会到被爱的人，才有可能从心里流溢出爱，去爱他人。“怀抱”意象，在阿毛的诗中比较常见，最有代表性的当然是这首《像怀抱》（2021年9月19日）：

白云罩着树梢和屋宇
像怀抱

风吹着风衣和你
像怀抱

小鸟和孩子在花园奔跑
树蔓繁花像怀抱

我们在人世奔走
日月山川像怀抱

你看我的目光像怀抱

此诗一二三四节，均以自然万物来形容“怀抱”，到最后一节彰显主题：如同日月山川怀抱在人世间奔走的“我们”，“你看我的目光”即是这样的“怀抱”。这目光连接的是背后站立的“你”，它是庇护，是关切，是“我”安全感和幸福感之来源。此诗确实体现了阿毛自己说的她诗歌的某些特质，比如“朴实”“深情”和“温暖”。

二

正如拥抱是人与人之间表达爱的最具体的方式，“怀抱”意象，使阿毛诗歌中爱的表达变得具体可感，比如诗作《白色天堂鸟》（2018年11月26日）：“‘爸爸，它们不飞呢！’//小姑娘用手悄悄去捉一只/然后用小怀抱抱住了一群……我每年都去看这群天堂鸟/今年我到了父亲去世的年龄//‘是的，它们不飞！’//洁白的灵魂/守着苍凉的人世”，这同样是一首关于爱的作品，赞美天堂鸟以“洁白的灵魂/守着苍凉的人世”。这里出现了“小怀抱”一语，这是孩子的“怀抱”，是一种稚嫩的纯真的爱的表达。这个意象具体而动人。《像怀抱》里，“怀抱”是人需求的对象，在这里，“怀抱”是人主动的施与。被爱与去爱自我之外的事物，本是一体的，前者使后者成为可能。

而在诗作《沙湖往事录》（2021年3月28日）中，“怀抱”则是爱的容器，是爱的承载者：“最先记起的/是满湖荷叶/及莲花之上/穿婚纱的蜻蜓和新娘//其次是被他人/以服饰辨认的心境与幸福//至于最后的颂歌/源自湖边的创世纪//和一群饮酒写诗的风//我如果爱过你/那就是晚霞和朝露/落进了怀里”，“我”爱“沙湖”，最爱“晚霞和朝露/落进了怀里”的时刻，这时的“怀抱”，表达的是对沙湖的深情接纳、“我”与“沙湖”那彼此需要的关系。

《高架桥下的鸟巢》（2021年3月14日）：“玛雅海滩旁边大桥下的群鸟/是穿过高空黑岩石和棉花糖的云朵/飞来的//它们并非全在高枝上筑巢/而在紧贴地面的荆棘丛中/……/我看到几枚孔雀蓝色的鸟蛋/撞色于我的春秋连衣裙//……这惊喜，似被苍茫的芦苇/金色的鸟巢和无限的蓝天抚爱”，这是“沙湖”之外，武汉另一处生活场景给人带来的“抚爱”。人确实需要来自人的拥抱和抚慰，但很多时候，自然万物、日月山川也能够给人带来安慰，因为自然万物、日月山川所连接的是其背后更大的存在，虽然人不一定明白这至大者究竟为何，但借着自然万物、日月山川这些连接者与象征物，人总能感受到一种来自宇宙和心灵深处的安慰。这大概就是阿毛所言的“我须臾不能释怀的/内宇宙与全人类/她们更是怀抱……”

三

大约因为自己心中的爱是饱足的缘故，阿毛作为写作者，也对人世间充满关爱，诗歌中那些渴望爱的“怀抱”和以“怀抱”关爱自我之外的存在的书写，是阿毛作为一位独特的当代女性诗人的精神状态的表露。在现代以来的文学背景之中，阿毛诗歌中的人与自我、人与人及人与世界的关系是值得关注的。

著名诗人、翻译家袁可嘉先生曾讲到西方现代主义文学所呈现的整体特征，“它所表现的对现代西方资本主义文化和文明的深切的危机意识和紧迫的变革意识……表现为卡夫卡式的焦虑不安、《荒原》式的悲观绝望、乔伊斯对人性的精密解剖……”而“贯彻其中最根本的因素还要算它在人类四种基本关系上的全面扭曲和严重异化：在人与社会、人与自然、人与人、人与自我四种关系上的尖锐矛盾和畸形脱节，以及由之产生的精神创伤和变态心理、悲观绝望的情绪和虚无主义的思想……”[1]对于现代人，尤其是敏感而又理想化的现代诗人而言，人与自我、人与人及人与世界的关系是相当扭曲的，人不接纳自我的存在状况；更难以忍受他人；对于人生与世界，多是虚无感与荒诞感。“怀抱”是一种遥远的渴望，但似乎不可能。所以海子说：“……没有任何夜晚能使我沉睡/没有任何黎明能使我醒来//一块孤独的石头坐满整个天空/他说：在这一千年里我只热爱我自己//一块孤独的石头坐满整个天空/没有任何泪水使我变成花朵/没有任何国王使我变成王座（1988.8）”。[2]

而在阿毛这里，虽然她亦有对人生与世界深切的思忖，但对于自我与

1　袁可嘉：《欧美现代派文学概论》，第6页。

2　海子：《动作（〈太阳·断头篇〉代后记）》，载西川编：《海子诗全编》，第414页。

他人，是相当接纳的。如果说《像怀抱》是在渴望与呼求一种美好的爱的关系，那么《车会一直这样开》（2019年8月21日）则是对自身的接纳：

我在后座上
抱着双膝

望着窗外的
蓝天白云和后退的树木

耳边响着轰轰车声和轻柔音乐
脑子里放电影放电影

我会一直驶入
你们后来的镜头

“怀抱”，不仅是拥抱他人，也是拥抱自己，也许你会说这是女性的习惯性的姿态，但从阿毛诗歌语言普遍的“深情”与“温暖”看，这个“抱着双膝”的姿态不是孤独与拒绝世界，而是自然的、放松的、美的日常状态，作者对自己的姿态是相当自觉的：“我会一直驶入/你们后来的镜头”，她珍惜自己，知道自己的存在意味深长。她不是那种传递孤独、决绝、颓丧信息的诗人，而是能给人带来温暖与安慰的写作者。

四

阿毛的写作中，常常流露出一种对于人世间的热爱。《翻日历》（2018

年12月1日）：“我可以轻飘飘地一页页翻//……//此刻，我以左右手拢成地怀抱/把流逝留在细碎地纸页间//左手的日历如翅翼渐成琥珀/右手的日历如门窗次第开合//此刻，和我的左右边/都是即刻消失的时光//经过如此，我仍不会轻易将日历合上”。“怀抱”意象在这里，表露出的是一种积极地留住时间的期求。

同样的“怀抱”，也出现在诗作《苍茫人世》（2019年4月16日）中：“柳枝吻流水/省略号地紫藤飘飞告别暮春/围巾和咳嗽依然太轻//我看到的人和事/读到的书/不断修正自己//……但我们依然会张开双臂/拥抱漫天大雪//哽咽着——/这苍茫人世多让人留恋”，虽然“我”被“不断修正”，但“我”并没有因此世故或颓丧（多少人年纪轻轻就已经苍老），仍然“张开双臂/拥抱漫天大雪”，这种努力去拥抱这个世界的心态，所表明的是诗人有一颗健康的心。在《醉酒的赶路者》（2020年10月22日）一诗中，我们也能看到这种诗人对世界的热爱：

离开空酒瓶里
渐凉的余温和哑寂的空气
摇晃着赶路

经过作旧的酒器博物馆时
哭笑着舞蹈——

“我不是游吟者
我只是昨夜的醉酒者
和醉酒者的旧友；

是马厩里沉默的马

等到的骑手和赶路人。”

空出的怀抱
会以另一些空出的酒器和身体
装回别处的喉咙、空气与尘土

“茫茫山河托着我
即便是绊脚的石上
也有最好的山水！”

这首诗属于阿毛这几年的“旅行诗歌组章”。以“赶路人”的口，道出的是写作者与世界之关系。“空出的怀抱”，用以承载另外的世界、将来的时间，诗人对未来总是充满希望。而诗作的最后，则更是一种积极的心态：即便世界如此（茫茫不可知、给“我”无尽羁绊），“我”仍然拥抱之……

五

“怀抱”在阿毛诗歌中，是一系列的意象，是不同的情境，同时也是人与人、人与自我和人与世界的关系之表达，所以我说这“怀抱”的反复被书写，乃是一种“关系”诗学的语词呈现。

在某种颓丧、阴冷、充满孤独感、虚无感与荒诞感的文学背景之中，阿毛的诗歌写作的“深情”与“温暖”显得尤为可贵，这种“深情”与“温暖”不是来自主体对世界的简单体悟（如有人认为这是女性之天性使然），更不是艺术风格的刻意营造，而是来自诗人与世界的多重关系的独特性。这种独特性是主体选择的结果，它的发生与成长并不容易，它合乎爱的原则，契合着现代人的孤独内心之渴求。这大约是阿毛诗歌给人“深情”“温暖”之感的原因。

骆英诗歌中对死亡的谈论

这次会议[1]的主题是谈论“如何现代，怎样新诗”的问题，意思是：新诗如何在经验、语言和形式方面能真正成为“新”的？“怎样新诗”的“新”，在这里是动词。同时，新诗如何又是“现代”的且能够有效地传达现代人的经验、感觉和想象？骆英（黄怒波）先生的诗歌（包括散文诗），在经验、感觉和想象的层面为当代汉语诗歌提供了许多不同的东西，在语言和形式上也有它自己的特色。骆英的写作，对思考“如何现代，怎样新诗”，我觉得应该有一定的启发。

“骆英诗歌中对死亡的谈论”，我选择这个题目，是因为我非常看重在“诗质”的意义上，骆英诗歌为当代汉语诗歌提供了一种特别的生存经验：对死亡的倾心，被死亡事件所困扰，为死亡之意义的晦暗不明而焦虑，大量的写作被死亡的意象所笼罩；虚无像一个影子一样，纠缠着他的写作……当代汉语诗歌，很少有这样的大篇幅的在死亡意象笼罩下的生命经验的言说。这种“诗质”，在当代汉语诗歌中，是非常可贵的，说其非常“现代”，应该是合适的。

1　本文为提交给“如何现代？怎样新诗——中国诗歌现代性问题学术研讨会”（2014年10月31日—11月3日，北京）的论文。

对于人而言，死亡的问题一定是个非常重要的问题，甚至可能是活着的第一要务：如果不了解死，我们如何生？这就像如果我们不知道夜晚会发生什么，我们在白天就活得不安心一样。但更多的中国人似乎长期以来奉行的是孔子“未知生、焉知死”的生命原则，对于死亡的看法常常是“人死如灯灭”、死了就是“一了百了”……在完整生命意蕴的支取上，我们忽视死亡之维，只满足于这未死的一半人生。而在西方，则有相反的世界观——人应当“向死而生”，人应当正视那被死亡凝望的现实：

> 我们面对的情况：只要我们活着，就只能面向死亡的噩运。既然如此，就得讲明我们说的自由到底意味着什么。如果从惯常生命进程这种意义来说，那是谈不上有选择的自由的。如果我们认识到垂死的必然不可赦免性，那就只有一种选择，即是否接受强加于我们的这种不可能性，或奋起反抗，或听之任之。在这里令人忧虑的并不完全是死的不可亲历性，而是对死后情形的茫然……人因其死而陷入的可怕虚无，是应引起重视的，尽管在我们看来它是那样茫然而荒诞。[1]

死亡的问题没有答案，我们所引以为傲的人的自由、生命的意义等问题都显得荒诞；对死亡没有胜过的话，虚无的阴影会一直将我们缠绕。

一、“倾心死亡”

2011年12月9—11日，“当代散文诗的发展暨‘我们’文库学术研讨会”

1 见［德］弗兰茨·贝克勒等:《向死而生》，张念东等译，生活·读书·新知三联书店，1993年，第5—6页。

在北京召开。我因这个会接触到《小兔子及其他》[1] 这本诗文合集，也由此知道“骆英”这个名字。这本书中的诗歌也很特别（比如分行和节奏上），但最引起人兴趣的还是那些非诗非散文的文本：洋溢的抒情、恣肆的议论突破了文体边界，带来了一种奇异的文学样式——将这种文学样式称之为“散文诗”也许确实比较合适。这个写作《小兔子及其他》的人，给我的印象是：一个特别的诗人和哲思者，他的文字中，充满了对死亡的想象和谈论；与之相应的是，他对性及纵欲在现代人精神困境的突围功能的絮语与反思。他的文字，在意象与情境的想象上、在对现代人的生存境况的忧心上令人印象深刻；而其语言与形式、思维与想象的某种超常规的“暴力”（没有一般诗人的优雅与精致，显得不循常规，在粗砺中显出一种自由与力量），更是给读者带来一种少有的阅读震撼。

致死亡者

在午夜，特别是凌晨时分感觉寂静，就是突然想到死亡的那种刺激与恐惧。

作为词语，死亡的意义既古老又神秘，以至于我忍不住要发问：“死亡”，是不是人类或是说宇宙最值得尊重的词汇？

杀死一个生命，往往短暂和偶然得只是一个“刹那”；但也有一种死，需要枯坟的骨或者挫骨扬灰的过程。

因此死亡必须受到敬仰，然后才能和死亡者一起被消灭：

被一个车轮消灭，被一种语言消灭，被一颗子弹消灭，被一个强权消灭，被一个基因消灭，被一个旱季消灭，被一个国家消灭，当然啦，还会被一只金币消灭。

未死者都是旁观者，主要是预习自己未来旦夕间的死亡，就像树，

1　骆英:《小兔子及其他》，作家出版社，2008年。

互相观望着死，然后，一齐死去，犹如相互约定而又守诺如金的集体无意识的死。

死亡者最大的财富应该是无法得知死亡的时刻，以及那一时刻的快感或痛苦，就像1982年的“拉菲”，观赏的满足大于品尝的愿望。

在英格兰酒吧里彻夜酗酒，是对死亡者最卑鄙的蔑视。至少，在饮酒前应该向死亡者脱帽行礼。

穿着艳丽的衣裳在长街行走，一定要记住为死亡者侧目让道，以便让死亡一词的结构不必被再次解构。

在肉欲的狂欢后最好肃立片刻，重新温习一次关于死亡的记忆或者痛苦，好让死亡者知道，我们，其实并不是一群乱伦的犯人。

被谋杀的语言，我们都在不知所措地使用着，并继续参与着谋杀的过程，并企图通过语言的谋杀来合理合法的谋杀他人。

小狗和鸽子的死亡，开始引起我们的惊讶与同情，其实，这是我们旁观后的非正常情绪。

如果一次大规模的死亡开始按顺序进行，我们应该尽快先屠杀所有的语句，再尽可能地储存好杜蕾斯牌的避孕工具。

必须对形形色色假构的语言进行毫不留情的种族清洗，因为它们极为恶劣地忽视死亡者的年序，更主要地，因此成为谋杀者的麻醉剂。

回避死亡者的音容是一种世世代代的可耻，会致使你无法辨认死亡者的最后去向和踪影，而这才是谋杀者真正的目的。

用一个死亡者去屠宰另一个死亡者也是不能原谅的，就如同用一种语言去翻盖另一种语言一样，那是一种触犯天条的暴行！

死亡者可以是一颗胡杨，死而复死地在塔克拉玛干沙漠中倔强；也可以是一条曾经的河，死后在地图上变成一条直线；但也可以是一只老死的泥蛙，并不幸灾乐祸地诅咒与绝唱。

建筑，是死亡者的盒子，或者说，是被死亡者设计建造、供死亡和死亡者享受的通用平台。想一想吧，设计并建设一种死亡是何等的神圣和高尚。

有的人只是死亡者，有的人是死亡者的死亡者，有的人是死亡者的死亡者的死亡者。

最好的死亡者，是那种不必疯狂而直接死亡的死亡者，或者反过来，是那种死后也仍然疯狂的死亡者。当然了，也包括那些贪欲了死亡者的死亡者。

作为死亡者的旁观者的死亡者，自然会先把死亡的语序一刀杀死，然后，分成“天堂”和“地狱”两类词语继续死亡的注解。

最可怕的是旁观者突然删除所有关于死亡的正面词汇，这将使死亡者的灵魂变得无助而无奈，于是，死亡就失去了让人仰慕的尊严与光芒。

多么卑鄙无耻的旁观者！

清晨，来不及拉开的窗帘裂开一条缝，像一种宽容，让阳光以及旁观者或谋杀者的身份来到我的床上，然后开始它神圣的谋杀——

或死亡。[1]

《小兔子》单行本十篇散文诗，《致死亡者》乃第一篇，可见作者对“死亡”问题的倾心。作者表达的意思明显是对死亡的尊重和对现代人漠视死亡的谴责。人应当“向死而生”，就像如果我们知道夜晚来临会发生什么，我们在白天就活得安心。可惜在这个世代，似乎大多数人满足的只是白天（今世的时光），大多数人只是在乎这一生七八十年的肉体的情欲，忘却了死亡，漠视了死亡之后的情形（对很多人而言，根本没有“死亡之后”），成了骆英说的真正的“死亡者”和“无耻的旁观者”！

1　骆英:《小兔子》，人民文学出版社，2014年，第1—6页。

其实对死亡问题的倾心是诗人的职责，这里我想起“第三代”诗人在诗歌中对死亡的言说的巨大热情。唐晓渡先生在编辑“第三代”诗人的长诗、组诗卷时，将这一卷命名为“与死亡对称”，多好的名字！我们的生存与死亡对称，那死后的世界与时间是我们此在的生命的另一半。唐晓渡说到，死亡“这一古老的诗歌母题之所以对今天的诗人们显示出特别的重要性，是因为无论就民族及其文化的命运还是就个人的经历，无论就集体记忆还是个人记忆而言，死亡都是他们一直亲历，因而过于熟悉的东西。它不可能不成为一种被共同辨认出的‘巨大元素’，并且无人能抗拒它的‘召唤’，尽管在不同的诗人那里，它会呈现出不同的含义……如果说，过多的死亡使之不能不在累积中凝聚成‘巨大的元素’，不能不成为这个时代的诗人最重要的灵感源头之一的话，那么，在这片腐殖质的泥土中肯定还混合着另一些同样巨大的‘元素’；并且，尽管诗人对死亡的观察和表现可以像史蒂文斯在言说那只在他笔下出没的乌鸦一样，有多种角度和方式，但一无例外地都包含着它的对立面，包含着对死亡的体恤、拒绝和超越。因为言说死亡毕竟是活人的事。这里，死亡的经验一如艾略特所说，是被植入一个‘更大的经验整体’之中的。在通常的情况下，对死亡深入程度和对它的超越成正比。后者同样可以有多种角度和方式”。[1]

对于诗人、哲学家等群体而言，忽视死亡的问题几乎是不可能。死亡对我们而言“……它始终是个问题：过去是，现在是，将来也永远是；并且它的意义远不止于道出了一个人在面临生死关头的激烈内心矛盾和冲突，更重要的是如米兰·昆德拉所说，‘表明了活着与存在的区别’。昆德拉尖锐地指出：‘如果死后我们继续做，如果死后依然存有什么东西，那么死（无生命）就不会使我们从存在的恐惧中解脱出来。’因此，‘哈姆雷特提出了存在的问题，而不是活着的问题’。他进而给所谓‘存在的恐惧’

1　谢冕、唐晓渡主编:《当代诗歌潮涌回顾·写作艺术借鉴丛书·与死亡对称》（长诗、组诗卷），北京师范大学出版社，1993年，第4—8页。

下了个定义：'死有两副面孔，一张是非存在，另一张是令人恐怖的尸体的物质存在。'（引文均见《小说的艺术》）……这是一种双重的恐惧。而对诗人来说，前一重较之后一重更令人恐惧。在后一重恐惧面前他和所有的人一样无能为力，只好到时把自己交出去完事；他真正需要对付的是前一种恐惧，因为它意味着活生生地看着自己成为'非存在'，成为一具精神的尸体。只要他指望死后能在诗中'继续做梦'，只要他意识到诗不但在他生前就已存有，而且在他死后'依然存有'，这种恐惧就不可避免。然而他却'无法选择一种坚实的持久的直叙方式'来克服这种恐惧，获取存在。换句话说，他必须寻找和不断寻找一种非直叙的方式，来表达他对生存和语言的双重关注。这就是诗人毕其一生要做的事。其中蕴含了诗歌语言的全部可能性"[1]。

生命的这一半，与之对称的"死亡"，它是什么？那死去的东西（"死亡者"又是什么？）"死亡者"可以胜过吗？对这些问题的追求，似乎是诗人的天职，他们必须在一个贫乏的世代借着对死亡的追问寻求生命的真相。大篇幅的史诗性的著作、长诗、组诗及海子说的"大诗"[2]，是"第三代"诗人给我们留下的宝贵遗产，可能在热衷于日常生活叙事和小情歌小经验的今天，杨炼、海子那样的涉及死亡、天国和永恒的写作，成了很多人嘲笑或者漠视的不说人话的东西。当代诗坛，像骆英那样的倾心于死亡

1 谢冕、唐晓渡主编:《当代诗歌潮涌回顾·写作艺术借鉴丛书·与死亡对称》(长诗、组诗卷)，第9页。

2 海子在《动作(〈太阳·断头篇，代后记〉)》(载西川编《海子诗全编》中说:"诗有两种：纯诗(小诗)和唯一的真诗(大诗)还有一些诗意状态。诗人必须有力量把自己从大众中救出来，从散文中救出来，因为写诗并不是简单的喝水，望月亮，谈情说爱，寻死觅活。重要的是意识到地层的断裂和移动，人的一致和隔离。诗人必须有孤军奋战的力量和勇气。诗人必须有力量把自己从自我中救出来，因为人民的生存和天、地是歌唱的源泉，是唯一的真诗。'人民的心'是唯一的诗人。在写大诗时，这是同一个死里求生的过程。"写诗并不是简单的喝水，望月亮，谈情说爱……重要的是意识到地层的断裂和移动……在写大诗时，这是同一个死里求生的过程——也许，这是那些"倾心死亡"的"大诗"的意义?

的诗歌写作，在这个背景下，显得独特而可贵。

二、“死亡·意象”

骆英还有一组“大诗”——“死亡·意象”，这个题目是有意思的。对骆英来说，很多时候，死不是常人的生命终结，而是一种意象状态。这个“意象”是什么意思呢？可能是“我”一直在死，“我”的生命就是一种死亡的意象。死是他言说的对象，是他想象的源泉，是对生命追问的一个入口。他诗歌中的自我生命常常呈现为一种在死亡之中的状态，他将此称为“死亡意象”，他常常“从一种死亡意象中慢慢走出”[1]。在后来与骆英先生的谈话中，我的这种感觉被证实。骆英先生是登山家、是探险家，他说：死亡是他身边常常发生的事，比如攀登珠峰，亲眼看到另一位登山者死在身边；比如多年以后，看到以前失踪的登山者的尸体露出山体，冰雪使他的身体变得像玉一样，一切是那么残酷又是那么不真实。我想，正是在这种关于死亡的真实感受与不真实的感受之间，死亡成为占据他生命的重要意象：“我”的生命似乎在写就一个关于死亡的意象，或者说，“我”活着，只是一个死亡的意象在呈现……

无论如何，对我来说，他的31首《死亡·意象》，是在“第三代”诗人的关于死亡的诗歌热潮之后，我看到的又一部可以“与死亡对称”的汉语杰作：

1 骆英:《死亡·意象》(三十一首)之七，《骆英诗选》，作家出版社，2013年，第396页。此诗后标有“2012.11.10　4：54美国洛杉矶Newport Beach，Linda Isle96号”。骆英在诗作之后一般都有精确的时间、地点的记录。其目的不是供研究者或自己检索之方便，而是他常常处在一种时间的“死亡”之中。比如他在南极的探险半年白天半年黑夜的，时间似乎消失了，天地茫茫，记录人之存在的往往就是这诗。所以诗歌成了生命存在的表征，成了对抗死亡的有效方式。

一切都死了　即便是时间　哲学　命运以及历史
当故乡仅仅成为一座荒坟之后　草和骆驼变成了杀马者
我呢　成为一个往下走的人　身披黑色斗篷及心怀恶意
天空深处打着鼓　却没有马或鸽子急急飞来
死让我们伟大了　即使我们常常只是像一片叶子
即便是这样　也不必疑虑以什么方式落下来或以多长时间腐烂
此刻　你只需要向着太阳翻过身去　不需要声响也不需要激动
此时　你只需要手持黑色的剑挥向宇宙的另一边或是黑暗深处
无边无量的死让我们从心底深处感到了无足轻重
历史如一匹野蛮的马疾驰而去又罔顾一切而惊心动魄
我们都因此是生还者　死亡者　或者是杀生者以及是谋害的人
我们如野性的马打着响鼻因而鄙视一切
死　让我们崇高了　即便是我们曾经卑鄙
我们藏起金色的手铐在岁月的密林中潜行捕食一切
在思想的墓穴中我们并没有因而高大或者微不足道
我们只是死　让我们因此获得一块墓碑或者一个二十一世纪的地标
想一想　向失群的雁打一声响指并举起一杯酒
红颜向我致以微笑并在我的来路款步而行
作为一个数叶子的人　我不习惯于想象历史
当杀马者穿越隐秘小径之后　我也不习惯会有马兰花开
夜鸟如一匹骆驼　隐没于草丛　波涛之下
那种日子轻易就为灰蛇蜕去第三十六层皮
在叶子下抖动　不形于色让某种痛苦无足轻重[1]

1　骆英:《死亡·意向》(三十一首)之一,《骆英诗选》,第386—387页。

“一切都死了……”，这是骆英对这个世代的深刻洞见。作为一位在这个世界有多种身份的成功人士（可能唯有对于死亡他不是），他看见诸多时代的内幕。“简单地说，我或者我们深知一个时代的最新秘密，那就是所有的金币和权力都可以交配为一个物种最低下的情欲与性欲的占有和被占有、享用和被享用的物品。”[1] 以各种堂皇的名义“放纵”情欲，是现代人的一个暂时缓解生存实际压力和精神压力的普遍途径；“……放纵，是一种冠盖或者深藏于文明或者是高尚与低下之中的高层次文明或者是高层次高尚与低下的终极标准/我可以佐证，当一张张金币最终成为床上或者是发廊的占有与被占有、购买与被购买、交易与被交易、高潮与被高潮的性交证明时，我的贪婪与低下，就不至于过于显得贪婪与低下了/这是什么呢，是否可以以文明的名义解释为现代化时代的物种的双修行为，以打通一条天路，好让男男女女们以向往天堂的名义放纵/是否可以以哲学的名义解释为现代化时代的物种的升华形式，以完成人的概念与定义，好让男男女女们以叛逆的借口享受/是否可以以经济学的名义解释为现代化时代的物种的生存规则，以体现市场经济的致命活力，好让男男女女们以繁荣的角度使用/是否可以以社会学的名义解释为现代化的物种的公地现象，以论证财富的辉煌程度，物种以集体沉沦的方式向生命的高级阶段转型/作为上述一切的结晶与逆种，堕落就可以看成是我对自己的宽容，也可以延伸为对他人或者是变种和异形之前的马的由此相关的一切物种的宽容与容忍/因此，长夜，你将来临，我一定要穿透你的黑色与肉腥，完成一匹马的变种和异形的无耻之旅……”。[2]

“马”的意象是放纵情欲的现代人或曰诗人自我，这是骆英的“变形

1　骆英:《第九夜·马篇——关于一匹马的性感经历及其道德困境（两首）》之《第一夜　马之悲伤》,《骆英诗选》，第369页。

2　骆英:《第九夜·马篇——关于一匹马的性感经历及其道德困境（两首）》之《第一夜　马之悲伤》,《骆英诗选》，第360—361页。

记”。“杀马者”是一个更加重要的意象，是这个时代对这个寻求生命意义的自我的遮盖之物，是一切意义消失者的根源，最要命的是，“我”也可能置身其中。存在的根源消失了，人所处的环境是无序的，世界成了一种“杀害与被杀害”的网络，人陷入了无边的“恐惧”。“……恐惧的真正含义是：我有可能杀害。/那么来吧，我的爱人！来杀害我的城市、我的乡村、我的婴儿、我的诗歌、我的过去，最终杀害我自身！/在一个过于繁荣的世纪，杀害也有繁荣的变种，以致一只鸟的坠落，就足以杀害整整一个种群，/以至深夜将近时，一个人因为恐惧而打开了恐惧之门，就再也不知道怎样把它关闭。/那么，就让我们共同来恐惧，共同完成杀害与被杀害的过程。/哪怕仅仅是利用一种思想去杀害另一种思想，利用一个爱人去杀害另一个爱人，利用一种语言去杀害另一种语言，利用一种恐惧去杀害另一种恐惧！/——这才是恐惧最底层的缘由。”[1]

在思想的深处我们都是死亡者　因为我们都诅咒过上帝
我们恐惧老　害怕贫穷　厌恶背叛　因而我们夜半惊梦
在一棵树枯萎后　我们仍旧活着　这本身足以说明我们并不光明
我们如夜行的蝙蝠在夜的隙缝中飞　像地狱密使
在童色的马喊叫妈妈时　一切都不会因此变调或变色
我们紧闭住眼睛等待或寻找一条密色小径
在翅膀不飞翔时　我们以羽毛紧裹住身躯在宇宙中抖动
在光线变黑或是变铁色时我们紧揪住双手捂住尖叫
露水渐渐地变重了如雄浑的铁叮叮咚咚地响起来
面对一匹马的枯骨　我们缓缓地举起双手遮住眼睛
一切都在死　都在变白　都在粉碎　都在静下来

1　骆英:《论恐惧》,《小兔子》，第15—16页。

如海潮举起小墨鱼的尾鳍及碎屑不顾一切而去
尽管我是在歌颂死　我还是惊心动魄
无论是我写不写落日如血　我都会热泪盈眶
我宁愿相信海深处　密林中　河对岸有一种琴在弹拨它
如风云　如铁锤　如凄厉　如永别　层迭而来逐浪而去
如一匹黑色的马惊恐从荒原上飞腾紧紧地抿起它的双耳
深灰色的波浪在大地上重重地划出一道世纪印痕[1]

这里仍然是“一切都在死……”这些诗作是“哀歌”式的写作，似乎在写“死”的行为中打捞生之意义。“这是一个黑夜的孩子，沉浸于冬天，倾心死亡/不能自拔，热爱着空虚而寒冷的乡村……”这是海子诗作《春天，十个海子》中的诗句。“倾心死亡”而又“热爱……村庄”，寻求灵魂的栖息地，这似乎是许多诗人的共性，像一枚硬币的两面。海子毕生以诗人的激情、想象与生命在写一部“死亡”之诗，而骆英也一直在诗文中想象“死亡”与挖掘“死亡”的深意。他的那些急促、磅礴、长句连连、大块大块的段落累加，如果说是诗歌写作，似乎也“带着不可抗拒的死亡的速度”(《祖国或以梦为马》)。

因为偷窥死　我在地平线上趴下来心情紧张
从那遥远的暮色　我盼望出现杀手或是死者
大地暖暖　因为它已被一整天的阳光照过并且没有发生任何事情
这种日子就算是无聊的　是想象什么都无法激动起来
我应该如狗　仔细地嗅觉过去的痕迹　那应该是死的气味
就是上帝还没有说你必须死或是生的那个年代的死的气味

1　骆英:《死亡·意象》(三十一首)之二,《骆英诗选》，第388—389页。

如此地贴近地面才发现秋菊花都枯萎了尽管霜还没有来
它们残黄　余香甚至会有点死而复生或者破旧不堪的味道
在阳光还没有叮叮当当地消失前　有人或是生灵开始打呼噜了
似乎有什么人或是生灵在地平线上蹿出来又跳回去
我打起响指表示我的存在想说明我还没有死
之后　我在仔细地考虑后站起来向大地的深处撒了泡尿
我很喜欢这种尿的骚味　它让空气温暖起来
不去关心它是否淹没了小地鼠的窝或马兰花的根
当我站起来时我很喜欢　我是地平线的生死分界线
此时　我还看见一个巨大的影子在宇宙上站起来开始打哈欠[1]

对死亡的"偷窥"(诗意的想象),期望在此行为中得见死之真相。虽然没有答案,但诗作却呈现出这个偷窥者的形象。"因为偷窥死　我在地平线上趴下来心情紧张/从那遥远的暮色　我盼望出现杀手或是死者/……当我站起来时我很喜欢　我是地平线的生死分界线/此时我还看见一个巨大的影子在宇宙上站起来开始打哈欠",极为大气的想象,这是一个悲怆的英雄,他向死亡讨意义,给大地留下了一个悲怆的身影。

每一次登顶后我都祈祷下山时能看到雄鹰在飞
主要是我害怕死亡的死　害怕在冰峰上冻得刚硬
为了活下来我常常有很卑鄙的念头及不齿于人的举动
例如会跨过一个难友的尸体并且抢先在别人面前跨过冰缝
在别人死亡后我们变得高尚起来因为我们没有死
太阳升起来时那种血色的红以及惨淡的白让活着有点儿诡秘

1　骆英:《死亡·意象》(三十一首)之十一,《骆英诗选》,第400—401页。

跨越一具具尸体回家　一如逃生者拼命下潜
实际上灵魂极有可能骑在鹰背走了
恐惧死让我们变得很低下很无耻很凶狠
问题在于我们把死只是作为一种肉体腐烂的过程
我猜想那些躺在8000米以上仰望太阳的死一定考虑着一千年以上的问题
那是一种死在阳光下被照耀　被闪亮　被慢慢地划过
伸出手不一定指向远方或是某一种四　也不一定是天堂或是地狱
让体温暖起来走过每一个死的呼吸
其实　这并没有关联　过去和未来　现实与存在的我
其实　在经历一万种死亡后　死不死都已经无关死[1]

这首诗里有作者的登山经验，也是难得一见的在8000米高度的一次对死亡的想象，“我猜想那些躺在8000米以上仰望太阳的死一定考虑着一千年以上的问题”。对死亡真相的追问，可能会超越时间和空间，对死亡的想象与追问，可能是进入永恒之门。“在经历一万种死亡后死不死都已经无关死”，那“一万种死亡”可能是实际的死亡事件，在这么多的“死”之后，“我”最渴慕是的“死”之本质和意义，故曰“死不死都已经无关死”。

三、虚无之意义

“一切都在死……”这是一种彻底的虚无主义。虚无主义在骆英身上，

1　骆英:《死亡・意象》(三十一首)之十三,《骆英诗选》,第404—405页。“……骑在鹰背走了”此句疑为“……骑着鹰背走了”。

似乎别有意味，因为现实生活中的他，却是一个极为成功的人。他是少有的富商；在身体上，他的健康与意志更是少有人可以匹敌（他攀登过世界七大高峰，是著名的登山家）。如果将生命的意义限定在物质财富和身体健康的层面，他是无比富有的，但在诗歌中他却是一个虚无主义者，他说“一切都在死……”一切都是“无意义”：

“这是一首现代性困境的最后哀鸣之作。从《都市流浪集》到《小兔子》《第九夜》以及《绿度母》，或者说《知青日记》《文革记忆》《动物日记》等，其实都是一种世纪失落，或者说哀歌式的情绪。作为一个商人，一个财富的获得者，看到的是更多的生存的无意义。当所谓的宏大愿景和历史叙事仅仅变成了物欲的、群体的、变态的、贪婪的获得和再获得之后，人就被人类解构了。在尼采声称‘上帝之死’之后，我们就不再相信过去和未来了。然而，在种种民族复兴、国家强盛、社会富足、个人自由的全球化的迪士尼叙事中，人被消解得支离破碎了。那些巨大的愿景、宏大的叙事、强势的权力覆盖了一切，以至于你感到了无助，在你渺小微不足道时，你就会自弃和放纵，你就生活在一种人的死亡意象的场景。现代性是没有终点的。我们已经深陷其中。也许再往下写或者说再往后走，我们就会回到那种哀歌式的浪漫主义意象中。在这个意义上，有可能是现代性的更高层次的异化。下一次，我们回归浪漫主义吧。从这个角度看，死亡意象是现代性写作的一种解构。解构了人和当下之后，应该回到存在的源头去，在那里还原作为人的存在意义。”[1]

我相信诗人说的是真的，正因为他在财富和身体健康上的无人能比，才比别人更真实地感受到虚无。我们在拼命追求的，在他那里却是无意义的。许多人追求远方，而他，比我们更早领略“远方除了遥远一无所有”（海子诗句）。灵魂的安定、心灵的平安，不在财富和肉体的状况上，而是

1　骆英：《死亡·意象》（三十一首）之三十一，《骆英诗选》，第431页。

在于我们是否知晓永恒之有无、人如何能否进入（或曰得到）永恒。这是生命得到“救赎”的真正含义。

一个最富有最健康的人，却是一个最虚无的人；一个人对自己所拥有的别人以为荣耀的东西，却觉得这是最无意义的东西，这是很有意思的事情。骆英的心灵经历让我想起基督教历史上最大的使徒保罗。保罗曾经是最虔诚的犹太教信徒，正统的希伯来人，受教于当时犹太社会最好的老师，有最好的学问和社会地位，按照今天的话说，是精英中的精英；但他在遇到耶稣之后，他将这些都看作虚无，看作粪土。保罗说“在罪人中我是个罪魁”[1]，他突然转变成了耶稣的信徒，成了基督教最大的使徒；他将拿撒勒人耶稣从死里复活，以大能证明这就是上帝差遣来的弥赛亚（救世主），这令人难以置信的福音传遍了希腊哲学盛行的罗马帝国。基督教的神学，除了耶稣的教导外，保罗的书信是基督教教义、神学的基础。很难想象，没有保罗的书信，基督教的历史会是怎样的情形。我常常觉得骆英是中国当代文化中一个特别的人物，他在世界上的成功和荣耀，他在内心对这一切的虚无感，两者其实是相应的，因为这一切不能满足人的灵魂。像保罗一样，骆英对于中国当代文化，也要承受一种使命？他是否如保罗一样，也是上帝特别拣选的子民？

现代化的进程并没有使我们幸福，带来的却是一种叫“现代性”的东西，让人在一种迷惘而绝望的“困境”之中。一部分文学家认同这种“困境”，觉得这是人世的本然，文学的目的就是在无意义的世界中书写，让书写本身成为意义；而另一部分文学家并不认同这种“困境”，觉得可能还有另外的出路，文学的书写通往永生的一种道路，这样的写作自然会倾心死亡、叩问永生，这样的写作可能偏执、笨拙和叫人难以忍受，但未免没有意义。骆英的写作显然是后一种。

1 《新约·提摩太前书》1：15。

诗人试着给出解决这个问题（“现代性困境”）的出路，“回归浪漫主义……回到存在的源头去，在那里还原作为人的存在意义”，这些言语能给我们真正的安慰吗？这种“浪漫主义”是什么？在给这次会议提交的论文《无中之有——当代中国诗歌现代性透视》（纲要）中，骆英谈论了一个非常重要的问题：虚无主义作为一种生命观，对于文学写作，并不只有消极的意义，也有积极的意义；许多伟大的作品，正是在虚无主义的心态中产生的。他提醒人们注意：虚无主义，是当代中国诗歌的有效资源。在文章的开头，他引用了鲁迅先生在《野草·希望》中所引用的话：“绝望之为虚妄，正如希望相同。”（匈牙利诗人裴多菲诗句）按照我们对鲁迅在《野草》中的哲学的理解，这里要表达的意思应该也是“反抗绝望”以及如何胜过虚无，这是当前中国文化中最迫在眉睫的问题。

“北岛、多多、舒婷、西川、于坚、欧阳江河、翟永明、臧棣、王家新等一批形成了个性诗学写作风格的世界诗人……面对当下的中国虚无主义思潮，上述诗人都具有一种自觉的突破意识。他们以指向未来的姿态重新架构了审美情趣，以诗歌的手工艺大师的气质建造了稳固、透亮、现代、简洁的当代中国诗歌大厦……现代中国必须面对虚无主义，视其为文化危机。简单的意识形态式的批评和否定是无济于事的，因为虚无主义来源于现代性也抵抗着现代性，有直达人心底部的生命终极发问的力量。以相信未来的姿态建立具有新浪漫主义色彩的诗歌审美未必不是一种尝试。”这篇长文（虽然还只是“纲要”）也让我知道，骆英诗文的虚无主义不只是文人的感伤的油然而发，他有自觉的文化建构的意识，有对当前人类精神的危机的意识，并且，他有意识地在寻求解决这危机的出路。写作中的“浪漫主义”与“新浪漫主义”到底是什么？我们如何能够保证它指向的不是一个新的乌托邦？骆英先生在文章的末尾忽然说“我的心底在兴奋之后，产生了一种伤感……”与此有关吗？

四、文学能否胜过虚无?

文学的功能有多大?能拯救人与精神危机吗?鲁迅在《南腔北调集·我怎么做起小说来》一文中说他为什么要写小说:“……我的取材,多采自病态社会的不幸的人们中,意思是在揭出病苦,引起疗救的注意。”我对这话的理解是:文学的功用可能不是让我们直接摆脱“困境”,得到拯救、“疗救”,其意义在于文学性的描述,可以“引起疗救的注意”。真正“疗救”我们(摆脱“现代性困境”,进入生命的自由)的可能不是文学本身,而在文学之外;但文学家的责任最重要的地方是:描述问题、揭示问题,使我们在被拯救的时候得到更好的对症下药。我想骆英的文本意义,他对虚无主义的文化洞察与诗文中的深切描述,正在于揭出了我们的病苦有多深。文学到这一步,也算是与人有益了。

而骆英自己追问的死亡与永生、生命的自由和道德的困境的问题,可能不在文学之内;或者说,得救在诗外。文学在人的生命范围之内;而死亡所属的领域,从死亡能胜过人此世的生命这一事实来看,明显比人的生命范围大。人要胜过死亡或者说明白死亡为何物,焉能不跳出人有限的看得见的世界、有限的此世的生命之范围?不在一个比死亡更大的视阈,我们焉能看清死亡、胜过死亡?似乎世事洞明的张爱玲有一篇文章叫《中国人的宗教》,她说我们的文学“细节往往是和美畅快,引人入胜的,而主题永远悲观。一切对于人生的笼统观察都指向虚无。世界各国的人都有类似的感觉,中国人与众不同的地方是:这‘虚空的虚空,一切都是虚空’的感觉总像是个新发现,并且就停留在这阶段。一个一个中国人看见花落水流,于是临风流泪,对月长吁,感到生命之短暂,但是他们就到这里为止，不往前想了”[1]。到“虚无”为止，这是我们的文学通常的境界，但其实，当我们对“死亡”的问题有着截然不同的认识，比如有一种方式可以胜过“死亡”，可能我们的生命就不会认同“虚无”就是人生的本然。

揪住死亡问题不放的人，即使他现在还没有答案，但他的写作是值得尊敬的，也是极有意义的。这样的诗歌写作，我们如何能说它不是“现代”，不是一种有深度、有力量的新诗篇？

1 张爱玲：《中国人的宗教》，《张爱玲文集》第4卷，安徽文艺出版社，1992年，第111页。

“目送自己进入旷野”：“70后”诗歌三十年

一、溯源

“70后”诗歌[1]这一概念，还应追溯到上世纪末。当时的1970年代出生的诗人，年龄在20—30岁之间，正是读书写作的好年纪，不过，丰盛的当代汉语诗歌传统、西方文化从1980年代以来对中国的影响、网络时代带来的表达的自由，多重的语境，使“70后”诗人面临着现在我们要跟谁学、我们如何表达自己的困惑。“70后”作为写作群体的断代之提法，是特定语境中写作者在困惑中的抉择、在影响中的反抗、对历史与自我的认知上的自觉。

根据诗人安石榴的追述，“70后”这一专指生于1970年代的中国诗人的概念，最早来自南京的小说写作者陈卫所办的民刊《黑蓝》。这份1996年2

---

1 国内目前最有影响力的诗歌史——洪子诚、刘登翰:《中国当代新诗史（修订版）》（北京大学出版社，2005年），将“70年代出生诗人”正式浮出诗坛的最早时间视为2000年诗人黄礼孩编辑出版民刊《诗歌与人》2000卷《中国70年代出生的诗人诗歌卷》。这一时间与“70后”诗人实际上最早的大规模文本展示，时间约相差两年。本文的“三十年”，是暂从《中国当代新诗史（修订版）》以整数计。

月在南京出版的颇具个性的杂志，至今仍是许多诗人宝贵的收藏。陈卫在发刊词中宣称："1.《黑蓝》：季刊，1970年以后出生的中国写作人（简称'70后'）的聚集地；不排斥其他年龄段有建设意义的人。2.'70后'：大师的四射光芒，众多速成的图景，父兄出于他们的延续而对我们的畸形期望，最后让我们只能孤身一人面陷黑暗；太多的标准，使我们更情愿把对自身的认可首先还给自身。3.《黑蓝》：'70后'实践的号角：从这里开始，我们渴望行动与写作的合拍，渴望坚实，渴望浑厚，渴望整合，渴望巨人，渴望以写作造就惊心动魄的精神；一句话，渴望自己的大师。4.主发中短篇小说和长组诗，兼发长篇小说、剧本、手记、随笔、访谈；暂拒理论批评。"[1]

由于《黑蓝》并非纯粹的诗歌刊物，也由于停刊及其创办人过早消失于文坛等原因，"70后"这一提法在诗歌界并未迅速得到响应。[2]但《黑蓝》关于"70后"的提示无疑在诗歌界衍生了后来的历史。在接下来的几年中，客居深圳的诗人安石榴、潘漠子等人一直在关注中国诗坛的"70后"写作状况，他们也率先在自己创办的民刊《外遇》上推出了"70后"诗人专号。《外遇》，这份中国南方只出了四期即遭停刊的民间诗报，为人们保留了诗歌界的"70后"正式以群体集结的方式面世的初期情景：这一期报纸有12

1 今天追溯"70后"这一概念的人大都参考了诗人安石榴的这段自述："……1996年2月，南京的陈卫（1973年生）给我寄来了他们自印的刊物《黑蓝》，在封皮上公然打出'70后——1970年以后出生的中国写作人聚集地'字样，发刊词中有一句话吸引了我：'太多的标准，使我们更情愿把对自身的认可还给自身。'"安石榴：《七十年代：诗人身份的退隐和诗歌的出场——写在"70年代出生中国诗人版图"专号前面》，此文载于安石榴、潘漠子主编的"纯文学诗歌研究月刊"《外遇》（深圳）1999年5月第4期。

2 《黑蓝》创刊号编选了陈卫的小说《秋天的鞭子》《将要被遗忘的眼睛》和电影小说《刀与花》，顾耀峰的小说《苏东坡客死毗陵驿》《拒绝》《玫瑰·江边》及其思想性书信《致汪城》和手记《加缪的启示》，任协华的组诗《在日子里》和《预感》以及他的思想性手记《杀伐·心灵》，最后有一篇对话《从先锋派的背景谈起》。1996年5月31日，就在《黑蓝》第二期工作全部完工正准备开印的前一天，《黑蓝》因故停办。据陈卫后来的自述，尽管和《黑蓝》倡导的"70后"写作大相径庭，上海的《小说界》杂志上魏心宏主持的和长沙的《芙蓉》杂志上韩东主持的"70后"小说写作其实都与《黑蓝》的提示有关，尽管两刊主持对此均不愿爽快承认。

版的容量，专号名为“一九九九·中国’70后诗歌版图”，第一版收有安石榴关于’70诗歌写作的那篇著名的“宣言”——《七十年代：诗人身份地退隐和诗歌的出场》以及诗人严力的诗论《从自救的角度出发》，其他11个版面依次收有39位“70后”诗人的诗作。[1]

在这个“版图”中，也许有人也就是1970年代出生的写诗的文学爱好者而已，无意进入某一诗人阵营，但此“版图”确实也囊括了后来日渐崛起于当代汉语诗坛的，像蒋浩、朵渔、刘春等优秀的年轻诗人。不过，这个专号的意义也许并不在于其推出“新人”，而在于试图使一个新的写作群体开始浮现出诗坛。据现存的资料，“一九九九·中国’70后诗歌版图”可能是以书面形式最早的也最集中的“70后”诗人文本展示，关于这一点，诗人黄礼孩后来整理的“大事纪”式的《’70诗歌运动》也可作参考。[2]“70后”今天其意义已嬗变为一个独特的写作群体及其存在状态。

在“一九九九·中国’70后诗歌版图”的结尾，《外遇》第四期以诗人潘漠子的一首名为《献给70年代人》的诗作为《编后记》：

你不给我位置
我们坐自己的位置
你不给我历史
我们写自己的历史

从这样的《编后记》看，我们不难发现1970年代出生的诗人对现成文学秩序的不满和渴望自己年轻的写作被文学史接纳的内心情结。但若仅仅依据这些来判定“70后”的出场，未免小看这些诗人对文学和历史的认识

1 “专号”也有失误，比如其中的北京诗人殷龙龙，是1962年出生的。

2 黄礼孩：《一个时代的诗歌演义——关于’70后诗歌状况的始末》，《70后诗人诗选》，海风出版社，2001年。

和对自身写作的定位。在安石榴那篇著名的写在“专号”前面的文章里，他表明的是一代人对当下诗歌写作状况的清醒认识：“70年代出生中国诗人的首要不幸在于他们所面对的时代已不再是诗歌的时代，跟‘第三代’诗人相比较，无疑缺乏与生俱来的激情。商品经济从根本意义上促使了诗人身份的退隐，……70年代出生诗人恰好遭遇上时代的转型期，诗歌的理想主义色彩和贵族习性已进一步在现实生活中褪失，除了诗人们内心尚被这种理想激励之外，已不可能再在现实的众人中掀起诗歌的浪潮。”也许是南方的市场经济大潮对人的冲击更甚，同在深圳生活的“第三代”诗人王小妮在此前也表达类似的认识，她曾在诗文中反复告诫自己：“重新做一个诗人”“只为自己的心情去做一个诗人”。[1] 20世纪90年代似乎不是一个诗歌的年代，诗歌处在一个极端边缘化的境地，诗人难以成为文化明星式的公众人物。但也正是在这种境遇中，诗歌有了反省自身的可能。随着占主流地位的现实主义式的写作和与意识形态对抗式的写作的普遍失效，诗人必须调整自身心态必须重新认识“现实”，也许在这个时候，“只为自己的心情去做一个诗人”才是诗人该有的心态。当诗歌不再是时代的号角也不再是艺术家的实验工具，更多是慰藉自身的“精神中的乐器”、更多是诗人感受自我和想象世界的一种心灵活动和语言能力之时，诗歌也许是回到了其该有的位置。

正是在这个意义上，一批“70后”诗人开始关注“日常生活”，在语言运用上许多人也开始倾向于“口语”化。[2] 应当说，“70后”的最初出场，其开始是源于一种对历史和文学的自觉，他们是在认识到作为一种特殊身份的“诗人”退隐之后才向当代诗坛亮出自己的身影的。在这一点上，他们虽然年轻，但对诗歌在这个时代的真实境遇和写作必须面临转型的认

1 王小妮曾以《重新做一个诗人》为题分别写过一首诗和一篇随笔。其中随笔中有“只为自己的心情去做一个诗人”这样的语句。见《作家》，1996年6月号。

2 安石榴本人除了写作组诗《日常概括》之外，还提出“日常诗歌”的概念。见《外遇》创刊号。

识，和许多优秀的第三代诗人有相近之处。

二、出场

当“下半身”写作风气在中国诗坛如火如荼、当“70后”有时仅仅被指称为“下半身”诗人的时候，人们还是明晓：这不是70后诗歌的全部，诗坛还有许多像蒋浩、姜涛、王艾、胡续东、朵渔、潘漠子、穆青、李郁葱、刘春等人那样较为独立的“70后”[1]。从2000年开始，对“70后”诗人的“位置”设定和“历史”演绎，一位主要的推动者是“70后”诗人黄礼孩。在广州谋生的诗人黄礼孩，除了自己那别具一格的诗歌写作之外，还以一种奉献的精神和辽远的眼光来对待“70后”诗人，将推举“70后”诗作、为“70后”诗人群体正名，当作了一项长期的义务和责任。黄礼孩创办的诗歌民刊《诗歌与人》系列，不仅推出一些优秀的诗人诗作（甚至包括西方诗人）专刊、值得关注的诗论专刊，[2]还有在一些有意义的诗歌命题下所出的内容丰厚的“专号”。[3]黄礼孩此举，在他个人，是以有限的经济资本

1 由于多方面原因，《专号》未收有《外遇》诗人“暗暗认可”的“姜涛、冷霜、王艾、胡续东、于贞志”等人的作品，安石榴特别提到：这是一个“遗憾”（安石榴：《七十年代：诗人身份的退隐和诗歌的出场》）。

2 如《彭燕郊诗文选》（2006年5月，总第13期）、葡萄牙诗人安德拉德的《安德拉德诗选》（姚风译，2004年6月，总第7期）；诗人世宾的诗论著作《梦想及其通知的世界：“完整性写作”的诗学原理》（2005年2月，总第9期）。

3 如《中国70年代出生的诗人诗展（第一回）》（2000年1月，总第1期）；《中国70年代出生的诗人诗展（第二回）》（2001年1月，总第2期）；《2002中国女性诗人大扫描》（与江涛合编，2002年2月，总第4期）；《完整性写作》（2003年7月，总第5期）；《2003中国女诗人访谈录）》（与布咏涛合编，2003年8月，总第6期）；《最受读者喜欢的十位女诗人》（与江涛合编，2004年10月，总第8期）；《俄罗斯当代女诗人诗选》（李寒译，与江涛合编，2005年5月，总第10期）；《中国当代少数民族女诗人诗选》（与江涛合编，2005年7月，总第11期）；《一个诗评家的诗人档案——和燎原读诗歌》（2005年11月，总第12期）。

换来了无限的文化资本，是以个人的心血换来“非诗的年代”里一点点关于诗的梦想与光荣。对于当代汉语诗坛，黄礼孩的工作既是为读者“提供心灵之旅”，又是在为正式出版制度、机构所限定的诗歌文本序列之外提供另一种自由而新鲜的关于当代汉语诗歌的文本序列。

在2000年和2001年《诗歌与人》分别推出两期“中国七十年代出生的诗人诗歌展”之后，2001年6月，由黄礼孩主编的中国第一部70年代出生的诗人诗歌集《’70后诗人诗选》（海风出版社）终于面世。《诗选》收录的诗人有孙磊、曾蒙、冯永锋、廖伟棠、韩博、王炜、蒋浩、李红旗、马非、吕约、巫昂、盛兴、朵渔、沈浩波、姜涛、胡续东、南人、郑文斌、尹丽川、刘川、冷霜、席亚兵、穆青、王艾、宋烈毅、康城、闫逸、李师江、朱剑、杨志、杨勇、陈均、冯海、杨邪、高晓涛、梦亦非、胡子博、魏克、王敖、温志峰、胡军军、颜峻、曹疏影、李郁葱、灵石、徐晨亮、蒋骥、远人、渣巴、胡耒、阿翔、亢霖、陆苏、刘春、余丛、安石榴、潘漠子、符马活、于贞志、谢湘南、凌越、阳子、牧斯、张况、黄金明、范倍、赵卡、广子、朱庆和、李樯、俞昌雄、徐南鹏、简单、唐朝晖、西娃、黄海、张楠、轩辕轼轲、白鹤林、林苑中、周薇、游太平、林忠成、戴泽锋、刘强本、海融、张绍民、李晓君、拉家渡、人与、欧亚、吕叶、大虫、皱赴晓、王琪、张怀存、坼子、周公度、苏小凯、吴作歆、石龙、李云枫、杨溢、陈计会、张守刚、陈会玲、崔恕、许多、三子、刘泽球、黄礼孩等111位诗人。该书尽管近400个页码，但由于人数众多，每位诗人的诗作一般只有1—3首，其意大约在推出新的“诗人”阵容，而具体的“诗作”展示，还待以后。这份名单的作者，诗歌风格各异，应该说，编选者看重的是“70后”诗人中有影响、有实力的部分。

2004年5月，展示“70后”文本实力的一部大容量的《70后诗集》（分上、下册，康城、黄礼孩、朱佳发、老皮编，海风出版社）面世。可能对于不大关注诗歌民刊、不关注汉语诗歌的“民间”潜流的读者而言，这是公开出版的诗集是关于“70后”诗歌写作的一部标志性的作品选辑。学术界最权威的诗歌史就是按照此书的最终面世在叙述“90年代的诗”的结尾处为庞大的“70后”诗人群体添上了寥寥数语（“……诗界被虚构为两大阵营，这引发了‘阵营’之外写作者的忧虑与不满，诸如‘另类’‘第三条道路’的说法……其后，又有诗歌代际划分的概念提出，如‘70年代出生诗人’。到了2001年，另一代际概念‘中间代’推出。据策划者的解释，‘中间代’指的是介于‘第三代’与70后之间的诗人”）。[1]《70后诗集》以千余页的篇幅，按姓氏拼音顺序收有安石榴、阿翔、安歆、冰儿、虫儿、丁燕、朵渔、扶桑、符马活、黄礼孩、黄金明、胡续东、胡亮、荆溪、简单、蒋浩、江非、康城、刘川、刘春、刘泽球、李红旗、林忠成、冷霜、凌越、马非、梦亦非、牧斯、墓草、泉子、人与、任知、世中人、宋烈毅、宋冬游、孙磊、沈浩波、唐兴玲、唐果、巫昂、魏克、王艾、温志峰、辛泊平、辛欣、谢湘南、薛舟、徐南鹏、燕窝、宇向、尹丽川、远人、闫逸、杨勇、杨拓、杨邪、俞昌雄、育邦、游太平、余丛、于艾君、姚彬、赵霞、张涛、张桃洲、张永伟、曾蒙、周斌、朱剑、朱佳发、林琬瑜、林怡翠、杨寒、杨佳娴、鲸向海、井蛙、林玉凤、谷雨等78位诗人的诗作。该《诗集》每位诗人展示诗作约10—20首，基本能反映该诗人写作的风格和诗艺特征。

在2001年出版的《’70后诗人诗选》中，黄礼孩在介绍“’70后诗歌状况始末”时，以一种激动的心情将“70后”诗人的出场到一系列的诗集出版、国内民刊及正式刊物对“70后”的隆重推出等现象、过程称之为“一个时代的诗歌演义”，并且，这句话也印在这本诗选的勒口和封底。[2]并且，在勒口上，很醒目地有这样一段话：“……’70后诗人从一个相对晦暗不明的状态到头角显露，从独立的个体写作到现在形成的庞大诗群，从民间自觉的发

1 洪子诚、刘登翰：《90年代的诗》，《中国当代新诗史（修订版）》，第276页。

2 后面还有两句：“一个时代的诗歌出场”“一个时代的诗歌浪潮”。

起到在公开诗刊上的波澜起伏，已真正凸现出这一代人的诗歌写作，真正成为现代汉语诗歌继‘朦胧诗’‘第三代’之后的一个新兴的写作群体。”可以看出，黄礼孩对“70后”诗人的整体浮出水面的兴奋及对之的期望。

时至今日，虽有不少批评者，但“70后诗歌”这一概念随着时间的流逝在当代诗坛已被广泛接受。关于“70后”诗歌的选本，民刊且不必说，正式出版的也已经不少，30年过去，“70后”诗歌今天又呈现出怎样的态势？当初的青年人，如今，大多已近中年，随着人生的历练、心志的成熟，他们的写作面貌如何？

三、语言

虽然“70后”诗人在语言和艺术的风格上，大有差异，但还是有一些共同的事实大家必须要共同面对。第一是新诗的口语化倾向，第二是诗歌书写“日常生活”的普遍的精神格局。我说的口语化并不是批判的意思，因为口语也是汉语形态和诗歌语言之一种，没有哪一种语言形态自然携带“诗意”。我也不说是“日常生活”不重要，而是惊异于从1980年代到新世纪的新诗整体精神维度的巨大落差，“日常生活”我们是否已经书写过度？“日常生活”正是我们的生命本体、此本体有无超越性的境界？

以“下半身”诗人为代表的写作，主题方面我们且不说，其口语化的倾向所释放的生活本身的质感、感性，还是值得注意。加上网络时代作品传播的便捷，成为一个“诗人”，以我们最擅长的口语抒写我们的感觉、经验与想象即可。我们不得不承认，我们正处在一个普遍以口语写诗的时代。世纪之交的“70后”诗歌，在口语与日常生活抒写的向度上，给汉语诗歌写作带来了双重的自由，这种习气一方面带来了当代诗歌的繁盛、无数的诗歌写作者借着网络平台在不断涌现，同时也衍生了如何看待口语诗和口语诗的“诗意”之问题。像下面这三首诗的作者刘川，他的作品往往篇幅小，善于以核心意象来营造情境，传达个人感觉、经验或者对社会的批判。对读者来说，这样的诗亲切，有某种容易把握到的语言穿透现实的力量。但对于某些习惯于阅读“诗情画意”的人来说，不禁会问：这也是“诗”？

烧水记

当水快烧开了
水会不停地
颤抖、颤抖
好像弱者那样
在强权暴力之下
无助地害怕
是的
当弱者那样无助地害怕
水，就要
沸腾了

玻璃

失恋
就像一大块玻璃
哗啦啦碎了
就像一大块玻璃
化作好多尖锐的碎片
一下子
扎进我的怀
我满怀都是

又干净又洁白的玻璃碴子
看，我多像
一堵故意插满玻璃碴子的墙
再也不会让女人
爬进我的怀里了

古井

在一口古井旁
我曾见到
一个女孩
又美又年轻
而我们并未交谈
她朝井底
看了一眼
就离去了

我也走过去
也朝井底
看了一眼
从圆圆的水面上
只看见
一个老男人
又老又丑
又
忧伤

我们因为不喜欢口语诗人的激进姿态而轻看、回避谈论他们的作品；我们因为赞同口语诗人的“革命”意义而反复谈论他们作品涉及的主题。我们忘记了一个事实：语言本身并不携带多少“诗意”，无论是哪一种形态的语言，都必须经由因传达特定都感觉、经验和想象，且在特定的形式中，才能建构诗意。

春风辞

快递员老王，突然，被寄回了老家
老婆把他平放在床上，一层一层地拆
坟地里，蕨菜纷纷松开了拳头
春风，像一条巨大的舌头，舔舐着人间

英雄

西西弗斯，推着石头，反复地推
无休无止地推

屎壳郎，一生都要推粪球
要到顶了，又滚了下去
同时滚下去的，还有黄土高原的落日

五十七岁的秦大娘，每天推着儿子，去朝阳医院

王村

过些年，我会回到王村的后山
种一厢辣椒，一厢浆果，一厢韭菜
喜欢土地的诚实，锄头的简单，四季的守信

累了，就去石崖上坐一坐
那里可以看到深青的酉水

我会迎风流泪
有时候，是因为吃了生椒
有时候，是因为看久了落日
有一次，是因为看到你，提着拉杆箱
下了船，在码头上问路

这三首是刘年的作品。刘年的写作也多用口语，诗作一般都不长，但里面有深切的人生体验、对自我与底层民众的悲悯以及对社会现状的批判。即使这样，我们也无法说他的诗“美”。语言系统改变了，意义的发生机制也已经变化，我们对何为“诗意”应该重新思考。（当然，新诗和旧诗还是有诸多一致的地方，这是另一个题目，在此不表。）如果旧诗我们常常以“美”来评价的话，那么新诗我们常常在其中寻求“真”。旧诗即使在局部字词都很“美”、很动人，故写作者要“炼”字，诗词有“字眼”；但新诗的效果是整体性的，你在整体阅读之后会收获一种触动。我们千万不要以对待唐诗宋词的审美程式来处理口语化的现代新诗。

四、经验

诗是语言的艺术，但不是语言的单向运作，没有哪一种语言形态本身就会有“诗意”。诗是语言与经验、形式的互动、生成的艺术。

“诗歌”是一种特殊的“言说方式”（“说话方式”），在一切文类中，它的形式感是最突出的，它对语言、意象的要求是最严格的。诗歌言说

“现实”经验、思想、意义，但它并不直接满足人的意义诉求，更不直接等同于“现实”，而是在具体的“语言”形态和特定的“形式”机制中间接呈现“经验”的现实。这样的话，当我们谈论诗歌的发生的时候，有三个因素是不可避免的，即现实经验、语言符号和艺术形式。从语言角度，“新诗”的语言——“白话”也在传统和西方“文法”的多方“对话”中发展成为较为成熟的现代汉语。从形式角度而言，“新诗”的体式“自由诗”也不能被绝对化，不加分辨地崇尚“新诗应该是自由诗”[1]，无视诗歌所必需的情感的内在节奏、声音美学，而是应该在经验和语言、诗行之间寻找节奏的美妙平衡，建设真正“现代”的“诗形”。若是从经验、语言和形式三方互动的角度来看待现代诗歌，我们应该能触及晚清以来中国诗歌的许多重要问题，就不至于偏执于其中一方把诗歌的问题简单化。故此，当我们以“现代汉语诗歌（简称“现代汉诗”）的眼光[2]来看待“新诗”、来面对新世纪中国诗歌的问题，就当紧紧抓住“现代”（现代经验）、“汉语”（现代语言）、“诗歌”（现代人的情感与形式）三个要素，强调对诗歌本体特征的自觉的意识。总之，绝不能单单关注诗的语言形态。

活着多么奢侈呀

活着多么奢侈呀……
活着简直就是一种浪费

日出我没有痛苦
日落我也没有痛苦
在这冬日京城的大地上

1　冯文炳：《新诗应该是自由诗》，《谈新诗》，人民文学出版社，1984年。

2　这一概念的提出与具体论证详见王光明：《中国新诗的本体反思》（《中国社会科学》，1998年第4期）及王光明专著《现代汉诗的百年演变》（河北人民出版社，2003年）的《导言》部分。

我突然丧失了悲怆的力量
天一点点地暗
一点点地凉
黄昏它在我身上
留下的那条影子叫哀伤

活着多么奢侈呀……
活着简直就是一种浪费

一天我都在这儿
肉体在这儿，灵魂也在
每天好像都在
是呵
不是在这儿，就是在那儿
我们被遗弃在地球上
从活着开始
我们的等待美丽而孤绝

活着多么奢侈呀……
活着简直就是一种浪费

窗外，隔着两条大街
中央电视塔的塔尖一闪一闪
仿佛在向另一个星球传递着
人类求救的信号
肉欲的洪水一浪高过一浪

大地之上，都各自逃命吧
人命狗命一只蚂蚁的命
还有黄昏那无尽的车流
亡命徒一般，奔向那绝望之境

散步

每天晚上出去散步
我总要把白天走过的路线
再走一遍。
要是白天去的地方太多、太远
我也要在心里走上一遍
我要把白天丢失的东西
一点点地找回来。
把被白昼打磨掉的激情找回来
把泥沙俱下的生活
再反刍一遍。就像
从肉里挑刺，剔除
一天的虚假、浮躁、麻木、欺诈
之后，我才能安然入睡
才能保证次日再次醒来
还是一个完全的人。

这是邰筐的两首诗，都是关乎人到中年反刍生命而有的经验之呈现。虽然语言无甚雕饰，但由于传达这种深切的生命经验，整体风格仍然触动人心。

一个人吼着秦腔从山上下来

远远的，一个人吼着秦腔从山上下来
声音沙哑、沉闷
像是有人故意向他的嗓子里
扬了一把沙子

经过一片杂乱的坟地时
他停了下来，肯定和某个未曾见面的长辈
打招呼。或者怕吵醒那些沉睡的人
大约一袋烟的功夫，他又吼起来
吊在谷穗上荡秋千的麻雀
忽地一下惊飞，落到了更远的田埂上
荒草丛中竖起耳朵的野兔
机警的注意着他提在手里的镰刀和麻绳
可是他没有注意到这些，只顾吼秦腔
他的声音将身体里堆积起来的疲乏
一点一点卸在了路上——

而一只隐藏在树荫间的蝉
突然加入，使他的声音更加沙哑粗糙
像两张相互较劲的沙纸，擦伤了
这个格外寂静的正午

郭晓琦的这首诗，传达了一种乡土经验。蝉声与秦腔“像两张相互较劲的沙纸，擦伤了/这个格外寂静的正午”，这个想象，让人十分震撼。

凝视

窗外有一条小河
河流两岸
一边是公园，一边是公路
在狭窄的格局中
它平静地流淌着
如设定的那样
恰到好处
欲望中，它一定有自己的分寸
懂得在禁区中如何延续
整个假期，我都在反复观察它
我常常感觉自己也在随它
缓缓地流淌，自由的
没有终点，也没有伤害
像躺在地球唯一的一条船上

读茨维塔耶娃

她拿出了自己亲手编织的绳套。她看了一眼
乌云下的叶拉布加镇
“我可以动用祖国给我的唯一权利”。她想

她把脖子伸进了绳套。卡马河依然平静地流淌
而俄罗斯整个儿滑进了她的阴影里

子宫之诗

终于结束了。

我的左脚还没穿上鞋子。右脚旁
是一只大号的垃圾桶。现在
我的小腹疼痛难忍，准确地说，
是子宫。它像水果一样，潜伏着危险，容易坏掉。
我站起来，
我感觉晕眩。
我听见医生正在喊下一个病人：
67号……
一个少女走进来了：
稻草一样的头发。苍白的脸。
“躺床上，脱掉一条裤腿……”
我慢慢走出去。
大街上的人可真多啊。
一群民工潮水般涌向火车站；
卖楼处，一个男人对着另一个男人挥动着拳头；
一个漂亮的女人，站在洋餐店前，边用纸巾擦眼睛边打电话；
菜市场旁，小贩在哄抢刚下船的海鲜；
一个疯子冲着人群舞动着一面旗子；
几个从饭店出来的人摇摇晃晃沿着河边又喊又唱……
这是乱糟糟的星期一。
油脂厂的烟囱带着浓烈的黑烟捅进雾蒙蒙的空气中。
哦，你过去怎么说？
这令人晕眩的世界里，一定蹲伏着一个悲哀的母兽？
是的，她一定也有过波浪一样的快感，
有过阵痛、死亡的挣扎和时代之外的呼喊。
她分娩了这个世界但又无法自己处理掉多余的渣滓。

我在路边坐下来。对面
建了一半的地铁，像一条黑暗的产道，停在那里快两年了。
“没有列车通过，它的内心一定松弛了。”我想。
甚至，一些风也绕过它的虚空。就像
也绕过我们。

玉上烟的这几首让我们读到一种沉痛的女性的生存经验。她对自我与历史的关切，超越了一般女性的视域，有悲剧英雄的大气概。但另一方面，当她以女性视角去叙述生存艰辛之时，又极为细致。她使女性身体的意象连接着屈辱的生存、破碎的世界及罪污中的自我，这种带有女性特征的想象方式让人感到疼痛，同时又极有对现实的穿透力。

太小了

绿荚里的豌豆太小了
山坡上的紫花地丁太小了
蒲公英的降落伞太小了
青蛙眼里的天空太小了
我站在地图上哭泣，声音太小了
原谅我爱着你，心眼太小了

雨夜

我裹在草绿色的被子里。
窗外大雨如注。睡不着的牧人，拉着忧伤的马头琴。

哦，我不要听，我就要发芽了。
草原如此辽阔，我腾不出时间揉眼睛。

我们去看稻子吧

穿过农舍，鱼塘，紫红的木槿
抵达金黄的稻田。像只狡黠的麻雀，你漫不经心
啄开一粒稻谷

我在你面前停了下来
稻草人一样停了下来

那么多稻田，我只记得黄鹿镇的，那么多稻穗羞涩地低着头
新娘般等待收割

和玉上烟相比，敬丹樱的写作，就显得简洁、明亮、清新。她的这几首诗作，传达的女性经验，关乎人对自然质朴的热爱、女性对爱情的羞涩与盼望，给人的阅读感受十分美好。

五、“现实”

无论是以卓越的口语叙述还是以深切的生存经验打动人心，这些都不是“70后”诗人写作的全部。“70后”诗人的写作形态相当驳杂，在口语化或追求某种能够传达给读者的“生命质感”的倾向中，仍然有一些在语言、形式上呈现出繁复地实验的诗人，他们的诗作也由此风格迥异，对于普通读者而言，不易获得阅读快感或某种关乎生命的感动。但穿过他们那些曲折的修辞，我们能见到他们所建构的更深之处的风景。

无论是口语化的经验“还原”还是意象化的情感表现、经验呈现，我

们都可以看到这个时代大部分的诗作中，诗歌"语言"和诗歌所要言说的"现实"之间，基本上是一种单向度的关系，即诗是"现实"经验的一种呈现，在这种言说关系中，"现实"似乎是一种"客体"，成为诗歌话语的唯一源头。在这种写作方式中，许多诗人既忽视了语言（"现代汉语"）的芜杂性，也忽略了"现实"（是不是只有一种"现实"？）的虚伪性。这种写作方式产生的作品，往往使人容易"感动"，是一种使人舒服的文本，从文学的自我慰藉的功能来说，这样的诗作是必需的。但从诗歌是人类一种蕴藉在语言之中的想象力的活动的话，我们不免为这些诗作缺乏一种对读者的心智和想象力的挑战而遗憾。

清明

在雨夜的小酒馆，我遇见赶猪的人
箍桶的人、斫琴的人
我不饮酒，也不赏花
只见斗笠下
走过偷马的人、骑鲸的人、下毒的人

我用耳朵饮着剑锋
我看见一个害怕钟表的人跑得比火苗还快
而我将等待，等待一个
卧轨的人、割喉的人、吃铁条的人

我有足够的耐心，正如酒馆里
有成堆的乌云
让我遇见化蝶的人、豹变的人、脱壳的人
屋檐下，坐着那个埋我的人

——翡翠猛虎向深情的喉咙疾奔

词语里的人

这是旧年的最后一口酒。
往事纷错，飞矢痛饮花朵。
这也是舌尖上燃烧的第一束火焰
——淑亮之心
在无雪的湖岸加速，
像从阅读中漏网的一尾古典之鱼，
我在鱼腹中更新着发音，
犹如阵阵厉风剥着它的鳞片，
剥着阳光下的餐盘。
记忆向湖心之吻更深地陷落。
我茫然如岸，
如岸边的斜柳，如柳枝
猛力抽打一个困在词语里的人。

语言的石头

火车奔驰，窗外散布的电线、荒田、墓碑
与车厢里的方言被同一道阳光唤醒

而我们封闭在铁中的事实，就像
大闸蟹密封在冰块里，枯草封闭在

雪的寒意和老水牛饥饿的记忆里
节日封闭于漫游，笑声

投入沸腾的麻辣锅，良心封禁于
古拉格，老外兄弟缄默于孤独的黑眼圈

一匹青龙封闭在某个心仪女子
大啖其肉的幻念里。在将要抵达的远方

成群的黑颈鹤
正为即将封闭它们的镜头练习高蹈的舞姿

——语言的石头与我们共享着同一现实
它封闭在被诗歌一次次穿越的欣快症里

梁雪波的诗歌写作有关于诗与现实之关系的思考，作者是“困在词语里的人”，我们能否表达出“现实”？“语言的石头与我们共享着同一现实”，“现实”它封闭在“被诗歌一次次穿越的欣快症里”。

一只猫带来的周末

一只猫，惊动一片迷醉在月光中的
瓦，掉下屋檐砸死一只老鼠
碰翻了数百里外床头柜上的台灯

我认为世界上不会有这只猫
你说如果梦是另外一个你
在平行宇宙发的脑电波呢
我没反驳你，因为突然记起

曾在梦里取代梁朝伟
和汤唯有过几次真实的床戏

我们决定尽快离开事发地
我被满腹心事撑着，一路打嗝
你转换话题，说曾被母亲发现
偷看她私藏的毛片
而我，高中时被同床的哥们从后面
坚硬地顶着，只好继续装睡

后来，从后面顶着我的
是一把刀子。刀子知道
我数十年来一直较劲的词是
事业、未来、女人
最近听到我常说的词是，奶奶的
它才悄悄收了回去

那只可疑的猫，让我感觉到
刀子依然埋在暗处
我必须一早来到三十公里之外
将情报交给一个秘密收集着
泥泞、杂草、虫鱼的地方
能将坚硬的城市啃得稀烂的地方

稀烂的地方也人潮汹涌
我排队取到一张有数字密码的小票

保安说这些突然涌入的人
来自另外的世界
用高跟鞋和长筒袜对付泥泞
用纸质的大鸟欺骗伤心的小孩

那老人也不善于掩饰，体内的
惊魂未定，正从深陷的眼窝
发出哑光。多数人的心情
和身体一样沉重，用嘴把脸撑开
像橘子挂在树上，看上去
在微笑，也可认为毫无表情

好在有人准备了清澈的水塘
收纳浑浊的云层，准备了一阵风
和多嘴的樟树叶细致交谈
让你安静下来才比较简单
你不停晃动着笑脸
像草丛中晃动着的那株无名小花

我暗自庆祝，看见了那株小花
藏在草丛下的一小片湿地
在地球坍塌成豌豆大小的黑洞之前

这是谭克修的《一只猫带来的周末》。新世纪第一个十年，我读到的对现实最有批判性，同时也最有文学之趣味的系列诗作，当推谭克修的“三重奏”——《海南六日游》《某县城规划》和《还乡日记》。谭克修的诗作之所以让人们的阅读充满趣味，原因至少在于：一是它的题材处理，这些题材是当代中国人所关心、在过去的诗歌中也少见的。二是所谓智性的诗歌，此“智”就来自“隐喻”。谭克修诗歌中的隐喻是不动声色的，将隐喻的强度降到最低，他是先让人看到事件，然后再让人回味到事件的意味，这中间的过程，需长短适中，太短，则诗意平白；太长，阅读就太累。在十年前，我就意识到谭克修诗歌的一种技术，叙述的技术，这个叙述有目标、有速度、有力量，然后才带来我所看到的那种特别的“文学的趣味”。读《一只猫带来的周末》，我感到谭克修诗歌写作的一些变化，或者说较之“三重奏”的现实感和语言的趣味，现在谭克修的写作更贴近“意识”的层面了，这也让他的诗歌看起来比过去要复杂一些，技术含量更高了。《一只猫带来的周末》是一个例证，我深感作者独特的叙述视角，以及这个视角的自由转换，但是，目标、速度和力量，又始终没有弥散，以至让读者摸不着头脑，那个叙述效果——“水花”，又是相对凝聚的。“作为读者，不会忘记那只猫，它始终处于暗处，诗人没有对它作任何直接具体的描述，毕竟这不是一首关于猫的类型诗，而是把猫符号化为一个神秘按钮，进入现场，开启当代诗人关于诗意叙事的空间。”（路云：《落点与水花——从一首诗看当代诗歌的叙事》）“这首诗也许是一个宣告：谭克修的诗歌正在进入一个新境界：“把现实提升到现场”——这个“现场”，不是外在的世界的现场、生活的现场，而是写作活动中的意识的现场。这个“现场”相对于那个通常作为言说对象的“现实”，要难以捉摸，是关于写作本身的一种“现实”陈述。

或许在这个体制化的后工业时代，我们的生活和生命都变得太空虚乏味了，在现实中我们不能期求的，我们只好将目光转向诗歌，寻求真正的心灵慰藉。尽管很多诗人和批评家也认为“形式即完成了的内容”，但事实上对于诗歌，人们对情感、思想、经验等“内容”方面的诉求，仍是过于急切和普遍。至于诗歌的语言方式和形式功能，往往被忽略不计。一些意识和情感、经验的想象关系转换得特别复杂的诗作往往被认为“啰唆”、“知识分子写作”习气。许多人对真正的诗歌失去了耐心。“诗歌”，其“简明定义”当是“用最少的翅膀飞翔”——“作为最本质意义上的诗，是生命冲动中原发的闪电。人们读诗，决不是为了阅读知识与增加学问，绝不是为了观摩高超的文字语意转换的空洞演习。”[1]

不过，并不是所有人都认为诗歌的定义就是“用最少的翅膀飞翔”，是“生命冲动中原发的闪电”。

钟表里的水

春天的午后，我以
老式钟表的精确走入时间的埋伏
在我体内拧紧肋骨的发条
在时间的水里，指针赶着一场预谋
嗒嗒声抢走脉搏的跳动
春光烂漫，还未返青的梧桐
加足马力从地里抽水
向高处的枝条寄送春来讯息
整条街都被收进地址不详的邮局
在它的隔壁，时间浸泡水里
我一再把自己紧一下，紧出汗水
那些在角落低飞的尘埃
分秒必争，把真相挡在历史的幕后
粗短的时针，像一个发呆的书生
售罄了积蓄的书卷气

1 徐敬亚语，《读诗·批评家联席》栏目《十面埋伏》，《特区文学》，2005年第11期。

掐指计算时辰的夫子
把长衫搭在钟架上，气温升高了
没有跟上节气的人
是池塘里缓慢飘动的残叶
水打湿的部分，在速朽
自足有着不言而喻的美
我被时间魅惑，想：若剥掉分针上的锈
下一刻会发生什么？那细腰的秒针
在暗处闪烁，如一个
门道精深的裁缝，细眼眯着的光
在作为过客的我的心尖游移
慢是一门手艺，缓流的样子应景
慢慢拆散自身，再选个好天气重装
对每个零部件都耳语一阵
向它们讨要解渴的源泉
在钟表店，我俨然身怀绝技的老把式
受命把温暖的芯片植入时间
受命为下一刻，指明线路

芦苇岸的诗，叙述与修辞极为繁复，意象和意境并不像很多诗歌那样明朗。他的语言与意象有“书生的呆气”“积蓄的书卷气”，可能这样的诗，“……不是负有社会使命感、以启蒙和布道为己任的诗歌，它捕捉的是个人生命某个瞬间的感受意绪。这种感受意绪往往是某种朦胧的情感和意念，被诗人的慧心所捕捉，并通过语言技巧转化为诗的情境和旋律。它是抽象的、朦胧的、缥缈的，就像人的灵魂，或者梦的进行，空灵得难以塑形，但正由于此，诗人的想象能趁着它的节奏翩翩飞翔——有心的读者，不妨留意一下某种抽象的心情被赋予的丰富性和美妙的旋律感，它给我们的，不是主题，不是思想，而是感动与遐想。”这位批评家由是提出一个值得关注的问题：我们该怎样要求诗歌：“于是回到诗歌的‘内容’，抽象得没有内容，是否可能包含了更多的内容？诗歌的意义是否应该把散文说得清楚的‘内容’留给散文，而散文的无法抵达之地，则正是诗歌的用武之地？”[1]

很有意思的是，我注意到在江浙一带生活的诗人，比如梁雪波、芦苇岸、李郁葱、高鹏程、育邦、商略等优秀的诗歌写作者，在整体格调上有书卷气，他们有很驳杂的文化阅读视野、在语言和修辞上有一定的积累，于是诗歌的技艺显得复杂，风格相对含混、晦涩。不过，这恐怕也是当代诗歌读者要思考的：如果我们要的是情感、经验、思想和想象的“清楚”表达，如果诗的形式是不必要重视的话，那我们在各种文类中独独高举诗歌的理由是什么？它和分行的散文区别在哪里，仅仅因为诗歌的“翅膀”少吗？在这个将自由诗的“自由”被误解的时代，也许我们要听听T.S.艾略特的劝告：“对一个要写好诗的人来说，没有一种诗是自由的。谁也不会比我更有理由知道，许许多多拙劣的散文在自由诗的名义下写了出来”。[2]我们的许多诗作是不是在自由诗的名义下写出来的散文？

六、境界

“70后”诗人今日约在40—50岁的年纪，正是对人生有透彻的认知、对自我与未来重新审视的阶段，写作的方向与方式大有改变。欧阳江河在《1989年后国内诗歌写作：本土气质、中年特征与知识分子身份》中曾

1　王光明：《“无中之有”》（评陈东东诗《月亮》），《特区文学》，2005年第11期。

2　［英］T.S.艾略特：《艾略特诗学文集》，王恩衷编译，国际文化出版公司，1989年，第186页。

说到“中年写作”，“显然，我们已经从青春期写作进入了中年写作。……我认为，这一重要的转变所涉及的并非年龄问题，而是人生、命运、工作性质这类问题。它还涉及写作时的心情。……青年时代我们面对的是‘有或无’这个本体论的问题，我们爱是因为我们从未爱过，我们所思想、所信仰和所追求的无一不是从未有过的。但中年所面对的问题已换成了‘多或少’、‘轻或重’这样的表示量和程度的问题，因为只有被限量的事物和时间才真正属于个人、属于生活和言辞，才有可能被重复。重复，它表明中年写作不是一次性的，而是可以被细读的；它强调差异，它使细节最终得以从整体关系中孤立出来获得别的意义，获得真相，获得震撼人心的力量。……对中年写作来说，死作为时间终点被消解了，死变成了现在发生的事情。现在也并不存在，它只是几种不同性质的过去交织在一起。中年写作的迷人之处在于，我们只写已经写过的东西，正如我们所爱的是已经爱过的：直到它们最终变成我们从未爱过的、从未写下的。我们可以把一首诗写得好像没有人在写，中年的写作是缺席写作。我们还可以把一首诗写得好像是别的人在写，中年的写作使我们发现了另一个人，另一种说话方式。……有一点是确切无疑的：我们都是处在过去写作。我们在本质上是怀旧的，多少有些伤感。”“中年”，是人生与写作的转型期。写作者以回望的姿态，咀嚼逝去的时间，在写作中“重复”死亡，“复得”生命，当下的言辞因此意味深长。这是一种人生态度与写作方式，如果这是真的，那么之后的“70后”诗人有一部分与之差别甚大。

虽然告别了“青春期写作”，但有些“70后”诗人并没有单单陷入回忆，相反，他们的文化负担促使他们重新起航，试图在更广大的背景中建构自己的精神-语言空间。据我所知，他们当中有一批诗人，在东西方的文学、艺术、哲学和宗教的比较视域中，重新思考自我与民族的形象，有意识地将个人化的写作纳入一个广阔的“历史意识”，如大诗人艾略特所言：“对于任何一个超过二十五岁仍想继续写诗的人来说，我们可以说这种历史意识是绝不可少的。这种历史意识包括一种感觉，即不仅感觉到过去的过去性，而且也感觉到他的现在性。这种历史意识迫使一个人写作时不仅对他自己一代了如指掌，而且感觉到从荷马开始的全部欧洲文学，以及在这个大范围中他自己国家的全部文学，构成一个同时存在的整体，组成一个同时存在的体系。这种历史意识既意识到什么是超时间的，也意识到什么是有时间性的，而且还意识到超时间的和有时间性的东西是结合在一起的。有了这种历史意识，一个作家便成为传统的了。这种历史意识同时也使一个作家最强烈地意识到他自己的历史地位和他自己的当代价值。”[1]“70后”诗人，他们当中许多人有这样的“历史意识”，某种意义上，他们的写作是“传统的”，但恰恰如此，他们的写作体现出一种超越于叙述当下生活平面的写作之“当代价值”。

除了有对自我的重新审视与历史、文化负担，有些“70后”诗人虽然已近天命，但并未发出“人生不过如此”的老调，他们对自我与人性的省察，却进入了一个全新的境界。这是一个令人惊异的事实，这个事实恐怕是写作本身不能带来的，它极度需要写作者自身对人的有限性的深度内省和对终极意义的确信并竭力寻求。

默祷

骤雨初歇，雨后的蝉声让人焦躁
那因痛苦而降低了高度的天空
并没有带来一个内心的天堂
只有一种白色的孤寂在缓慢生长
那是为内心独白所创设的寂静
借用但丁的舌头，我轻轻默祷

1 ［英］托·斯·艾略特：《传统与个人才能》，《艾略特文学论文集》，李赋宁译，百花洲文艺出版社，1994年，第2—3页。

仿佛自心底升起的无声歌咏——
不要将自己委托给无知之物
要与死亡保持一种尊贵的友谊
并做好谦卑、清洁和节制这三门功课
词语太轻了，在你的生命里
还缺少些真实的压舱之物
丰饶来自极高处，也在自身的罪里
人类的语言亦无法赞美，这是一个限度
默祷虽未允诺一个丰饶的未来
你只需饮下这酒，掰开这面包
如同掰开自己卑污的灵魂
骄傲从你手里拿走的东西
羞愧会再次交还给你，分毫不少。

轨道

窗外下着雨，人行道上的女孩
头发湿漉漉的，不时侧过身来
在男孩的脸颊上轻轻吻一下
男孩背着包，双臂环抱，伸手
在女孩的屁股上捏一把
隔着玻璃的哈气，看不清外面
但有一种青春的快意洋溢其间
还有某种似曾相识的失落的残余
一些美好的东西并不一定拥有
一些美好的人也只是短暂相遇
唯有自身的罪过会跟随一生

自身的罪，以及一些难言的隐衷
隐秘如房间里不绝如缕的钟表声
嘀嗒，嘀嗒，嘀嗒，像一列火车
静静地数着轨道上的枕木。

是一个什么样的时刻

这是一个爱与恨一起复活的时刻
这是一个晨曦与日落共时的时辰
这是你和爱人收拾行囊重返故乡的时刻
这是燕子回巢，而鹰隼在暮色中久久盘旋的时刻
这是玫瑰被暴力摧毁，而万物如春天般重临的时刻
这是，啊，这是一个一切都坠入时间的底部
而上升的一切如创世纪般光辉重临的时刻
在这迷人的、悲欣交集的时刻，你怎可缺席
在这密集的人群里，你怎能越走越空旷
难道只有在离开众人时才感到安全？
时代的噪音已化作钟声在我们内部鸣响
一个新的起点已从失败中生成，我们要等待的
未知，要去往的应许之地，要成为的新人
已经临近了，就在这严重的时刻……

智者

刚才坐在我们中间的那个人哪里去了
他始终一言不发，像个沉默的智者
永远保持着一个无知者的谦卑
并通过聚拢一种呼吸所创设的宁静

让我们习惯性地将他忽略
当他离去，那空出来的位置越来越空旷
凭借这种空旷，我们认出他精神的领地

是该目送自己进入旷野了

目前来看，你狂热的进取心
该停一停了，现在每走一步
都在离真理更远一些
是该目送自己进入旷野了
大地上已没有纯洁的宴席
你还没有回到一个人的孤寂
你在众人中依然如鱼得水
你还生活在现实的逻辑世界里
这个世界里只有原因和结果
你所依凭的依然是魔鬼的语言
你以为大地上还有完美的居所
这是天大的误会——完美的居所
只存在于乌有之地，大地上的教堂
也不过是它并不完美的倒影
你要摘取的并非尘世的果实，你是
你自己的献祭，你要讨好的影子在天上
不要再贪恋大雪中的房舍
如同贪恋夏季的绿荫
去亲近旷野中的荒芜吧
在那里，在那荒芜中，有最终的善。

这是曾经的“下半身写作”阵营主力朵渔的近期诗作，我们可以看到一个不一样的朵渔，一个深度内省的朵渔：“不要将自己委托给无知之物/要与死亡保持一种尊贵的友谊/并做好谦卑、清洁和节制这三门功课/词语太轻了，在你的生命里/还缺少些真实的压舱之物……”一个重新出发的朵渔：“时代的噪音已化作钟声在我们内部鸣响/一个新的起点已从失败中生成，我们要等待的/未知，要去往的应许之地，要成为的新人/已经临近了，就在这严重的时刻……”诗人说“大地上已没有纯洁的宴席”，“是该目送自己进入旷野了”，这个想象极有意味，如果说中年犹如一条大河，减速、开阔的话，现在正是我们进入这样的人生境界，“旷野”的隐喻也许同样合适，旷野中有荒芜，更有带来丰盛的生命之灵魂的粮食。“目送自己”，意味着自我与旧我的分离，这不是写作上叙述视角的疏离，而是生命的一次蜕变，犹如蝉蜕，一个新的生命脱壳而出。

某种意义上，“70后”诗人朵渔也是一个隐喻，从当初的反叛崛起，经历时间、文化的冲刷，承受生命中的多次历练，心灵的视域与写作的境界发生了深远、广阔的转型，诗作呈现出全新的境界，里边有对自我和历史的深度认知，不仅有悔罪与批判，更有信心与未来。

多种语言形态、文化境界与生命境界的呈现，在我看来，“70后”诗歌不只是一个概念，而是一个实体，其中包含着说话方式、诗人群像与写作业绩。

诗坛：一个特殊的中国社会

我在首都师范大学读书的时候，导师王光明先生有件事情让我印象深刻：某晚他在电话里给我说论文，末了他轻描淡写地说，明天北大“五四”未名诗歌节，他们也让我通知你，不过我建议你不去。这是我平生接到的最有意思的会议邀请。王老师的意思我非常明白，是想我们竭力做博士论文，好好读书，夯实基础，不要急于进入所谓的诗坛——因为那未必是件好事。想想他自己，确实是个表率，为了保守自己对诗歌的判断力和诗评的质量，他很少与哪位诗人关系火热，在很多场合，他只认诗歌不认人。

但很不幸，几年之后，我还是进入了这所谓的诗坛，最近一次在北京的会议上，期间他特地问了我一句：你现在是不是很活跃。我一听就知道完了，因为他这话里透着嘲讽。

时至今日，我想我也没有必要矫情地说自己是被动地混迹于诗评者的行列。我这样花不少时间、精力，业余做业余的当代诗歌批评，从我谋生的体制和单位来说，其实是耽误了“正事”。但我之所以无法与之割舍，恐怕还是沾染了不少诗坛的好处。很多时候，我感觉在中国，诗坛是个独特的社会，有它独特的风气和体制，这个社会与普遍的中国社会息息相关，但又有些不同，在同与不同之间，我们可以在诗坛获得我们所需要的慰藉。这是一个令人沉浸的世界，这个世界里有让你喜悦、爱戴或憎恶的人，它让你温暖，这个社会有一种特殊的人际关系、个体情感和群体认同；许多人在这个世界寄托了他的人生梦想、他的怨恨、他的欢爱，它让你感受到自己多少还有一点存在的价值，这个社会为个体存在之意义给予了特殊的确认。

一、兄弟情谊

1. 诗可以换酒

2007年1月底，我在广州文学创作研究所参加由《诗歌与人》编辑部、广州文学创作研究所联合主办的“《出生地——广东本土青年诗选》研讨会暨第十五届柔刚诗歌奖颁奖典礼”，当晚饭后乘车回住处，车上有柔刚先生、诗人黄礼孩兄长、“80后”诗人骨干唐不遇、美女诗人杜绿绿等，不知何故，途中唐不遇问到我“为何写诗歌批评”，一时不知如何回答的我信口说道：“……可以换酒喝。”

当时坐在副驾驶位置上的柔刚先生回过头来，意味深长地看了我一眼，似乎是一个失望的眼神。我也要为我的直言负责，因为我的潜意识就是在感叹：诗（评）可以换酒，在今天。我混入诗坛无任何伟大目标，只是因为诗人是一帮可爱的兄弟，诗坛是个非常happy的地方。

回想2005年3月3日赴武汉大学面试，5日经余怒介绍初见武汉诗人、诗坛“小柴进”小引，5日中午我、小引、“或者”诗人骨干艾先，三人几乎早有默契，直接钻进武大附近一酒馆，几句客套，每人便饮啤酒数瓶。因此番见面我毫无怯意，后来武汉诗人对我印象颇佳，似乎这样我便很顺利地进入了武汉诗人圈。

出武大正门西南方向经劝业场继续前行一里，是一座历史久远的上书“国立武汉大学”的牌坊，此地每至夜间，煞是热闹，无数食客酒徒在此聚集宵夜，我们常常来到此地，一般可能已是当晚活动的第三场。但第三场的集会仍然气氛活跃，推杯换盏、在激动中各人偶尔会坦率地捉对交换对诗歌与人生之所见，尽管这些所见往往极为不同，但因彼此是兄弟，最后各干一杯没有下文。那地方一边是都市夜晚的车水马龙，一边是古老牌坊的默默看顾，在现场就有一种虚幻感。那热闹的席间往往有我，许多个夜晚，我旧习不改，像小说家孙甘露所写的：我是少年酒坛子，今夜我诗情洋溢，这不好，这我知道，毫无办法，诗情洋溢。

2. 因为诗歌，于是兄弟

在这个人际关系相对冷漠的时代，诗往往可以使我们朋友遍天下，顿感世界如此温暖，写诗使我们在自己的商业圈子、学术圈子、亲友圈子等小圈子之外，还多了一个诗人的小圈子。这可不是一般的兄弟，虽不说为个个是为朋友两肋插刀，但倒也大都心思纯粹、真心实意、酒后抱着就想哭。“李白乘舟将欲行，忽闻岸上塔歌声。桃花潭水深千尺，不及汪伦送我情。”许多诗人觉得这首诗就是为他们的兄弟情长所作，一想起就激动得不行。许多诗人都有自己的“汪伦”式的兄弟，一想起就激动，一相聚就醉好几回。诗可以交友。

诗人于坚在回忆他的80年代时也说到当时诗人间那种兄弟情谊：

> 1986年，那个年代似乎像一个诗歌起义的年份。不单是我，比如老木从北京南下跑到云南找我，然后我们一起北上。各地的诗人互相来往，有点像凯鲁亚克《在路上》所表达的那个时期。中国的诗人就像兄弟一样，我们虽然生活在不同的城市，但是见面就像兄弟，就像姐妹一样。你是诗人，这个就是介绍信，就没有什么说的了。如果你是

> 诗人，你来找我，那么吃喝都由我负责，不单是韩东、丁当这样的大家彼此比较心仪的诗人，就是你的诗我不喜欢，但是我们谈这个，见了面就是兄弟，吃饭喝酒都在一起。那时候就是这样的。可能是因为那时候大家面对的东西是共同（的），大家都是社会的眼中钉，“危险人物”，在这种时代的压力下面，这种友谊是有一种激情在的，这种友谊本身就是一种反抗。[1]

于坚所说的当时中国诗人所面对的政治压力，可能现在我们要少得多，但那种莫名其妙的友谊我们今天却丝毫也不逊色。时至今日，诗人已是社会的边缘人，或曰每一个人可能都是诗人，大家视诗人为“眼中钉”倒也不会，倒有一些诗人仍把自已视为世界的敌人。不知是否有意，小引为首的几位武汉诗人，在接待外地诗人之时，每次K歌结尾，都是《国际歌》：“这是最后的斗争，团结起来到明天，/英特纳雄耐尔就一定要实现！”他们还保留着一种传统的诗人想象和历史情怀，似乎要团结远方的客人、号召亲爱的兄弟，潜意识里把写诗当作某某阶级的继续革命。

诗可以交友，说虽这样说，但毕竟是“诗”人，似乎“诗”应放第一位，“交友”是其附带效应。写诗的人任何时候似乎都应该不能颠倒主次。但也有勇士就敢说：“友谊第一，比赛第二”——2009年年初途经深圳，蒙诗人一回[2] 兄长接待，我们在聊起他们办的《白》诗刊和他组织的诗歌网站“广东诗人俱乐部”时，我第一次听到有人明目张胆地说：“我们主要就是为了交朋友”。相对于江湖上很多人的遮遮掩掩，我很佩服一回大哥的坦然。其实，一回虽近年来才涉足诗坛，但有些抒情诗写得还不错，他也许只是谦恭之辞。

2008年11月1日晚，第四届“或者诗会”已进行到晚上，在朗诵会已

1　虞金星访谈：《我的八十年代——于坚访谈录》，《星星》半月刊，2008年第7期。

2　一回，本名刘美松，著有诗集《2007琐碎》（花城出版社，2008年）。

过一半之时，我们才见一回和花间的身影，事后一回说，那几日他忙得要死，但最终还是飞来武汉，就是为了见见兄弟。次日晚上大家在街道口宵夜摊上鏖战，愈战愈清醒的诗人们互吐衷肠，夜阑人静，我们像一群在电影里喝酒的人，席间我发现，一回看着小引的神情只能用“深情”来形容——他大约真的就是为了见见（小引）兄弟。

二、漫游作风

1. 当代诗人的漫游作风

2009年3月26日晚在海子故乡怀宁再次见魔头贝贝，他此次来安庆当然不是冲着海子，而是冲着另外一件事，我听他嘟嘟囔囔：这一次我一定要拜上，这一次我一定要拜上。后来明白：原来是他最近听说安庆浦源寺肉身菩萨再现奇迹，他正是为朝拜而来。魔头贝贝当然是个奇人，诗作在江湖上广为人称道，曾有传言说此君是“宇宙第一诗人”，此次魔头贝贝澄清说：那是酒后失言酒后失言，且我指的对象不是我自己，而是那谁谁谁。坦白地说，我也承认他写过不少好诗。《汉诗》以前发过魔头贝贝不少诗，2009年第一季开卷诗人仍然是“魔头贝贝”（另一位是“吕约”）。首先奇特的是他的诗名，诗人西川也对他素有耳闻，他当日与我开玩笑说，这个名字咋办？假如我要请他参加诗朗诵，我总不能说：魔头先生请，也不能说：贝贝先生请，怎么着也不严肃呀。当晚在与魔头贝贝共享宵夜的时刻，魔头贝贝说起他接下来的行程，他已从河南来到安徽，接下来可能会去安徽老家枞阳、可能去巢湖、可能去南京、可能去南昌，在他描述他的行程时，我发现他不是一般人畅想旅程时的那种兴致勃勃，而是一种显而易见的忧心忡忡。我的疑惑终于在谈话的后半段得到解答。

当诗人魔头贝贝出门远行时，你不要以为他已准备好充足的盘缠，他可能只是背上了一个小小的黄书包而已，他的盘缠就是他的诗歌名声。某年，他似乎一次性游历了安徽、江西、湖北、湖南等省，当我问那次行程他准备了多少银两时，他轻描淡写地说：100元。这便是诗人魔头贝贝100元走了四个省的传说。但你不要以为这是传说，这是真的。魔头贝贝虽无俊美潇洒的形象，也缺乏一定的人格魅力，但作为一个诗人，他有这样的能力。他的诗是他的名片。诗写好了，你可以远游。

魔头贝贝诚实地告诉我，请他吃饭，最好不要吃鸡，因为他的家就在河南南阳市的一家菜市之中，他有一间屋子，就是租给了某人做菜市杀鸡的摊位，现在，他每每看见鸡都想吐。这是魔头贝贝的日常生活，但似乎也是一种象征，正是污秽、恶劣的生存环境催生了一个诗人逃离、行吟的梦想，那不知所终的旅程才是诗人们想要的生活。

2. 古代诗人的漫游传统

从“仰天大笑出门去”的李白、“细雨骑驴入剑门”的陆游、到20世纪80年代海子短短一生的两次川藏之行、到今日中国诗人的进藏风潮，远游（漫游）似乎也是中国诗人的悠久传统。唐诗宋词的繁盛就与文人之间的大串联、整天喝酒写诗酬唱分不开。有学者谈到“漫游”是唐代（山水田园）诗的社会生活基础：“唐代的物质条件、交通条件，以及南北统一、版图辽阔，给文人的大规模漫游创造了条件。唐代许多诗人都有漫游的经历。‘阳春召我以烟景，大块假我以文章。’漫游是他们多方面地、大范围地接触山水、酝酿诗情的一种理想途径。”[1] 而词作为一种音乐性的文学，则来源于“燕乐”，也称“宴乐”，说白了来源于唐宋之际文人之间的聚会、喝酒、行令，当然，更重要的还有与歌妓的玩耍。我们不要以为这些

1　余恕诚：《唐诗风貌》，安徽大学出版社，1997年，第176页。

歌妓就是娼妇，正如你不要以为今天的“小姐”就缺乏文化。你去武大附近的娱乐场所，领班会叫来一帮年轻女孩，来，给客人们介绍一下自己。接下来你会听到：我是武大的、我是华师的、我是理工大的……你仿佛是在主持人才招聘会，女孩们的声音清脆得如同金币的撞击。

唐代诗人的远游、交友给我们留下了无数的佳话，李杜之间的关系几乎是那个诗的年代的一个神话。天宝三年（公元744年），杜甫33岁，李白44岁，其时杜甫第一次科举落第，心情郁闷，周游各地，在洛阳遇见李白。而李白当时心情则要愉快得多，他刚刚脱离宫廷仕宦生涯，正准备超越尘世，寻仙问道，面朝大海，春暖花开。李白看着杜甫，惺惺相惜中不免戏谑：“饭颗山头逢杜甫，头戴笠子日亭午。借问别来太瘦生，总为从前作诗苦。”那是长安城外的一个驿站，热闹之所，正午的日头强烈，戴着破斗笠的杜甫在人群中看起来更加消瘦、寒酸，李白心里说：兄弟啊，你这是多年写诗的劳苦所致吧。

现代诗人、大学者闻一多曾对历史上的李杜相遇非常激动：“我们当对此大书特书。我们四千年的历史里，除了孔子和老子（假如他们真是见过面的话），没有比这两人的会面更大、更可纪念的。那就像青天里太阳和月亮碰了头。”后李杜共游，新的生活使杜甫写下：“痛饮狂歌空度日，飞扬跋扈为谁雄”。似乎是两个出世的愤青。[1]

当代中国诗人的远游也留下了许多优秀的诗篇，海子就是一个例子，他本是安庆人，但许多佳作却是写中国北方、青藏等地的。我不敢说远游、交友、宴乐对当代中国诗歌有多大影响，但这个局面恐怕已经形成了。今天，许多诗人也富裕了，许多诗评家也把握某些学术机构、手头有经费了，当代诗坛的诗会也频繁了，官方的、民间的，各样的诗会层出不穷。有一次某诗人作品研讨会，同一城市一诗人问另一诗人，好久不见你

---

1 关于李杜之间的佳话，本文参阅了［日］吉川幸次郎：《中国诗史》，章培恒等译，复旦大学出版社，2001年。

了，你干嘛去了？那人回答：别提了！去年一年都在外面开会。这种频繁的诗会也是诗人远游习气的一种形式和可靠保障。相对于古代，今天中国诗人的远游、宴乐档次更高了，像杜甫和魔头贝贝那样穷游的人恐怕很少了。不过，我觉得内容不一定比古人丰富，真正谈诗、谈诗歌问题的人就更少，更多是气味相投的人聚在一起吃喝玩乐。总之一句话，诗人需要这样的生活。

三、"诗人"情结

1. "还乡团诗人"

诗坛近年来有些人对曾经（譬如20世纪80年代）写诗、后（下海或赴某地候补矣）消失不见、在新世纪又重新杀出诗坛的诗人大为不满，讥讽这些诗人为"还乡团"。了解中国革命史的人知道，"还乡团"是个多么令人恐怖、令人生厌的概念，把一群诗人称之为"还乡团"，这也忒难听了吧。但是奇怪的是，当事人却觉得没什么。诗人潘洗尘在接受诗人古筝的访谈中，被后者称之为"还乡团首领"，他似乎并不介意。（见《陌生诗刊》"归来者诗群专刊"）潘洗尘、默默等诗人在2007年年初公布出一个诗歌公约，弄得"下半身写作"代表人物沈浩波很生气，他大骂其中几人为"还乡团诗人"，说："一个八十年代的官方小诗人，下海做生意赚了点钱，想重新杀回来冒充诗人，要搞出点动静来，于是裹挟了一批写东西写得不好的人，来帮他摇旗呐喊，这就是这件事情的本质"。[1]

这样对待"还乡团"我觉得也不对，写诗的事情还是拿作品说话，至

1 《14位诗人缔结公约："下半身诗人"都是坏蛋》，凤凰网，2007年3月1日，https://news.ifeng.com/c/7fyy6mt8ybl。

于这作品是谁写的、什么时候写的，大约并不大重要。现代诗的核心概念应该是“经验”，它对应于浪漫主义的“情感”，从现代诗学上讲，写诗中间停顿几年、几十年，其实是很合理的。再通俗地说，如果把写诗比喻为一场做爱，为了更持久、更满足，你为什么就不能允许人家中间歇口气呢？

文学作为一种感觉自我、想象世界、虚构现实的艺术活动，是一个人基本的梦想和能力，基本的人性自由，只要有时机，大家就会想玩，这也是文学本身的魅力，从这个角度，文学不可能消失，你也不能指责谁不该玩不能玩。我们应当允许更多的同志参加到革命队伍里来，我觉得武汉的诗人张执浩态度就很好，他总是笑看这个时代无数的人弄文学、写诗。尽管同志们写得不见得有多好，但老张还是很高兴，他说：这是个附庸风雅的时代，但我们需要这个“附庸风雅”，这个全民皆诗的土壤，有利于培育更好的诗歌。

2.“下半月刊”现象

除了“还乡团”现象之外，当代诗坛还有一些现象也让激进者很不满，譬如许多诗刊都增设了“下半月刊”。2002—2005年读博士期间，因着老乡余怒的缘故，我一直享受到合肥的《诗歌月刊》的赠阅，印象中此刊还是不错的，尤其是余怒主持的《先锋时刻》栏目。而每一期封面上那个类似帕斯捷尔纳克这样的伟大诗人的黑白照，更是叫人肃然起敬。印象中是到了2006年什么时候，突然开始收到一种新鲜的，也叫《诗歌月刊》的刊物，开始狐疑《诗歌月刊》怎么由合肥搬到北京了？后来发现不是，是一个变成了两个，这个好像页码多一些、照片多一些、印得好一些的《诗歌月刊》，是另一班人马在编。又过了一段时间，似乎是两个变成了三个，在北京，又出现了一个叫《诗歌报月刊》的杂志，这让我一阵糊涂，不明白一个刊物有上半月、下半月也还罢了，怎么又回到了以前的名目？让我莫名想起老聃的话：“一生二，二生三，三生万物……”

从曾经在青年诗人中深有影响的《诗歌报》月刊（该刊创刊之初便因为与《深圳青年报》合作举行的“现代诗大展”，对很多在1960年代、1970年代出生的中国诗人影响深远）到后来的《诗歌月刊》、到后来从合肥裂变到北京、武汉的《诗歌月刊》，此刊的蜕变我们有目共睹。另外一个我们常常见到的下半月刊是《诗选刊》下半月刊。一般人认为这些下半月刊是因为正刊/母刊在市场经济体制下生存困难而不得不走的一条路。不过我倒觉得未必，我觉得这些刊物主编很聪明，他们看到了当代中国有一个巨大的诗歌市场：既然无数人的人想当诗人，过文学瘾，我们就当为他们提供便利，多出几分诗刊有什么不可呢？一些诗刊下半月刊，版面极为出色，诗人大多数都配发玉照一张，英姿飒爽，妩媚动人，再加上一份自己提供的简介，估计很少有作者不满意的，那照片、那简历、那分行的文字，怎么看怎么是诗人。

3. 写诗是文化身份的最高象征

“中国文人，人人都是诗人，或为假充诗人”、在中国古代，“诗被视为最高文学成就，亦为试验一人文才的最有把握的简捷方法。”“中国诗之透入人生机构”深矣，[1]尽管很多人对此并不自觉。

“还乡团”、下半月刊……一些曾经的诗人在“归来”，一些文学爱好者、官员、商人、政治家正不动声色地挤入诗人的行列，这是当代诗坛有目共睹的现象。不过我觉得也没有必要不满，有钱、有地位对许多中国人还不够，这是可以理解的，因为在人的虚荣心还要别人承认他有文化；会写诗，在中国文化传统里，是一个人有文化有涵养最有力的表征，会不会写诗、有没有出诗集是一个人文化身份的重要标识；一个人还是个诗人，至少可以说明此人有情有义、有血有肉、还像个人，值得信赖，可以有点

1 林语堂:《吾国与吾民》，中国戏剧出版社，1990年，第221页。

小自负。

其实胖胖的商人诗人、政治家诗人也是当代中国诗歌肥沃的土壤啊，也是诗歌的重要性的有力证明啊。况且，人家也并不一定写得不好，写诗与一个人的身份大约无直接关系。捷克著名作家、剧作家瓦茨拉夫·哈维尔，在1993年到2002年间，还做过捷克共和国总统呢。

4. 疑问

我的疑问是，“归来”的那些诗人，时隔多年之后，能否适应这个时代的诗歌意识？他“人”通过诗作和事件回到诗歌现场，他的“诗”能否立足于当代诗坛？一些“新归来者”我觉得他们对诗歌（写作）很热心当然是对的，但问题是：我觉得他们的诗歌意识落伍了，20世纪90年代中期以来中国的诗歌意识发生了巨大的变化，中国诗学观念的或现代浪漫主义式的诗歌认知和写作期许也许不再适宜当代中国。一些“新归来者”由于不能更深地理解这个时代的诗歌演进，对这个时代怀抱偏见，不先修正自己、给自己补课，而是试图以过去年代的诗歌理想来“纠正”当下诗坛。这样的意识和意愿来做大量的与诗歌有关的工作，其效果最终是什么？

谁都是诗人，也就带来了这个时代诗歌鉴赏尺度的消失，带来人们对好诗的认识的迟钝与麻木。大量的下半月刊带来的负面效应也是明显的。对于有的下半月刊我的疑问是：由生存带来的大量的利益诱惑面前，我们如何保证刊物的选稿标准？而有的下半月刊明显呈现出办刊者、投资者自娱自乐的倾向，大量地刊发自己的作品，在自己编辑的刊物上过诗人瘾。有的下半月刊则是另一种“还乡团”——一群怀抱过去年代诗歌理想的文学爱好者，带着对这个时代的偏见，试图以办刊的方式来彰显自己。但事实上，这些刊物最终在选稿上呈现出的落后的诗歌意识、在诗歌批评上的理论形态，非常陈腐，一涉及诗歌之外的重要的哲学、宗教命题，就更笑话百出。有一次我拿到一本这样的诗刊下半月刊，稍稍翻阅之后我就感叹：此刊办得太有风格了。因为该刊那种整体的趣味、风格和我的诗歌观念相差太大。我心里想，如果不是我的诗歌观念错了，那就是这本诗刊的旨趣是当代诗坛的逆流。

四、“诗歌崇拜”

1. 当代中国诗人对诗歌的寄望

2009年年初读沈浩波一篇雄文——《中国诗歌的残忍与光荣：目睹近几年来的中国诗歌现状》[1]，文中有这些段落：

“……我的愤怒来源于我心中正在激荡的对当下中国诗歌种种复古主义和乡村抒情主义泛滥的现状的愤怒。在中国诗界，一些当年的先锋，正在忙不迭地为自己穿上褂子，装上辫子，沦为冯骥才式的为已死的、散发着霉味的旧文化的招魂者和代言人。这种具体某人的堕落不至于令我心痛，令我心痛的是，这种自欺欺人的复古主义与在中国诗歌界一直存在的乡村知识分子式的抒情主义的合流，竟一举暴露了整整一代人内心的腐朽和破败，我说的就是曾经代表着中国诗歌先锋精神一面的所谓的‘第三代诗人’。”

“杨键的诗歌，说穿了就是一种掺杂了虚伪的东方宗教意识的乡村抒情诗，乡村抒情意识的陈旧和腐朽其实早已是中国诗歌界的共识，但是一旦给这种东西披上某些圣洁的外衣，那些骨子里从无坚硬精神和现代意识的文人就立刻不能自持的匍匐在地了，海子的麦地和杨键的柳树莫不如此，只不过前者披的是西方殉道士式的外衣，而后者披的是东方清教徒的外衣

1　沈浩波：《中国诗歌的残忍与光荣：目睹近几年来的中国诗歌现状》，载《诗歌现场》，2008年12月号，冬季号，总第5期。

而已。”

“从于坚、雷平阳、杨键、陈先发到韩东、柏桦、王寅们，中国诗歌版图的大片领域终于成了东方式的、乡村式的、抒情式的、才子式的存在，一些人在拼命地从坟墓里出土的金缕玉衣上重温东方文明的荣光，并用这已死的文明，作为自己写作的合法性依据，生硬的用以填充自己虚弱的内心，使自己的看上去有一个充满了气的皮球式的灵魂，哪怕皮球里填充的全部是尸气……”

“整个第三代诗人精神世界的全面垮塌或者回归保守，都再次告诫我们，在中国这片土壤里，想要冒出现代性的花朵是多么艰难，一代人被打回原形，农业文明之强大足我们每个人警惕自己的内心。唯一的一个异类是当年非非主义的主将杨黎……”

“2007年，我写下了长诗《西安为证》，在诗中，我为包括中国诗歌在内的中国文化界对于五四先贤所树立的自由、独立、质疑、反抗、追寻现代意识、摒弃农业文明的种种精神的全面抛弃而深感痛心，昔日五四之精神，现在不是说要延续，而是需要有人重新唤醒啊！在西安，我亲眼看见了诗人伊沙作为一个先锋派的孤独，此城所有的诗人和文人，莫不深陷体制化写作之中……”

“即使在这样的现状面前，我依然觉得无比光荣。为我自己，也为中国诗歌最健康最现代的血脉。因为这一血脉始终绵延向前，杰出的诗人坚守着自我的心灵，创造出了一首又一首非凡的诗篇。在我写出《西安为证》的2007年，诗人伊沙写作了他的《灵魂出窍》，这位有着中国最坚硬的语言质地和内心质地的诗人在这首长诗中试图将自己置身于命运的悬崖去进行考问；诗人徐江将他的《杂事诗》写至巅峰，完全树立了简约、冷凝、即兴而又随时拷问和批判的新的诗歌文体，徐江诗歌写作的意义可能已经远远超越了现在所有人所能给出的最高评价；诗人侯马左手《他手记》，右手《进藏手记》，将其理性、质疑和思辨融为一体，前者几乎构成了一部追问不休的个人心灵史……”

沈浩波这篇文章内容很丰富，几乎要把第三代诗人赶尽杀绝，不过我读这段文字时倒不是讶异于其中的偏执，而是感到这样的文章、这样的诗人心态背后的焦虑。近日还收到一位诗人兄长馈赠的诗集，这当然是令我荣幸和高兴的事，诗也确实不错，但诗集目录前的红黑色彩页上一行大字吓了我一跳：

“我一写诗就要死人”。[1]

我想这个时代我们的诗人对诗歌寄托了太多。

沈浩波看似恶狠狠的语气其实和前面一回看着小引的那温柔的、深情的眼光在我看来是一样的：这些我们时代的白领阶层，他们在这个商业化的社会中感受到的孤独可能比别人更多，他们是诗人，他们在诗歌中寻求慰藉，他们在诗歌中想象自我。特定的诗歌出身，使沈浩波的写作道路不得不与大多数为敌，最终自视为时代英雄、文化骑士，他写作愈久，估计其孤独感、先锋感、英雄感就愈甚，他是一个极端，他愤懑于广大诗人践踏了他心目中的诗歌，于是干脆弃绝大多数、只团结他喜欢的一小撮；而一回这样的诗人则是另一端，谦和、低调的他因着诗歌而认识许多兄弟，在诗歌圈子里广交朋友，为广大朋友中的少数好兄弟而感动。

在未来，中国商业化的社会机制越发达，人们对诗歌的寄望可能就会越大，这种寄望一方面会改善这个社会的人际关系，慢慢发展出一个特殊的诗人社会；另一方面这种寄望也会加剧诗人自我期许的变异，最终可能使诗人成为一个极端化的文化异类。

2. 诗：“中国人的宗教”

诗对中国人的影响，可谓是多方面的。想做一个诗人，对于中国人而

1 王琪博：《大语》，海南出版社，2006年。

言，应当是再正常不过了。诗歌对于中国人的心灵，其重要性直逼宗教/信仰。

从传统的角度，“传统意义上的中国文人最推崇的文艺形式始终是诗。在一个儒家社会里，诗具有多重作用，其中最高的是作为个人道德修养的基石。这一作用在《论语》中被经典化了；在传统政治领域里，诗有进身的实际意义。文采本是通过科举考试的必要条件；而自7世纪以来，两种形式的韵文——赋与诗——一直是科举的科目。天赋高妙的诗人常常得到权贵的垂青，甚至皇帝本人的恩赐。最后，在较为平实的层面上，诗作为一种读书人人际交往的普遍形式，被用来联系家人、朋友、同僚、长辈等；那些为了各种场合所写、不可胜数的古典诗，就是最好的例证”。[1]

从文化的角度，林语堂的话也许能帮助我们认识诗与国人心灵之深层关系：

> 吾觉得中国的诗在中国代替了宗教的任务，盖宗教的意义为人类性灵的发抒，为宇宙的微妙与美的感觉，为对于人类与生物的仁爱与悲悯。宗教无非是一种灵感，或活跃的情愫。中国人在他们的宗教里头未曾寻获此灵感或活跃的情愫，宗教对于他们不过为装饰点缀物，用以遮盖人生之里面者，大体上与疾病死亡发生密切关系而已。可是中国人却在诗里头寻获了这灵感与活跃的情愫。
>
> 诗又曾教导中国人以一种人生观，这人生观经由俗谚和诗卷的影响力，已深深渗透一般社会而给予他们一种慈悲的意识，一种丰富的爱好自然和艺术家风度的忍受人生。经由它的对自然之感觉，常能医疗一些心灵上的创痕，复经由它的享乐简单生活的教训，它替中国文化保持了圣洁的理想。有时它引动了浪漫主义的情绪，而给予人们终

1 ［美］奚密：《中国当代的“诗歌崇拜”》，《从边缘出发——现代汉诗的另类传统》，第64页。

> 日劳苦无味的世界以一种宽慰，有时它迎合着悲愁、消极、抑制的情感，用反映忧郁的艺术手腕以澄清心境。它教训人们愉悦地静听雨打芭蕉，轻快地欣赏茅舍炊烟与晚云相接而笼罩山腰，留恋村径闲览那茑萝百合，静听杜鹃啼，令游子思母。它给予人们以一种易动怜惜的情感，对于采茶摘桑的姑娘们，对于被遗弃的爱人，对于亲子随军远征的母亲和对于战祸蹂躏的劫后灾难。总之，它教导中国人一种泛神论与自然相融合：春则清醒而怡悦；夏则小睡而听蝉声喈喈，似觉光阴之飞驰而过若可见者然；秋则睹落叶而兴悲；冬则踏雪寻诗。在这样的意境中，诗很可称为中国人的宗教。[1]

从当代中国政治的角度，新中国成立后，新的国家体制对宗教的政策大家是心知肚明的，改革开放加上经济上的“白猫黑猫”观念的引导，如果说国人今天还崇拜什么的话，那恐怕就是：钱。而钱是不能完全、深层地给人以安慰的，一个民族没有宗教/信仰是不可能的，人的心灵不可能不追求超越性，这也是当代知识分子在宗教/信仰上追求“诗教”（以诗歌为宗教/信仰）的原因。林语堂是从基督教文化的立场试图客观地呈现中国人的心灵状况的，他并不是说诗歌真的可以代替宗教，他也没有继续阐述中国人这样一种心灵状况在神学上意味着什么。[2]但性急的中国诗人，已开始宣布当代中国诗坛这些年的“大热”，是“‘诗教’传统的复兴……唯有诗歌能使我们超尘脱俗，境界高远。”[3]

---

1 林语堂：《吾国与吾民》，第222页。

2 林语堂当然有这个能力，《吾国与吾民》作于1934年，熟知林语堂的人应该知道，正是因着对中国人、对儒释道经典的深入阅读，林语堂后来有了一部自传——《从异教徒到基督徒》（中文也有译为《信仰之旅》）。

3 李少君：《新诗需要树立标准》，载曹成杰、李少君编：《九十年代以后——当代汉语诗歌论丛》，南方出版社，2006年，第235—236页。

3. 诗坛：一个准宗教社会

多数当代诗人向来不承认中国有什么宗教/信仰可以让他认同，上帝不过是一种理想话语的最高形态，或者说上帝存在、不过每个人都有自己的上帝。在这种信仰真空中，诗歌成为最大的信仰。“诗歌是什么，是语言通往生命的直通车。诗歌的内心一定是自由。”[1] 这恐怕是大多数人对诗歌的期许，这一期限其实明显是带有宗教性的，它涉及人生在世的根本命题：“生命”为何和如何“自由”[2]，宗教/信仰的目标是永恒的生命，当代诗人更愿意在诗歌写作中追求这一目标。有诗人热忱倡导“诗教”，真把诗歌当作宗教鼓励大家积极写诗。亦有诗人根本否认中国没有宗教的说法，谁说没有宗教？在中国，诗歌就是宗教、诗人就相当于“牧师”！

> ……实际上中国不是没有宗教，它的宗教是通过文化来引导的，它的精神和心灵生活是通过文学来引导的。那么文化的金字塔尖就是诗，所以中国诗人自古以来就像教会的牧师一样，非常被人所关注。[3]

如果这种说法成立，“诗坛”，这个特殊的中国社会其实就是一种准宗教社会：

这个社会崇拜对象的不是上帝，而是“诗歌”；

杰出的诗人在这个社会体制中相当于“教会的牧师”，以其特定的诗歌写作为布道方式；

一般诗人自然是信徒。诗人们和其他宗教徒一样，目标在于寻找生命

1 桂杰：《是炒作，还是“对中国新诗90周年的献礼”——诗歌公约撞醒沉睡的诗坛》，《中国青年报》，2007年3月19日。

2 《圣经》上的启示当然与当代诗人在这些问题的观念不同：“耶稣说：‘我就是道路、真理、生命；若不藉着我，没有人能到父那里去。’”（《约翰福音》8:32）“你们必晓得真理，真理必叫你们得以自由。”（《约翰福音》8:32）

3 虞金星访谈：《我的八十年代——于坚访谈录》，《星星》半月刊，2008年第7期。

的真理、追求心灵的自由；

这个社会的“宗教”活动主要也同样是“聚会”，不过这个“聚会”并非是礼拜天，它随时可以，不过多数时候是夜幕降临，“在黑暗里”[1]、“那时候是夜间”更合适；

这一“聚会”有多种方式，有作品研讨、漫游（相聚）等，但主要方式还是喝酒。不过这酒当然不是圣餐礼中的葡萄汁；

这一社会体制中人们特别讲究兄弟情义，也喜欢以兄弟姊妹相互指认，在一种人与人的情感联结中确认生命的现场感、生存的真实和虚幻。诗人更愿意把在地上这样一种在肉身感觉上无拘无束的状态称之为自由和永恒；

……

4. 当代中国的新的“诗歌崇拜”

> 当诗歌被提升为一种允诺永恒的宗教时，唯有为诗（不管是字面或象征意义上的诗）献身的诗人才配作诗的祭司、殉道者。……诗人是“永恒”的诗人：寻找天堂的圣徒。
>
> ……
>
> 美的存在使我们日益远离美
> 美所带来的是毁灭，是种种的不可能
> 是苦难，是天才的短命，是一个人
> 以其有限对无涯的抗争。
>
> 毁灭、夭折、永无止境的磨难与挣扎——这些勘定了诗人作为英

1　见《约翰福音》1：5，《约翰福音》13：30。

雄/烈士的主要特征。面对意识形态和商业社会的双重疏离，中国先锋诗人便转向别处寻求精神上的慰藉和契合。[1]

在这个“别处”，诞生了中国从古至今许多诗歌“烈士”与诗歌“英雄”：屈原、李白、朱湘、海子、骆一禾、戈麦等，食指、黑大春等。当代中国诗坛的准宗教特性、中国的“诗歌崇拜”现象其实上世纪末已有学者指出，上面这段文字即来自美国加州大学戴维斯分校、诗歌学者奚密教授一部著作：“‘诗歌崇拜’意指发生在八九十年代期间诗歌被赋予以宗教的意蕴、诗人被赋予以诗歌的崇高信徒之形象的文学现象，以及这个现象背后的文化因素。‘崇拜’在这里相当于英文中的‘cult’，具有强烈的宗教狂热的意涵。‘诗歌崇拜’表达一种基于对诗歌的狂热崇拜、激发诗人宗教般献身热情的诗学。”[2]

这种“诗歌崇拜”从何而来？来自先锋诗人在政治（国家意识形态）、经济（商业化的社会结构）、文化（“一种高度商品化的通俗文化”）三个层面上的不适及与社会的疏离感、生命的危机感。“当诗人一方面面对压抑的文化建制，另一方面又面对使他们退到边缘的消费社会时，危机意识便激发了一种潜存于‘诗歌崇拜’核心的英雄主义。我以为疏离和危机的另一面便是英雄主义的殉道精神。”[3]

这种“诗歌崇拜”在文化传统上对应的是国人对诗的形而上追求，在当下现实中是对国家政治、商业社会、大众文化有意识的疏离与反抗，另外，除了传统的自杀、受难的诗人（屈原、朱湘等）谱系之外，20世纪80

1 见［美］奚密:《中国当代的“诗歌崇拜”》,《从边缘出发——现代汉诗的另类传统》，第228—229页。

2 见［美］奚密:《中国当代的“诗歌崇拜”》,《从边缘出发——现代汉诗的另类传统》，第207页。

3 见［美］奚密:《中国当代的“诗歌崇拜”》,《从边缘出发——现代汉诗的另类传统》，第220—221页。

年代以来通过翻译进入中国的外国诗人形象也为中国诗人提供了更亲近的效仿榜样，那些一生痛苦的、命运多舛的、流亡的、自杀的、发疯的、早逝的、患病的、身体有缺陷的外国诗人，他们的杰出才华与悲剧命运、与社会疏离的心灵及丰富的受难经验，都是中国诗人找到了学习的榜样和精神上的血亲。“几股力量的汇合共同促生了‘诗歌崇拜’，它们包括先锋诗人对自我认同和艺术实验的追求；当代社会中诗和诗人日益边缘的处境；诗人的政治经济双重疏离感；导源于本土与外国传统的诗人‘系谱’的感召。当然，‘诗歌崇拜’与社会现实之间的关系远比这种纲目式的描绘要错综复杂得多”。[1]

5. “不见诗歌但见人”

不过，新世纪诗歌的“大热”中，自杀、殉诗、流浪、隐居的诗人大约很少很少[2]，新世纪的“诗歌崇拜”现象从表面上看，特别是近年，不见得没有八九十年代那么火热，但实质上我觉得有差异。我并不主张当代诗人个个要为诗歌献身、做英雄或烈士。我想说的是，同样是“诗歌崇拜”，今天的诗人心态已和那时大不相同，今天许多诗人对诗歌的“崇拜”恐怕并不真的像宗教那么认真（尽管他们的姿态、声音很认真）。过去大家基本上以“反抗”的姿态写诗（无论在语言、形式的实验上还是意识形态上的直接对抗上）、内心崇拜的是与真理同构的“诗”；今天，许多人更是一种消费诗歌的心态（不就是诗嘛，有人一天可以写N首），是在一种“和谐”、好玩的氛围中高举诗歌，其实他们高举的一种把诗歌作为个人情感的宣泄便捷渠道、自我形象的放大镜、现代社会人际关系之间的润滑剂的

1　见［美］奚密:《中国当代的“诗歌崇拜”》,《从边缘出发——现代汉诗的另类传统》，第237页。

2　2007年10月4日，刚刚30岁的云南诗人余地自杀；这一年12月5日，著名学者、50岁的中国人民大学余虹教授自杀。不过，二人的自杀似乎很难说是殉诗。江湖上“流浪”、耍泼、发颠的诗人还是大有人在，但不再具有昔日的诗歌“英雄”形象。

消费观，真正受崇拜的其实已不是诗，更不是真理，而是肉身生存的舒适感、孤单个体在现代社会体制中难得的荣耀感，是“人”自身。“诗”在这种崇拜中，早已被放逐了。

当代诗坛，诗人众多，兄弟情谊，帮派林立，坛子里内容虽然复杂，但大多数诗人在这个坛子里还是能活得如鱼得水，各取所需。本年一次关于当代诗歌的学术研讨会上，我突然听到著名的诗歌研究专家吴思敬先生向会众强调：学术会议还是要坚持己见、独立思考，我们不能谁给钱就研讨谁，不能谁投资就给谁的人发奖。当时我心里说：敬爱的吴老师，这话您说得可太好啦。

如今世代，还有多少诗人有在政治（国家意识形态）、经济（商业化的社会结构）、文化（与主流文化合谋的大众文化、通俗文化）等方面有强烈的疏离感、危机意识与反抗意识？诗人同样是知识分子，没有这种疏离感、危机和反抗意识，我们还算知识分子？还算诗人？

回到文章的开头，“诗坛”，这个特殊的中国社会，现在沉浸在一个让人很舒服的空气中。我也是这舒服空气中的一个分子。我在北京读书的时候，听到过一个关于如何当批评家当得舒服的人生指南：“我们批判我们所享受的，我们享受我们所批判的”，当时很以这样的指南为耻，现在想想，我也如是了。

不过，在享受诗歌之余，我还是不免生疑：我感到这个社会的人们虽然看起来崇拜诗歌，但背后似乎常常有更实在的利益，或者说，他们虽然高举诗歌，但目标并不是诗歌，而是写诗给他们带来的好处。他们当中许多人熟知国家意识形态的流向、商业社会的规则、流行文化的特征和喜好，他们知道结交什么样的诗人兄弟、他们能够制造出广受欢迎的诗歌及诗歌产品（包括诗刊）。“诗歌崇拜”，这种“崇拜”对于生命、人性的救赎，其真实性和有效性我暂且不提，就是当前被有人视为“大热”的“‘诗教’传统的复兴”、很多人对诗歌的热爱和投入，其中到底有多少是出于为着诗歌本身的真诚和努力？另外，长期的“人”浮于“诗”，我们以后还有认识诗歌、建设诗歌的能力吗？

1917年年初，尚在美国留学的胡适有首诗：“三百篇诗字字奇，能欢能怨更能思。颇怜诗史开元日，不见诗人但见诗”[1]。后面两句叫人感喟，一个伟大的诗歌时代，一定是给我们留下了无数的好“诗”，而不是无数“有名”的“诗人”。我们每个人心中都珍藏着一些金子般的诗句，其中许多我们已忘记作者，尽管心怀敬意，但他们到底是谁、有过怎样的疯癫或业绩，我们并不追究。但今天这个时代恰恰相反，有无数很有名声的“诗人”，写过什么诗众人却不得而知。世易时移，今时代诗歌界热闹归热闹，但好像不再是“不见诗人但见诗”，而是“不见诗歌但见人”。

1　胡适：《论诗杂诗（一月二十夜）》，《胡适留学日记（下）》，安徽教育出版社，1999年，第450页。

第三辑　文学写作的意义与限度

作为生活的启示录：田湘的诗

河池这个地方非常特殊，中国的版图上，广西已经是西南边陲，河池地区更是广西的边陲，地理位置可谓偏僻。从资源物产方面来说，桂西北虽风景秀丽，但多处是石头和山岭，说贫瘠也不为过。但是，正是这样的地方，却为广西贡献了多位有全国影响的作家，比如广西文坛前辈，散文家、词作家潘琦，小说家东西、鬼子和凡一平，以及诗人田湘。田湘是一位特别的诗人，他早年毕业于河池学院，是学校文学社社长。毕业后长期在铁路公安局这一部门工作，有很长一段时间没有写诗，但新世纪以来，田湘再度写作，且成就斐然。[1] 这里我想谈几个方面：首先是田湘作为一个诗人给我的印象或者说他给我的启示；第二，田湘作为一个成熟的诗人，他的诗歌写作有什么特点；第三，在这些诗歌里面，我认为最好的部分可能是爱情诗；第四，田湘诗歌的优势，或者说是吸引我的地方在哪里；第五，他的诗歌也有不足的地方；第六，我对他的诗歌

1　田湘已著有诗集《城边》《虚掩的门》《放不下》《遇见》以及配乐朗诵诗专辑。作品散见《诗刊》《星星》《诗歌月刊》《诗潮》《青年文学》《作家》《天涯》《花城》等刊物，入选多种诗歌年鉴。2014年11月在北京举办诗集《遇见》首发式暨研讨会。获2014《诗歌月刊》年度诗歌奖，公安部第十二届金盾文化工程艺术奖，2015年“诗歌　心时代”杰出贡献奖，广西2014年至2015年重点扶持作家，公安部2015年至2016年签约作家，荣登2014中国诗歌十大新闻，有“沉香诗人”之誉。

写作的一些建议，不是针对田湘个人，而是我自己对于当代诗歌的一点思考。

一

田湘作为一个诗人，他给我的触动是很大的，我认为他的诗歌对当下中国有“生活启示录”这样的意义。这个意义具体是什么呢？你接触一个诗人，你不用看他身上的标签（主席、处长什么的），他是一个活生生的人，你要看诗歌在他的生活和生命当中有什么样的位置。6月19日晚，我第一次听到田湘先生朗诵自己的诗——《雪人》，非常深情地朗诵。他的朗诵给我很大的震动。新诗和旧诗有一个重要的不同，就是新诗很难被记住，很多写新诗的人不能背诵自己写的诗，但是田湘可以，这非常不容易。田湘在朗诵自己诗歌的时候，完全变成了另外一个人，一个让我仰视的人。我很惊讶，在那一刻，他的形象变了，他不再是一位有一定级别的干部，而是一个纯粹的诗人。

诗歌是一种特殊的说话方式，它诉诸意象，运用意象化的语言来表达情感、经验和想象，它追求的效果是意境，它在语言的哪些地方下功夫呢？在语言传递人的经验和想象的部分，然后是给读者带来的阅读效果，诗不是让我们收获真理，不是让我们收获真相、本质，而是让我们获得一种感觉、经验和想象上的具体性。其实我们每个人，如果你有语言能力，你也可以是一个诗人。不过有的人没有那种言说自我的需要，有的人有，诗人就是有言说自我的需要并诉诸写作实践的这群人。里尔克有一本小册子叫《给青年诗人的十封信》，在第一封信里面他讲到，有一个诗人想请里尔克评价一下他的诗，里尔克没有评价他的诗是好还是坏，而是问他你为什么要写诗？用我们今天很通俗的话说，里尔克问那位青年的话就是："你不写会死吗？"[1] 对于有的人来说，用诗歌的方式言说自我，是一种生命的需要，他不写出来就真的很难受。所以田湘对我很有触动，他有自己的社会身份，有自己的工作，我们每个人也都会有身份、工作，但这些都不重要，重要的是，一个人选择用什么样的方式来表达自己，以什么样的方式来对待自己的生活和生命。这就是我说的田湘的诗歌具有生活启示录的意义，你也可以借着这样一种言语活动，使你的生活更有意义，去遇见——那个作为一个完整的人的自己，你的存在意义和你更深的价值。

文学写作，包括诗歌写作，并不是说完全为了发现你自己，它有一个很深的对自我认知的功能，余华在自己小说《活着》的序言里面有这样的话："一位真正的作家永远只为内心写作，只有内心才会真实地告诉他，他的自私、他的高尚是多么突出。内心让他真实地了解自己，一旦了解了自己也就了解了世界。很多年前我就明白了这个原则，可是要捍卫这个原则必须付出艰辛的劳动和长时期的痛苦，因为内心并非时时刻刻都是敞开的，它更多的时候倒是封闭起来，于是只有写作，不停地写作才能使内心敞开，才能使自己置身于发现之中，就像日出的光芒照亮了黑暗，灵感这时候才会突然来到。"这里面至少有两个问题非常值得我们重视，第一个，写作不是天才的事业，不是"我"有灵感才写作，而是在写作中获得灵感，你只有源源不断地写才有源源不断的灵感，一个不写的诗人，他

1　1903年2月18日里尔克在给一位青年诗人的信中说到"写的缘由"的问题："只有一个唯一的方法。请你走向内心。探索那叫你写的缘由，考察它的根是不是盘在你心的深处；你要坦白承认，万一你写不出来，是不是必得因此而死去。这是最重要的：在你夜深最寂静的时刻问问自己：我必须写吗？你要在自身内挖掘一个深的答复。若是这个答复表示同意，而你也能够以一种坚强、单纯的'我必须'来对答那个严肃的问题，那么，你就根据这个需要去建造你的生活吧；你的生活直到它最寻常最细琐的时刻，都必须是这个创造冲动的标志和证明。……躲开那些普遍的题材，而归依于你自己日常生活呈现给你的事物；你描写你的悲哀与愿望，流逝的思想与对于某一种美的信念——用深幽、寂静、谦虚的真诚描写这一切，用你周围的事物、梦中的图影、回忆中的对象表现自己。如果你觉得你的日常生活很贫乏，你不要抱怨它；还是怨你自己吧，怨你还不够作一个诗人来呼唤生活的宝藏；因为对于创造者没有贫乏，也没有贫瘠不关痛痒的地方。"（里尔克：《给青年诗人的十封信·第一封信》，冯至译）

是等不到灵感的。第二个，写作它有什么意义呢？写作就像挖井这个行为一样，它在不断地开掘自我的内心，让我能够不断地认识自己。这是田湘作为一个诗人给我的启示，我也希望能够像他一样活着。我想这不仅是对我，而是对我们每个人都有的意义。

二

成熟的诗人往往有一个标志，就是他的整个诗歌写作会展现出一种比较稳定的意象系统，他的说话方式会渐渐形成一种象征秩序。一个诗人用什么东西来象征什么来表达什么，是慢慢才形成的，而不是在初期写作的时候，东一点西一点，寻找合适的意象，今天这样、明天那样。比如田湘诗歌中常出现的沉香、黄梨木、铁路、火车，这些意象我们可以经常读到，这不是一种重复，而是一个成熟的诗人特有的意象系统、特有的象征秩序。这是什么意思呢？其实诗人经常写的东西，我们的生命中也会有。不同的是，就像石头慢慢在贝壳的肉里面变成珍珠一样，成熟的诗人把那些东西慢慢固定下来，形成了自己的珍珠，自己的意象系统。比如说沉香、火车，这些是田湘生命当中非常珍惜的东西，他在写作当中不断地磨砺，最后变成了这些诗，这是田湘作为一个成熟的诗人所有的标志。

那象征秩序在什么地方呢？就是田湘无论写什么东西，他可能最后都写到了爱情。这是他抒情的一个制高点。我特别喜欢他写火车的那一系列，因为他是在铁路工作的人，他把自己特有的生活经验，变成一种让读者都能够体会得到的公共经验。一个诗人不能只写个人的经验，或者说你的写作不能完全没有超越性，那不是文学，文学写作会在个人经验和公众接受之间寻求一种平衡，如果你把写作只当成你个人写的东西，那它是日记。一个人如果能把自己在特有的生活场域产生的经验，变成一种普遍的经验，让更多的人可以理解、接受和感动，这是非常不容易的。比如说以前在广东东莞一个五金厂打工的诗人郑小琼，当然现在她已经很有名了，以前她在五金厂打工，写了很多的铁、铁器、机器这一类的诗，很多人尽管不是五金厂的工人，读到依然十分感动，因为她是从个人的生活场域中去描写出一种人类普遍的困境：体制化的生活、面对命运，人无力反抗等等。大家熟悉的湖北诗人余秀华，她的《我爱你》《穿越大半个中国去睡你》等作品也有这样的特点，这是好的诗歌共有的特点。

田湘写的关于火车的诗也有这个特点，我也关注到了像大家经常提到的这首《读特朗斯特罗姆》，这位伟大的瑞典诗人的名字，翻译成中文有点长，但是田湘说：

你的名字太长太长
特朗斯特罗姆
每个字读起来都很费劲
就像我坐过的绿皮慢车

我只能把有你名字的诗集
带到高速行进的动车上

我从一个浮躁的城市
去到另一个浮躁的城市

只有动车上是安静的
我坐在自己的座位上
没有人打扰我
这样我就能静静地读你

读你

安静的动车上
好像所有人
都在听我读你的诗
你的名字
好像也不那么长了

真实的生活也许像这个啰唆、拗口的名字一样让人感到不快，但诗歌如同一列动车，当我们安静地坐在其中，静静地思想自己、言说自己，生活也就容易变得忍受，有时甚至还有短暂的美好。在这里，“动车”的意象指向被诗歌提纯的生活（一切变得“安静”、美好），“特朗斯特罗姆”的名字也是一个意象，它指向的也是被改变的生活，因为诗歌（在安静的环境中阅读），这个名字“好像也不那么长了”，之所以如此，是因为阅读改变了环境（周遭的客观环境与作者的内心）。这也是我说的，我们能从田湘的诗歌中得到一种“生活的启示”，如何使贫乏的日常生活过得有一定的意义？也许文学阅读与诗歌写作能帮我们成就。田湘的诗有很多写火车、坐火车这样的经验，都是他的日常生活，但是田湘最后都能够提炼成对于人生的某种思考，对于生命的某种体会，这是田湘诗歌非常优秀的部分。

三

在田湘诗歌里面，我认为从主题看，写得最好的部分，当然是他的爱情诗。比如说《雪人》《沉香》《嘣螺蛳》，他很多的诗，最后主题都落到了爱情上面。《沉香》这首诗大概定了他的爱情诗的基调：

被你爱
只因我受过伤害

刀砍。雷劈。虫蛀。土埋
在苦难中与微生物结缘
在潮湿阴暗之地
结油　转世
一截木头换骨脱胎
腐朽化为神奇

安神。驱邪。醒脑
把最好的眼泪给你
别人被爱是因为完美
我被爱是因为
遭遇伤害

多少眼泪
才能结油成香
成香　沉香
让你安神竟是我的心伤

当暗香浮动了你
我所有的不幸
都变成美丽的曾经

这里的爱情不是年轻人的欢悦的爱情，而是中年人才有的沉痛的爱情或者说关于爱情的沉痛。田湘的很多爱情诗和《沉香》传递的经验都很相似，他常常要言说的是“我”在爱情上面受过伤害，或者说，“我”在爱情上面体会到一种很痛的经验，诗人努力把这些经验呈现为一种意象，而“沉香”这种意象也许不是诗人刻意寻找，而是他的沉痛到了合适的时候，这个身边的事物就在诗歌中浮现出来，或者说自然地进入了诗歌。说田湘是“沉香诗人”，我的理解是，不能说他写了这一种香料，就以这种物质来称呼他，这只是在诗的题材或主题性上来说——而应该是，他是一个将爱情的沉痛经验积淀为诗的人，“沉香”是他的一种写作方式。

四

整体上，我觉得田湘的诗歌有非常明显的特点。除了关于爱情，表达一种很痛的情感经验，就像《沉香》中的那种特殊木料一样，它是疼痛中的一种结晶，一种特别的气息与美。还有一个特点，就是田湘写诗在用语上，常常无所顾忌，相当自由。我注意到，他不避讳很深情的词语。他个人的诗歌写作机制里，我觉得有一种浪漫主义的驱动力，他的诗往往是在热情当中迸发出来，然后在词语的选择上，相对来讲，比较自由，没有说哪一种是不能入诗的，比如说他的叙述中，常常有很深情的东西，他干脆直接地抒发出来，而这一点，对于很多抒情诗人，是相当克制甚至是忌讳的。

田湘的诗歌更多是口语诗，但这里有一种口语诗里面很好的品质，就是诗歌想象和语言上的活泼与自由。像《校花》《嘣螺蛳》《田耳的外婆》这些诗歌就非常有代表性。

美味总是让人垂涎
年轻时，我带上你
在路边摊嗍螺蛳

我告诉你嗍螺蛳的诀窍
最爽口的，就是掀开螺盖
嗍螺肉上的那点汤
你照我的方法嗍了起来
多么鲜美啊，你一口一口地嗍
那种幸福感，那种满足感
我看见你的样子多么美

从此，每晚你都让我带你去嗍螺蛳
我也总是乐此不疲
但我却从未告诉你
这就是我的初恋

这首《嗍螺蛳》也是田湘的得意之作，他也喜欢朗诵这一首。此诗从头至尾，都是寻常语句，但却是层层铺垫，到最后交代“我”的内心：这是“我”最难忘的经历、最痛的爱情。在极白的叙述与极深的情感之间，有一种张力、有一种惊讶，让人触动。

口语诗貌似容易，但要写出好的诗意，是很艰难的。比如说“第三代”诗人的作品，像韩东《我们的朋友》这样的诗，传达出的主要是整体的诗意，你如果只看局部，你会觉得都是废话，但是当你读完你会非常感动，这是非常不容易的。我曾认真地和写口语诗的诗人有过交流。写口语诗的诗人会告诉我们，其实我们写诗比你们更费劲，因为我们要用这些废话写出有诗意的东西。我们知道贾岛为了追求诗意的传神，“两句三年得，一吟双泪流”，其实写口语诗的诗人比贾岛要更费劲，他们在语言的干净、直白、废话上，到了非常彻底的地步，但是整体上会让你觉得非常有意思。因此写好口语诗非常不容易。不过，田湘的诗比口语诗又多出一个东西，就是他的诗有很深情自由的部分。我不知道他平时是不是特别喜欢朗诵，但是他的部分口语诗，是非常适合吟咏的。这也是为什么他诗中有时一些词语让人受不了的原因，其实这和他的诗的整体风格有关系。他从性情激烈之处而发，自由吟咏，有时就没有避讳抒情诗的一些现代法则：比如客观化、非常个性化、情绪的克制等。

五

当然，这种写作方式一定会带来相应的问题。有的时候有些作品在语言和意趣上难免显得直白。还有一个问题，就是田湘的有些诗在结尾经常做一个点题。这个作为现代诗来说，是非常忌讳的。比如这首《你就是我要去的地方》：

我身体跳出的小鹿
会惊恐，追逐，迷失
它知道山林里有狮子
猛虎，猎豹，狼群

飞鸟知道有猎鹰
沙丁鱼知道有鲨鱼
星星知道有宇宙黑洞

我的小鹿却愿为你冒险

地球毁灭的那一刻
时间和生命化成了烟
我的小鹿会依偎在你身边

我的小鹿一直在奔跑
它要踏遍我身体里的群山和草原
它要为我找到你

你就是我要去的地方

“我身体里跳出的小鹿/会惊恐，追逐，迷失”，这些意象是非常好的，但是这首诗的结尾直接点题：“你就是我要去的地方”。这在诗歌写作当中是要尽量避免的。因为诗，尤其是现代诗，它特别强调和散文的区别。余华1991年在《收获》上发表的长篇小说《呼喊与细雨》，后来出单行本叫作《在细雨中呼喊》。这两个题目是有差别的，“在细雨中呼喊”，这是一个散文的句法，而“呼喊与细雨”，变成两个意象的并列，意象之间缺乏关系的交代，这是诗的，这个题目更有意味。因此我们在写现代新诗时，对于习惯写流畅、明白的口语诗作者，如果有时锻炼一下如何把一首诗写的不那么流畅、连缀，也许是一种矫正。

还有一个方面，和田湘的写作方式有关。写诗要尽量地避免陈言套语。当然，陈言套语不是绝对的，一句话要写的很有意思是和具体的语境有关系的，比如说海子在《面朝大海，春暖花开》里面，出现了“愿有情人终成眷属”这样的陈言套语，但出现在那首诗的独特的语境里，我们就能够接受；但有的时候，在其他的语境里，陈言套语就不是十分合适。我举个例子，比如说著名的《沉香》："多少眼泪才能结油成香/成香　沉香/让你安神竟是我的心伤。"这里都是非常好的，但是接下来："当暗香浮动了你/我所有的不幸/都变成美丽的曾经"，这需要注意。"我所有的不幸/都变成美丽的曾经"这样的话，意思我们当然明白，但能否用更具体的感觉性的、想象性的语言来代替这类陈言套语、来传达出我们更具体的感觉、经验和想象？如果我们想写出更好的作品，我觉得在这些地方诗人是要注意的。

六

田湘诗歌是有整体性的，风格多样，他有些作品有一定的缺点，这无可厚非，每个人的写作都会有一些不足的地方。不过，优秀的诗人还有这样的特征：在一部分作品中的问题，在另一些作品中，他却表现出对此问题的克服。比如这一首《大海不停地运送浪花》：

大海不停地运送浪花
她知道你想要：这盛开的孤独

这激情的泪，她知道你想要
这献给沙滩与岩石的祝福

太阳在清晨点燃自己
海鸥盘旋优美弧线

大海弹奏崭新的五线谱

她知道你想要：这恢宏乐曲

我觉得这首诗在田湘的诗作中有一种积极的代表性，田湘的诗歌写作可以在这里有一个思索。前面我也提到田湘的诗有着浪漫主义的色彩和热情，那种自由喷发的东西，这是田湘诗歌的特色，在这首诗中保留了；并且这首诗并没有太口语化，有一定的书面语特征，也保留了可以被吟咏的特点，非常适合朗诵；特别是意象的并置方式，也使这首诗呈现出某种现代诗应有的破碎感。这种破碎感不是为了故意增强诗对于读者的晦涩感与神秘性，而是诗的言说方式所决定的，诗不是散文，它在意象与意象之间、语言与语言之间，必须有一定的疏离性，它的意蕴的最终完成，需要读者的感受力和想象力的参与。

“草根性”与文学写作的本源：关于余秀华

一、“让你的心疼痛”

2015年诗歌界最大的事件莫过于余秀华的走红。这位出身低微、身体残疾的农村妇女，其诗作在许多大学教授读来，却是刻骨铭心的感动。被《诗刊》推出、被微信推广的余秀华的诗作，我最早读到，是在武汉大学文学院张箭飞教授的微信朋友圈里，她自己也极为推崇。我心里的震撼是与后来读到的美国教授沈睿女士的感受相似。

据沈睿自述，2015年1月12日，她在微信上看到一个朋友转的《诗刊》推荐的一个诗人的作品，题目是《摇摇晃晃的人间——一位脑瘫患者的诗》，极为震撼，这位言语向来锐利的女权主义文学批评家，毫不吝啬地写道：“这么清纯胆怯美丽的爱情诗！我被震动了。我接着往下读，一共十首诗，我看了第一遍，第一个感觉就是天才——一位横空出世的诗人在我们的面前，她写得真的好。我又读了一遍，一个字一个字地读，读完了，我在床上坐直了，立刻在微信上转这位女诗人，并写：这才是真正的诗歌！……我一遍又一遍地读她的诗，体验语言的力量与感情的深度。对她实在好奇，在网上查她，我查到了她的博客，博客里全是诗歌，我开始读，一发不可收拾，好像走进了斑斓的秋天的树林，每一片叶子都是好诗，都凝聚着生活的分量，转化成灿烂的语言，让你目眩，让你激动得心疼，心如刀绞，让你感到心在流血——被诗歌的刺刀一刀刀见红。我一篇一篇地读下去，我再也无法睡觉。本来就是常常失眠的年龄，我被余秀华的诗歌——她的永恒的主题：爱情、亲情、生活的困难与感悟，生活的瞬间的意义等等感动，震动，读得直到累了，在网上看看有没有她的新闻。……这样强烈美丽到达极限的爱情诗、情爱诗，从女性的角度写的，还没有谁写出来过。我觉得余秀华是中国的艾米丽·迪肯森，出奇的想象，语言的打击力量，与中国大部分女诗人相比，余秀华的诗歌是纯粹的诗歌，是生命的诗歌，而不是写出来的充满装饰的盛宴或家宴，而是语言的流星雨，灿烂得你目瞪口呆，感情的深度打中你，让你的心疼痛。……”[1]

在当代诗歌边缘化的背景下，近期被大众熟知的诗人多是因为与诗歌艺术无关的外部因素走红。同时，现代传播媒介的大众性、时效性决定了它们不可能对余秀华的诗歌艺术做出深刻的解读，这是媒介属性使然，无可厚非。就此而言，大众媒体、新媒体的传播仅仅是打开了一道门，而门后余秀华的诗歌艺术、文学价值则需要更加专业的阐释。在诗歌学的层面，余秀华如何？

余秀华持久的名声首先因为她的诗篇，媒体炒作可以带来一时的热闹，但读者持久的关注和喜爱则是需要文学本身的魅力。凤凰卫视2015年1月22日发布了《锵锵三人行》“‘脑瘫’诗人余秀华20150122（完整版）”[2]，即使是这样的新闻性访谈类的节目中，你都能约略窥见余秀华的文字的力量。窦文涛在节目中背诵了余秀华的一首叫《掩埋》的诗作：“夜色掩埋

1 沈睿：《余秀华：让我疼痛的诗歌》，中国作家网，2015年2月2日，http://www.chinawriter.com.cn/wxpl/2015/2015-02-02/233012.html。

2 锵锵三人行：《“脑瘫”诗人余秀华20150122（完整版）》，凤凰网视频，2015年1月22日，https://v.ifeng.com/c/84SZ8V4PZDW。

他/掩埋得很轻/而不彻底/他是一次次复活的人/他熟悉死亡/熟悉生活/也熟悉这两者之间的心绞痛……”我想他背诵这首诗一定是因为这首诗里有余秀华文字特有的直接与疼痛。我在第一次听到这首诗时，也被它击中：夜色里，我是一个正在被掩埋的人，但还没有完全被掩埋，像生死之间，所以是“一次次复活”，想起余秀华那艰难的生活，这“一次次复活”多么沉重！而我们，不也一样吗？诗的最后一句极为自然，“心绞痛”经常掠过我们的身体，余秀华将之当作与“死亡”和“生活”并列的一个生命状态，但此并列意味深长：“死亡”与“生活”的交替，“活着”对“死亡”的胜过、“死亡”/困难给生活带来的疼痛，正如那些一阵阵掠过心头的心绞痛！

二、当代诗的“自赎”

面对余秀华的作品，很多人深感当代诗歌很久以来没有这样的在经验、感觉和言辞上的深情、直接，打动人心。余秀华的写作方式，更多的是依赖直觉和独特的想象，这其实是很多写诗的人都不具备的能力。许多所谓的诗，其实只是理性、观念的衍生物，它们要说的，我相信散文或纪实文学会表达得更好。疾病、孤单和痛苦的个人生活使余秀华远离了时代的那些庸俗的理性和写作方式，她没有用自以为是的“脑袋”写诗，而是用疼痛的心灵发声。

我爱你

巴巴地活着，每天打水，煮饭，按时吃药

阳光好的时候就把自己放进去，像放一块陈皮

茶叶轮换着喝：菊花，茉莉，玫瑰，柠檬

这些美好的事物仿佛把我往春天的路上带
所以我一次次按住内心的雪
它们过于洁白过于接近春天

在干净的院子里读你的诗歌。这人间情事
恍惚如突然飞过的麻雀儿
而光阴皎洁。我不适宜肝肠寸断
如果给你寄一本书，我不会寄给你诗歌
我要给你一本关于植物，关于庄稼的
告诉你稻子和稗子的区别

告诉你一棵稗子提心吊胆的
春天

余秀华诗歌动人的地方是，像《掩埋》一样，她从自己的艰难发出的诗歌，却能引起读者的共鸣，也就是说，她写个人化的痛苦，却道出了许多人对于生活、生存和生命的感受。她自己的疼痛经验，在诗歌的意象和境界中，也能够成为你的疼痛经验。像这首广为人知的《我爱你》，许多人在电视上听过她那颤颤巍巍的朗诵，如同她自己的生活一样，那声音也是“摇摇晃晃”的，但非常感人，这种感人不是因为观众对一个残疾人的同情，而是她那抒情的诗句。一个每天“按时吃药”的人，对生活仍然有美好的盼望，在喝水的杯子面前，她想到，在阳光下的自己如同杯子里的花茶。但她心悸于这些美好的事物，她怯懦于人间的那些“肝肠寸断”之事，所以她说，“如果给你寄一本书，我不会寄给你诗歌/我要给你一本关于植物，关于庄稼的/告诉你稻子和稗子的区别”，因为在这人间，“我”时时在危机之中，在一次次“生活”“死亡”与“复活”之中煎熬，如同

“稗子”的提心吊胆：在春天里，“稗子”因为妨碍“稻子”的生长，也许有一天它会被拔出。是否大部分人都有一种生存的无根据感？这仅仅是余秀华的提心吊胆吗？关于晦暗的人生与生命，我们没有这样的忧心？

穿过大半个中国去睡你

其实，睡你和被你睡是差不多的，无非是
两具肉体碰撞的力，无非是这力催开的花朵
无非是这花朵虚拟出的春天让我们误以为生命被重新打开
大半个中国，什么都在发生：火山在喷，河流在枯
一些不被关心的政治犯和流民
一路在枪口的麋鹿和丹顶鹤
我是穿过枪林弹雨去睡你
我是把无数的黑夜摁进一个黎明去睡你
我是无数个我奔跑成一个我去睡你
当然我也会被一些蝴蝶带入歧途
把一些赞美当成春天
把一个和横店类似的村庄当成故乡
而它们
都是我去睡你必不可少的理由

很多人以为“脑瘫”是脑子出了问题，几乎要与智障无异了，但事实上余秀华幼时的遭遇只是导致了她后来行动与说话不便，她的脑子其实非常好使（比如：面对媒体，特别会怼人）。这首《穿过大半个中国去睡你》，很多人熟悉，但有几人能读懂？开头一句“其实，睡你和被你睡是差不多的”，我觉得余秀华是在逗读者玩，她调侃了一下爱情、约会、相遇这些神圣的诗歌命题，这种语气和后面的“无非……无非……”是相应

的。这首诗动人的地方不是"睡你"这个事实，而是为什么"去睡你"的理由，因为"睡你"的事实其实可能是"误以为生命被重新打开"，也许不如期待中那么美好，但"去睡你"的理由却是最令人震颤的，也是难以言说的。在解释为什么要"去睡你"的话语中，余秀华"穿过"的不只是"大半个中国"，不只是"枪林弹雨"，而是人间万象，是生命中的所有时间和空间，是自我的固执与命运的注定，她那些几乎不是理由的理由，来自她的"直觉"：人间所有发生的一切、"我"所有的时间与生命，因为与"你"有关，才有了意义，才出现在诗歌之中。

这首诗在语言和意象方面看起来没有什么头绪，但其说话方式恰恰是非常有意味的，它的线索在直觉中，是一个人的充沛、完整的感觉，这是余秀华诗歌的特点，她的天才在于不用头脑说那些清晰的话，而是用直觉表达人常常强烈而混沌的感觉。

2015年5月22日，在湖北省作协召开的"余秀华诗歌研讨会"上，诗人张执浩的发言耐人寻味，他说：这两年来，我一直愿意为余秀华"站台"，作陪衬，除了认可余秀华的诗作之外，还有一个重要的原因，余秀华的诗歌为广大读者关注，"这是多年来中国诗坛为人所关注，但却是第一次以正面形象为人所关注的一个事件……"这几年来，当代中国诗坛出了许多事件，比如"梨花体""羊羔体""鲁奖""啸天体"以及最近的"乌青体"……但是，历次事件，几乎都是负面的，一次次让人远离诗歌、鄙视文学。甚至有人说，新诗写作，只要会回车键就够了。[1]而余秀华，这一次在当代读者面前展示了一个全新的新诗形象：原来，新诗还有如此令人震撼的面目！《诗刊》编辑刘年如是写道：

1 2006年，从9月26日至10月4日，韩寒连写6篇博客文章，对当代诗人与诗歌冷嘲热讽："现代诗和诗人都没有存在的必要，现代诗这种体裁也是没有意义的"，"现代诗人所唯一要掌握的技能就是回车"，"诗人本身就有点神经质，再玩下去就要变成神经病了"。

几千年来，诗歌在中国，有类似于宗教的教化作用。

屈原，陶渊明，李白，杜甫，苏东坡，也成了全民族的偶像。可是，进入随着上世纪九十年代以后，这个民族开始疏远诗歌。这当然与我们以经济建议为核心，唯物、唯钱、唯快、唯新的时代潮流有关。诗人本身，也难辞其咎。海子的自杀，顾城的杀人，以及各种光怪陆离的诗歌行为层出不穷，让诗人成了阴暗变态的代名词，更加上诗歌的晦涩难懂，变成了让人难以接近甚至反感的文体。何况还有下半身，梨花体，乌青体，一次又一次对诗歌的戏谑和嘲弄。以至于诗人一再地边缘化，以至于，在人们的聊天中，有人敢承认自己赌博自慰甚至嫖娼，但不敢承认自己写诗的地步了。

经济发展了，物质满足了，人们发现，幸福还没有到来。人们在反思中发现，这个时代最缺少的不是粮食、石油、住房和钱，而是缺乏真诚的诗意。于是，在这个曾经以诗立国的国度里，人们开始往回找寻诗意地栖居在大地上的能力。所以，余秀华走红，有其偶然，也有其必然。是汉语成熟的必然结果，是中国新诗自发地回归传统、回归现实、回归大众后，必然的结果，是诗歌本身的走红。我觉得作为诗人和诗歌从业者，都应该感谢她，她让诗歌以一种比较有尊严的方式，重回到国人的生活中。她的诗歌读者，也应该感谢她。

甚至，这片土地，也应该感谢她。[1]

这话极像闻一多先生的《宫体诗的自赎》的当代版："……那一百年间梁、陈、隋、唐四代宫廷所遗下了那分最黑暗的罪孽，有了《春江花月夜》这样一首宫体诗，不也就洗净了吗？向前替宫体诗赎清了百年的罪，因此，向后也就和另一个顶峰陈子昂分工合作，清除了盛唐的路，——张

1　刘年：《多谢了，多谢余秀华》，载余秀华：《摇摇晃晃的人间——余秀华诗选》，湖南文艺出版社，2015年，第183—184页。

若虚的功绩是无从估计的。”[1] 千年后，照耀张若虚的月亮，照到的是一个叫余秀华的中年农村妇女抽搐的左手。那落在余秀华手上的月光，是张若虚的月光，也是当代汉语诗坛所稀缺的一种诗意的光芒。2015年第2期《长江文艺》，诗人张执浩在他主持的《诗空间》栏目，推荐了余秀华的组诗《在横店》，张执浩的推荐语说：“在‘摇摇晃晃的人间’行走了几十年，当她找到诗歌这支铁拐时，才终于真正站立了起来。我关注她的作品已经有几年时间了，从自发地书写和表达，到逐渐自觉地对命运的理解和宽宥，当她迈过这条沟坎之时，她的作品便呈现出了一种惊人的爆发力。”余秀华诗歌的发表与获得广泛认同，不是她个人的事，而是当代汉语诗坛的事。如果以前面那些使人远离新诗的一系列事件为背景的话，也许我们也可以说，余秀华和她的诗，是当代汉语诗歌的一次“自赎”。

三、“草根性”：一个值得谈论的话题

而在诗人、《诗刊》副主编李少君看来，余秀华的崛起则是新诗的一个重要脉络——“草根性”的发展必然。诗歌的“草根性”是什么呢？——“……2003年，我当时做《天涯》杂志的主编，当时和一帮诗人，就是杭州的潘维他们搞了一部车，我们就开着车从杭州到苏州，一路上随便转一转，就不断地碰到一些诗人，有的诗人甚至在村里面的，有的诗人可能就是一个县城里面一个普通的小学老师什么的，当时很奇怪的就是这些人我完全没听说过，见面就送上诗稿，那个时候诗稿都是打印的。我看到这些诗吓我一跳，我说这个诗写得蛮好的。最后见到了杨键、江非，他们当时已有一定诗名，生活很清贫，但诗歌别开生面。杨键当时是一个下岗工

1　闻一多：《宫体诗的自赎》，《闻一多全集》第6卷，湖北人民出版社，1993年，第28页。

人。江非当时的身份就是一个农民，是农村户口，在务农。我们以前认为诗歌、诗人都是高高在上，像早期的诗人北岛、芒克这样的；但突然发现这样一批诗人，写得这么好，身份却不符合我们对诗人的想象。当时我就感觉这是很有意思的一个现象。我们到常熟后开了一个小型座谈会，我当时就比较冲动，想到一个词，就叫‘草根性’。江浙这一代当时乡镇企业比较发达，乡镇企业认同草根，我就用‘草根性’命名这样一种诗歌，从土地上成长起来的，带着本土的、地方性的经验，而且很有个人的那种特性的诗歌。以前的诗歌传统是从上而下的，诗人要启蒙大众，朦胧诗实际上也是一个自上而下的，你看一批高干子弟，比较早地接受到西方现代文学，现在过程反过来了，是自下而上的。”[1]

在另一个地方，李少君谈到了与“草根性”诗歌写作的一个对立面——“深入地区分一下观念性诗歌与草根性诗歌的不同是非常重要且必须的。我常常说其实区分‘草根性’极为容易，‘草根性’是指一种立足于个人经验、有血有肉的生命冲动、个人地域背景、生存环境以及传统之根的写作。比如同是‘口语诗人’，韩东几乎没有‘草根性’，只是擅长制造观念。于坚的‘草根性’却很明显，且非常深厚，无论是其早期的《尚义街六号》《我的女人是沉默的女人》，还是晚期的《零档案》《事件系列》等诗歌。来自个人经验与生命深处的激情，云南特有的地域背景以及诗人自然的生存环境以及对唐诗等传统之根的继承，汇成汹涌的源泉横贯其中，打动一切有血有肉之人。于坚常年的历练已经逐渐‘诗成肉身’。而韩东的诗，完全不能达到如此境地，不过一些小技巧、小诡计，所以即使在民间内部，与沈浩波相比，韩东也被称为‘伪民间’。但恰如一位诗人所说：‘你们以为一点小诡计就真的能蒙骗世人吗?’当然，韩东本身是学哲学出身，擅长学习西方观念，只不过阴差阳错误入了诗坛。当然，观念

1　朱又可:《[读诗]社会在搞笑诗歌的时候，说明什么?》，南周知道，2015年2月10日，http://www.infzm.com/content/107804。

性诗歌在中国当代诗歌界占主流位置，背后的深层原因还可能是所谓追赶意识导致的。这是所有后发国家的通病，企图在很短的时间内赶超发达国家，而观念、思潮是最容易学的，但要学到根本的东西还需要漫长的岁月和足够的时间。当然，虽然这样，但也就在很短的时间里把西方发展积累了几百年的现代诗歌的技巧、理念演习了一遍，为逐渐涌现的可能的新的转型做了某些准备。”[1]

观念性的诗歌往往来自一个时代有责任的文学家追赶世界文学潮流的努力，这种写作的理论意义是毋庸置疑的，但文本在即时的诗歌审美形态上，往往滞后或者不堪卒读；但是，我们一定不要忘记，“观念”有时能够刺激新的诗歌美学的发生，从长远的角度，未必不能带来诗歌审美形态的革命。

不过，我觉得，“草根性”诗歌观念的意义道出了文学的一个本质：文学写作的变化往往并不依赖于一个时代那些有责任的文学家以及他们所做的努力，这样说并不是认为文学写作可以脱离具体的历史语境，而是文学写作其实是每一个人的才能，是一个有语言表达能力的人的基本需要，人若自觉地以语言来表达自己的感觉、经验和想象，这就可能形成文学。文学真正的生命力在这里，这是文学不会灭亡的基础，这个生命力是不管文学史的喧嚣和观念革命的复杂与宏伟的。如果文学是草木的话，使之旺盛使之生生不息的那根与本——正是个体的人以文艺的方式言说自我的冲动、渴望，与语言、形式上的有意识的寻求。

李少君说的那种“立足于个人经验、有血有肉的生命冲动”是“草根性”的基础，这是文学写作发生的前提。而“个人地域背景、生存环境以及传统之根”则构成了“草根性”诗歌写作的自觉或不自觉的必要元素，它们决定着这种个人写作能否为更多人接受。举例来说，余秀华的写作，

1 李少君:《草根性与新诗的转型》，《南方文坛》，2005年第3期，第25页。

在个人的表达诉求之外，或者之内，是她的乡村经验、忧伤的个人气质以及她在知识方面的“传统”之影响（比如你在她诗歌里能读到海子和雷平阳的风格）。经验上的疼痛感，忧伤、抒情、以自然意象为主的语言风格等因素，构成了整体的余秀华诗歌，在读者接受中，由于人们共享某种特定的语言风格和文化模式，这种诗歌便得到了广泛的认可。

四、作为文学写作本源之一的“草根性”

在余秀华给人签名的那个时刻，我突然明白了为什么她的第一本诗集取作“摇摇晃晃的人间”，我从来没有见过这么艰难的签名：“用最大的力气保持身体的平衡，并用最大力气让左手压住右腕，才能把一个字扭扭曲曲地写出来”[1]，在另一个场合，我见她用右手压着左手，用左手写下了“某某雅正——余秀华”，这一行歪歪扭扭的文字，所付出的努力，估计是我潇洒的签名的一百倍。这才是真正的余秀华，一个在人间活得非常艰难的人，她幼时的疾病使得她走路摇摇晃晃，她说话吐字不清声音摇摇晃晃，她的手不停抖动写字摇摇晃晃，她在自己的人生中感到生存的艰难和命运的可怖、在内心对生命和生活长期提心吊胆……“摇摇晃晃”的形体、声音；“摇摇晃晃”的生存隐忧，这才是她真实的人生。有人问余秀华，在你看来，诗歌是怎样一种东西？她说，写诗是掏心掏肺、把灵魂掏出来的过程……余秀华说话吃力，这个“掏……”，是一个艰难发出的声音，它突然使你感觉，“掏心掏肺”这个词，也许只有从她口里说出来才有点像真的。

《圣经·新约》记载了一件事情，这件事情在我看来关乎人对上帝的

1　余秀华：《自序　摇摇晃晃的人间》，《摇摇晃晃的人间——余秀华诗选》，第1页。

态度。“耶稣对银库坐着，看众人怎样投钱入库。有好些财主往里投了若干的钱。有一个穷寡妇来，往里投了两个小钱，就是一个大钱。耶稣叫门徒来，说：‘我实在告诉你们，这穷寡妇投入库里的，比众人所投的更多。因为，他们都是自己有余，拿出来投在里头；但这寡妇是自己不足，把她一切养生的都投上了。’”（《马可福音》12:41-44）有钱人拿出一堆钱，奉献于圣殿，觉得自己很对得起上帝了，同时觉得自己多么虔诚；而一个穷寡妇，也许只是投了两个硬币，但耶稣说，她“比众人所投的更多。因为……把她一切养生的都投上了”。这里谁是最虔诚的，一目了然。大多数人对于文学，只是爱好者，业余的怡情养性，如果有名声，当然好，没有，也不强求，这种态度是对的；但是，我们千万不要忘记，而有些人，文学——这种用语言文字来感觉自我、想象世界和陈述经验的精神活动，却是他的全部，是他生命的中心，就像法国批评家莫里斯·布朗肖在谈论卡夫卡的时候说：

> 卡夫卡不顾一切地想成为作家。每当他认为他的愿望受到阻拦时，他都会深陷绝望当中。当他被派去负责他父亲的工厂，他觉得他在两个星期里将无法写作的时候，他恨不得了结自己的性命。他《日记》里最长的一段写了他每天如何挣扎，如何不得不上班做事、不得不应付别人以及不得不对付自己，以便能够在他的《日记》里写几个字。这种着狂状态虽令人印象深刻，但我们知道，这并非不寻常之事。就卡夫卡的情况而言，倘若我们看到他如何选择在文学中实现他的精神和宗教命运，那么这种着狂状态似乎就更加自然了。由于他把他整个的存在都放在了他的艺术上，当这一活动不得不让位于另一种活动时，他看到他整个的艺术面临危险：因此，他停止了实际意义上的生活。
>
> ……

“用血写作，”查拉图斯特拉说，“你会知道血就是心智。”[1]

在莫里斯·布朗肖看来，卡夫卡是那种“用血写作”的作家，这里的血，更是象征的意义上的。在西方语境中，血即意味着生命。[2]这里是说卡夫卡是那种以整个生命在写作的人，除此之外，他没有做任何事。文学是他的宗教与救赎。李少君提到的杨键、江非、雷平阳等诗人，还有这里的余秀华，曾经恐怕都是将诗歌视为救赎的一种言说自我的行为，写诗不为什么，只是为了言说自我的感觉、经验和想象，在一个文学的世界里自我得到慰藉，当然，如果有他人也为这些文字感动，那便更好。

“草根”一词，直译自英语的“grass roots”。一般有两层含义：一是指同政府或决策者相对的势力；一是指同主流、精英文化或精英阶层相对应的弱势阶层。陆谷孙主编的《英汉大词典》把“grass-roots”单列为一个词条，释义是①群众的，基层的；②乡村地区的；③基础的；根本的。在文学的领域，“草根”的活力其根源在于文学的本质：文学是一种特殊的言说方式，这种方式其手段是以感觉化、有想象力、经验性的语言，给读者带来在感觉、想象和经验上的具体性感知；从这个意义上，有语言能力的人可能都有文学表达的能力，而对于有些人，他在生命的过程中，执着于以文学的方式表达自己，在文学创造的那个世界中获得安慰，至少那个世界能否获得他人的认同，那是另外的事。卡夫卡的作品，是生命的需要，他不写作，可能会死，他临终前，期望朋友将他的作品付之一炬，余秀华的写作，是一个残疾女孩从小到大的与孤独和恐惧相伴的行为，在文学写作中，她获得了一些安慰。杨键的写作，表达的是一个月工资不足三百元的下岗工人对宇宙苍生的悲悯，这是多么荒谬但又多么有意味的事。我也

1　2：36：《卡夫卡与文学——莫里斯·布朗肖》，豆瓣小组，2011年10月28日，http://www.douban.com/group/topic/23174143/。

2　比如《旧约·利未记》17:11说：“因为活物的生命是在血中。……因血里有生命，所以能赎罪。”

想起我的同乡魔头贝贝（安徽枞阳人，后随父母迁居河南南阳），他是一个油田的看仓库的工人，但他却一边看守仓库，一边拿着啤酒瓶默念适合表达自己的文字，这些分行的文字成了当代很多人喜欢的诗歌……

我觉得文学的“草根性”在这里，文学写作因这种与个体生命连接的特性（它是一些人生命中自发的需要），其生长状态不一定与时代的节奏、历史性的那些革命段落构成对应关系。你说这些从“草根性”里冒出来的诗人是“精神贵族”，也可以。这两个词在这里有共通之处。在我的理解中，对于文学写作而言，“草根性”不一定是写作者所属社会阶层方面的意义，这个词道出的其实是文学写作的一个本源。这种从文学源头而来的“草根性”，往往给气喘吁吁追赶世界潮流而常常活力匮乏的主流诗坛，带来新的面目与新的激动。曾经的雷平阳、江非、杨键、魔头贝贝等，近期的余秀华等，恐怕就是例子。

五、热闹与忧思：新诗在新世纪

应该说，新世纪开始之后，中国诗歌似乎也开始了新景象。“民间立场”和“知识分子写作”两大阵营的对抗，网络论坛、博客等新媒体，多种因素刺激了当代汉语诗歌的表面繁荣。除了正式出版发行的十余种主要诗歌刊物和十余种刊登诗歌的主要综合性文学杂志之外，诗坛不断涌现的大量的民间刊物令人目不暇接（有些民刊也慢慢转正，成了非常漂亮的正规出版物）。这是一个诗作空前繁盛诗人无比繁多的时代，除了那些早已成名的诗人在继续写作之外，无数新的诗歌写作者借着网络、民刊、官刊和各类奖项不断浮出海面。

“诗人”，这一特殊的称谓和身份，在今天也变得含糊起来。诗人们大多不再是为了诗歌含辛茹苦的落魄才子，也少有为了诗歌而献身的文化英雄，在市场经济的风云中游刃有余的同时，诗写得也不错的大有人在。今天绝大多数诗人，有自己的职业和收入，在现代化的生存体制当中爬行或游弋，诗歌只是工作之余的精神追求和自我慰藉。诗人在自我表达的同时，也因着诗歌获得了许多陌生人的爱戴与仇恨、来自远方的祝福和攻讦。在特定生存模式的挤压当中，许多爱好文字的人惊讶地发现诗歌还可以帮助我们寻求心中潜在的光荣和梦想。诗歌作为一种“事业”和诗人作为一种“身份”在这个时代被空前的边缘化。诗歌不再抒写一个宏伟的社会或文化的想象共同体，而只是抒写个人的情感经验，时代的主题和景象只是在个人的经验表达中得到可能的“折射”。诗人不再是专门写诗的人，他只是在生活的某个时间回到诗歌写作当中。但也可以说正是这种边缘化，诗歌才可以从附着于种种意识形态的状态中回复到个人、回复到诗本身。诗人作为一个生活中的普通个体，才可以真正拥有写作的自由、获得写作的可靠资源和能力。

这似乎是一个非常个人化的时代，每个人至少可以在写作中尽情地对自我进行想象性的表达。这似乎也是一个思想自由的时代，除了特定的政治命题我们不能触及，我们的想象性言说似乎可以无所不至。这种“过剩”的个体精神独立性和思想自由的幻觉，衍生出了我们这个时代极为繁盛的诗歌话语。在连篇累牍的诗歌文本和不断涌现的诗歌写作者面前，新世纪新诗的真实情形如何？一位诗人、批评家在回顾近十年的诗坛时写道：

……与十年前相比，大部分诗人写得无疑更好了，从乡镇到都会，诗歌界整体的技艺达到了水平线上。十年前的重要诗人，如今仍然乃至更为重要，少数人能够持续地掘进，写出了一批又一批可信赖的代表作，并将风格严肃地发展成各自的规范……

与十年前相比，因为众所周知的原因，诗歌的人口无疑更多了，诗歌的门槛也更低了，似乎先于教育、医疗，实现了真正的平民化，诗歌地域的分布也更为均衡，无论走到哪里，都能冒出一两个欣欣向荣的诗人团伙。原本恶斗的“江湖”越来越像一个不断扩大的“派对”，能招引各方人士、各路资源，容纳更多的怪癖、偏执、野狐禅。出于对传统诗歌交际的反对，新诗作为一种“不合群”的文化，曾长久地培育孤注一掷的人格，放大“献给无限少数人”的神话。近十年来，诗之“合群”的愿望，却意外地得到报复性满足，朗诵的舞台、热闹的酒桌、颁奖的晚会、游山玩水的讨论，从北到南连绵不断，有点资历的同仁们忙于相互加冠加冕。这当然是好事，虽然加重了诗人肠胃的负担，但带来了心智和欲望的流动。

与十年前相比，批评的重要性降低了，集团之间的大规模冲突，各方都在无意识中规避，但批评的社会功能却取得长足发展，有时候让人联想到某一类服务行业，……这种服务甚至不需预约，可以随叫随到。另一部分批评，则立足长远，忙着在当代思想的郊外，修建规模不大的诗人社区，好让德高望重的诗人集体地搬迁进去，暗中获取长久的物业经营权。影响之下，名气略逊一筹的诗人们，一定会自动在附近租住青年公寓，期望能够联动成片，成为郊外逶迤的风景之一种。……

似乎，从任何一个角度看，十年后的诗歌的生态似乎更为健康、从容、平稳，诗歌界的山头即使还林立、丛生，但那只是衬托出文化地貌的多样性而已。唯一让人略略吃惊的是，诗歌写作的“大前提”较十年前，没有太大改变；诗人对自己形象的期许，也没有太大的改变；诗歌语言可能的现实关联，没有太大改变。真的，没有太大改变。如今，大部分诗人不需要再为自己写作前提而焦灼、兴奋，也不必隔三差五就要盘算着怎样去驳倒他人，或自我论辩。他们所要做的工作，无非是丰富自己的前提，褒奖自己的前提，并尽可能将其丰富。从

"20世纪"的角度看，从充满争议的新诗传统看，这倒是件新鲜事。

……

或许是上世纪末的论争，透支了诗人的体力，最近十年诗坛虽然不缺少攻讦和斗嘴，但早已没有了整体的"抗辩"，这显示了空间挣脱了时间后的轻盈。本来，这应该是一个主体弱化的时代，是一个需要辨认危机、补充钙质的时代，是一个需要在现场扎根、掘井、张网捕兔、乱吃草药的时代，但有趣的是，我们注意到诗人主体形象的普遍高涨。……没有困境和难度的主体，缺乏临场逼真感的主体，他没有创造价值的贪念，实际上却做到了被通用价值牢牢吸附。……[1]

此文对新世纪新诗作整体评价非常精彩，我喜悦于其文字的漂亮，更珍惜其中的自省与警醒。置身于热闹的当代诗歌现场，很多时候，我们是否只是在消费诗歌？而对诗歌本身，无论从创造还是从批评的角度，我们其实并无多大的建设性？在一些人看来，这是"最好的时代"，而在另一些人看来，这是"最糟糕的时代"……思想和抗辩、谦卑与渴求、困境与历险、激进与牺牲……这些文学写作的应有品质，似乎不多见；或者，这些品质一直是潜流，是地火，依然在运行，只是尚未浮出水面；或者，早已显露峥嵘，甚至蔚然成风，只是你孤陋寡闻……

目前余秀华现象在一些批评家看来，意味着当代汉语诗歌的一种复兴。这种看法有一定的合理性。不过，"草根性"写作为整体平庸的新诗偶尔赢得一点脸面，这种现象时有发生，其意义不在于给文坛带来新奇的谈资，也一定意味着期待中的那个"黄金时代"就已经到来，而可能是在提醒我们：因为这样的诗人少，所以他们很耀目；由此，我们也知道：当代文学在文学写作之本源上的一种迷失和诗坛那种用生命在写作之品质的

1　姜涛：《拉杂印象："十年的变速器"之朽坏？——为复刊后的〈中国新诗评论〉而作》，《飞地》2015年第10辑，海天出版社，2015年，第14—16页。

缺失。

里尔克劝说那位给他写信的青年诗人：“探索那叫你写的缘由，考察它的根是不是盘在你心的深处；你要坦白承认，万一你写不出来，是不是必得因此而死去。这是最重要的：在你夜深最寂静的时刻问问自己：我必须写吗？你要在自身内挖掘一个深的答复。若是这个答复表示同意，而你也能够以一种坚强、单纯的‘我必须’来对答那个严肃的问题，那么，你就根据这个需要去建造你的生活吧；你的生活直到它最寻常最细琐的时刻，都必须是这个创造冲动的标志和证明。”[1]我们的文学“生活”，是依赖什么建立的？今天，在诗坛之热闹中享受着诗歌带来的快乐与荣耀的我们，也许要这样问一问自己。

1 ［奥地利］里尔克:《给一个青年诗人的十封信》，冯至译，生活·读书·新知三联书店，1994年，第3页。

“形而上品质”及其问题：黍不语的诗

湖北“80后”女诗人黍不语在当代中国诗坛越来越为人所知，她是“潜江诗群”的一员，在诗群之中，又卓然之外。就我而言，我觉得这与不语诗作的主题、语言及整体风格有关系。她是一位有鲜明特征的诗人，她流水一样的文字与貌似柔弱的风骨，能够使人们在连篇累牍的当代汉语诗歌中，一眼辨认出。

一、关于“爱”

先说说黍不语诗作的主题。她似乎是一位执着于“爱”的古典女子。她在写作上，似乎刻意与现代汉语诗歌之“现代”保持着一定的距离，不追求感觉、经验上的复杂与深刻，也不追求想象与意象的奇诡，更不在语言上玩怪异与生僻，她兀自写她自认为美与好的诗。她的诗作一个常见的主题是“爱”、她是一位专注于“爱”的抒写者。

黍不语的诗，读起来让人平静又让人激动。平静是因为她的许多诗都是在平缓地叙述关于爱、爱情的一些个人感受，激动是因为她有时能将这些感受表达得契合人心、有时则让你重获一种关于爱的新鲜感。她的诗有时是在言说一种经验，从她个体性的经验发出，“爱”，在诗歌里成为一种普遍的经验，读者在这里很容易收获感动：

我需要这样爱着一个人

他也许很老，但足够温柔
也许长居远方，但说见
就能见。

多数时候，我们只在文字里
爱得
死去活来。

我们偶尔写诗。偶尔
爱上多才多情的诗人。也偶尔
被别人爱。

我们对每一个被对方赞美过的异性
心存敌意与醋味。而后分别被时间
和自己说服。

我们偶尔也烦厌，生闷气
在对方面前和别人调笑
为写诗发愁。

当他再写不出好诗的时候
我跟他说，去吧

去和别人相爱

狠狠地爱。

我需要这样爱着一个人
不断地，反复地悲痛，幸福
热泪和欢笑。

以此安抚，和延续我
短且执拗的一生

这是我第一次接触到黍不语诗歌时印象最深的一首。这是一次关于爱情的想象，我们也有过这样的想象，这“爱情想象”充满了某种具体的真实感，但同时又是悲剧性的，“我需要这样爱着一个人”，不见得真的有这样一个人。我为什么需要这样爱着一个人？是为了安抚我短暂而执拗的一生。诗人表达了一种关于爱之缺乏，而人生又需要爱来安抚的人类普遍困境。而在局部的语言与意象中，黍不语的诗又有着年轻女性特有的细致与活泼，有她独特的感觉和想象力所带来的诗之“具体性”。比如《一条水草的人生哲学》：“她一生的梦想是做条水草/长在最深的河里/从不为旁人所见/眷恋她的那条鱼儿/一生在她身边忙碌/每隔三秒/就爱她一次/而每一次都是崭新的”。关于鱼和水草之间的爱情的想象，是有趣的，也是美好的。这种在每一秒钟都是新鲜的爱情，也是人的盼望，这个想象将我们盼望的那种“爱情”变得非常具体，新鲜可感。因为人心里的有这个盼望，因为人世间缺乏这样的爱情，你在读到这首诗的时候，也许会为诗人在这里呈现的这个新鲜又极有意味的想象而震颤。

事实上，黍不语的许多诗作都可以是一个题目，“爱”。广义的人对世间那种普遍的爱意和狭义的男女之间的爱情，是她的写作中的恒久的主题。她在诗歌中尽情抒写关于“爱”的悲欢：“那地上只有草/那空中只有云/一棵树不自觉往下落叶/一个人因为爱，止不住哭泣”(《秋日》)。这是因为“爱”而有的感动之哭泣。而在这首《这世间所有的好》中，则有因为“爱”而有的无限的美好与欢欣：

那麦地多广阔。好像可以
供我们走很久。
那绿色多蓬勃，像世上
所有的好，都来到了这里。

我想跟你说很多话，像小羊
不停地咩咩。
我想长久的和你拥抱，像两棵
长到一起的树。

然而我是如此单薄。人世繁茂
很长的时间里
我踩着你的脚印，认真地
往前走。

像我拥有了，更多的你。

大地被葱茏的绿色覆盖，那绿色，因为你，好像世上“所有的好，都来到了这里”，这个意象是相当精彩的，“好”本是抽象的词语，但在这里，却成了具体的事物，用来形容“绿色”给人带来的感觉。而我对于你的渴慕，我们之间的爱情，使我“踩着你的脚印”都能满足，如同“像我拥有了，更多的你”，这种被爱充盈的美妙心情和想象性的表达，极有意趣。黍不语的爱情诗，语言和意象、诗作风格往往清新明朗，有时在感觉和想象方面，又有神来之笔，平静、舒缓中又不乏令人激动的境界与意趣，总体来说，她的诗有一种较为稳定的个人风格。

二、“终生的轻描淡写”

在这首叫《雪》的诗作中，似乎透露了黍不语写作的一个秘密：以“终生的轻描淡写”来“执意与流水一决高下”。对人世景象与心中所感作“轻描淡写”，似乎是她刻意的追求。

你知道。那越是冷的，沉默的
越打动我。
那越是轻的，易逝的
越抓住我。
如果你铺天盖地。执意与流水
一决高下。那盛大的寂静
与绝望，照彻前路。
一枝梅带着利剑一样的
温柔生在你的胸口。

不妨碍你终生的轻描淡写。

这是一场无尽的战争，诗人甚至发出感叹“我有时厌倦诗就像厌倦爱”：“……/时光漫长。生如流水。/我们要耐心/何用。”（《我有时厌倦诗就像厌倦爱》）生如流水，人世间意义匮乏，虚无统治着我们，但总有人不甘心，不愿向虚无与绝望认输，也不愿过早发出“人生不过如此”的感叹（这也许是人最大的悲剧、最可怜的骄傲与无知），诗歌成为一种抗争，一种寻求之道：“当我与自己左冲右突，或绝望或悲凉或温情或渴望，不能自已的时候，诗是自然而然出来的某种东西。写诗于我是一种修复，一种和解。一种获得某种安宁的方式。有时，我也痛恨某种表达。诗是过于私密的东西。说出即破坏。有时我迷恋那未说出的。”[1]

以“终生的轻描淡写”来“执意与流水一决高下”，一方面是“执意”的，另一方面又是轻柔的——这既关乎黍不语的诗歌主题，又关乎她的艺术风格。在主题上，黍不语喜欢那些无名的事物，那些“冷的，沉默的”、“轻的，易逝的”事物，这些事物其实连接着背后那庞大的世界和人心，如同人的命运未被揭示一般，这些事物的存在同样是如此命运，因此，热爱无名的事物，其实是关心人本身。与之相对的是，热衷于喧嚣的事件或显赫之物，则是对人本身的一种遗忘。而在艺术风格上，则是黍不语诗歌的那种“轻描淡写”之感，她的诗作在语言和意象上，不以深刻或奇诡制胜，皆是叙述日常生活之普通场景，那些容易被人遗忘之物，语气平缓，没有情绪的激动，没有在思想和经验上刻意呈现某种偏执，一切看起来都是淡淡的：淡淡的节奏、淡淡的语气，即使是一个特别的想象，也是在一个自然而然到来的情境之中，不会让你觉得突兀。

三、“不语”的诗学

这种诗歌风格也对应着生活中的诗人，黍不语是一个比较沉默的人。

1　黍不语：《湖北青年女诗人诗歌联展·黍不语的诗》，《长江丛刊》，2017年2月上旬刊。

像她的诗一样，她似乎在以沉默对抗着流水般的生活，以沉默来寻觅有意义之物。与那首《雪》相应的是，下面这首《晚安》似乎透露了黍不语生活的一个秘密，如同广阔的湖面，她要在“浩大的寂静中……深藏着这世间/全部的爱”：

有一会儿我走在湖边
隔着湖水我看见
水里的石头
隔着人群我看见
万家灯火。
一切都是应有的样子。
湖面甚至没有
风
软软地吹来。
浩大的寂静中她像
一个一无所知的少女
那么不动声色，那么不偏不倚。
深藏着这世间
全部的爱。

我不知黍不语真名，但“黍不语”这个笔名是有意味的，她自己在一首诗中透露：“黍：一年生草本，/种植于4000年前；亚洲/或非洲；/子实淡黄，禾属而黏者为；/适干旱，惧硕鼠；/西周亡而黍离生；/后麦行千里，无见故人；/今称小杂粮；/愈贫瘠愈生长，是/不被广泛种植的一种。”（《释义》）“黍”这种植物，大约对应于诗人的自我期许——去关注、去爱那些小而平凡的事物，“我也曾无数次说放下。说懂得。说慈悲原谅。我无数次没有放下。没有懂得。没有慈悲。而原谅是不存在的，不可以的说法。没有人比人更高，更有资格。这个世界，我们所知的并不多。对未知的事物保持敬畏。对无法进入的他人地狱保持尊重。对爱，相信他有善良，美好，和长久的忍耐。”（《疤痕体》）

而“不语”，大约是诗人的人生态度和生活方式——“你准备说话的时候发现那里已经很热闹了。所以你总不说。”（《散句》）“雨水们奋不顾身俯冲下来，奔到地面仿佛成群的美女跳起弗拉明戈。恰好赶到的车灯为它们献上完美背景与映像舞台。我做了个局外人。在慷慨与热烈，奋勇与豪放前，退避三舍。我喜欢我是寂静的，我喜欢我总在想着谁是寂静的。”（《散句》）诗人更愿意在“沉默”中关爱世界、在默然观望中言说自我与人生。在这个意义上，“不语”之语，似乎是她的一种诗学。

事实上，黍不语是一位让我敬佩的诗人。她旁观者的姿态、沉默不语的样式让我觉得这恰是一位诗人在当代喧嚣的诗坛应有的形象。与她相比，有些女诗人的话语似乎太多了，对人世的态度似乎过早地明确化了。据我所知，甚至有人说黍不语是一个“骄傲”的人，我想，这大概是她为自己的“不语”所付出的代价吧。不过，这又有什么关系呢？我的写作乃是为我自身，为着心灵与现实的紧张关系，为着她自己所说的“修复”与“和解”。不写诗的话，没有这种与自我与终极存在的对话的话，我恐怕不能很好地生活。黍不语这种专注于对世界的沉思、对无名之物的发现、对爱的寻求的写作者，为自身的心灵需求而写作的态度，恰是写作的本源和正途。

四、“形而上品质”

毫无疑问，我也能想象到有些读者对黍不语的批评：她的诗似乎有一种类同性：比如主题常常与爱、与爱情有关，叙述语调总是那么平静、舒缓，语言和意象常常是那些熟悉的事物（比如“雪”“爱着”“一生”“告别”“哭泣”等）；不仅如此，她的诗在风格上确有独特的地方，但整体上显得不够深刻……

对于“不深刻”的批评，我的回答是：现代诗可以不深刻，因为诗不总是以思想、经验之深刻取胜，更多时候，是以经验、语言和形式三者互动所形成的整体之美学效果让人感动。很多好诗，思想、情感和经验的层面，其实并不多么深刻、奇特，但在特定的语言和形式之中，作者要表达的思想、情感或经验，却令人触动。

而对于黍不语诗的那种“类同性”，我的理解是，这不是自我重复的类同性，而是一种她的作品特有的某种品质。波兰现象学哲学家和美学家英伽登认为文学作品的基本结构依次是这样：第一个层次是字音层（word sounds），第二个层次是意义单位（the meaning units），第三个层次是图式化方面（schematized aspects），第四个层次是被再现客体（represented object）（客体总是大于图式化方面；客体只能以图式化的方式呈现，因此图式化方面使被再现客体充满了空白和不定点；图式化方面决定了作品的文学风格）。而在这四个基本层次之外，英伽登认为，文学作品还有一种形而上品质（metaphysical qualities）。形而上品质就是我们在作品中感到的崇高、悲剧性、可怖性、静谧感、轻柔、朦胧……形而上品质“揭示了生命和存在的［更深的意义］，进一步说，它们自身构成了那常常被隐蔽的意义，当我们领悟到它们的时候，如海德格尔会说的，我们经常视而不见的，在日常生活中几乎感受不到的存在的深度和本原就向我们心灵的眼睛开启了。”[1]

我以为，黍不语作品中的常常可以感受到的悲剧性、静谧感、轻柔、

1　见胡经之、王岳川主编：《现象学研究法》，《文艺学美学方法论》，北京大学出版社，1994年。

朦胧、虚无、执着、矛盾、清新、明朗，可以视为她诗作独有的“形而上品质”。

五、“弥漫着大的悲哀”

黍不语在日常生活中也是一个比较沉默的人，像她的诗一样。她似乎在以沉默对抗着庸常的生活，以沉默来寻觅有意义之物。“不语”，大约是诗人的人生态度和生活方式——“你准备说话的时候发现那里已经很热闹了。所以你总不说。……雨水们奋不顾身俯冲下来，奔到地面仿佛成群的美女跳起弗拉明戈。恰好赶到的车灯为它们献上完美背景与映像舞台。我做了个局外人。在慷慨与热烈、奋勇与豪放前，退避三舍。我喜欢我是寂静的，我喜欢我总在想着谁是寂静的。”(《散句》)诗人更愿意在“沉默”中关爱世界、在默然观望中言说自我与人生。在这个意义上，“不语”之语，似乎是她的一种诗学。我曾经说她有一种诗学，就叫作“不语”的诗学，即她的作品中有一种沉默的力量。

但也正是在这里，黍不语诗歌的缺陷也较为明显。(没有谁的写作是完美的，通常情况下，我只注目于一位诗人的好诗与优点，就如我只沉迷于一位歌手的好歌及其独特的声音。谁没有缺陷与问题呢？)我想说，她的有些诗，显得太“寂静”了，缺乏生命体验和生存经验的复杂性；诗人在诗中表现出的生活态度有时显得太“沉默”了、太“隐忍”了，缺乏一个年轻人应有的对生命的热情、努力去胜过困难的意志、对绝望与虚无的抗争。我想我这不只是批评黍不语，也是对自己的一种期许。我一次次对自己说，永远不要这样：像许多中国文人（搞不清他们是谦卑还是骄傲），一次次地说“人生不过如此”“生命如此无意义”“生活不值得一过”……我想说：可能我对生命和生活还一无所知，我需要青春的热情、去努力寻求真理的意志和胜过绝望与虚无的勇气。

张爱玲在《中国人的宗教》一文中说："……就因为对一切都怀疑，中国文学里弥漫着大的悲哀。只有在物质的细节上，它得到欢悦……细节往往是和美畅快，引人入胜的，而主题永远悲观。一切对于人生的笼统观察都指向虚无。世界各国的人都有类似的感觉，中国人与众不同的地方是：这'虚空的空虚，一切都是虚空'的感觉总像个新发现，并且就停留在这阶级。一个一个中国人看见花落水流，于是临风洒泪，对月长吁，感到生命之暂，但是他们就到这里为止，不往前想了。"[1] 张爱玲对西方文化、对基督教文化有一定了解，这里的"虚空的空虚，一切都是虚空"就引自《旧约·传道书》1：1。东西方确实有不同的生命态度。当我们的诗人常常在慨叹种种"不可能"的时候、说"生活不过如此"的时候，其实我很想说：还有一种"可能"的生活，还有我们不能想象的"生活"，只是我们不知道或者我们约略知道，但不愿意去相信。

黍不语诗，在细节的呈现上，优美而感伤，有很好的阅读效果。但她的许多诗作，有张爱玲说的那种文学特征，"弥漫着大的悲哀。只有在物质的细节上，它得到欢悦……主题永远悲观。一切对于人生的笼统观察都指向虚无"。这是她作品吸引人的气质（毕竟，人世艰难，我们在她的诗歌里能找到共鸣。你不能要求别人与你有一样的生命观），但在另一面，我们能否追问：如果活着的目的是为了活得更好、寻求希望的话，黍不语有些作品中那种四处弥漫的对自我与人世的厌倦、对生活的隐忍与沉默，是否过于普遍和浓重？

比如在这里我们看到几首诗——《我的房子》，主题词可以说是"厌倦""隐忍"和"沉默"；《我不是故意的》，主题词可以说是"沉默""消失"和"遗忘"；《午休》，主题词可以说是"疲惫与厌倦""隐忍"；《夜

1　张爱玲：《张爱玲文集》第4卷，第111页。

晚的母亲》，也写到了“沉默”；《平行》，主题词可以说是“寂静”“荒凉”“永远空寂”和“茫茫无用”……整体上你能体会到诗人那种对生命、对人世的某种极为平静、隐忍的态度。《母亲》一诗结尾是“光静静地照进来，她一半的身躯/依偎着，一半埋在阴影里。/突然间悲伤汹涌。/我夜晚的母亲，她那么/不像个母亲。”这里的“悲伤汹涌”，如此剧烈的情感表述，在黍不语的诗歌中甚是少见，但我觉得此处的真情流露突破了她整首诗的平静的氛围，使诗歌多了一些关于内在情境的复杂性。黍不语其实可以不必一直如此平静，可以多写一些这样情感“汹涌”的诗篇。

“通往春天的路那么多/每一条都盲目和热烈/每一条都布满新鲜的嘴唇。/我由于失语，走在自己的沉默中/成了最先迷路的那个人。/我知道我必将/先你们而消失。/世界为我们准备的模样，我将它丢到了/河的另一岸。/我必将消失。带着你们的遗忘。/带着所有对自己的遗忘。”（《我不是故意的》）黍不语的这些诗，单独看来，都是很好的抒情诗，对应我们对自我和人生的颓败感，但凭什么我们可以判定自己与“春天”“热烈”“新鲜的嘴唇”无分？“我”判定“我必将消失”，到底是一种自怜还是对颓败命运的无奈认同？

“每天中午我总是准时躺下/因感到一种没来由的，不由自主的，疲惫与厌倦/我眼睛里的世界模糊一片/我的腿，手臂/在穿过无休止的马路和人群中/耗光了力量与耐心/于是我休息。在没有边界的梦中寻求一种主动的/封闭与再生。即便如此，我对生活仍然/一无所知。/当我看着窗前那株梧桐树/春天长出绿叶，秋天时又落下/我明白没有一种生长/比那更有意义。没有一种隐忍/比它更像某种活着。”（《午休》）这首诗的情感、经验、意象与联想，日常生活场景与内在意蕴的对应，非常清晰、非常动人。但是，我们是否可以追问：这种极为“隐忍”的“活着”的方式，是唯一的方式吗？为什么中国文人总是喜欢表现出这种对“活着”的认知呢？为什么我们的文学总是有这样一个美得无比但又最终指向虚无的结尾呢？

黍不语的爱情诗，语言和意象、诗作风格往往清新明朗，有时在感觉和想象方面，又有神来之笔，平静、舒缓中又不乏令人激动的境界与意趣。类似的诗作还有："请你在夜里醒来，毫无征兆/星辰/像落在怀里的冰/请你轻抚一个人的呼吸/像安慰一段举步/维艰的路途/请你回忆/请你懊悔/请你四顾无人茫然又希望/请你痛哭流涕，深深不安/也深深平静/请你捂着海水也藏着露水/请你紧握婴儿的手，说/我还在这里。还在这里。还爱着。还/醒着。"(《祈祷》)

我喜欢这样的给人带来关于"爱"的欢欣与激动的诗人。

关怀、境界与限制：谷禾的诗歌写作

一位成熟的诗人，他自有特定的现实关怀和言说方式，他的诗作中会呈现出属于自己的意象系统和象征体系，他的想象方式有个人的独特性，其抒情风格所透露的人生境界呈现出某一种个人性。在这些层面，谷禾无疑是一位面目清晰的当代诗人。

谷禾诗歌在关注的对象上，特别注目于现实社会的苦难，这个“现实”不仅是乡土中国，也有急遽变化的现代城市。同时，作为一位抒情诗人，日常生活中触目可见、卑微如尘土枯枝的小事物，也常常展现于他笔下。而在言说方式上，他的诗歌呈现出一个优秀诗人必有的细致的洞察力、敏锐的美感捕捉能力和独特的想象力，他的诗歌在技术层面上并没有因广阔、忧患的现实关怀而显得薄弱。

从这些层面来说，在当代中国，谷禾无疑是一位值得关注的诗人。他给我们带来了许多有深切的现实关怀而又充满人性深度和诗歌意趣的作品。

一

《没有地址的信》是诗集《大海不这么想》（陕西师范大学出版社，

2011年）的开篇之作，这是一首令人震慑的当代诗：

街道两旁，纷扬的柳絮，在我和你之间
建立起某种隐秘的对应，也使这个黄昏
充满变数。“一切都是宿命……”
但什么不可以改变？站牌下张望的人们
像一只只倦鸟，今夜他们
将何处栖息？而一个外省诗人
与陌生的北京少女的萍聚
难道只是缘分？混浊的空气里荡漾着
汽车尾气的怪味。汽车。楼宇。夏日海滩上
的散步。但我缺少足够的纸币
也无中奖的运气，所以你失望地走开
“四月是残忍的月份”，狂风挟持着沙尘
旋转上升，最后又落回地面
最后一缕夕光
穿过稀疏的树叶，弯曲在我身上
（而向上和向下的路能否合而为一？）
塞车的朝阳路口，那些
黑衣的蝙蝠，晚年一样刮过来
当我凝视你羞怯的脸
那旋转的泪水和柳絮一起
弥漫了我的视野。夏天来得
如此恍惚，时间撕毁了季节的契约
奔走的少女，急不可待地裸露出
真丝内衣下的春光

啊，多少灯红酒绿和白色药片
埋葬了一天里的无数个黎明
从光到阴影，新漆的电车突然启动
呼啸着，冲破了云层的包围
而一个人的衰老多么轻易，返乡的夙愿
终止于一封吞吞吐吐的回信
灵魂说，“嘘！安静些，黑夜降临，你将
走进白纸的内心……”
就像在嘈杂的电影院里，灯光熄灭
另一个世界缓缓开启，置身于虚构的场景
我们总在沉默里听见肉体的喘息
死亡的炸弹扔下来，银幕上一片雪白
谁相信我目睹的一切？一封旧信投进邮筒
我身体里最温暖的春天
最终寄向哪里？
曾经颠狂的，曾经鲜艳的，曾经盛妆的
如今只剩下无尽的迷茫
也许爱和健康都是疾病
为了救赎，我们必须病得更深！

（2000年）

在纷繁的世相与个人感喟之间、在具体的街景与人类命运之间，诗人捕捉着其间“某种隐秘的对应”，诗歌的叙述使日常生活的物象具有了象征意味，这种叙述极有意趣，有着曙光式的“九十年代诗歌”叙述日常生活的典型特征。但在个人的想象方式上，谷禾有他自己的开阔与深入、深情与洞见。“黑衣的蝙蝠，晚年一样刮过来”，这样的想象透露出现代诗的娴熟技法。而最后，“曾经盛妆的/如今只剩下无尽的迷茫/也许爱和健康都是疾病/为了救赎，我们必须病得更深!”最后这句“为了救赎，我们必须病得更深!”似乎是谷禾的名言，也有着里尔克所说的“我很孤单，但孤单得还不够”的味道：是否我们的“疾病”还不够，还不够洞彻这个人世？是否必须要在绝望之后才看得见救赎？

二

谷禾有他自己的意象系统，我读他的作品，常常注意到“北运河”“通州”和“北京”这些身边的地名，这是他生活的地方，也成了他诗歌中的基本意象，他的“北京记”和“俗世爱”作品小辑也表明了他的写作取材和态度：日常生活、所谓“俗世”，是他的关爱；他身边的嘈杂的、庸常的地点，亦是“热腾腾”的生活现场，是值得用诗歌来言说的场域，像这首《农贸市场》：“与你的想象几乎没有不同！混乱，肮脏，/漂满鸡毛的污水翻着白沫，空气里/混合着苹果的清香和白菜的腐臭味道/堆积的萝卜、番茄、黄瓜，伤痕累累的土豆/缩在最不显眼的角落，呵着寒气的吆喝声/在人缝里撞来撞去，弯腰的男人挤着女人，/穿梭的孩子背着鼓囊囊的书包——/但我仍步行三公里来这里转悠，不买什么/也拖到天黑。听着热腾腾的豫剧腔/和普通话讨价还价，我总是微笑着望过去/像望着村里的哥嫂，承包田里迎风的麦苗/他们结霜的眉梢、灰乎乎的鼻眼、脏衣服/一点点被暮色淹没。即使没有月光/我也能想见他们太阳下的辛苦，安静下来的/出租房里，一台旧电视说出的/星星点点的欢乐和爱，接下来/噢——接下来让他们睡去吧，以习惯的姿势/发出均匀的鼾声。但离开之前/我要把空下来的市场清扫一遍，透过纸糊的/窗户，最后望一眼他们噙在眼窝里，/睡熟了也拒绝落下的黑色泪珠。”（2004年）

这是“农贸市场”上的人们一天的生活记录，在诗人的想象中，这个眼前的生活也连接着他们的来路，诗歌的叙述在时间和情景上是多维度的，而最后，诗人叙述的是这些人生命里的某种坚韧。作者的视角不是同情，在怜悯之中又有对叙述对象的钦佩。这种情感比一般的“悯农”诗要复杂得多。谷禾诗歌可贵的地方在于，他确实是一位对当代中国充满忧患意识的诗人，但他的现实情怀没有使诗歌观念化地成为某种“现实主义诗歌”，而是相当细致地落实在具体的叙述中，这让他的作品在叙述上非常丰满、在抒情上比较节制，在场景、情感和语言各方面，显得很均衡。他的现实关怀，常常落实在非常精彩的诗歌想象中，比如这首《但是，夏天》：

剥去我身上多余的衣裳吧
簇新的，破烂的，不可捉摸的，让我青铜的肌肉
隆起拉奥孔的嫉妒。我的骨头多么清澈
还有我的皮肤，仿佛幽暗的大海
当滚滚的沙尘暴落地，我张着嘴巴
像不像一条上岸的蓝鲸？我的衣裳穿在树上
多么碧绿，分解废气，呼出氧
还用冰凉的小手摩挲时髦少女裸露的肚脐
一张晚报遮严了她光辉的脸，我只看见
薄敷的朱粉和两只多毛的手臂
哦，冰激凌的盛夏，草莓的红唇
拥着吊带背心的流行。在公园的一角
那些跳舞的老人和滑旱冰的孩子
尽情地释放着憋在腹中的二氧化碳，而高温的健肤机
一点一点挤去他们身上多余的脂肪。另一条靠椅上

一对男女逐渐接近，第一次的亲密
像黑夜和白昼，汇合在嘴唇
的交点。更远的铁栅外
712路公共汽车送来更多的游园者
他们经过的建筑工地早已清理完毕，但仍有
钉子户坚守着，40瓦的白炽灯照耀着他们
温馨的饭桌和墙壁上模糊的“拆”字
一个痛哭流涕的妓女
控诉着肉体的败絮，挣扎的呻吟，妇科医生
的呵斥和青霉素的疼痛。
“我也不想干，但有什么办法……”
路边的垃圾箱里
一只皮鞋痛并快乐着，它穿过多少脚
却没有一个趾头留下来
现在它混迹于众多的秽物里，等待着被黎明
运走，焚烧或埋葬
啊夏天，我用无尽的汗水歌唱生活
啊——生活多么美好，我也痛并快乐着
仿佛另一只
还没有甩下的破皮鞋……

（2000年）

从作品中看，谷禾非常热衷于“用无尽的汗水歌唱生活”，但对他而言，生活似乎并没有给我们带来什么，除了无尽的空虚。这首诗中的“皮鞋”意象是非常有意味的，这个被遗弃的垃圾箱里的卑贱事物，却成了现代人的某种命运，它的被遗弃的形象与“我”形成某种对应：“痛并快乐着，它穿过多少脚/却没有一个趾头留下来”，而生活的歌唱者，“我”，“也痛并快乐着/仿佛另一只/还没有甩下的破皮鞋……”作为一种偏重于现实关怀的诗作，谷禾的作品在现代诗所需要的想象力方面，并不比那些空灵的抒情诗逊色：“剥去我身上多余的衣裳吧/簇新的，破烂的，不可捉摸的，让我青铜的肌肉/隆起拉奥孔的嫉妒。我的骨头多么清澈/还有我的皮肤，仿佛幽暗的大海/当滚滚的沙尘暴落地，我张着嘴巴/像不像一条上岸的蓝鲸？我的衣裳穿在树上/多么碧绿，分解废气，呼出氧……”谷禾即使在抒情性的言说中，也有着极具个人特色的诗歌想象，有着阳刚之气、有一种宽阔而深广的素质，宽阔中不落入观念和粗疏，细致又不流于滥情和烦琐。

三

谷禾的诗人气质使我联想起1930年代中后期的大诗人艾青。王光明先生在谈到艾青时说：“他是20世纪中国诗歌中最有力的、以现代目光的重新感受和想象了中国大地的苦难与希望的诗人。”[1]“他的诗，典型地体现了中国社会在现代转型的过程中，一个乡村青年被现代洪流裹挟进城市社会后，对于中国土地和人民的命运的关怀。在转型中国社会城市与乡村对峙的张力场中，相对于城市成长的诗人，他是乡村的儿子，思想感情是站在最广大的农人一边的；而相对于传统中国乡村的子民，他又受过城市之光的照耀，有着现代的思想、眼光和表达方式。”[2]“艾青是20世纪现代汉语诗歌中最有胸襟和气度的诗人之一，具有非常具体又非常超拔的想象力。比如在《雪落在中国的土地上》这首诗中，诗人能把一个民族在战争中承受

1 王光明：《现代汉诗的百年演变》，第303页。

2 王光明：《现代汉诗的百年演变》，第304页。

的苦难，浓缩为一次雪天的从北到南的逃亡，于‘雪落在中国的土地上／寒冷封锁着中国呀……’这一主旋律的反复弹奏中，选取最有暗示性和表现力的意象推衍自己对战争中苦难中国的想象。……抗战使许多曾在都市高楼大厦的压迫下躲入内心世界和艺术象牙塔的诗人，重新亲近了苦难的大地，而大地回赠给诗人激情与境界，让现代诗滚上了中国土地的泥巴，变得更加亲切和朴实了。”[1]

当代中国虽没有“抗战”这样的迫切而实际的苦难，但从谷禾的笔下，我们仍然能看到城市与乡村都有的民生之艰辛，他的眼目常常驻留于此。“重新亲近了苦难的大地”和“让现代诗滚上了中国土地的泥巴”，这话用在谷禾的诗上我觉得也合适。前者是诗歌的现实关怀，后者是诗歌必须的特定的言说方式（感觉化、想象性和经验性地陈述对象），和很多当代诗人相比，谷禾的作品在主题上明显直接地切入了当下的社会生活；在风格上整体呈现出杜甫式的沉郁顿挫，而在技艺上也时时流露出第三代诗人常有的想象方式与智性、反讽的言说方式。对于时时批评当代汉语诗歌缺乏某种直面现实的深度与美感的作者，在谷禾的诗歌面前，应该有一种满足。

四

当我这样说，是为了突出谷禾诗歌在当代诗歌的背景中让我感动的部分，当我说到他诗歌中的现实关怀之时，我也注意到他诗歌风格的多样化。如果说他的一些现实关怀的作品在叙述上很有铺排的特点，有些时候，他也有一些在语言和结构上非常精妙的作品，比如这首《一个熟睡的

1　王光明:《现代汉诗的百年演变》，第306—307页。

老人》：

一个熟睡的老人
就像一座空荡的房子，因为年久失修，
它的内部
黑暗，肃穆，荒凉，蛛网密布
如果一阵风吹过，
逝去的母亲，和母亲的母亲们回来，与他合而为一
会变得自然，亲切，
带着桃树的端庄和垂柳的慈祥
哦，一个熟睡的老人和空荡的房子
接着，田野与村庄诞生了
河流，羊群，炊烟
女人抱着孩子，沿月光走来
……这不是幻象
从一个熟睡的老人开始
当他和一座空荡的房子融为一体
我被允许经常回到屋檐下
成为
众多父亲中的一个

（2005年）

这首短诗在结构上非常精彩，从对一个熟睡老人的想象开始："他""就像一座空荡的房子"，"他"的内部情景。接着过渡到：风吹过来，历史与记忆在恢复，"逝去的母亲，和母亲的母亲们回来，与他合而为一"（这个想象非常感人，让人想起穆旦名作《赞美》中所写："一个农

夫，他粗糙的身躯移动在田野中，/他是一个女人的孩子，许多孩子的父亲，/多少朝代在他的身上升起又降落了”……）。接着是人与历史之中的“田野与村庄诞生”，这既是“幻象”，又是真实，这“空荡的房子”，既是村庄，更是灵魂栖居之地。而“我”，在不断回乡的过程中，在写作中，被不断带回到屋檐下，汇入那人与历史的河流，“成为/众多父亲中的一个”。这里的核心意象是“老人”、父老乡亲，谷禾诗歌常常浮现乡土与村庄的场景。我知道一些人常常论及谷禾的叙事诗与乡土题材的作品，但即使是脱离具体的现实图景、社会事件，谷禾的一些主题较为抽象的抒情诗，也是相当出色。比如《事物的欢乐》：

白乌鸦围绕着灯盏
和四周的空地。我把桌布在院子里
摊开，调理脾胃，把酒杯举过头
啊，慵懒的春天，我要甩掉棉衣
一点点变回孩子，把早已生锈的铁环
再滚起来，带动天空倾斜
碎银在杂草叶的锯齿上奔跑，野荆花
一直延伸向交界的燕郊境内
这片村落，冬天却是更多乌鸦的
巢穴，以致要过到对岸
才能找到它们留下的爪印
并在冰层的反光里，弄出哗啦的铁链声
事实上，事物的欢乐
一直静静地站立在屋子中央，花瓶破了
碎瓷惊散一地
当我穿过风雪来到这里

喉咙里发出春天的咕咕声，试图对抗这些乌鸦
以及不断消失的田野和雪
尽管一切如此徒劳——

（2006年）

这首诗典型地体现了谷禾“俗世爱”系列的风格，尘世间的万物，都因其有一定意味而应当受到关注，而在这首诗里，日常生活的一切抽象为“事物”，当“事物”成为它自身，就有着某种特定的意味或美感，如T.S.艾略特在《四个四重奏》里所写的那种中国的瓷瓶：“只有通过形式，模式，/语言或音乐才能达到/静止，正如一只中国的瓷瓶/静止不动而仍然在时间中不断前进。”[1]

不过，此诗一个核心意象是“乌鸦”，是诗人对抗的对象。谷禾的诗，有时笼罩在一种幻灭感或人生徒劳的感叹中，这里的“乌鸦”，也是爱伦坡的意象，是“事物”之美的消灭者：“事物的欢乐/一直静静地站立在屋子中央，花瓶破了/碎瓷惊散一地”，这“乌鸦”，它在不断地述说“Nevermore”（“永不复还”）。从描述某种人类共有的美好与幻灭之经验之角度，这首诗非常经典。

五

谷禾类似的作品还有《一片雪停在枯草尖上》：“一片雪，停在枯草尖上/晶莹，清澈，像一只折翅的鸟儿/慌乱而羞怯//白的羽毛粘着风雨/淡淡的黄嘴唇，细爪散乱，胸脯的温热/沿着脉纹洇下来//夜像一口干渴的深

1　T.S.艾略特：《荒原　情歌　四重奏》，汤永宽译，上海译文出版社，1994年，第74页。

井，村庄在熟睡/微颤的光　箍紧幽深的井壁//一片雪，我看见它/倏然融化，只一瞬间，然后/消失于一滴混浊的泪//一滴浊泪里的凄然。凄然深处的/万念俱灰。一片。雪。”（2006年）这是人间一个极为常见的小场景，但在诗人的描述中，透露着某种命运的凄凉。人世间，何处是栖居？谷禾曾写到“原野”：

原野记

把原野当成生命的温柔地带，我去它
却愈加缈远起来。当原野上消失了
蓬勃的野草、杂树、荆棘，而只剩下庄稼
沟坎坟畔的花儿在风中加速凋零，请允许我
独自游过田埂时，心中升起
露水大的伤悲。离开村庄三公里之处
我一步一回的泪光深处
只捉到了电线上的雀点儿，以及枝头的半片残叶
脚下这青绿的麦苗儿，头顶着霜露
却并不见老，偶尔有野兔顺着垄沟狂奔去远
似乎它要在惊悚中亡命一生
壕沟里流水不复，哪里还有水草和鱼虾的踪迹
蓝天白云凝滞头顶，壕沟对岸
高速公路直穿过围起来的开发区，不用脱去鞋袜
我也能向着灯红酒绿飞去。仿佛
原野已不复为原野，我心已碎成
齑粉。想起童年时我也曾在原野上迷路
从连片的马齿苋、抓地草间摘下一朵牵牛花放在耳边
隐隐就传来了暴雨般的虫鸣，抬起脸来

看见星辰分外密集而明亮，足以照耀古今
让人平静地睡去，不再想醒来
不再侧耳搜寻亲人的唤归
若干年后把住所安置城市的边缘，说明我心向原野
却又被名利的藩篱羁绊
你怀疑我虚伪吧，但请不要怀疑我来自那里
最终还将被它一点点收回。

（2008年）

写作亦是心灵寻求栖息的旅途，与作者的乡村生活经历有关的“原野”，曾是“生命的温柔地带”，但她也在不断消失，即使是面前的真实的情景。现在，“原野已不复为原野”。虽然“我”对“原野”的心情是矛盾的，但对于“原野”的向往，仍然是一种宿命：“……被名利的藩篱羁绊/你怀疑我虚伪吧，但请不要怀疑我来自那里/最终还将被它一点点收回”。这首写“原野”的诗，不是单向度地表达对某个精神之乡的怀念、向往或者幻灭，“原野”及“我”，都是不同层面的意思，二者之间的关系，也充满张力。

在这首诗里，“露水大的伤悲”“我心已碎成齑粉”也值得注意，这是谷禾诗歌中常见的意象。他不忌讳这些词语的重复，他用这些词语反复加重内心对于生活的激动与之后的虚无，那心灵的新鲜涌动，再新鲜，也如同朝露。让我感触很深的还有这首《回乡记》：

……
这是我的村庄吗？楼房，公路，高树，青青原野
也不缺少炊烟，犬吠，静夜吱吱的虫子叫
我在鸟儿的欢鸣里上路，街巷空空

村口槐树下，我的父亲
和母亲，不停向我挥着枯干的手
渐渐变矮，变暗，变成一片虚无
仿佛我是一个过客
即使用赤子之心，也只能留下
他们模糊的影子
和十万亩露水在阳光下的倏然消逝

（2007年）

“十万亩露水在阳光下的倏然消逝”，这是一幅无比阔大的场景，也是一种巨大的悲伤。谷禾的诗歌想象是相当独特的，“露水”是他的意象系统中的一个核心词，在这里，“十万亩露水”的意味非常浓重，它在阳光下的倏然消逝，与悲伤的深切而广阔的弥漫有关。对应着“我”不断返回的村庄的“虚无”。人们常常赞誉谷禾的乡土题材的诗作，我知道谷禾对此不太认同。确实，他的写作，笔触越来越弥漫于更广阔的人世，乡村与城市，都只是叙述的对象。但我还是感觉到，在一些诗作中，谷禾以具体而深切的笔触、独特的诗歌想象，给当代中国的乡土题材的诗作，带来了某种境界上的提升，他的这一类诗，有一种深沉和阔大的品质。

六

不过，谷禾诗歌的这种深沉和阔大的品质，常常被一种他个人对人生和生命的态度所限制。他也许可以在这种个人品质中开掘更深的、更有个人独特性的诗意空间，但是，在很多诗作里，悲伤和虚无的情绪过于浓重，不仅使诗作的结尾不够深入、有力，也落入了中国文人常有的那种

“人生不过如此”的感慨模式。

《致鲁克》：“……亲爱的兄弟，/那天在通州车站路，隔两年再次见到你/我第一眼就瞄上了你凸起的肚皮和鬓角的灰/大卫，泥马度，魏克，还有你我/从始至终谈论的竟然还是狗日的诗歌/我们像五个忘情的孩子/我们的身外是闹嚷嚷的食者，是轰隆隆的一条街/是北运河宽阔的流水/是更大的城市，棋布的村庄，交替的/白昼和黑夜/是沉落的银河/望不到边际的星空下，人如蝼蚁，命运无常……”（2008年）这里，我们读到了一首诗的结尾：“人如蝼蚁，命运无常”，类似的语言在我前面引述的诗作中也可以见到，比如“万念俱灰”“一切如此徒劳”等等。

我反对这些语言其实并不是因为他们是某种陈言套语，而是一种生命态度，这种习以为常的对人生和生命的决断，其实伤害了诗人对生存的继续洞察，阻碍了诗歌在人性和命运的探寻上更深的可能。

不可能的，不可能有一个花篮
接纳这孱弱而奢华的肉体，除非聚拢的骨灰
默守远离尘世的孤寂

不可能的，不可能有一叶月光
滑落曲径分岔的花园，除非羁旅的浪子
返回人迹罕至的故居

不可能的，不可能有一柄钟锤
敲响悠扬的梵音，除非唱诗的少女
按下骚动不安的春心

不可能的，不可能有一场暴雨

淋湿背负黑夜的蝙蝠，除非它和屋檐
打成一纸荒谬的协议

不可能的，不可能有一位天使
站出来指证生活，除非它出自淤泥
而不染纤尘

不可能的，不可能从一本盗版的经书
开始肉体的狂欢，除非世界从扉页
推出红尘滚滚的瓦砾

不可能的，不可能用一部戏剧
把梦境重叠现实的舞台，除非我在昏睡中
耗尽苍茫的青春

不可能的，不可能都有一首诗
让我荒芜的眼眶倾斜奔腾的洪水
除非我突然找到了自己的方式

不！不可能的，不可能有一种痛苦
诱惑我壮怀激烈，也不可能
有对立的另一种幸福，让我欢笑着

过完碌碌无为的一生

（2000年）

从诗歌的层面，谷禾的这首《个人纪事》是一首杰作，这么多的“不可能”！它深切而具体地反映了一种生命态度与人生决断，很让人感动。不过，我也看到这样的诗作背后的文化结构、它隐在的一种生命态度。诗人不相信有一种痛苦可以使他壮怀激烈，也不相信有一种幸福使他能欢笑着度过一生。对，就是“不相信”，他里面涌动的是一个声音：“不！不可能的，不可能……”

张爱玲在《中国人的宗教》一文中说：“……就因为对一切都怀疑，中国文学里弥漫着大的悲哀。只有在物质的细节上，它得到欢悦……细节往往是和美畅快，引人入胜的，而主题永远悲观。一切对于人生的笼统观察都指向虚无。世界各国的人都有类似的感觉，中国人与众不同的地方是：这‘虚空的空虚，一切都是虚空’的感觉总像个新发现，并且就停留在这阶级。一个一个中国人看见花落水流，于是临风洒泪，对月长吁，感到生命之暂，但是他们就到这里为止，不往前想了。”[1] 张爱玲对西方文化、对基督教文化有一定了解，这里的“虚空的空虚，一切都是虚空”就引自《旧约·传道书》。东西方确实有不同的生命态度。当我们的诗人常常在说一种“不可能”的时候、说“生活不过如此”的时候，其实我很想说：还有一种“可能”的生活，还有我们不能想象的“生活”。

七

俄罗斯思想家舍斯托夫也有关于“可能”与“不可能”的哲学。舍斯托夫写道：“如果人昏厥过去，人们会替他取水、配药。但当人陷入绝望，我们则要吼叫：可能，可能。只有可能会拯救他。可能来了，绝望的人复

1 张爱玲:《张爱玲文集》第4卷，第111页。

苏了，开始了呼吸。没有可能，就像没有空气一样，人会窒息而死。”[1]“陀思妥耶夫斯基将自然规律、数学视为一堵石墙，这堵墙在迫使人接受它、服从它：‘不可能性岂不是堵石墙吗？什么样的石墙呢？嗯，当然是自然规律，是自然科学的结论……’陀思妥耶夫斯基决不愿与石墙妥协，更不愿无条件接受它，他要用脑袋去撞墙，哪怕被人视为是荒唐透顶，也在所不惜。”[2]“不可能”的墙，有没有突破的可能？东方的文学通常到此为止了。我们的诗人常常也是在这里为止。

成长于犹太家庭的舍斯托夫认为，人的生存是一个没有根据的深渊，人们要么求助于理性及其形而上学，要么听从为人们擦干一切眼泪的上帝的呼告。在上帝眼里，人类的苦难和眼泪比什么都要沉重，爱才是生活的法则。然而，恰恰是这样一种关心活着的人的真理，却被人们认为是荒谬和不可能的。舍斯托夫坚决声称，正因为这种真理荒谬所以才可信，正因为不可能所以才是肯定的。可是理性的人们至今对这种断言嗤之以鼻。所以舍斯托夫认识到，“争取把不可能变为可能，乃是一场疯狂的斗争——以眼泪、呻吟和诅咒为代价的斗争。”[3]

无论是犹太教还是基督教所允诺的“喜乐”，都不是廉价的恩典，而是灵魂与掌管理性和虚无的魔鬼搏斗之后的果实（正如约伯能说自己亲眼“看见”上帝，他是在经历多少苦痛与挣扎之后）。里尔克写道：“我认出了风暴而激动如大海。/我舒展开又跌回我自己，/又把自己抛出去，并且独个儿/置身在伟大的风暴里。”（《预感》，陈敬容译）有更大的“风暴”，会给我们的生活带来重生与激动。这个超越性的、比“不可能”高一级的“风暴”，也可以成为写作的泉源，带来写作的新境界。里尔克、艾略特、奥登、R.S.托马斯、卡夫卡、托尔斯泰、陀思妥耶夫斯基等人的写作，

1 ［俄］舍斯托夫：《以头撞墙：舍斯托夫生活集》，方珊等译，天津人民出版社，2007年，第5页。

2 ［俄］舍斯托夫：《以头撞墙：舍斯托夫生活集》，第12页。

3 刘小枫：《走向十字架上的真》，生活·读书·新知三联书店，1995年，第34页。

正是以这样的“风暴”为源泉，在这样的“风暴”中，写作之境被重新打开，有无尽的痛苦、纠结与欢乐，但对于“忍耐到底”的人，一定会看到最终的安慰。这个“风暴”并不像有些中国诗人说的：因为我看不见，所以虚妄；他们竟然迷恋那看不见，所以他们天真。

八

从“不可能”的宣告，到明确的“认出”、真正的看见，这里关键的一步是信心，信心让人看到上帝允诺的荣耀。这也是耶稣在《约翰福音》所说的——“我不是对你说过，你若信，就必看见神的荣耀么?”而世人的逻辑是：你让我先看见神的荣耀，我再信。有意思的是，在谷禾的诗作中，有一首《坐一辆拖拉机去耶路撒冷》：

我记得多年前的一个夏日
练沟河两岸的麦子已经收尽
一垛垛麦秸，在暮光里
如蘑菇生长，又如初堆的新坟
我去村子里看望老去的父母
在一段土坡路上，相遇了陷入泥泞的拖拉机
拖拉机上坐满了出远门的农民
他们长着比我憨实的笑脸，黧黑的面皮
我帮他们一起用力
把吐着黑烟的拖拉机推出泥泞
他们问我从哪里来，热情地邀我
与他们一起去耶路撒冷

他们说那儿是耶稣的家乡
他复活后一直与上帝生活在那里
那里才是人间天堂
坐着这拖拉机，天黑前就可以到达
他们扶老携幼坐上去
唱着上帝的赞美诗
在我的注视下，一会儿就消失在了晚霞里

（2016年）

这首诗比较冷静、客观，作者叙述一个乡村场景，叙述一群乡村基督徒的生活样态。“拖拉机”和“耶路撒冷”的意象之间，有一种张力。被推出泥泞的“吐着黑烟的拖拉机”，要驶向的地方，在这群出远门的农民的口中，是“去耶路撒冷”。他们挤在轰隆隆的拖拉机上，在泥泞的乡间土路上，“唱着上帝的赞美诗……消失在了晚霞里”。我愿将这首诗里“我的注视”，当作谷禾诗歌写作生涯中的一次驻足与凝望，也许在这之后，他有更广阔、深切的人生图景，他的诗歌那种广阔、深切的格局与品质，迎来一个新的天地。

我想我在这里所说的，不是宣传某种关于“耶路撒冷”的宗教，而是在提醒我们的诗人：在“不可能”之外，可能有新的可能，不要过早地宣告“生命徒劳”“人生不过如此”，这其实关乎写作境界的更新之问题。当代中国有许多优秀的诗人，他们在感觉和想象力、语言意识等诗歌技艺层面，出类拔萃，但写作的生命力却不持久，其根源是他真正的生命在枯萎之际，没有得到更新，而他，并不认为，有“更新”之可能。当代中国诗人，由于对于“诗人”这一身份的浪漫主义想象，常常忘了自己也是现代世界的“知识分子”，对于生命和死亡，永恒、永生与虚无，缺乏探求的责任与激情，对于这些问题，常常停留审美的、感性的认识上。而“诗人”身份所带来的莫名的骄傲（尤其是某些著名诗人），又让他们在接触这些问题时，要么沉入迷信，要么无知地拒绝，很少有人在哲学、宗教和神学的层面，认真对待、去深入这些人类根本问题。写作是一种对生命的认知。当代诗人的写作境界需要在对生命的认知层面获得进深。

那“不可能”是一堵墙，我们能否驻足，不要轻易被它打败？我们可否努力去效法陀思妥耶夫斯基、舍斯托夫这样的人，做一个“以头撞墙”之人？——为了自身的得到救赎、为了诗歌境界之拓新。

文学、救赎与信仰经验之表达[1]

一、题解

“文学”这个词，对于写作者、对于作家，它是文学写作；那么对于普通人来讲，它是文学阅读。所以我想讲两个问题，第一个问题是文学写作跟“救赎”的关系，就是文学写作跟一个人得到救恩有没有关系。第二个问题是对于基督徒作家，信仰经验之文学表达应该是什么样的状况。

这里说的救赎事件，指的是一个人信仰上的转变，即基督教所说的人最终寻见得救之道。在基督教教义中，人由于远离了上帝，从此在犯罪堕落之中（人不是因为犯罪而远离了上帝，而是因为远离上帝才犯罪，“罪”指的是人远离上帝之后所处的境况，故人人都在罪中），人无法靠自己寻见得救之道，而是需要回转到上帝的教导（《圣经》）；耶稣基督降世为人、在十字架上受死，担当了人的罪，上帝因耶稣基督的牺牲而赦免人——在这一福音事件面前，人知晓上帝的大爱，愿意悔改，转向上帝所要求的

1 2012年国庆期间，美籍小说家、诗人施玮在京郊组织了一次关于当代中国基督教（基督徒）文学的工作坊，参加者有相关领域的诗人、小说家、散文家和研究者。本文据笔者在工作坊上的讲座整理。

生活方式；人由此在上帝的权柄之下，即生活在“天国”（而不是将来的“天堂”），即有今生的得胜的生命、丰盛的生命与“死”后复活的生命。《圣经》记载与福音事件的真实性，既在确凿的历史事实之中，也在个体的信心之中。

二、文学写作与救赎事件之关系

在第一个部分，文学写作跟救赎事件的关系，就是文学跟一个人的得救有关系吗？我的思考是从哪里开始的，我们是做人文学科研究的，在人文学科中文学有什么特点？我们经常强调文学的特点，但文学的特点是什么？

1. 文学的独特性

我有一个思考，是跟我在武汉大学工作的具体环境有一点关系，因为武汉大学的逸夫楼里面曾经有三个学院，左边是历史学院，中间是哲学学院，右边是文学院，逸夫楼旁边（东面）就是政治与公共管理学院。我经常思考，人文学科，像政治、历史、文学、哲学，这些不同的话语体系，它们之间有什么区别？文学的独特性是什么？我觉得这些学科在说话的方式和说话的目标上是不一样的，文学的特点可能正体现在这两个方面。对于同样一个事件，文学、历史、哲学、政治，它的表述从方式到目的可能都是不一样的。比如历史学非常（强调）回到现场、讲究证据。历史学院跟政治学院比起来，政治作为意识形态的话语实践，它的说话方式，譬如各种社论，它的目标可能是希望引导出一个还没有实现的未来。如果说历史的目标是建设过去的话，那么政治可能是建设未来。那么哲学，philosophy，大家都知道是“爱智慧”的意思，哲学的语言是概念化的、逻辑性的、抽象的，它所追求的是普遍的原则：幸福生活的原则或者说普遍的真理、本质这些东西。

跟这些学科一比较，文学是非常独特的，最直观的特点当然是文学是有趣的，文学是让我们有感觉的，文学的语言是非常好玩的，非常生动的等。如果再细致地讲，就是文学的语言通常是让我们获得对自我与世界的“具体性”，是什么“具体性”？在感觉、经验和想象上的具体性。文学语言这是文学在人文学科当中的独特性。

2. 这种独特性带来的功用

在第二个方面，文学的这种独特性会带来什么作用？我们一般会强调文艺的文以载道，或者说文艺对社会的某种功用。对我来讲，文学的作用首先是对自我的认知，文学写作最大的作用是个人在写作当中的一种敞开，这句话当然不是我说的，我最早接触到的这个观点是从余华那里。1992年余华在《收获》上有一个长的中篇《活着》，后来的单行本是长江文艺出版社在1993年出版的，最早它有一个序言，我觉得讲得非常好，作者说长期以来我一直想知道我到底为什么要写作，他所给出的答案是：“一位真正的作家永远只为内心写作，只有内心才会真实地告诉他，他的自私、他的高尚是多么突出。内心让他真实地了解自己，一旦了解了自己也就了解了世界。很多年前我就明白了这个原则，可是要捍卫这个原则必须付出艰辛的劳动和长时期的痛苦，因为内心并非时时刻刻都是敞开的，它更多的时候倒是封闭起来，于是只有写作，不停地写作才能使内心敞开，才能使自己置身于发现之中，就像日出的光芒照亮了黑暗，灵感这时候才会突然来到。”因为我以前也写小说，我觉得余华说得真的很对，很多时候我们觉得我写作是因为灵感来了，但是我的感受是：你写，可能就有灵感，在写作当中会有灵感，这是反对浪漫主义的天才观念（我是天才，我灵感迸发，我写作……）。写作对一个人的自我的认知是非常非常重要的，余华的比喻就是“封尘……”，让我想起我们就像一块土地一样，写作就像挖井，写作让我们的内心涌出活水。写作有这样的效果。

我们讲文学与信仰的关系，如果落到实处，文学写作跟救赎事件的关系在哪里？我们回到这个地方，如果文学最大的功用是一个人的自我认知、人对自己的处境的具体的认识的话，在这里我们就暂且有一个结论，就是文学在得救的过程当中是一个桥梁，它是得救前的准备。文学不是信仰，很多作家会把文学当作他的信仰，文学就是文学，信仰就是信仰，那么在文学和信仰之间的关系是什么，就是文学写作所达到的一个人对自我和世界的认知，有可能让他开始寻求接下来他应该做什么，当人（处在）这样一个状况，他接下来面临着什么。鲁迅讲过一段话，他回答“我为什么写起小说来”，这一段话我们都很熟悉，他说他写小说的目的就是“揭出病苦，引起疗救的注意”。文学本身不是医生，它不能够是“拯救”，但它非常重要，就像我们去找医生看病，文学就是我们描述自身病情的那套话语，它本身不是药方，但它本身的作用非常重要。北村小说经常会冒出这么一句话：“人的尽头，神的开端”。这是文学在人文学科中的独特性。

3. 文学是双刃剑

第三个部分，文学的独特性带来的对人的认知，这使写作者认识了人的真实境况，接下来会发生什么？认识人的境况接下来可能就会产生两种情况。

一种是人本主义的，他不会因此觉得那是人的尽头，他会觉得人的那样一个堕落的处境就是人本身的状况，这个世界没有终极的存在，那些观念是荒诞的、虚无的，他们即使认识了“人的尽头”，也可能仍然是高举人，或者说“人生不过如此……”。

还有一种情况，在对人的境况有一种具体性的认知后，因为人的有限，有的人会由此寻求无限、寻求终极的存在。我觉得文学在这个地方非常重要。当我讲文学是人自我认知的一个非常重要的渠道，其实这是讲它真正的意义。

此外文学也是双刃剑。大家也知道，在文学中有一些人遇见终极的存在，并且最终确信，像北村、谢有顺、施玮、余杰等作家；有一些人把文学本身当作信仰，更多的人是这样的；还有一些人是因着文学写作最后自杀的，他即使认识了人的有限，他也没有因此寻求终极的存在，他可能不认为有，他会由此可能（因着）灵魂上的需求，去寻求另外的东西，譬如说灵异的东西。

我个人认为顾城的自杀是跟他人生最后混乱的世界观、生命观有关。顾城的世界观是道教的世界观，同时又掺杂了佛教的观念。他有一首诗叫《城·新街口》，这首诗非常短，讲"杀人是一朵荷花/杀了就拿在手上/手是不能换的"，就这四句话。这四句话我第一次读到的时候，我觉得特别恐怖。对他来讲，可能死亡、人的生命在他非常空无的那个世界观中，人的具体生命可能没有像我们想象的那么重要，他可能沉溺的是一种美，是一种境界。海子的自杀，客观地讲，（根据）他的朋友提供的资料是因为练气功走火入魔，当然还有一些其他的因素。海子很可惜，海子自杀之前，在1988年的时候是戴十字架的，他在自杀的时候（携带）有四本书，其中一本就是《圣经》。他这个人，你看他的作品里经常提到羔羊、耶稣，但是我觉得他对基督教不太懂，但是他很喜欢。他的死在诗歌界很多人肯定不会像我（这样）认为，如果让我直接地说，他的自杀是因为他练气功走火入魔，他是被一种我们不认识的力量掳去的，其实是非常恐怖的。

这里我们讲的文学写作跟救赎事件是有关系的，这个关系我想最终的主权肯定是在上帝那里，对于当事人来讲有一个客观的情况，就是文学的特性，它对人的自我认知非常重要，它的认知不是哲学的、不是历史的、不是政治的，而是在生存感受上那样的具体性，借着情绪、感觉、经验、想象、记忆等方面的叙述来呈现的具体性，这个具体性我想是很多认知方式的一个基础。

二、信仰经验之文学表达

作为基督徒作家，肯定要思考一个问题，就是信仰经验的文学表达。在这个主题下面有好几个问题。首先信仰经验是什么？文学表达应该谈论哪些问题？

1. 信仰经验与“基督教文学”

我个人非常认同，基督教文学就是从基督教的精神所发出来的写作，而基督教的精神我把它理解为从信仰经验发出来的。如果我是一个基督徒，我是一个重生（即被信仰改变）的人，我看问题在绝大多数时候都是从我里面的生命看问题，这样的话我不管写什么，不仅写教会、信徒，就是写任何一个世俗生活中的事件，可能都是基督教文学，或者说都是基督徒文学。我所理解的从信仰经验所发出来的文学作品，就是以《圣经》的价值观、生命观这样的眼光看人、看世界。这样的作品可以不出现任何跟《圣经》、跟基督教、跟教会有关的词汇。

中国现在研究基督教文学的人已经有不少著作。但是今天很多现代文学作品被当作“基督教文学”谈论，很多时候只是他的作品里边有十字架、耶稣这样的意象而已，谈不上很深的信仰经验。我觉得像德语诗人里尔克、英语诗人T. S.艾略特这样的作家，他们的文学作品当中所传达的信仰经验，较为深切。T. S.艾略特在《荒原》发表之后，在他名声最好的时候，宣布自己是基督徒，在政治上是保皇党，在文学上是古典主义者。其实他完全没有必要，他是公开宣称自己在政治上、在文学上、在信仰上的立场，当然我还不知道背后的具体缘由。但即使是这样，我们一直到今天，不管是跟基督教有没有关系，对艾略特的文学理论、对他的诗歌、对他的戏剧，都是很赞同的。艾略特本人的文学理论非常反对简单的护教作品，他的观念是不管是不是基督教的文学作品，不管是什么作品，衡量一个东西是不是文学，他的标准一定是文学。我特别佩服他，他非常清醒，在文学理论上。

其实今天大家还提到了北村。其实我一直认为他是当代中国非常重要的作家。他主要写小说，也写诗，但写得少。我对他的小说评价比较高，因为我在读博士以前是研究当代小说的，我对先锋派的小说，马原、残雪、北村、苏童、莫言、格非、孙甘露、潘军……其中任何一个人，在1985年到1990年代初，他们的绝大部分作品我都看过，我非常喜欢他们的东西，因为那个时候我非常喜欢后现代主义的文艺理论，喜欢中国社科院当代文学的这些老师。北村以前写得非常复杂的叫“者说”系列，很难懂。余华也写了《此文献给少女杨柳》《河边的错误》这些作品。后来北村从《孔成的生活》开始，小说风格发生了剧变（据说是因为离婚了，后来他信主，还是先信主后离婚，这先后不知道，生活的变故导致了作家对人和生命重新审视，写作风格也发生了翻转。这是他的背景）。他的《孔成的生活》《玛卓的爱情》《孙权的故事》这一系列的小说都出现了相同的结尾，就是浪子回头式的结尾，在福音里人得救。很多评论家不能够接受，觉得这是小说的模式化，对吧？这也是我们所诟病的。但是从《周渔的喊叫》《强暴》，一直到后来《我和上帝有个约会》，这些小说里边几乎没有（插话：还有《玻璃》）类基督教的词汇、意象。《玻璃》里边，根本没有上帝、没有神，完全是讲日常生活。他只是在做一件什么事情呢？他的小说通过叙事告诉我们，我们觉得可以拯救我们的，譬如说像爱情、亲情这些东西，都是不可靠的，他通过小说的叙事把这些东西都破碎了。我不管他是不是观念先行，但是他的小说的生活情境写得非常真实，非常感人，如果我们有这样的生活经验，读起来会非常悲伤。我觉得他最好的小说中篇是《周渔的喊叫》，这个后来拍成电影叫《周渔的火车》，但是电影没有办法把“喊叫”的意思表达出来，而且在小说里那几个人都是普通人，在电影里又是诗人，又是画家什么的，非常恶劣，仿佛只有画家、只有艺术家才有这种不正常的爱情的特权，其实普通人也是一样的。我的意思是什么呢？就是说像《周渔的喊叫》这样的作品，还有一个小说叫《强暴》，据说姜文一直想把它拍成电影[1]，那个小说我看过，觉得很震撼，它就是讲一对非常恩爱的夫妇，后来妻子遭到歹徒的强暴之后这个家庭发生的变化，贤淑的妻子与老实本分的丈夫最后通通堕落……过去那个家庭在别人眼里所看到的那些其实都是幻象。北村在写这些小说的时候，没有那些过去我们常见的与基督教相关的词汇。我觉得比较合理的信仰经验的文学表达，所谓基督教文学，是以从重生的生命所发出来的不同眼光来看这个世界，来抒发情感或者讲述故事，与一般文学不同就是这文学发生的动机与背景（世界观、生命观与价值等），这样的文学完全可以不出现那些与基督教有关的词汇。

2. 文学有文学之标准

当我们讲到文学表达的时候，我们当然知道文学有文学的标准。基督

1　提文静：《合同期限5年已过 作家北村愤言不再死等姜文》，中国新闻网，2002年8月1日，http://www.chinanews.com/2002-08-01/26/208009.html。“中新网成都8月1日消息：中篇小说《周渔的火车》被孙周、巩俐搬上银幕后，收入先锋派作家北村的8部优秀中短篇小说集《周渔的火车》，在作家出版社一出版，首印3万册就被一抢而空。其中，一部中篇《强暴》已授权姜文拍摄的消息更是让北村人气如日中天。但据《成都商报》报道，昨日接受记者采访的北村却称，姜文虽然已经买了电影版权，但他不会交给姜文拍摄了。北村告诉记者，姜文是1996年跟他签订改编拍摄《强暴》的电影版权合同的，合同期限是5年。现在已过去6年了，姜文至今没有拍摄，这张合同就如同一张废纸，因此自己目前可以重新处理《强暴》的影视版权。当记者问他还会不会把《强暴》电影版权重新卖给姜文拍摄时，也许是出于作品未被人尊重的泄愤，北村气愤地说：‘不会。我不会死等姜文！’”（彭志强）

徒写的文学，评价它是不是文学，肯定是（要以）文学的标准（来衡量），是（要以）文学的特性（来衡量）。我们可能很多时候觉得灵感一来写作就一气呵成，其实对文学写作来讲，这不是一个合理的状况。闻一多有一个讲稿讲什么是写作，他有一句话讲得非常好，就是“写作是克服困难所得的喜悦”。闻一多在清华读书的时候是基督徒，在美国留学时说“我失去了我的基督信仰，但是基督的精神还在”，到底还是有“基督的精神”在。闻一多的人生道路之所以和很多现代知识分子不一样，包括他后来在中国作为民主斗士的行动，他的牺牲……我觉得跟他心中对耶稣的认同与效仿可能有关系。他跟T.S.艾略特有相似的地方，越是作为基督徒作家，对文学的要求越高，不会因为信仰的缘故就简化了文学写作当中的困难。闻一多特别强调这个东西，当时在五四时期，他非常反对自然主义和浪漫主义的（观点），就觉得自然主义跟写实主义不可能产生好的文学，文学是一定要“做”的。当时五四运动时期有很多写人力车夫这个主题（的作品），但是艺术绝对不是“人力车夫”所能做出来的，他非常强调克服困难所得的喜悦，我想我们在写作当中有很多困难，首先是信仰经验到底是什么，我们对神的认识，我们到底要表达什么可能很多时候都不清楚，包括刚才有人讲到我们对信仰的怀疑，这也是困难的一部分。

在写作的时候，有强大的动力、情感、经验在里面，但是我们如果要把它清晰地表达出来，可能都很困难。我们自己的意识上的纠结、语言的困难等。T.S.艾略特的文学观念就讲，我不知道大家会不会认同，他在《四个四重奏》里面说“诗歌无关宏旨”，诗歌跟那些伟大的主题、题材是没有关系的。他讲但丁、莎士比亚为什么伟大，不是因为这些人有伟大的神学思想、哲学思想，这些人处在那个时代，那个时代所给他们的哲学的、宗教的（思想）只是他们写作的素材，他们作为作家的伟大是因为把那些素材转变成了伟大的诗歌。他自己当然是个虔诚的基督徒，他有他的神学、哲学思想，但是他觉得文学的最大的特点，文学之所以不一样是因为它那个特殊的说话方式，文学之所以存在就是因为它追求表达，我们赞同T.S.艾略特这样的观点。我们要传达的东西，如果我们同时非常关注文学是什么，可能对于我们想要传达的东西效果会更好。

总结一下，我上面说的第一个方面是讲什么是信仰经验，我的观点是信仰经验即从信仰生发出的一个重生的生命，以《圣经》所启示的眼光重新看人、看世界；第二个方面是基督徒的文学仍然应当是要首先以文学的标准来要求。

3. 信仰经验与文学技艺之间的张力

我想我们的信仰经验是非常复杂的东西，在文学的技艺上，文学也非常复杂。我有几个朋友，他们在写诗上的技术非常厉害，当他们成为基督徒以后，因为他们轻看“神的奥秘，就是基督”，得救以后觉得这个东西太容易了，很多人没有在这上面追求，所以作为基督徒文学家，他们有很好的技艺，但是对上帝的认识非常非常地欠缺，所写的东西没有很大的进步。

还有一个情况，就是更深的信仰经验可能会弥补文学技艺上的不足。我举个例子，这两天范老师（指美籍作家范学德）一直在看《陀思妥耶夫斯基的世界观》，我觉得陀思妥耶夫斯基就是一个很好的例子，他的小说可能都不能叫小说，里面有大段大段的对上帝的认识、神的公义，特别是对于神的公义（的书写），很多人对他的研究就是他的小说是复调小说，小说里有很多种声音，外国文学学科把它作为一种技巧来研究。但是我觉得我们非常能够理解他，作为一个现代人，我们的人格分裂可能更厉害，我们里面有很多很多的声音，这种多重的人格分裂带来了他的小说里那种多重的声音。我以这个作家为例，（来说明）更深的信仰经验，如果我们来表达我们里面这样的东西，可能会使我们的作品在技艺上的不足得到弥补。

如何得到更深的信仰经验？我觉得只有一个方式，就是去寻求、认识那更大的存在。此外，在文学上的弥补，当然是对经典的阅读。

余 论

最后有一个简单的余论。

1. 文学不是信仰

第一个我们一定要区别文学与信仰，绝对不能像很多的作家说文学就是我们的信仰。文学就是文学，它自身的特点非常非常重要，如果我们轻忽这一点，一定会给我们的写作带来损失。

2. 文学有自身之标准

第二个就是文学本身的标准，这个标准是非常重要的，它需要我们在文学阅读上、在写作上的操练以及对经典的熟悉。

3. 信仰经验的文学表述——此种文学可否有另外的标准？

第三个是我特别想说的，如果我前面所有讲的都是合理的话，那么我在第三点里就有一个怀疑，这个怀疑是什么？那个普遍的今天现存的文学标准难道是不可以怀疑的吗？那个文学标准到底是什么？有一个词叫“范式”，不同的科学体系是在不同的范式里说话，譬如说科学话语在只知道“地心说”的时代，跟知道“日心说”的时代可能是不一样。不同的话语体系里是不同的范式。今天的中国的文学是没有基督徒文学这个视野的，大多数人也不知道基督徒的生活，那个“说不出的大喜乐”[1]到底是什么。

1 你们虽然没有见过他，却是爱他；如今虽不得看见，却因信他就有说不出来、满有荣光的大喜乐。(《新约・彼得前书》1：8和合本)。

所以普遍的文学标准就是我们刚才所讲的文学给我们带来的感觉、经验、想象上的具体性，譬如说对复杂性的追求，对世界的复杂性的崇拜，不是追求，是崇拜，对人性恶或者对苦难的揭示，其实按圣经的观点就是对堕落的、犯罪以后的世界的场景的揭示，绝大多数的文学令我们很有感触、让我们很感动就是这样的情况。

对于当下的衡量文学的普遍标准，我们应该有一些质疑。所以今天我觉得基督徒的文学，当衡量它的时候，可能除了当下的如果讲叫世俗的文学作品的标准外，可能也要思索我们的标准，还有别的标准吗？当然这个问题也需要基督徒在实际的文学创作中来探索的……

文学写作的意义与限度

文学当然是有意义的，无数人在高举文学的意义，但我更想问一些通俗的问题：“文学到底有什么用?”或“文学作用到底有多大?”以前我少有这样的疑问，我曾经是一个热爱修辞的人。五年前[1]的一天早上，当我像卡夫卡笔下那个可怜的格里高尔一样醒来，我看见了自己变形的躯体，它的外表相当坚硬，犹如甲虫的外壳，闪着脸孔的寒光，而它的内里是多么的肮脏、软弱和恐惧。像夜晚的格里高尔一样，“陷在这样渺茫、宁静的沉思中，一直到钟楼上打响了半夜三点”。我不得不开始思考这变形的一生。当我思忖文学在我身上的作用时，来自内心的恐惧和疑惑将我身上的修辞鳞片一一剔光。文学对于人无法自律的内心和无边放纵的肉体，到底有什么用？是痛苦的释放、虚无的填充和堕落的绝佳借口吗？和对这个问题的回答和解决相比，对这个问题的修饰（写作）是多么次要啊。我同时为自己今天仍然在文学的一些可疑的文学性上、在与生命无关的纯粹的理性建构上孜孜以求深感遗憾。文学的特性是什么，是感觉、是想象力吗?文学的功能是什么，是书写生存的真相、获取存在的自由吗？也许这些答案都是对的，但事实上问题是否到此为止？

1 本文作于2004年，曾刊于《文学界》2011年9月号上旬刊。

文学是一种感觉自我与想象世界的方式，这种方式的材质是语言和形式。首先我说感觉，感觉可以叫人更深地认识自我，也可使人走向死亡。

其次我说想象力，曾经我也这么以为，它应该是在文学的发生中最重要的。是最重要的，同时也是最危险的。因为想象力的内驱力更多时候是利比多、性冲动。你的想象纯洁吗？目标集中吗？你有没有发现即使在和一个最和善的人或最没有性特征的人面对，你的想象都会使你的意识流到达一个难以启齿的情境。20世纪法国思想家罗兰·巴尔特有句话是有意思的："有多少欲望，就有多少语言"[1]，其实将"语言"换成"想象"同样成立："有多少欲望，就有多少想象"。因为有"想象"了，之后就是"语言"的表达。在我们的文学中，想象从来是无罪的，即使它已经使我们的内心感到极大的不安。谁的想象力发达，谁的文学成就就大。想象力成了文学的最高标准。诚然，它是重要的，但我们要对它有清醒的认识。1994年的时候，我正在痴迷中国先锋派的小说，我一夜之间读完苏童的长篇《米》，带着阅读之后的兴奋，推荐另一个同学看，那时这个同学和我一样，抽烟、喝酒、想女人，但他在看完苏童的小说之后，他只是沉闷地叫了一声"畜牲！"我惊呆了，我为小说的虚拟性和他争吵，但他坚持认为"人心里怎么思量，就有什么样的语言、行为"。我几乎觉得他真是孺子不可教也。我不知道他的"畜生"是指苏童还是指五龙（我在这里没有指责苏童的意思），但小说里大量的虐待女性的镜头总在我的脑海里挥之不去，五龙多次将米塞进女人的阴道这个场景怎么都叫人不舒服。作家对人性恶的描述是精彩的，他的想象力无可指责。当作家一再地以惊人的冷静和玩赏来想象、推演人性恶的场景时，他在想象方面的价值取向是非常值得怀疑的。他有没有意识到这些想象其实是一个事实：我们其实并不是与这些想象的场景无关，它们与我们内心的罪有牵连。而我们的文学对此从不怀疑。多

1 ［法］罗兰·巴尔特:《1977年1月在开幕式上的讲话》，1978年，第25页。转引自《东西方文化评论》第3辑，北京大学出版社，1995年第1版，第288页。

少作家对“想象力”津津乐道，几乎将之视为文艺的本体。今天在我看来，想象是文学写作重要而有效的法则，但并不是神圣不可论断的法则。想象中也包含了人的罪，除了丰富与贫乏、高妙与简单等尺度外，还应别的评判尺度。

再说文学的自由。对“自由”的想象几乎成为人们对文学的最高期待。以为文学会给我们自由，即心灵的自由。文学对存在的无边拓展，这一功能是值得肯定的，因为它展现了人的真实境况，就像余华《活着》单行本序里大概有这样的话：写作使封存的内心得到不断的敞开，在写作中我们惊见自己的内心多么高尚、多么的黑暗。文学对存在的拓展其实先是心灵的拓展，存在的边界其实是心灵的边界，心灵的边界其实是语言的边界，而语言的产生某种程度上是来自欲望的。自由肯定是有的，但它的实现多么艰难！心灵有自由吗？真正的自由可能是这样——自由不是你想干什么就干什么，而是你想不干什么就能不干什么！譬如，在酒后我非常不想纵欲，但我的脚步却不由自主地顺从了大家的意思，而良心却在告诉我：这样做是错的！类似这样的状态才叫不自由：你不想犯罪，但内心却有一个力量偏叫你犯罪。心灵有自由吗？没有。心灵里的欲望是人所不能控制的，欲望导致语言的失控，人在写作中经常迷失，他们感叹的是“语言的力量太强大了”，米兰·昆德拉将之叫作“小说的智慧”，类似的说法在当代中国优秀的小说家格非那里我们也经常听说。人对语言的无法控制和最终对此“失控”的迷恋、让语言牵着走，导致小说的形式上的实验，这首先是人无法掌管自己的内心，我们的内心被另外的力量掌管。心灵的迷津才能产生小说的语言迷宫。我们怎么会有自由？我们只有一大堆无用的痛苦。

想象和自由的谎言被我识破之后，我知道解决虚无的方法绝对不在文学。我深深地感到大多数艺术家的痛苦和虚伪。他们痛苦、虚无，但他们仍在伪装崇高。或者说不是伪装崇高，而是实在寻求不出答案只好“选择坚强”。活着是凭借一种来路不明的意志力，在偶像的崇拜上开始自诩西西弗斯。大约是1995年的时候，我读到年轻人谢有顺在《作家》上的一篇文章，叫《不信的时代和属灵人的境遇》，谢有顺在文中对写作有三类划分，分别是属体的、属魂的、属灵的[1]，第一类不用说了，主要是第二类，因为中国大部分优秀的作家都属于第二类，“魂”与“灵”是有区别的，它是指情欲、意志、快感之类，而“灵”则是信心、盼望、爱、信仰。我惊讶“属魂的”的名单中有张炜和王安忆，因为此前在我看来他们都是中国最优秀的作家。但谢有顺的划分一下子使我明白了一些不清楚的道理。这些道理其实很简单：为什么优秀的作家、艺术家也是可以犯错，一样是在情欲、意志、快感中沉沦，他们在作品中即使出现信心、盼望、爱、信仰的图景，也可能只是一时的感动，他们并不确信什么或同样未找到真正确信的对象。

余华在《虚伪的真实》一文中曾经给了我们奉行虚无主义的极大鼓励：那个原初的“真实”是“虚伪”的，是由话语虚构出来的，个人感受到的“真实”才是“真实”。我们这些热爱文学的流浪儿，终于找到了感觉和语言的家，我们的文学梦有了依靠，因为我们放纵的生活给了我们源源不断的感觉，我们有的是感觉，甚至为了寻找感觉我们可以去“寻找”一种生活，并为此沾沾自喜。只是那时我们还没想过，如果这样下去，有一天我们会不会为了寻找“杀人”的感受去杀人。

除了余华，另一个我喜欢的作家也对我影响至深，格非，这个出身乡村的华东师范大学的教授小说家[2]，他机智的语言、精确的乡村经验和“迷舟”式的存在观深深地契合了我。《迷舟》《褐色鸟群》《青黄》这些小说的核心其实就是“空缺”，精彩的叙述其实就是叙述本身，中心就是“无

1　这种划分的神学根源主要在《新经·帖撒罗尼迦前书》5：23：“愿赐平安的神亲自使你们全然成圣。又愿你们的灵与魂与身子得蒙保守，在我主耶稣基督降临的时候，完全无可指摘。”

2　格非，1985年毕业于华东师范大学中文系。同年留校任教。2001年调入清华大学人文学院，现为中文系长聘教授。

中心”的迷惘感。真实的存在是什么？在作者看来，或者是虚无，或者谁也不知道，谁也无法知道。我们迷惘的生活在这个时代优秀的作家笔下得到了一致的首肯：不是我们迷惘，而是生活本身就是迷惘的，没有真理和终极的。由此推论，我们也可以迷惘，因为迷惘是有理由的。但我们还凭什么论定自己的独特和崇高？因为我们爱好写作，我们的事业与艺术有关。

艺术家、作家对生命的虚无和生活的绝望是最敏感的，所以他们当中自杀的很多。我曾经疑惑：这样“高尚”的人、聪明的人也会死？现在的感叹是：只有这样的人才会早死！因为他们对那无边的黑暗和空虚无法忍受也无能为力。海子在诗歌中出现了许多关于“神”的字眼，他的诗歌中的爱是朴素而巨大的，但他的“神”是多个的，并不是确切地指向哪一位。他同时还迷恋气功，受辖于那邪恶的偶像。我为这个人的热情、盲目和分裂而难过，为他的死遗憾。“我看到天堂的黑暗/那就是一万年抱在一起”，这是多么绝望多么沉重多么有力量的诗句！但是没有用，他死了，我们还要活，他在死之后看到的其实是地狱。那里是永远的刑罚。不是死了就什么都没有了。如果真的是这样，我做一个善人与做一个恶人有什么区别，难道我在乎别人评价我是一个好人、朋友说我是一个好哥们、政府表彰我是一位烈士吗？

文学家、艺术家其实和常人没有什么分别，他们或许头发很长，生活更放荡，他们一样会死。他们还经常自杀。我们如果遵循他们的道路岂不是盲目？我有一天会不会也重蹈覆辙？当这个问题从生存中凸显出来，我无法不对自己生活在艺术家、文学家的“圈子”里更加惶惑：是继续“混”下去，还是另寻出路？

虽然我几次差点进入了后现代主义的研究领域，幸运的是，在热爱先锋小说和后现代主义的路上，我开始和那些“我们”分道扬镳。至少有一个人给我的引导是无比重要的，这个人就是北村。他是先锋作家中的一个非常独特的人。我最初喜欢北村是因为他小说偏执的语言实验和形式迷宫，在北村那一代人中，早期的北村应该是彻底的先锋派，“者说”系列可以说非常难读，非一般人所能读懂，但我就因为其“先锋”而喜爱（我自诩为诗人，诗人对艰难的语言形式天生具有好感），就像我爱孙甘露、爱吕新、爱博尔赫斯等等，真是奇怪。其实也不奇怪，因为我们觉得这样的东西高深，是好文学。正如抽象的美术，它越抽象，观众越赞赏。形式即完成了内容嘛！现在看来，真的是这样，“内容”完了，一切就成了“形式”。当然，“者说”系列中的《聒噪者说》就已经不一样了，隐喻的语言和叙事已经在指向那个作为真理之源的神。在对北村漫长的喜爱中，他的文学信仰的死亡和生命信仰的建立给了我极大的启示。正是在多年以前，他在表述“我和文学的冲突”时那一段话，使我对文学的看法走向清醒：

我从来没有像今天一样对文学的价值感到怀疑和困惑。在已经逝去的时间中我曾努力在文学中寻找一个使我在场的居所，但我一无所获。我的目的在哪里？我何以“在”这个世上？我何以“是”这个世上的人？我想一切的斗争都是在这个起点上展开的。如果在这个朴素的问题的起点上毫无进展，事实会证明我们此后所做的一切不过是徒劳往返。诗所寻找的是美和安息，也许诗人们已经找到了美，但他们没有找到安息，我可以从无数的作家的自杀中找到证据，来说明这一种的失败。美和安息之间是否存在无法调和的矛盾？以至于诗人在这种紧张关系中感到无法忍受。就一般的情形，诗人在最后的时刻会对美作出颓废的反应，如果说颓废还可以称为一种美的话，那么到了川端康成晚年写出以玩弄少女为题材的作品时，我们是否还可以称之为美呢？诗人们存在的价值到底在哪里？他们果真用自己的作品证明了自己吗？他们“是”一些什么人呢？从另一方面来说，他们的阅读者从他们的作品中看到了自己的处境，他们惊异于诗人对于人生超于常人的洞察力，并且崇敬他们，因为他们内心的苦难得到了证实，然后他们完全可以被蒙蔽，以为人生不过就是如同诗人所出示的那样绝望，于是在某个被感动的深刻，以模仿的方式结束自己。这种悲剧发生的原因来自于一个原本不存在的理由：终极绝望。而加速这种绝望来临的最佳方式就是文学，因为它出示了一剂不为人所知的药，一个巨大的乌托邦，它的名字叫虚构。

用文学的方式谋杀不必承担任何责任，我也相信这些凶手是无辜的，因为连他们自己在内都是被害者，他们是在不知不觉中使人致命的。他们对于人类苦难的体验太过敏锐了，到这个地步，使人无法忍受，这是他们得到褒奖的理由——人们通常在诺贝尔颁奖词中读到这些内容，他们扩大（也许是最真实地描述）了苦难的人生经验，却从不给出一个解决的办法，我相信他们不是不想给出，而是给不出。从这个角度来说，多数作家都是没有信仰的人，因为他们太聪明，以至于无法相信这宇宙中有一位神。因为无法相信一个高于自己的存在，他们只好自己作神。文学是他们的宗教，经过他们的体验之后又成了别人的宗教，无数人为之献身。我不知道歌德看到年轻人因为《少年维特的烦恼》而自杀会怎么想。至少这是一个事实，他可能对它无能为力，但我要探索的是，他会怎么想？他是否感到痛苦。这就是文学的幸福承诺？或者它从来就未曾担当这一使命。

当我信主后，对文学之于我从一个神圣的追求突然下降为混饭吃的营生感到无比震惊，但我实在无法重新建立对它的信心。许多优秀的作家的著作堆满了图书馆的书架，但他们都死了，没有一个人把永生的生命留给了我。现在，我对我仍在从事的写作充满了疑惑和痛苦。[1]

1　北村：《疑惑和痛苦》，《蔚蓝色天空的黄金——当代中国60年代出生代表性作家展示》（小说卷），中国对外翻译出版公司，1995年12月第1版，第3—4页。

我认为在当代中国作家层出不穷的访谈录、创作谈中，北村这段自述可能是最重要的言论之一，因为它道出了长期以来困惑人们的一个文学问题。很久以来，我想很多和我一样的年轻人都遇到了一个问题：文学很美，但我总感觉我追求的不是它，因为美解决不了我灵魂里的黑暗和绝望，甚至会加剧我的黑暗和绝望。这样，文学到底有什么用？我们的作家和读者之间是否已经形成了这样一个让人死亡的怪圈：一个优秀的作家从一个先验的立场——人生就是苦难的，是没有盼望的，实质就是悲剧性的，悲剧和荒诞就是人生的实质——出发而写作，他的作品技术、情感、语言均十分高超，这样的作品感动了无数的读者，读者在阅读他的作品的感动中认同了苦难而不可解救的生活感受，从而加深了自己的生活观："生活就是这样的啊。"从苦难而无法解救的立场出发，到多数人对这个立场的普遍认同，文学、写作，扮演了一个谋杀者的角色，因为生活是没有盼望的，所以无论怎样的生活方式都是合理的，糜烂、堕落或者自杀，都是可以的。

这个怪圈，恰恰就是人类苦难的根源，那个没有盼望的立场本身就是虚构的，因为它虚构了人的苦难是没有可能解救的，这一虚构来自人丧失了信心，信心的丧失来自人的骄傲，骄傲得忘却了他的起源和生命的来源，就如一只瓦片骄傲地忘记了造它的建筑师。也如一个在外漂泊的浪子忘记了父亲在家为爱他而付出的巨大牺牲，我们的作家，嘴里说着家园，心里却恋着漂泊，玩赏着漂泊途中的痛苦和堕落，他们一边感叹疼痛和美，一边认定这就是生活本身。这样的文学、写作彻底地于事无补。

第四辑　小说的旅途

《呐喊》《彷徨》叙事方式的现代转换：鲁迅小说与中国小说的现代性[1]

小说的现代性是基于传统的养育和对传统的反叛的。这一反叛因为20世纪人对自身和世界的存在的意识的复杂性。小说艺术面对这一存在的复杂性的呈现，也做出了一定程度的反应，这一反应至少表现在下列三个方面：一、叙事方式的转换：小说观念与技巧的革新；二、对人的灵魂本体的深广开掘，无边拓进：现代小说的存在主义意义上的精神深度；三、叙事风格的多重变幻（反讽或神话、神学叙事的风格等）：在叙事方式与复杂的存在之间对小说形式整一性的现代寻求。本文首先从第一个方面来考察在20世纪的小说视野中，中国现代小说的杰出代表——《呐喊》《彷徨》的现代性。

一、由“讲述”到“显示”：现代小说叙事方式的转换倾向

在生活中，我们除了通过内心信号了解自己外很难了解其他人，而且

1　原刊于《东方丛刊》1998年第3期;《人大复印资料·中国现代、当代文学研究》1999年第1期全文转载。

我们中的大多数人对自己的了解也是相当偏颇的。然而文学，却以其奇特的方式直接地和专断地告诉我们各种思想动机，而不是被迫依赖于那些我们对自己生活中无法回避的人们所做的可疑的推论。每当作家深入情节表面底下，去求得确实可信的人物思想情感画面，把所谓真实生活中没人能知道的东西讲述给我们时，人为性就会清楚地出现。布斯[1]将小说这一“奇特的方式”称为早期故事中专断的“讲述”。[2]

早期小说的这种专断的讲述，在中国传统小说和西方19世纪小说中都可以清楚地看到。我国古典小说中，叙事基本上由讲故事的人逐事铺陈，独自维护整个叙事的情节完整和叙事的理念或情感核心，读者只是作舒适平易的领受。在西方几乎也同样如此，在从奥斯汀、狄更斯、萨克雷到巴尔扎克、托尔斯泰的现实主义经典中，我们都能看到：作者与叙述者相隔不远，他们都有着全知全能的上帝视角，对于任何事件、场景都有着随意进入的特权，可以出入任何人物的内心，经常以充满感情的语句向读者作直接的情感沟通和道德吁求。“讲述”的方式几乎成了小说历史中的一种叙事成规。

然而，小说本体的存在，事实上是一种反对话语。在与社会和法定文化的关系中，小说一直取反对立场。对于公认的价值体系与认识方式，小说由于其向精神深处的无限深入、拓展与追求，无疑是揭开蒙蔽的很好的彰显方式。通过描写那些在公认的价值体系中没有一席之地的人与环境，小说使这一价值体系受到潜在怀疑。通过肯定自己“不在文学领域之内，而在非文学话语的‘现实’世界之中的地位”——小说的“现实主义”由此而来——小说揭示了无情的事实与传统的认识方式之间的差距。[3]“讲述”

1 布斯（Wayne C.Booth，1921—2005），美国芝加哥大学教授，当代颇有影响的文学批评家，其《小说修辞学》（1961年）为西方现代小说理论名著，被称为“20世纪小说美学的里程碑”。

2 ［美］布斯：《小说修辞学》，华明等译，北京大学出版社，1987年，第1章。

3 ［美］华莱士・马丁：《当代叙事学》，伍晓明译，北京大学出版社，1990年，第43页。

的叙事方式一旦由19世纪的经典成为一种成规，在小说的历程中，在小说的真实深处，必然要遭到另一种话语的反对。

关于这股反对话语我们比较熟悉的言辞有“作者的退隐”“隐含的叙述者”“不可靠的叙述者”等。它的事实存在是，在众多现代作家的作品里面，作者自我隐退，放弃了直接介入的特权，退到了小说舞台的侧翼，让他的人物在文本中去决定自己的命运。从福楼拜以来，许多作家和批评家都确信，“客观的”或“非人格化的”或“戏剧式的”叙述方式自然要高于任何允许作家或他的可靠叙述人直接出现的方法。小说叙事方式的这一现代转向及其各种复杂问题，已被归纳为艺术的“显示”和非艺术的“讲述”的区别。[1] 讲述一个故事的老套数应抛进历史的垃圾箱，诚如斯地泽尔所说：“在世纪之交，普鲁斯特、乔伊斯的小说之后，出现了新时代的黎明。”[2] 而约瑟夫·沃伦比奇干脆说：“我喜欢把‘讲述’的小说家（像萨克雷、巴尔扎克那样）和那些‘显示’的小说家（像亨利·詹姆斯那样）区别开来。”[3] 将“讲述”与“显示”视作传统小说与现代小说泾渭分明的标志，20世纪小说理论家们如是宣布尽管显得匆忙甚至有些偏颇，但这一事实的潜在真相却是无可否认的——现代小说出现了悖离作者在作品中直接控制读者反应的历史转变，越来越普遍地采用了显示即自然而然地客观地展现人物活动和事件经过。[4] 这一“自然而然地客观地”可用法国新小说派的罗伯格里耶的一段话来补充：

在巴尔扎克的小说中是谁在描述这客观世界？这位无所不知，无所不在的叙述者又是谁？他同时出现在一切地方，同时看到事物的正

1 ［美］布斯：《小说修辞学》，华明等译，第10页。
2 ［美］布斯：《小说修辞学》，华明等译，第2页。
3 ［美］布斯：《小说修辞学》，华明等译，第1页。
4 ［美］布斯：《小说修辞学》，华明等译，第3、10页。

反两面，同时掌握着人的面部表情和他内心意识的变化，他既了解一切事件的现在，又知道过去和未来。这只能是上帝。[1]

只有上帝可以自认为是客观的。至于在我们的作品中，相反，只是“一个人”，是这个人在看、在感觉、在想象，而且是一个置身于一定的空间和时间之中的人，他受着感情欲望支配，一个和你们、和我一样的人。书本只是在叙述他的有限的、不确定的经验。这儿，就是这样一位当代的人在作自己的叙述者。

“一位当代的人在作自己的叙述者”，关于这一叙事方式的历史转变的心理与时代背景我只能简而言之。19世纪对于欧洲那些小说家来说，无疑是个自信的时代，小说家们自信人与人之间具有一种稳固的关系，享有一个共同的现实，所以他们能够从容不迫地坚持用一种假定的文学形式进行抒情或道德言说。然而在20世纪初，随着弗雷泽、尼采、柏格森、弗洛伊德和荣格这些令人悲喜交加的伟大人物的出现，人在对宗教原始根源、生命本能、无意识的力量的探索中对自身的理解开始发生变化，19世纪那种人与人之间的稳固关系、共有现实开始遭到怀疑，与之相对的是个人经验、现实的无限复杂性凸现出来。所以彼得·福克纳说：“现代主义是艺术摆脱19世纪诸种假定的历史进程的一部分”[2]“关于复杂性的意识将成为现代主义作家的基本认识”[3]。

面对日益凸现在人类面前的无限复杂的现实，20世纪这些现代小说家对现实事件的随意偶然性的依赖远较以前的现实主义作品为盛，以自我的专断的“讲述”干预现实与读者的做法开始大大收敛，对于现实世界呈现

1 崔道怡、朱伟等编：《“冰山”理论：对话与潜对话》（下册），工人出版社，1987年，第522—523页。

2 ［英］彼得·福克纳：《现代主义》，付礼军译，昆仑出版社，1993年，第5页。

3 ［英］彼得·福克纳：《现代主义》，第26页。

给他们的材料他们也不做多少理性主义的处理，也并不打算给那些刺激内心的外在事件的残酷延伸以一个完满的结局。[1]

二、鲁迅小说叙事中的中西遇合

如果说欧洲小说的艺术形式（形式即完成了的内容）的革新来自詹姆斯、沃尔夫、普鲁斯特、乔伊斯、福克纳、罗伯－格里耶、萨洛特这些20世纪的小说天才，那么在东方，中国的传统小说真正的反对话语则首先来自几乎与沃尔夫、普鲁斯特、乔伊斯、福克纳、卡夫卡在同一时期的鲁迅。最起码在两个方面上他们对现代小说历程的贡献是相似的：

一、各自以其独特的风格带来了小说的叙事方式的现代转向。基本上倾向于与早期小说专断的“讲述”相区别的“显示”，显示主观心灵或一个人心灵中的事物与时间流程。

二、小说叙事的“显示”倾向反映了这些中西方的小说天才在20世纪复杂的存在境遇里“人”的遇合。这个时代的伟大作家都意识到了现实社会的复杂性，价值的混乱，困境的逼压，并在他们的作品中具体展现了对生活的复杂、深切而广阔的理解，1965年罗伯－格里耶那段“一位当代的人在作自己的叙述者”与鲁迅1925年的这番话是有相通之处的，且后者几乎是前者的前因：

> 我是否能够写出一个现代的我们国人的魂灵来。别人我不得而知，在我自己，总仿佛觉得我们人人之间各有一道高墙，将各个分离，使大家的心无从相印。[2]

1 ［英］彼得·福克纳：《现代主义》，第29页。

2 鲁迅：《集外集·俄文译本〈阿Q正传〉序及著者自叙传略》，《语丝》，1925年第31期。

无数个“讲述”的声音被镌刻为丰厚的“显示”。20世纪的小说读者将要做怎样的艰难的领受?

三、作为“显示”的文本——《狂人日记》

我们一直很奇怪为何在一个时代转折关头，作为“以小说参与历史发展的宣言”而存在的中国现代小说的开篇之作[1]——《狂人日记》有着它那非常奇特的叙事方式，它为何没有世纪之初启蒙主义者那种悲情激昂、愤激民生、慷慨陈词式的呼吁诉求，几千年来在故事中间游走的那个万能叙述者为何几乎消失不见，仅冷漠、戏谑地闪现在文章开头的短短题记里?这个人似乎只是随意发现另一个人的日记，翻阅之后又随意地拿给我们看，至于他自己，对日记则连书名也懒得去改。一切的情形是这样的：叙述者突然进入了一个人的内心（日记应视为人的心灵的文字记录），然后默默地一页一页地将这个人的内心显示给读者，似乎没有任何迹象表明这一切就是那个叙述者自己的声音。这难道就是先驱者的宣言?它为何外表如此沉默?

如果仅仅将《狂人日记》视作一篇揭露和控诉封建礼教和家族制度的战斗檄文和宣言书的话，我们就无法解释鲁迅为何选择这样一个叙事方式倾向于“显示”的文本。我以为，这一文本的成因与鲁迅对当时现实的无限复杂的认识及对自身灵魂的认识有关。

《狂人日记》明显的和最重要的主题意识当然是对五千年“吃人”的封建主义的批判和要冲破这间“铁屋子”的呐喊和抗争。然而，作者的这一

1 杨义:《中国现代小说史》，人民文学出版社，1986年，第157页。

核心声音却同时遭到另一些声音的逆向牵引。其一就是，启蒙者的声音与蒙昧的民众之间有没有一个19世纪小说家之于读者的那种自信的假定的共同经验、共享现实的基本听力场？如果缺乏这一现实，启蒙者的言说在民众没有听觉的境况里岂不就是可笑？奥斯汀、司各特、萨克雷这些维多利亚小说家信心十足地对读者直接地抒情、呐喊“咱们中间有谁在这个世界上感到幸福呢？咱们又有谁实现了愿望？”[1] 这一习惯，对于现代读者却是矫揉造作得令人难受！这一现实之于萨克雷这样处心积虑于心灵呼喊的小说家是多么尴尬而残酷！20世纪初的鲁迅有没有遭遇这一与接受者缺乏共同现实的空空呐喊的尴尬与残酷？

> 假如一间铁屋子，是绝无窗户而万难破毁的，里面有许多熟睡的人们，不久都要闷死了，然而是从昏睡入死灭，并不感到就死的悲哀。现在你嚷起来，惊起了较为清醒的几个人，使这不幸的少数者来受无可挽回的苦楚，你以为对得起他们么？
>
> ……
>
> 然而几个人既然起来，你不能说绝没有毁坏这铁屋的希望。
>
> 是的，我虽然自有我的确信，然而说到希望，却是不能抹杀的，因为希望是在于将来，决不能以我之必无的证明，来折服了他之所谓可有，于是我终于答应他也做文章了，这便是最初的一篇《狂人日记》。[2]

在这里的心理与语气里，鲁迅对民众的不信任是明显的，他所勉强信任的也只是少数，“不幸的少数者”；他所说的“希望”似乎与己无关，是身外之物；他之所以大声呐喊、写文章似乎也只是经不起钱玄同的劝告，姑且做一做而已！“我知道自己实在不是作家，现在的乱嚷，是想闹出几

1 ［英］彼得·福克纳：《现代主义》，第6—7页。

2 鲁迅：《呐喊·自序》。

个新的作家来，——我想中国总该有天才，被社会挤到在底下，——破坏中国的寂寞。”[1]

探究鲁迅当年复杂的思想状况，我们就会知道：此时鲁迅和在东京策划《新生》的时候已大不相同，也和绍兴光复后率领学生上街游行的时候迥然相异。当年那种真理在手、理想必胜的自信，慷慨激昂志在天下“我以我血荐轩辕”的雄心已被十年诸多失败感的人生所淹没，在纷繁复杂的现实世界面前，自信的言说与行为让位于铁屋子“万难破毁”的绝望和对于这绝望不甘沉沦的抗争。王晓明先生分析鲁迅写“呐喊”小说时的心理障碍时这样说：“一方面，他必须加入陈独秀们的思路合唱，必须装得和他们一样满怀信心，以为用这些外来的思想就一定能改造中国；可另一方面，他心里又并没有这样的信心，他相信的东西甚至和它相反。”[2]“他早已过了信仰纯一的年龄，思想上只会越来越复杂，现在却在扮演一个信仰坚定的角色，除了戴面具，他还有什么别的法子？”[3]王晓明先生以“戴着面具的呐喊”为题来叙述鲁迅刚刚开始的小说人生，未免让很多人一时难以接受，但这多少反映了一个事实：无限复杂的现实给鲁迅的思想带来了某种愈来愈复杂的意识。让小说干脆违心地成为革命文艺的赤裸裸的宣传也一样不可能，文艺“我以为当先求内容的充实和技巧的上达，不必忙于挂招牌”，“一切文艺固是宣传，而一切宣传却并非全是文艺”[4]。必须找到一种叙事方式，既能承载反封建的呐喊之音，又能有力地排空那不断侵蚀、干扰呐喊之音的虚无、绝望的心灵秘响——简洁明了地让一个叙述者翻阅那个“狂人”的日记显示这个人的内心无疑是一种很好的方式。那两册日记事实上既是独自发声呐喊、反抗的他物，又涵盖了鲁迅那不愿过多袒露

1　鲁迅1919年4月16日给傅斯年的信。

2　王晓明:《无法直面的人生——鲁迅传》，上海文艺出版社，1993年，第51—52页。

3　王晓明:《无法直面的人生——鲁迅传》，第56页。

4　鲁迅:《而已集·文艺与革命》。

的真实心灵，“我自然不想太欺骗人，但也未尝将心里的话照样详尽，大约只要看得可以交卷就算完。……如果全露出我的血肉来，末路正不知要到怎样”[1]。

更为严重的是，抑在鲁迅呐喊之喉的还不只是他对于现实的沉重的复杂性意识，在“显示”的文本里明亮的抗争呼声中，还有着无法藏匿的鲁迅自身魂灵的阴影：

> 我未必无意之中，也吃了我妹子的几片肉，现在也轮到我自己……有了四千年吃人履历的我，当初虽然不知道，现在明白，难见真的人！
>
> ……
>
> 没有吃过人的孩子，或者还有？
>
> 救救孩子……

一个为民生奋力呐喊的启蒙先驱，在着力揭露和批判黑暗事物的罪恶这时，却敏锐地感到自己血液中的不纯不洁！我未必就不是吃人者！“中国历来是排着吃人的筵宴，有吃的，有被吃的。被吃的也曾吃人，正吃的也会被吃。但我现在发见了，我自己也帮助着排筵宴。”[2]吃人与救人，竟同时生于一个人的内心，两个如此背谬的矛盾形式能在哪一个真理上统一起来？莫非我们真的是亚当的子孙，“造成这惩罚的不是我自己，而是‘盘据在我身内的罪’？”[3]

1　鲁迅：《坟·写在〈坟〉后面》。

2　鲁迅：《而已集·答有恒先生》。

3　吴俊：《鲁迅个性心理研究》，华东师范大学出版社，1992年，第22页。

四、“显示”文本的一种意义

关于鲁迅在这里的负罪与忏悔意识，已有论者做过深刻的阐述。吴俊先生在其《鲁迅个性心理研究》一书中一再强调:《狂人日记》是一部“原罪的忏悔和绝望”之作，是作者对于自身历史和自身命运的自觉诘难和深刻绝望[1]。在这里，我们所要惊讶的是，在我们面前翻开的两册日记残篇13则，事实上竟有如此复杂的未翻开的潜在话语（在鲁迅研究的历程中，将会有着更加丰富的心灵的探索）：悲怆的呐喊与虚无的心灵，要推翻历史而自己却在历史之中，拯救民众的命运却发现自己也在沉沦……众音交织竟成等待爆发的沉默。由众多复杂的意识（现实的与自身的）所形成的真实讲述成为文本的暗流，在文字在阅读层面之下汹涌回流。在“显示”的文本内，事实上是现代小说中人真实灵魂的“潜流与漩涡”（王晓明语）。

以一个“显示”的文本，客观地自然而然地陈述“一个人”在特定时间里的所看、所感、所想象，这一叙事方式，显然要较那种专断地全知全能地讲述真实、可信，同时这一叙事方式也便于现代人对于自身困境的某种言说适当地隐藏。而对于那些同样能感受到人类困境的杰出心灵来说，通过那些意义丰厚的言（言辞）、象（意象、语境）、议（叙述者心情的不自觉流露），这种隐藏事实上是一种彰显。正是在这里，“显示”的文本之于现代小说的另一个重要意义凸现出来。

自从人类的共同经验、共享一个现实的神话被打破以来，人们感到，传统的现实主义方法再也不适宜表达具有极大的复杂性的个人经验或人类经验。于是，现代主义在各类艺术中的共同特征就是在表达方法上进行的

1　吴俊:《鲁迅个性心理研究》，第22页。

种种试验。人们认为传统艺术对经验做了过于简单的描述。在现代文学中，传统的叙述结构已经衰落，取而代之的将是所谓的“空间形式”[1]，即一部作品的整体统一性表现在“内心关联的完整图式”或“内在关联的原则”之中。T.S.艾略特的《荒原》、庞德的《诗章》、乔伊斯的《尤利西斯》、普鲁斯特的作品都给我们做了很好的典范：读者不是被要求去追寻一个故事，而是被要求去发现一个人性、存在中的“图式”（Pattern）。但人们仍普遍感到：现代主义作品由于努力表达一种更复杂的关于现实的感受而未能获得整体的和谐。在现代主义发展的整个历史过程中，这个问题被不断地也确实非常恰当地提出来。毕竟，“时代之缺乏统一性……绝非是艺术应该……普遍缺乏统一性的理由”[2]。这就意味着，在现代小说中，某种可能使用的能获得整体和谐而又不同于传统叙述方法的方法亟须我们去探寻。这样，“显示”的文本由于其承载的多种复杂意识的功能在一定程度上具有了使现代小说达到整体和谐的重要意义。另外，在“显示”的文本中，读者通过用心“观看”，也许会发现某种人性、存在的图式，将获得一种生存的澄明。《狂人日记》中就有着一种反抗者尴尬而绝望的心理图式：反抗者同时又是受罚者。施罚的还不仅是外在力量，更是来自自身血液中！“狂人”的结局是“赴某地候补矣”，抗争的喧哗与骚动最终归为“狂人”远去的音尘。反抗与受罚可以说是鲁迅小说中的一个普遍的“图式”。

五、《孔乙己》《药》的叙事方式及“显示”文本的三个视角

《呐喊》中的第二篇《孔乙己》无疑也是中国现代短篇小说中的精品。

1 ［英］彼得·福克纳：《现代主义》，第30页。

2 ［英］彼得·福克纳：《现代主义》，第30—31页。

这个短篇，结构是精致而完美的。《狂人日记》所显示的是一个人的内心势态，叙述者来到人物狂人（“我”）的内心之中。而《孔乙己》的叙述者则站到了人物的身外，他仅仅是一个酒店里跑来跑去的小伙计，一切人世悲欢在酒店内外上演，这个小伙计似乎只是一个缺乏能力的世相“显示”者，他也只是站在柜台边上不经意地窥到了一个人物的完整命运，他对这个人的结局的表述也显得含糊不清。

与《狂人日记》一样，《孔乙己》除了一个批判“吃人”的封建礼教的主题之外，另一个潜在的主题也隐约可见，孔乙己并非一开始就是个灵魂萎顿借酒聊生的儒生，他也曾是个反抗者！是个自命清高、孤傲俗世之人。他身材高大，总要穿上那身长衫，品行很好（酒钱从不拖欠）。关键的是，他简直有点恃才放旷：他替人家抄书以糊口，这是谋生的要事，但竟然不到几日，连人和书籍纸张笔砚一齐失踪，稍有理智的人恐怕不会这样。他的“坏脾气”恐怕主要不是“好喝懒做”，而是骨子里对丁举人之流的反抗情绪。在一个民不聊生的年代里，一个穷人想到偷书多少是件高尚的事：对坚持不吐俗语的孔乙己，他顺走了“书籍纸张笔砚”这些，恐怕不是为了换酒喝。孔乙己“偷了何家的书，吊着打”“偷到丁举人家里去了……打了大半夜，再打折了腿”，孔乙己到底干了怎样伤天害理之事以致遭到丁举人这类强权者的如此虐待？今天读者对孔乙己的遭遇，态度如此平静：觉得孔乙己罪有应得，也觉得丁举人之流一切正常……

在《孔乙己》中，仍有这样一个反抗与受罚的沉重主题，但奇怪的是，这个小伙计如此平静，几乎很少有同情的或悲悯的判断——即使在孔乙己这个昔日高大的书生最后几乎以双手爬在地上行走的结局面前。几乎一切都是显示没有作者明确判定、抒情的讲述。这个小伙计所表现出的“中立性”“公正性”甚至“冷漠性”是令人惊讶的，他仅仅充当了一个旁观者、一个叙述代言人，他是整个人物命运的戏剧化的叙述者，他站在舞台的边缘，努力控制着巨大波澜的心，控制着他那可能悲凉愤激的判断，正是通过控制叙述者的内心观察、道德判断，《孔乙己》作为一个“显示”的文本，却讲述出鲁迅深沉而复杂的时代悲音。

鲁迅小说中的所谓“讲述”，事实上是寄托在小说中那个叙述者、隐含作者身上。在《狂人日记》中，这个隐含作者待在一个人的心里。在《孔乙己》中，这个隐含作者则走出了人物内心，站在故事的边缘（仍在故事之中）。而在第三篇《药》中，叙述者则彻底来到了故事之外，但他不是像乔伊斯所说的“在小说世界之外修剪指甲的神”，而是在那个“乌口街口”的乌蓝的夜空中的显示世态者，缓缓地呈现着人物、事物的客观流程，人物的思想动态、面目神情也只是叙述者“一个人”的可能推断。可以说《药》仍然是以“显示”倾向为特征的小说文本。

六、“显示”的深处乃现代灵魂的潜在讲述

叙事方式由传统的“讲述”向“显示”的转换，是《呐喊》《彷徨》作为中国现代小说之代表，具有在世界文学视野里同步的现代性的一个方面。《呐喊》的头三篇之所以成为中国现代小说的经典，不仅有它们思想、精神意义上的原因，还有叙事方式上的有力辅佐。更重要的是，这三篇里叙述者三种不同的“显示”视角，几乎可延伸至整个《呐喊》《彷徨》。即便是鲁迅自己，对它们也是很满意的，“从一九一八年五月起，《狂人日记》、《孔乙己》、《药》等，陆续地出现了，算是显示了‘文学革命’的实绩，又因那时的认为‘表现的深切和格式的特别’，颇激动了一部分青年读者的心”[1]。

名作《伤逝》副题是“涓生的手记”，是直接显示一个人的心灵。《头

1 鲁迅:《且介亭杂文二集·〈中国新文学大系小说二集序〉》。

发的故事》通篇是N君的喋喋不休。它们类似于《狂人日记》。名作《在酒楼上》《孤独者》则是叙述者“我”将那些孤独、失败的心灵主体拉近“我”的面前直接显示命运与心声（由心灵主体展示其命运与内心），它们与《故乡》等叙述者居于故事之中的篇目可以类似于《孔乙己》。

而《阿Q正传》这样的叙述者流离在外的小说则类似于《药》，它们的叙事方式显得是传统与现代的融合，但倾向于“显示”。而在那些文本的缝隙中，在作者心情不堪抑压的地方，讲述的声音仍在汩汩外溢。“显示”的文本的现代性不是现代灵魂的声音、形象的消失，而是更深更复杂的潜在。我们所更要做的是：潜入“显示”的层面，让那深处的“讲述”之音再度浮出。[1]

1 “以完全的写实主义在人中间发见人。……我但是在高的意义上的写实主义者，即我是将人的灵魂的深，显示于人的。”这是陀思妥耶夫斯基的一则手记。鲁迅曾盛赞他说：“显示灵魂的深者，每要被人看作心理学家；尤其是陀思妥耶夫斯基那样的作者……灵魂的深处并不平安，敢于正视的本就不多，更何况写出？因此有些柔软无力的读者，便往往将他只看作‘残酷的天才’……在甚深的灵魂中，无所谓‘残酷’，更无所谓‘慈悲’；但将这灵魂显示于人的，是‘在高的意义上的写实主义者’。”（《集外集·〈穷人〉小引》）“显示灵魂的深者”，细读鲁迅及鲁迅小说，亦如是。

《呐喊》《彷徨》潜在的“讲述”：鲁迅小说与中国小说的现代性

基于20世纪人对自身和世界的存在的意识的复杂性，小说的现代性至少要表现为对这一存在的复杂性的凸现艰难对应。对人的灵魂本体的深广开掘和无边拓近之于现代小说的使命是不可或缺的，它带来的是现代小说文本的多重意蕴和存在深度。《呐喊》《彷徨》的现代性至少也正在此。它们体内潜伏着一个“现代中国最苦痛的灵魂”复杂而丰厚的“讲述”之音。

一、“显示”的文本与潜在的“讲述”

在整个世界文艺视野中，与现代文艺反叛传统的潮流一致，现代小说对传统的悖离也是偏激的。小说艺术自福楼拜以来，到普鲁斯特、乔伊斯、卡夫卡这些天才的出现，现代小说开始了对叙事技巧和程序地广泛试验，早期小说中那“讲述”一个故事的老套数已遭到以“显示”为特征的小说文本的反动，以至于一些小说理论家紧随小说家其后开始宣布：“讲述”与“显示”是传统小说与现代小说泾渭分明的标志。[1]“讲述”即那种全知全能视角、作者无所不知无处不在、直接控制读者反应的叙事方式；“显示”即自然而然地客观地展现人物活动和事件经过，代替传统小说中的万能作者的是较为客观中正，甚至冷漠的“叙述者”“隐含作者”，用法国“新小说流派”主将阿兰·罗布-格里耶的话补充，即“显示”的文本中，始终“只是‘一个人’，是这个人在看、在感觉、在想象……书本只是叙述他的有限的、不确定的经验。这儿，就是这样一位当代的人在作自己的叙述者”。[2]传统小说中那个宣布倾诉式的自信求同的“作者”的声音似乎丧失殆尽。

然而，讲述与显示在现代小说中并非是截然的对立。在具体的小说文本中，不可能只是纯粹的显示而没有讲述。凸现“显示”这一特征只表明现代小说叙事方式的一个转换倾向。当代著名的文学批评家布斯在其小说理论名著《小说修辞学》中通过睿智的分析揭示了一个被人们忽略的问题：这就是显示中潜藏着讲述，在显示的构成中有着讲述的功能；讲述不是消失了，而是以隐藏的方式出现，只不过变换了形式而已。早期故事中的“作者”的声音并不是彻底的消隐，因为，无论如何，“我们永远不要忘记，虽然作者可以在一定程度是选择他的伪装，但是他永远不能选择消失不见”。[3]“显示”文本的现代性正在于它潜伏着复杂、深邃的现代人内部真实地带的灵魂之语。

1 ［美］布斯：《小说修辞学》，华明等译，第2—3页。

2 崔道怡、朱伟、王青风、王勇军编：《“冰山”理论：对话与潜对话》，工人出版社，1987年，第522—523页。

3 ［美］布斯：《小说修辞学》，华明等译，第2—3页。

二、倾听：贴近和还原"鲁迅"之途

叙事方式以"显示"为基本倾向的鲁迅小说（这里指《呐喊》《彷徨》）[1]显然也有着它那丰厚的潜在的讲述。鲁迅，"比它那个时代的许多知识分子都更多地承受了那种先觉者的痛苦，在某种意义上，他简直是现代中国最苦痛的灵魂"。[2]小说作为这苦痛灵魂的艺术承载体，"显示"文本下是怎样的藏匿的"丰富的痛苦"的讲述等待人们倾听与诠释？

长期以来，人们对于鲁迅小说的"显示"景观恐怕也是一样大而化之、流于机械了。诚如曹云广先生在其《世俗的文人　人文的世俗》一文中所言：

"将鲁迅置于一套政治权利话语进行解读而使人拥有'从进化论到阶级论，从绅士阶级的逆子贰臣进到无产阶级和劳动群众的真正的友人，以至于战士'的既有观念，是我们在诠释'鲁迅'的艰巨工作中的一大成就，它理清了形形色色的社会阶级范畴中对鲁迅这个人进行政治阶级判断的思想与观念；然而这种以政治和阶级为依据而分析一个人的思想精神的实用理性在很大程度上僵化了人们对作为一个历史本文的鲁迅进行读解的思维与理论模式。"

"作为一个精神实体，一种精神存在的'鲁迅'一旦以一套顽固的诞生于特殊战斗环境中的政治思维模式中对其进行'分析'，人所有的丰富生活及其精神便被笼罩在我们价值体系之上的政治权利话语所极端地'工具化'，同时也带来了对它无限狭隘、机械的理解。""鲁迅充满了'启蒙'、

1　笔者另有论述，在此不赘言。见《东方丛刊》1998年第3期。

2　王晓明：《潜流与漩涡——论二十世纪中国小说家的创作心理障碍》，中国社会科学出版社，1991年，第22页。

‘论战’、‘战斗’色彩的一生及其‘战斗不息’的精神的原生态是什么？历史作为本文是实存的，关键不在于‘是什么’，而是‘怎么样’；对于历史‘怎么样’的以不同权利话语所进行的解读决定了我们能否从历史文本中陈诉出其‘真实’的内涵。”“鲁迅作为一个历史本文只有被现代人予以原生态式的还原才能真正被了解他作为一种精神存在方式所寓示的现世与人们精神实质。”[1]

现在，该是走出那种“工具化”的实用理性而走进将人作为人而不是其他什么的“人化”的人文理性了，该是触摸一个真实的鲁迅、还原鲁迅及其精神原生态、贴近本我的鲁迅的时候了。所幸的是，近些年这一“还原”工程已在诸多前辈学人心灵的探寻中进展的令人欣慰。[2]基于同样地喜读鲁迅，我愿站在这些学人的肩上，拙劣、虔敬地放一放自己的眼光。

无数人都已熟稔鲁迅小说的一个基本主题——“写出一个现代的我们国人的灵魂来”，而且，拯救国民性这一立场，人们在鲁迅小说中听到了现代中国这个伟大的启蒙先驱显示出来的“呐喊”“战斗”之音。人们的这一听觉是千真万确的，但仅止于此恐怕还不够。

“灵魂”二字，何其难写！更何况在鲁迅心中，“总仿佛觉得我们人人之间各有一道高墙，将各个分离，使大家的心无从相印”（《集外集·俄文译本〈阿Q正传〉序及其著者自叙传略》）。这还只是人心之间的阻隔，更致命的是——“灵魂的深处并不平安，敢于正视的本来就不多，更何况写出？”（《集外集·〈穷人〉小引》）

鲁迅曾不止一次地盛赞过俄国伟大的存在主义作家陀思妥耶夫斯基，说他“确凿是一个‘伟大的天才’，人的灵魂的伟大的审问者”。其实鲁迅

1　该文副题为《读王晓明〈无法直面的人生——鲁迅传〉》，《中国现代文学研究丛刊》1995年第4期。

2　笔者所接触的有：《心灵的探寻》（钱理群）、《鲁迅个性心理研究》（吴俊）、《潜流与漩涡》（王晓明）、《无法直面的人生》（王晓明）、《锁链上的花环——启蒙主义文学在中国》（韩毓海）等。

又何尝不是？他与陀思妥耶夫斯基一样也在小说这一实验室里，“所处理的乃是人的全灵魂”。然而鲁迅又写道：

> 凡是人的灵魂的伟大的审问者，同时也一定是伟大的犯人。审问者在堂上举劾着他的恶，犯人在阶下陈述他自己的善；审问者在灵魂中揭发污秽，犯人在所揭发的污秽中阐明那埋藏的光辉。这样，就显示出灵魂的深。
>
> 在甚深的灵魂中，无所谓“残酷”，更无所谓慈悲；但将这灵魂显示于人的，是“在高的意义上的写实主义者”。(《集外集·〈穷人〉小引》)

对这段言语，它的奇诡深度我是无法驾驭的，它悖论迭出，一个心灵却要承受担当本有的多张面目：审问者的灵魂里却站着一个犯人；这犯人是伟大的；审问者揭发污秽，犯人却阐明污秽中埋藏的光辉。然而我能感触的是：这才是所谓灵魂本身之“深”，才是人格之本体，在这甚深之处，对那本真之“真”，说一切“残酷”之类的感叹之语，施一切“慈悲”的怜悯恐惧情绪是无济于事的。我能臣服的是，这才是“在高的意义上的写实主义者”；我所担心的是，这样地将灵魂显示于人的真正的写实主义者，将怎样直面人生？毕竟，“一个人要直面人生，也须那人生是可以直面的……”[1] T. S. 艾略特曾写道：“人类不能忍受太多的真实。”[2]

小说文本潜在着怎样的鲁迅灵魂本体的真实状态，这是我所要去揭示和阐明的。很显然，仅依据“呐喊”“启蒙”“战斗”“批判”的原有规范是无法潜入那个较为“客观”、写实的“显示”层面的。诚然，鲁迅小说中不乏灵魂的被迫（由衷、愤懑）裸露，“我的确时时解剖别人，然而更

1 王晓明：《无法直面的人生——鲁迅传》，第3页。

2 ［英］T. S. 艾略特：《四个四重奏》，裘小龙译，漓江出版社，1985年，第184页。

多的是无情地解剖我自己”。然而鲁迅自己都说，“偏爱我的作品的读者，有时批评说我的文字是说真话。这其实是过誉……我自然不想太欺骗人，但也未尝将心里的话照样说尽……如果全露出我是血肉来，末路正不知要到怎样。”[1] 这番话恐怕并不仅仅意指不愿无情面地说出“真实”以使那些“酷爱温暖的人物”觉得“冷酷”，鲁迅曾写信对朋友说：“我自己总觉得我的灵魂里有毒气和鬼气，我极憎恶他，想除去，而不能。”[2] 在我读来，而是意指那“真实”的灵魂图景的不堪忍受。那灵魂的图景究竟怎样，何以到不敢正视、更不敢明写、裸露的话人就要被引至末路？

三、潜在的“讲述”之音一：窃火者的现代困境

1. 惊见罪恶与作为同谋者的忏悔

作为中国现代小说的开篇之作——《狂人日记》，是锋芒直逼五千年的“吃人”的封建礼教之罪恶的宣言式写作。但这一本应情绪愤激的“宣言”又有以较为客观的“显示”为特征的。也正是这一特征，使《狂人日记》的精神蕴含避免了小说文本仅是唯一道德吁求的一件外衣。这里的叙事尽管叙述者口口声声说只是一个人的手记摘录，但仍未能全盘藏匿那“作者的声音”，有些地方放在鲁迅当时的思想背景上就会发现，它们无异于鲁迅对20世纪初中国大地黑沉沉的深处的直接呼喊。这是鲁迅波澜壮阔的心灵无法忍受小说艺术形式的平静外壳之时，讲述之音冲破本文的隙缝的直接流淌。“狂人”偏要对那些“吃人”之人直接的诫告：“你们可以改了，从真心改起！要晓得将来容不得吃人的人活在世上。”且同样地喊了两遍。

1 鲁迅：《坟·写在〈坟〉后面》。

2 鲁迅：《1924年9月24日致李秉中信》，《鲁迅书信集（上）》，人民文学出版社，1976年，第61页。

“真的人！”“从真心改起！”的吁求也一再迸发。“救救孩子……”这些无法藏匿的讲述，置在鲁迅早年的“立人”与进化论之思想背景上，事实上是作者、叙述者、人物三者声音的同一。

但《狂人日记》在显示了反封建的基本主题之外还潜在地讲述了什么？“我是吃人的人的兄弟！”“我未必无意之中，不吃了我的妹子的几片肉”。我在之前的论述中引到吴俊先生的一个观点，即《狂人日记》同时还是一部“原罪的忏悔和绝望”之作！是作者对于自身历史和自身命运的自觉诘难与深刻绝望。[1]吴俊先生的论述精辟而深刻，我不再赘述。在这里，我们得见了一个现代“普罗米修斯”的双重困境。

“普罗米修斯是哲学日历中最高尚的圣者和殉道者。”马克思1841年在的博士论文序中如是赞誉。“你好好听着，我绝不会用自己的痛苦/去换取奴隶的服役：/我宁肯被缚在崖石上，/也不愿做宙斯的忠顺奴仆。”[2]这个盗火拯救黑暗人间的英勇苦难的神，他口里这段著名的声音在狂人、《长明灯》中那个被囚者也类似地高呼过，但现在听来却是别一种滋味。

狂人在惊见五千年的历史“吃人”之罪的同时，也惊见了自己也是这罪恶的同谋！“立意在反抗”的狂人作为作者心中的理想人物形象，在高举焚毁那间黑暗铁屋子的一炬明火时，双手似乎要尴尬地悬在半空：我未必不是吃人者！吃人与救人，两个如此背谬的命题竟同时在于一个人的内心！一个为民生奋力呐喊的启蒙先驱，在着力揭露和批判黑暗事物的罪恶之时不幸感觉到自己血液中的不洁不纯！这个现代中国盗火救世的普罗米修斯，心灵要忍受多大的困境之逼压。“呐喊”之“显示”中分明还潜在着一个忏悔的“讲述”之音，这使一个立意反抗的灵魂显出沉重的悲壮。

1 吴俊：《鲁迅个性心理研究》，第22、96页。

2 ［德］马克思、恩格斯：《马克思恩格斯全集》第40卷，中共中央马克思恩格斯列宁斯大林著作编译局译，人民出版社，1982年，第190页。

2. 民众的厌倦与诋毁

窃火者的另一困境恐怕更加致命，它甚至于产生绝望、虚无而自动取消“窃火”这一行为的激情与意义。这就是——民众在黑暗（铁屋子）中不醒的沉沦、对光明的忘却与抵制、对“盗火”行为的厌倦直至诋毁、灭杀。在这一困境中，我看到鲁迅与卡夫卡这两个几乎处于同时期的20世纪小说的天才的相遇：

别一个窃火者

鲁迅

火的来源，希腊人以为是普罗米修斯从天上偷来的，因此触了大神宇期之怒，将他锁在高山上，命一只大鹰天天来啄他的肉。

非洲的土人瓦仰安提族也已经用火，但并不是由希腊人传授给他们的。他们另有一个窃火者。

这窃火者，人们不知道他的姓名，或者早被忘却了。他从天上偷了火来，传给瓦仰安提族的祖先，因此触了大神大拉斯之怒，这一段是和希腊古传相像的。但大拉斯的办法却两样了。并不是锁他在山巅，却秘密的将他锁在黑暗的地窖了里，不给一个人知道。派来的也不是大鹰，而是蚊子、跳蚤、臭虫，一面吸他的血，一面使他皮肤肿起来。这时还有蝇子们，是最善于寻觅创伤的角色，嗡嗡的叫，拼命的吸吮，一面又拉许多蝇粪在他的皮肤上，来证明他是怎样地一个不干净的东西。

然而瓦仰安提族的人们，并不知道这一个故事。他们单知道火乃酋长的祖先所发明，给酋长烧死异端和烧掉房屋之用的。

幸而现在交通发达了，非洲的蝇子也有些到中国来，我从它们的嗡嗡营营中，听出了这一点点。[1]

普罗米修斯

卡夫卡

关于普罗米修斯有四种传说：

根据第一种传说，他由于向人类泄露了神祇的秘密，被钉锁在高加索的山岩上，诸神派了几只鹫鹰来啄食他的肝脏，而肝脏一啄完，又会重新长出来。

根据第二种传说，普罗米修斯为了逃避鹫鹰的利觜的撕扯，在巨大痛苦之中将自己挤入岩石，越挤越深，直到他和岩石合为一体。

根据第三种传说，随着数千年岁月的流逝他的背叛行为被忘却了，诸神厌倦了，鹫鹰也厌倦了，连伤口也厌倦地合拢了。

莫名其妙的山岩却依旧留在那儿——传说试图解释这莫名其妙的事物。既然它的出现以真实为根据，那么它必然再一次以莫名其妙而告终。[2]

早期那个英勇背叛天神秩序的盗火神其崇高、悲壮的意味在20世纪现代人的困境中遭到令人难堪的消解。对于鲁迅和卡夫卡这两位事实上无法漠然和离弃人间黑暗的"世纪良心"，这样消解式的写作无异于一种自虐行为，在盗火神远去的背影里他们默默抚摸自己孤单的骨骼。20世纪两个痛苦的灵魂就这样在对昔日盗火神的悲凉怅望中相遇，孤独、绝望、虚无，只是鲁迅重在冷嘲（鹰与火的意味如此嬗变、降格是令人啼笑皆非的，类似于现代派文艺中那些绝望的荒诞），而卡夫卡表达的绝望与虚无更甚。

卡夫卡这个"厌世的天才"（叶庭芳语），将现代人带到了一个无望

1　鲁迅：《准风月谈》，人民文学出版社，2006年。

2　［奥地利］弗兰兹·卡夫卡：《卡夫卡随笔》，冬妮译，漓江出版社，1991年，第10页。

的异化的现实前，照见了现代人的可悲命运：一夜之间人就可变成甲虫(《变形记》)、唯一有点安全感的地方是老鼠掘的地洞(《地洞》)、人一生为那种莫名其妙的派定与审判做着徒劳的奔走与申辩直到死去(《审判》)。相比较起来，鲁迅身上多少还有点孤绝的黑色亮光。鲁迅虽也处于一个绝望的境地，但他却“始终没有放弃对未来的希望，这与卡夫卡的绝望，以及卡夫卡始终不敢倡言希望，形成了鲜明的对照”。[1]

在一个造化常常为庸人设计的世界，在革命志士夏瑜的死成了华老栓茶馆里一群看客笑骂的谈资、在众多的也如夏瑜一样反抗过的同志——吕纬甫、魏连殳、涓生与子君、N君等后来纷纷走向颓败或沉沦的残酷场景面前，孤独、绝望的鲁迅（孤独的处境后来竟发展为在“友”与敌之间被迫“横站”的孤立）赖以保卫呐喊的激情恐怕已不是明晰的内心理智与情感，干脆就是一种由对黑暗、罪恶的憎恨凝聚而成的意志和人格力量，干脆就是一种彻底的自我牺牲，自身灵魂的分裂、怀疑、疼痛被自己的手强硬地深深掩埋，不敢正视，或干脆就不给予观看。“对着黎明，我看不见。”（闻一多语）“绝望之为虚妄，正如希望相同。倘使我还得偷生在不明不暗的这‘虚妄’中，我就还要寻求那逝去的悲凉缥缈的青春，但不妨在我的身外。”(《野草·希望》) 不妨在我的身外……在待救的世界与自身的困苦之间，鲁迅将自己判给了世界。如此大痛而决绝的灵魂。

四、潜在的“讲述”之音二：“立人”小说的人物命运

“S城人的脸早经看熟，如此而已，连心肝也似乎有些了然，总得寻别一类人们去，去寻为S城人所垢病的人们，无论其为畜生或魔鬼。”(《呐

1　刘小枫：《逍遥与拯救》，风云时代出版公司，1990年，第175页。

喊·自序》）“是故将生存两间，角逐列国是务，其首在立人，人立而后凡事举。”（《坟·文化偏至论》）“立人”思想是鲁迅早期精神活动的产物。早年对世态人心的悲切体验和世纪之初维新新思潮的没落，尼采学说（特别是超人学说）是“立人”思想的诞生基础。但作为一种独立的启蒙主义，鲁迅早期的“立人”思想偏重于理想人性的浪漫追求；中期经历辛亥革命五四运动，“改革国民性”成了“立人”思想的核心；“卑怯”的奴性，正是中国人的“惰性”的“根底”，鲁迅要“激发自己的国民使他们发些火花……更进一步而希望于点火的青年”（《坟·杂忆》）。直到三十年代，鲁迅“单愿有英俊出于中国之心，终于未死。”（《致章廷谦。1930年3月7日》）

在鲁迅整个精神体系中，“立人”思想是一个中心，而“改革国民性”既是根本途径也是最终目标。“我怎么做起小说来——我的取材，多采自病态社会的不幸的人们中，意思是在揭出病苦，引起疗救的注意。”（《南腔北调集·我怎么做起小说来》）“写出一个现代的我们国人的灵魂来”尽管在鲁迅自己看来“还不能很有把握”，但仍是鲁迅小说的成因与终极目的，它基于那些个理想国民形象在小说抒写出的灵魂土地上真的凸现和站立起来这一中心渴念。在此意义上，我将《呐喊》《彷徨》称之为“立人”小说。

1. 颓败与变形

但与我们的阅读期待大大违背的是，“立人”小说的人物并不是一个个恒久站立的胜利的“点火的青年”，非但不是，且一个个最终都走向颓败。除去单四嫂、《风波》中的子民、闰土、阿Q、方玄绰、陈士成、祥林嫂、四铭、高老夫子、沛君这些在历史“吃人”的黑暗中走向沉沦、死灭或朽变者，这些“立人”意图的反面的受怜悯或受批判者，那些曾经作为反抗者的人物，除了用笔不多的夏瑜其命运可以用“失败”（尚有悲壮、崇高的意味）来叙说，狂人、孔乙己、N君、早年闰土、纬甫、《幸福的家庭》中的那个作家、《长明灯》中的疯子、魏连殳、涓生与子君、爱姑，没有一个不是渐渐从最初的反抗之姿、生动有力的形象走向喑哑、颓败的。

也何止是颓败。在这些本来的反抗者中，两个最为强烈的“点火的青年”：一个是高呼“你们立刻改了，从真心改起！”的狂人，一个是叫喊“我放火！”的疯子，他们还遭受了“变形”的厄运，都变成了精神病患者。这一现象是值得深究的。

强大的社会道德规范也只有在一个精神病患者面前显得无计可施。在一个令人万分憎恶有无法撼动的巨大道德规范面前，人也只有通过“变形”来索取一种非人的自由和权利以换取无罪的逃离和无所顾忌的叛乱，这恐怕是中国现代小说首批作为反抗者的人物强行“变形”的前提。

对于作者、叙述者而言，将小说中的人物强行“变形”，实际上暴露了他潜在的自由与反抗的欲望。但是，在鲁迅的心境和小说中，人物的“变形”最终结局都是失败或不了了之。“狂人”再度落入他所要反叛的社会规范之中（“赴某地候补矣”），“疯子”则是一直在受着反抗带来的惩罚，被关在黑屋中，并且，诚如那“别一个窃火者”，还要遭受苍蝇、蚊子之类国民的围攻和诋毁。

2. 反抗与受罚[1]

在我看来，“立人”小说的人物命运事实上落入了一个“反抗与受罚”的“生存图式”中。这一图式甚至左右了鲁迅的小说创作，几乎成了创作模式，使鲁迅小说弥漫了一股悲剧场景之中的阴冷之气。尽管鲁迅一生都在反抗绝望心绪，但在其小说中仍缺乏一种生之昂扬，只有愤懑的呼喊，刻骨的白描，冷嘲的语气，悲哀的眼光，对不幸的无奈和痛苦的观望，对

1　这一心理“图式”参阅了［奥］索克尔：《反抗与惩罚——析卡夫卡〈变形记〉》，载叶庭芳编：《论卡夫卡》，中国社会科学出版社，1988年。

不幸者的同情和救赎的无力。

也正是在这一“图式”中，我觉得《呐喊》《彷徨》作为现代小说其复杂意蕴有一种悲壮的整体统一性；它们的“内心关联的完整图式”或“内省关联的原则”[1]可能是“反抗—受罚—沉沦—湮灭”。“立人”小说的人物的命运悲剧若此，其深意何在？此问题对我是难的。

五、潜在的“讲述”之音三：“不幸之赐福”

仅仅将鲁迅小说中人物命运的湮灭归之于作者“绝望”与“虚妄”之表现是不能令人满意的。对我而言，“立人”小说的人物命运至少与鲁迅的一种独特的个性心理有关，这一个性心理至少在《野草》中的两篇《复仇》里一再显现，你看那两篇《复仇》——在生命的死灭与杀戮之大痛楚中，却深酣与生命极致的飞扬和大欢喜。正如那被钉上十字架的神之子——耶稣，在被钉杀的碎骨的大痛楚中，却得到了从未有过的大欢喜和大悲悯。“人”的尽头（“人性茫然之处”），“神”（相信、盼望、爱）的开端，是不是基于这一心理鲁迅小说中的那个叙述者绝望之中只能让“人物”颓废或死去?

鲁迅曾不止一次地表露出憎恶他的时代。“在现在这‘可怜’的时代能杀才能生，能憎才能爱”。他还引用裴多菲的诗：“……我的爱就如荒凉的沙漠一般——/一个大盗似的有嫉妒在那里霸着；/他的剑是绝望的疯狂，/而每一刺是各样的谋杀!”（《且介亭杂文二集·七论“文人的相轻”——两伤》）他还说过：“在我自己，觉得中国现在是一个进向大时代的时代。”这“大时代”怎样才能得呢？——“但这所谓大，并不一定指可

1 ［美］彼得·福克纳：《现代主义》，第30页。

以由此得生，而也可以由此得死。许多为爱的献身者，已经由此得死。在其先，玩着意中而且意外的游戏，以愉快和满意，以及单是好看和热闹，赠给身在局内而旁观的人们；但同时也给若干人以重压。这重压除去的时候，不是死，就是生。这才是大时代。”(《而已集·〈尘影〉题辞》）在我复杂而至于简单的体味中，这段话似乎意指：一个新的时代有到来，只能是让“许多为爱的献身者”死去。这样，我们似乎可以理解为何小说的人物一个个死去。这并不是作者对笔下人物无谓的残酷施虐。但对于鲁迅，是他自己所制的一种痛苦的心理受虐。“受虐倾向……起源于人格中的冲突。它的目的并不在于受苦……痛苦，就其具有某些功能而言，并非个人希望获得的东西，而是他不得不付出的代价；……所追求的满足并不是痛苦本身，而是一种自我泯灭。”（[美]卡伦·霍妮语）[1]

但鲁迅小说的那个叙述者残酷地安排人物命运的目的，所希望获得的东西并非是自我理想、人格意志的大泯灭。对我而言，这样的写作者的痛苦无异于基督的受难，基督的受难不是虚妄与泯灭，它是基督的，但更是世界与人类的，是一个时代绝望与希望的临界地。此大不幸之后便是“复活”，便是“上帝的赐福”。在存在的意义上，这种不幸的本质乃是将自己的生存那些晦暗不明、阴郁绝望的本质“倾空”，在此“倾空”中人将可能看到在生存破碎之中的无限奥妙将听到在人之沉沦与死灭之中神性希望之音的无穷秘响，将可能得到生存中最高的解答与完满，所谓“不幸之赐福”。因为痛苦与欢乐、绝望、虚妄与相信、盼望、希望、爱本质是纠缠在一起的。[2]

孔乙己、夏瑜、阿Q、吕纬甫、魏连殳、子君这些人的死，毋宁说是鲁迅“立人”意愿中的生存的大倾空，这些人物应该是鲁迅的心灵影像，他们的本质构成了鲁迅的本质。在这“倾空”中，也许升起的是那个“大

1 转引自吴俊:《鲁迅个性心理研究》，第22、96页。

2 刘小枫:《走向十字架上的真》，第175—176页。

时代”的真切图景。如诗人所唱：“生命的诗篇已读到终了，/这是一切财富的珍宝。/它所写的都要当真，/一切都将实现……/我虽死去，/但三日之后就要复活。”[1] 也许是这样。

1 ［苏］帕斯捷尔纳克：《日瓦戈医生》，蓝英年、张秉衡译，外国文学出版社，1987年，第754—755页。

鲁迅小说写作的三重困窘

一、中国知识分子的小说文本中疼痛的话语纠缠：建筑于意识表层的启蒙主义话语与建立在潜意识深层的现代主义话语

二、伟大而苦痛的灵魂的无法表述：以艺术形式表达感情“是一个非他力所能及的难题”

三、“超个人”的“小说智慧”与写作光芒中的内心敞开与生存呈现：“人类无法忍受太多的真实”

四、结语：鲁迅之于今天的我们

一[1]

现代小说文本的“显示”层面与其潜在的“讲述”存在着一定的意味上的分离，这已是一个不争的事实。正是这一事实暴露了小说写作者在现代境遇中有着太多大程度的灵魂分裂和自我压抑。

这种灵魂的分裂、心理的压抑对“五四”以来的现代中国知识分子事

1　本文第一部分重点参阅了韩毓海:《锁链上的花环——启蒙主义文学在中国》，时代文艺出版社，1993年，该书对笔者教益颇丰。

出有因。"这一百年有过无数志士仁人的奋斗牺牲，知识分子没有回避他们承担的那份感世忧时的沉重。小农经济汪洋大海般的保守麻木，使中国知识分子自然生发出文化精英意识。这使他们自觉地对时代和社会做出承诺。投身于社会变革的激情与作为精英的使命感的结合，造出了极为动人的精神景观。"[1]中国知识分子在历史文本中一直扮演着导师和医生的角色，这一角色在现代社会中的延续和强化，决定了他们的话语必须坚定、准确、清晰并且对民众具有保证作用，即历史总是需要他们提供权威性的或权利性的话语，而不允许他们摇摆和模糊，要么自外于历潮流，经营自己个性化的"小圈子"，走进现实的洪流之中。而且，历史也从来不允他们站在一种理论、学说的边缘交汇处彷徨流连，而是要求他们坚定地站在一种理论、学说的中心，大声而且鲜明地呐喊出哪怕是偏激的声音。这样，当他们处在某一理论的中心，制造出某种斩钉截铁地"权利话语"的时候，这种权利话语已率先压抑或消解了他们自身。

正是在这种二元分裂、对应的心理结构模式上，形成了中国现代启蒙主义的经典形式，它在逻辑选择上，必定是于"自由/职责""个体/社会""启蒙/救亡"等两项对立中坚定的高扬、择取其中一项；而在情感取向上，也同样是爱憎分明的。现代中国的启蒙主义话语形式（如"呐喊""拯救"等）实则是建立在知识分子灵魂的分裂与自我的压抑此番心理结构之上的。

传说的东方心理结构模式也阻隔了知识分子们对这一两项对立的话语形式的反思。中国传统的"以情入理""化理为情"的伦理化心理模式，在"五四"时期也得到了进一步强化。"五四"知识分子大都具有理想主义的热情和浪漫主义气质，与西方式那种冷静而理智的认识模式难以合谋，逍遥与拯救之间，由于几千年的伦理主义在情感上的加压，他们选择的是后者。

1　谢冕:《世纪末：中国知识分子的思索》,《二十世纪中国文学丛书》总序，时代文艺出版社，1993年。

“权利”话语对于本体心灵的压制，伦理主义对于理智沉思的压制，情感对于理性思忖的压制，必然导致了中国现代文学的统一的话语形式中存在着相异的两种语气的疼痛纠缠：即一方面，启蒙主义者的清醒的自我意识，时刻使说话人与他认为自己应该成为的人协调一致；并且要时刻考虑到话语对受话人的影响，即“考虑到他人的情感”。而另一方面，知识者自我被压抑的个性意识又会不断地对这种启蒙主义表层意识产生威胁，并从这些意识的空隙中涌流出来。这样，在“五四”统一的小说文本中，我们则会看到两种不统一的话语形式，即建筑于意识表层的启蒙主义话语和建立在潜意识深层的现代主义话语。

也只有在这种话语相互纠葛的“新文学的本体与形式”之前提与实质中，我们才能理解《呐喊》《彷徨》作为现代小说文本其“显示”之义与潜在的“讲述”之间不是矛盾，更不是虚假（我们要理解“戴着面具的呐喊”这一逆耳之真言），而是在一个灵魂本体的本真土地上的艰难统一。“显示”的小说的文本毋宁说只是这一土地脆弱的外壳，在意识深层的启蒙主义者的个性心灵，总要胀破这外壳而涌流出来。

狂人在惊见五千年历史“吃人”之罪恶的同时，也惊见了自己竟是这罪恶的同谋！“立意在反抗”的狂人作为作者心中的理想形象，在高举焚毁黑暗的铁屋子的那炬明火时，双手尴尬地悬在半空：我未必不是吃人者！《狂人日记》的写作是艰难的，它处在反抗、呐喊的冲动与“原罪的忏悔和绝望”[1]两道意识、感情洪流的剧烈交织中。这是世纪之初一个启蒙先驱者心头难堪的困窘，其意义可以带来现代小说的时代和精神意义上的丰富深蕴，也可以带来写作者之于小说写作行为的颠覆与中止。

“普罗米修斯是哲学日历中最高尚的圣者和殉道者”。[2] 作为启蒙主义者的现代中国知识分子无论在思想行为与小说文本中都有着这样盗火神式

1 吴俊:《鲁迅个性心理研究》，第22页。

2 ［德］马克思、恩格斯:《马克思恩格斯全集》第40卷，第190页。

的成圣与殉道的想望，但这一想望及其努力在现代社会的民众的精神状况中遭到了令人痛心的败籍。相对于那些殚精竭虑的叫喊与反抗的窃火者的另一面，是民众在黑暗中的不醒的沉沦，对光明的麻木、忘却与抵制，更严重的是对盗火者的行为的厌倦直至诋毁与抗击。在《狂人日记》《药》《长明灯》这些小说中我们都看到了那些现代窃火者的尴尬境遇。这一境遇加重了启蒙者对于现实的绝望心理，或者由绝望导致虚无。无疑，这两种心理下的写作是沉重而尴尬的。

“改革国民性”思想的核心在于“立人”。小说写作是“立人”意图得以实现的重要辅助。“立人”小说的最初理念怕是要描述画出一些较为完满、健全的作为国民精神之象征的人物形象，一个个胜利的“点火的青年”。但小说本文的最终形态却恰恰相反：“立人”小说的人物形象，其最终结局一个个都是走向颓败与变形、沉沦与死灭；而那些曾经的反抗者，都遭受了形式各样的因反抗而来的受罚。狂人、吕纬甫、魏连殳、涓生与子君、N君、疯子，甚至爱姑、孔乙已。“立人”小说的最初意图与其内在形态上的背叛的结局，多少反映了写作者内心的悲观甚至绝望。在写作的进行中，他不得不违逆原初的意图，因为现实的真实是无法抵抗的。而此真实一旦过于残酷，不给人一点点希望的呼吸，写作者就会坠入绝望与虚无，那样，写作的意义与行为就岌岌可危了。

……

这些是我这里所能看到的一点点“意识深层的灵魂暗流的涌出”，这是鲁迅心灵的别一种存在，它构成了鲁迅小说写作的一个大困窘。

二

我无数次震慑于法国作家让·凯罗尔一句极奇诡的话：“如果我对

你［读者］说过谎，那是因为我必须向你证明，假的就是真的。”[1] 这里的“说谎”，已仅非一种道德评判模式，而是一种现代社会的基于生存的艺术现象。《伤逝》中的涓生不想做这样一个说谎者，他的代价是巨大的。“爱”“自由”“个性解放”作为启蒙话语在写作之中却不断遭到来自人的深层心灵的现代话语与颠覆——子君所追求的“爱”“自由”“个性解放”毋宁说只是一种先验的价值规范，是从西方舶来的一种美好的观念，它未曾在现代中国的土地上被检验过，子君的死，与其说是为他所爱的人献身，不如说是维护“五四”以来的新的爱情观念而英勇奋斗、死而后已，或者说她成了这个观念的殉道者。观念是简单、明确、易行的，而真实的生活却是复杂、晦暗、黏滞的，涓生就渐渐看到了这一点，他说，我们这样的爱委实太盲目了，因为它“将别的人生的要义全盘疏忽了”。在理想式的观念的生活与真实的生存之间，是有太多晦暗而沉痛的矛盾的，涓生只是想停止盲目的爱情而重新认识生活之要义重新生活。坚持真理（真实）是要付出大代价的，卸下虚伪的重担之后就要负着真实的重担，而这时子君已失掉了当初的勇气，所以她重回黑暗、渊深、无边的旧生活之后失败、湮灭的结局是可以想见的。她未能踏上新的生路。但失去爱情的涓生渐渐感到他用真实换来的无尽的虚空和无边的悔恨和悲哀，他被迫忏悔——“我们相爱过，我应该永久奉献她我的说谎，”对于新的生路，涓生说，“我要将真实深深地藏在心的创伤中，默默地前行，用遗忘和说谎做我的指导……”而以遗忘和说谎作心、言之前导恰恰又是背离真实、“苟安于虚伪”。

涓生的处境也正是现代中国知识分子作为启蒙者和作为生活中的自由个体的两难处境：真理（真实）的坚持者、言说者，反被一般伦理指斥为背叛者、狂言者、说谎者；而做一个“清醒的说谎者”，却又要承担“苟

1　转引自［美］布斯:《小说修辞学》，华明等译，第300页。

安于虚伪”的痛苦，而在一厢情愿的启蒙理性下，现代中国知识分子对于个人心灵深处的痛苦之感，以遗忘和忍受对之是一种必然。20世纪著名的文学批评家布斯在其名著《小说修辞学》中曾提到，作家的写作，“不是为了表现自己而是要自己感到困窘”且“也打算使读者感到困窘，他就可能要求读者与他们承担责任，要求读者在他的错误中看到自身的反映”。涓生的苦楚、鲁迅“戴着面具的呐喊”的尴尬，现代中国这些抗争者启蒙者巨大的心理矛盾，同样也使我们剧烈地感到了生之困窘，在他们的苦楚中，我们同样可以看到我们“自身的反映”。鲁迅，这个“中国最苦痛的灵魂”，[1] 只有一张坚硬的石头脸，甘于承受其内部的重量，在这张沉郁冷峻的脸孔面前，我们怎能不再次感受到真实生存之于理想、观念的切肤之痛?

而小说写作是不是这一令人窒息的疼痛情感的一个出口？小说由于其形式的宽广与自由，在情感表达上而成为“人生之大哭地”。长期以来，人们对之寄予的期望是很高的，人们也真的相信：写作能给我们带来轻松的呼吸，尤其是小说写作。而事实也许恰恰相反，之于感情这一存在，一切崇高或优美、粗犷或精致的艺术形式往往是薄弱无力的，有时甚至会成为一种失意和无望的表达。

20世纪伟大的英国诗人艾略特同时还是一个杰出的批评家，他在《哈姆雷特》这篇评论中出人意料地写道，“他是所有剧作中最长，可能也是莎士比亚费心血最多的一部作品”，但却“确确实实是一部在艺术上失败了的作品”。这一论断是惊世骇俗的。伟大的艾略特所指的“失败”当然不是指艺术技巧，而是艺术与生存的关系以及此关系的表达与和解。艾略特认为，这一关系不仅在剧中未能有效地调解、缓和，事实上它被证明是莎士比亚也是我们所力不能及的一个难题。“用艺术形式表现情感的唯一

1　王晓明:《潜流与漩涡——论二十世纪中国小说家的创作心理障碍》，第22页。

方法是寻找一个‘客观对应物’……哈姆雷特面对的困难是：他的厌恶感是由他的母亲引起的，但他的母亲并不是这种厌恶感的恰当对应物：他的厌恶感包含并超过了她。……它是一个超过了事实的经历。”生存里的一个事实、事件也许是可以记录、描述的，但由之带来的复杂的情感体验与生存寻思要想轻易或完满地表达出来就难了，它的复杂、沉重与晦暗显然大大地包容、笼罩了那“一个事实”，即使撇开言不尽意的语言之阻隔，重要的还是那些意识深层的体验与思想，它们并不向我们真正呈现，却总是隐约闪烁出一些令人恐惧或颤栗的光芒，让我们总是处在晦暗不清的焦虑与疼痛之中。“一个超过了事实的经历”事实上是“一种无法用艺术形式表达出来的情感”，对之作家再也找不到一个令人满意的“客观对应物”，戏剧中哈姆雷特的犹豫与焦虑，犹豫不决、折磨自己、阻延复仇、疯癫胡言的形象成长过程，也是莎士比亚边写作边焦灼地寻思的过程，“莎士比亚处理的是一个非他力所能及的难题”，[1] 由于写作带来的一个巨大的情感经历，他进入了一种窘境。

而鲁迅的小说写作之于他的情感的表达是否也是“一个非他力能及的难题”？事实上只要我们深究鲁迅的小说文本，再回看历史中的真实的鲁迅，我们就知道《呐喊》《彷徨》《故事新编》这些文本的层面意义下掩盖着多少关于鲁迅的“真实”。这一心灵的“真实”也一直在寻求一个良好的“客观对应物”，而真正与之对应也许要算《野草》，这是一部艺术创新的极端形态，同时也是情感交流与再创新生的绝望、虚无形态，在这种诗、散文、戏剧的混合式的文体中，我们可以感到鲁迅对于艺术形式承载情感的艰难努力。《野草》可以说是中国文学中少数能和同时期欧美现代主义诗歌艺术成就能够相对应现代主义经典文本。而鲁迅的小说相对而言是现实主义的，且形式冷峻而朴素，其文本中的叙述者一般而言不作太多

1 文远、余翔编:《艾略特〈哈姆雷特〉》,《精品中的精品——诺贝尔文学奖得主美文100篇》，作家出版社，1994年。

激情的言说、变形的描述，而只是将那些悲苦的颓败者推到读者面前由他们自身给读者讲述或显示。此种不言而言，果真是情感表达的一个出口？《彷徨》中《孤独者》其悲剧力量是恸人的，叙述者“我”在魏连殳令人发怵的命运彻底完结之后，和魏连殳从前一样，发出了一声“受伤的狼当深夜在旷野中”似的“嗥叫，惨伤里杂着愤怒和悲哀”。这里的叙述者“我”在小说结局的“轻松”“坦然”事实上是一种“说谎”，他没有理由这样，因为他在小说中完成或了结的什么，在生活中并未完成或了结。叙述者的那声狼似的嗥叫只是写作者的虚拟，而严肃、客观的现实洪流也难以允留这种深层的感伤。生之困窘与艺术救赎之无望，一切依然。

三

米兰·昆德拉写到，小说家在写作时，“倾听的不是个人的道德信念，而是另一个声音。他所倾听的是我喜欢称作小说的智慧的那种东西。所有真正的小说家都倾听这种超个人的智慧，这说明伟大的小说总是比它们的作者稍微聪明一些。比自己的作品聪明的小说家应当改换职业”。[1]这“小说的智慧”实则指小说的笔触对于存在的无限拓展与深入，倾听这一声音实则是人在小说的世界不断对存在予以洞见和命名。小说乃人生之大哭地，在这里，一切存在之相、生之悲喜，均可尽情宣泄、无边发挥，但也正在这一自由、宽广的进行中，那种“超个人的智慧”出现了，它将引领写作者至一个陌生的存在的敞开之境，此一境域，也许令人欣悦，得到生存澄明之大欢乐，也许却足以令人大毁灭，他将看见一种来自人性与生存深处的“天堂的黑暗”，从此坠入绝望与虚无。

1 ［捷］米兰·昆德拉:《小说的艺术》，孟湄译，生活·读书·新知三联书店，1992年，第153页。

王晓明先生在论述“鲁迅收起小说稿纸的真正原因”时说：“那个时代太黑暗了，他又太敏感了，太深刻了，以至他不可避免的就会产生深刻的怀疑和觖望；他对黑暗的现实又看得太重，不但把小说创作也看成是对黑暗的直接回答，而且执意要使自己的回答都能成为反抗现实的战斗呐喊。因此，他不得不耗费绝大的心力来维持这绝望情绪和反抗意志的微妙平衡，不得不压制一切有可能破坏这个平衡的内心冲动——他的中止小说创作，就正是这自我压抑的一个结果。”[1] 把小说作为人对存在认真的应答，是一个个小说家可贵的品质，可这样这个小说家务必要承受因小说写作不断深入下去而得见的存在之真相。而来自这一真相的“绝望情绪”与人对现实的刻苦的“反抗意志”之间有多大的张力？人有多大的“心力”可以维持这两者之间的“微妙平衡”？米兰·昆德拉所说的那“另一个声音”，“小说的智慧”对人的引领是“超个人”的，是不以人的意志为转移的。在这个“声音”、这一“智慧”的引领下，将是什么样的结局？另一位来自绍兴的当代小说家余华写道：

“……一位真正的作家永远只为内心写作。只有内心才真实地告诉他，他的自私、高尚是多么突出。内心让他真实地了解自己，一旦了解自己也就了解了世界。很多年前我就明白了这个原则，可是要捍卫这个原则则必须付出艰辛的劳动和长期的痛苦，因为内心并非时时刻刻都是敞开的，它更多的时候倒是封闭起来，于是只有写作，不停地写作才能使内心敞开，才能使自己置身于发现之中，就像日出的光芒照亮了黑暗……”[2]

“写作使封尘的内心不断敞开”，小说写作这一特征，也只有在此意义上我们才理解为何米兰·昆德拉说“小说的智慧”是“超个人”的。只有在写作状态中的内心才有能力告诉我们，我们的自私，高尚是多么突出，我们被写作置身于自身生存状态的不断发现之中，写作的光芒有可能照见

1 王晓明：《潜流与漩涡》，第65页。

2 余华：《活着》，长江文艺出版社，1994年，第1—3页。

我们灵魂的隐秘和黑暗。在小说的写作之中，写作者的情思将不由自主地违逆初衷：也就是在这条道路上，托尔斯泰被迫修改了玛丝洛娃的命运，因为他在写作中看到了那笼罩众多被侮辱和被损害者的黑暗的真实；也就是在这条道路上，阿Q早早走向了死路，无数国民蒙昧、卑怯的魂灵已在阿Q及周围民众身上被写作的光芒照见，再放阿Q多活几个星期，对鲁迅已不可忍受。哀其不幸，怒其不争，“《阿Q正传》大约做了两个月，我实在很想收束了”阿Q早早死了实是“会逢其适”。(《华盖集续编·〈阿Q正传〉的成因的成因》)

灵魂里的绝望情绪与人对现实的反抗意志之间若有平衡，那小说写作可能就是这一平衡的最大拆除者。只有那些让“现实”处于遥远状态下或皮相地写着当下现实的小说家才能享受那种一边写一边逍遥自得的“平衡”。“几乎所有优秀的作家都处于和现实的紧张关系中”，鲁迅也许尤甚，这个人不仅仅将黑暗的现实看得太重，而且还要以小说创作作为对现实的对应与反抗。可是，“作家要表达与之朝夕相处的现实，他常常会感到难以忍受，蜂拥而来的真实几乎都在诉说着丑恶和阴险，怪就怪在这里，为什么丑恶的事物总是在身边，而美好的事物却远在海角。换句话说，人的友爱和同情往往只是作为情绪到来，而相反的事实则是伸手可触及。正像一位诗人所表达的：人类无法忍受太多的真实”。[1]

“人类无法忍受太多的真实。”(艾略特长诗《四个四重奏》中的诗句)当我读到鲁迅一方面惊仰陀思妥耶夫斯基“太伟大的”一方面“却常常想废书不观”时，我就不禁想起艾略特这句诗。将人性里太多的真实揭露出来，人还能不能安详忍受、从容存活？陀思妥耶夫斯基在其小说中，“竟作为罪孽深重的罪人，同时也是残酷的拷问官而出现了。他把小说中的男男女女，放在万难忍受的境遇里，来试炼它们，不但剥去了表面的洁

1 余华:《活着》，第1—3页。

白，拷问出藏在底下的罪恶，而且还要拷问出藏在那罪恶之下的真正的洁白来。”（《且介亭杂文二集·陀思妥夫斯基的事》）看穿皮相洁白之虚假显示灵魂里层的罪恶，然并不到此即止，还要深究出这罪恶的原由和人性里普遍潜在的某种心理地域。这“罪恶之下的真正的洁白”，或“污秽中阐明那埋藏的光辉”（《〈穷人〉小引》），事实上是一种通过否定之否定而得见的深处的“真实”，也正由于这“真实”长期遭到蒙蔽，所以它的彰显，便是一道令人惊异的残酷的恩宠之光，让人都难以承受。

四

当下的鲁迅研究，一切“还原”鲁迅及其精神原生态的努力，一切关于鲁迅小说的潜在话语的述说，应该都是在贴近这一伟大的“真实”那真正洁白的光辉，以照见后来的我们的灵魂，我们应当在鲁迅的困窘中感到自身困窘，在他未竟的责任中承担责任，在他的痛苦中看到自身的反映。那一“罪恶之下的真正的洁白”“污秽中阐明那埋藏的光辉”（这里“罪恶”恐怕远不止于道德判断，而是日常话语深处别一种的真，甚至善、美），应是一切小说家、写作者、我们所要奔向、明辨的“真理”，小说及其他论说都应为它显现。在这条路上，我们应和鲁迅的灵魂相通，这个人以他艰难的苦痛赐予我们以坚忍不拔、净洁自身、拯救民生的民族精神，启示我们人类灵魂中存有复杂不洁及对复杂不洁的抗争与救赎。让我们再次回想这个人一生的多种角色：呐喊者、彷徨者、启蒙先驱、绝望与虚无者、忏悔者、革命先驱、青年导师、“局外人”、孤立的“横站”者、灵魂的考问官、“伟大”的犯人……多重合力交织下的那颗苦痛之心，经年累月，总是在世界某地，无端端地，望着我，我们。

赘言甚多，已在削减我对鲁迅的心情与深意。最后我以20世纪另一个杰出的思想者——薇依的一个比喻作结：如果用榔头钉钉子，所有的重击力会穿透整个钉子——从钉子到钉子，尽管钉尖只有极小的承受力。钉子就有如不幸：

> 躯体的痛苦，心灵的痛苦、社会的侮辱。钉尖就在心灵最内在的中心。钉头是整个分担着时间和空间的必然性。不幸是神圣技术的奇迹。当心灵朝向上帝。……把自己钉到世界中心本身中去，把自己钉到创造与受造物的交合点——十字架的横梁穿过这一交合点——上去，心灵就有如这颗钉子。（薇依《思想录》）[1]

鲁迅的心灵所朝向的不是基督，而是一个完满的国民精神。在这个心灵方向上，鲁迅将自己钉到了世界中心本身，承受着五千年历史与现代中国的时间和空间的必然重击力。鲁迅之于我们的启示或爱，也就全然践行在矛盾、厄运、撕裂和整个地付出自己的过程中。我愿拙劣地喻这个人为现代中国的一颗独特的钉子，是他使我们的灵魂感到了可贵的疼痛。

1 薇依，当代法国与加缪、萨特同样重要的思想家之一，此外，她还被人视为一位现代的圣徒，生年仅34年。参见刘小枫:《走向十字架上的真》，第204—205页。

关于北村小说《玛卓的爱情》的对话[1]

一、爱、爱人、爱感

读完北村这篇我最喜欢的小说[2]后，我一直在思考一个问题，玛卓的爱情为什么会破碎？按常理来看，玛卓与刘仁都是诗人，都是很好很好的人，（这个常理是一个极大的谬误，什么是好人？暗地里“犯罪”的人太多了，只不过无人知晓罢了。诗人、文学家更加不可靠了，因为他们不仅可以犯罪，而且有“文学”的借口。文学某种意义上就是教我们说谎，鲁迅的小说《伤势》中涓生回忆他们的爱情时有一句话：“因为我们相爱过，我应当永久奉献我的说谎。”这句话意味深长。）都是把爱情看得比生命还重要的人，（把爱情看得比生命重要就有问题了，因为人的爱情区别于“爱”，北村在一篇创作谈中说：“爱情是人类残缺的情感”，人的爱是非常

1 本文与喻书琴合作，括号中的楷体字为荣光启对喻书琴的回应。喻书琴，作家，译者，现居洛杉矶。译有C.S.路易斯著《卿卿如晤》（华东师范大学出版社，2013年），《铁链下的突围与救助——当代中国女性纪实访谈》（美国大激流城：普世佳音新媒体传播机构，2022年）等。

2 这部中篇小说收入《跨世纪文丛·第三辑》（长江文艺出版社，1994年）北村同名小说集，本篇的引用页码为此版的页码。此集另五篇为《伤逝》《孔成的生活》《劫持者说》《聒噪者说》和《孙权的故事》。

自私的，我爱你，如果你却死活不理我，我就有可能心生怨恨。另外，我们的文学也将爱情的本质劫掠一空。爱被浪漫化……）应该活得很幸福才对，可为什么他们感到的只是苦涩乃至绝望至死呢？

一定是某个地方出了问题——细微但又关键的地方出了问题！我不想立刻下结论，让我们从头说起，从刘仁与玛卓的开始相爱说起吧！

刘仁爱玛卓吗？当然。否则刘仁也不会在大学四年每天都给卓玛写一封信。但刘仁为什么爱玛卓，那个连话都没说上几句的女孩呢？因为她能唤醒他心中一种牧歌般幸福而悲凉的，跟死与献身有关的感情。这种感情一旦被唤醒，就能让他感到自己存在的意义，具体而言，就是给玛卓写信，写信这一行为对刘仁意味着什么？“它能使我不停地写下去，不停的爱下去，不停地依靠下去，人是多么的脆弱呵，怎么能毫无依靠的活下去呢？”（193页）即能够去爱去写才是人活着的根基。那么，写信这一行为对玛卓又意味着什么？意味着一个想象的玛卓的被塑造，（这里的分析非常好，“写信”这个语言、文学的行为劫掠了爱的本质，就像商业社会的市场机制改变了商品的性质一样“使物成为物象”，真实生活中的玛卓成了想象中的玛卓）刘仁信中的玛卓只是作为一种审美性意象而存在的，（用这个美学词语来谈论北村小说中的人物是一个极大的失误。在我们中国的文学中，文学的美是以“意象、意境”来谈论的，这非常可笑。还有另外的文学，如北村这样的文学，他就是在否定那虚妄的“美”，让人看到生存的空虚和绝望，从而真的如鲁迅所说“揭出病苦，引起疗救的注意”……）“在水一方的凄凄芳草中，她款款地面带微笑地向我走来”（191页），而非作为真实的玛卓这样一个女子存在的。（不过，我看这个小说，我觉得玛卓真是真实，在我的生活中，就像《伤逝》中的超尘一样，我生活中太多这样优秀的、悲观的、多疑、敏锐的女诗人，她们让我心驰神往又小心翼翼）其次就写信而言，刘仁是倾诉者，玛卓是倾听者，倾听者是无须回应什么的，更何况是假想中的倾听者，也无法回应什么，他使得爱情并成一种施与受的关系，刘仁在这种自恋又单恋的关系中沉醉不醒。

那么这是一种怎样的爱呢？刘仁说过"爱是一件多美好的事！"，爱本身才使刘仁成为刘仁。而不是玛卓使刘仁成为刘仁，在刘仁心里，爱的品质远比爱的对象重要得多，只是他自己不知道而已。当然，并非玛卓不重要，但刘仁爱的只是假象的玛卓，甚至因此与其说刘仁是爱上了玛卓，不如说是爱上了爱情本身（这里的爱情相当于精神指称：一种生存的美好品格和生活的透明质地）。或说是爱上了一个升华的自己，这样，爱的对象才被爱的品质合而为一：玛卓就是爱，就是神，就是圣洁的化身。（玛卓不是"神"，玛卓的形象是神话性的，你这里这样写是不妥的，因为"神"看地上的人，没有一个是圣洁的。"因为世人都犯了罪。"圣洁的人即《圣经》上的"义人"，在大地上没有一个"义人"。）

那么，反过来，玛卓爱刘仁吗？当然，否则她就不会嫁给刘仁了。但为什么爱刘仁，那个木讷的、平淡的，自己根本不了解的男孩呢？因为她需要爱，"我觉得自己像假人一样活着，整天上课、吃饭、唱歌、跳舞，但我里面非常空，没有一个人能和我说话"（197页），她那样的孤独，以至觉得这世上没有人真正爱她，除了刘仁。玛卓之所以在山上毫不犹豫地对刘仁说："我爱你"，是因为刘仁爱她，那么无怨无悔、不弃不绝地爱她，其实玛卓需要的（爱的）只是刘仁对她的诗性之爱，而非刘仁本人，正如刘仁需要的（爱的）只是他给玛卓的诗性之爱，而非玛卓本人。

玛卓在爱的领受（被爱）中体会到了幸福，只要领受的是真挚的，纯洁的爱，与被谁爱有关吗？刘仁在爱的施与（爱）中也体会到了幸福，只要施与的是真挚的、纯洁的爱，与爱着谁有关吗？

我总觉得，北村在这里提出了一个尖锐的问题，那就是：爱感与爱人有关吗？爱，是一个人的事件，还是两个人的事件？（"爱感"这个思辨性的概念不错，是的，人由于缺乏爱的信心和能力，就沉浸于自身自恋式的感觉中。将人与爱人分离。所谓我感觉故我在，其实，感觉的来源也是话语性的，感觉不是你自己的，它是被塑造的、外来的，根本、至少有一部分不是源自你的内心。）

二、爱的期待值

为什么许多人说婚姻是爱情的坟墓？是不是因为在婚姻里才无法回避这个问题——那时我们要面对的不仅是爱情本身，更是爱中的另一个人。诗化世界中云淡风轻的雾霭小路在真实世界的阴雨绵延中总容易支离破碎，可惜的是，因着某种关于幸福生活想象的必然性，玛卓与刘仁进入了婚姻——一种以对对方的期待人格作基础的婚姻：（“期待人格”，这个词很好，它代替了真实的人格，悲剧不可避免。）例如，刘仁对玛卓的期待是一个单纯的、温柔的、惹人怜爱的女孩；玛卓对刘仁的期待则是一个像写一千封情书时那样，柏拉图式的全心全意爱着自己的男孩。

在小说文本中有两处信息极为重要，一是婚后刘仁对玛卓说，“你要是一个瘫痪病人，我真是会死心塌地地爱你了”（233页），（这句话一直令我非常感慨，我们没有爱的能力，但又要表现出有爱……不得不这样想。这种想法是对具体的生活的畏惧，为什么畏惧？是因为人缺乏信心、没有爱的能力。）晚风习习，杨柳依依，他用木制轮椅推她到夕阳下的河边草地漫步，为什么？因为只有这样的玛卓才能唤起刘仁的爱感，从而才能重温昔日写情书的幸福感，因为写情书与照料病人都是一种单向度的爱的布施，布施使被布施者面目模糊，身位不明，却使布施者变得高尚而美好，从而使刘仁感到存在的意义。二是婚后玛卓也承认：“我更愿意刘仁永远是那个写情书的男孩，而我是那读信的。我想那是我们最好的归宿。”（241页）（在劫掠生活本质的意识形态中，抒情语言是最发挥功能的一种，在叙述中，想象代替真实。今天的语言其实在《圣经》中的处境和蛇是一样的，都是被上帝惩罚的结果。蛇引诱人犯罪结果被惩罚在地上爬行、模样丑陋；语言的能力使人想造一座通天的塔，上帝于是变乱了人的口音，语言乱了。关于语言的罪性我另有阐述，语言的罪来自人的思想，思想似乎无罪，但它来自人的欲望，欲望无罪吗？我们想一想看吧，看欲望的思想把我们带到了精神的什么境地。）

偏偏他们面临的最大问题就是对对方期待值的落空，这并非说，那个像水一样清澈的少年刘仁和那个像诗一样空灵的少女玛卓都是伪装的，虚幻的，（他们确实不是伪装的，但正因为如此，才显出人的不自知。如果没有真理性的话语之指引，人的行为一定是盲目的、伤害人的。）而是说，那只是一个方面，一个侧影，人的复杂性只有在走向复杂生活时才会一点点地浮出水面。他们走进婚姻生活是必然的，却无法说是幸还是不幸，因为我们迟早要面对真实的人性和真实的人生，迟早要处于那生存的困境，否则，永远停留在山坡上的唯美年代，即回避了困境，又拒绝了成长。（这段话我很喜欢。困境是回避不了，唯美也救不了人，艺术上的唯美主义最终只能导致颓废。“拒绝成长”，其实是拒绝改变，生活在自己的幻象世界中。）如果不能在完全接纳对方的基础上彰显爱的本质，而只能建立在对方作为某种期待人格上，是真正的爱么？

三、爱的破碎

刘仁和玛卓的爱情是怎样在婚姻中一步步破碎的？

首先，是性爱层面的破碎，在小说中，从新婚之夜开始，双方就没有过一次健康的性爱关系，性爱意味着面对彼此的身体，那得有面对彼此作为一个真实的，而非抽象的、隐喻的、朦胧的人这一前提，但他们彼此就从未正视过这点。玛卓与刘仁都是与阿蕾特和特丽莎一样性情的人，即都将身体看作灵魂的影子的人，而身体感觉来源于灵魂感觉，（在一种基督教神学中，“灵”与“魂”区别甚大，前者是信心、盼望与爱，后者是情欲、意志、感觉。所以谢有顺在一篇叫《不信的世代和属灵人的境遇》的文章里曾经说，许多优秀作家也只是属“魂”的作家。北村也曾经说：“他们自认为写尽了人间的黑暗，殊不知自身满身血气，是个盲人”。）灵魂感觉却来源于与对方生命气息的契合，一种为对方所知的、亲切的、熟悉的、呢喃的、温热的生命气息，但他们却没有，或者不知道。以前，他们面对的是爱感，而此刻，他们要面对的是爱者，这让他们，尤其是刘仁力不从心了，仓皇失措了，山坡不见了，情书不见了，审美意境不见了，爱感也就不见了，新婚的他们比陌生人还陌生，为什么当时刘仁说不出“我爱你”三个字？显然刘仁已隐隐意识到：“我爱你”不是指丈夫刘仁我爱着妻子玛卓你，而只是指少年刘仁我爱着少女玛卓你这一双方已扮演的爱情角色和双方已默许的爱情结构。（“结构”，对爱情的结构主义分析，其实是解构主义，这里的分析很精辟。）此爱不是彼爱。这也决定他们只能以后者定型的模式（在特殊的时间与空间内）去爱，却无法像前者那样去建立一种厚重的、宽广的、有生命力的，并能在苦难生活中彰显的爱。

然而，可笑的是，眼下不得不做的事却无疑是对后者之爱模式的解构（纯粹审美之爱是唾弃肉体之欢的），深知此点的刘仁更加一筹莫展，尽管他不是托马斯，但还是做了托马斯，将身体与灵魂强制隔绝开来，仅凭对玛卓的身体欲望而行事，这时，性爱便成了双重隔绝。什么叫双重隔绝？当灵魂感觉（爱）的陌生带来身体感觉（性）的陌生后，还要用身体的假意亲密来遮蔽这双重的陌生，便是双重的隔绝。（米兰·昆德拉？这家伙几本小说里边都有这样的场景：主人公在做爱的过程中往往哲思连篇。据朱大可批评余秋雨的文章，说上海女人，妓女的包里，流行放一本《文化苦旅》；美女作家的话，则放一本米兰·昆德拉。）整个新婚之夜的结果：玛卓觉得自己被一个陌生男人占了处女之身，尽管这个男人他是我丈夫，当然，他不是爱着我的刘仁，我不是被他爱的卓玛。我是谁呢？刘仁觉得自己对一个陌生女人行了禽兽之事，尽管这个女人她是我妻子，当然，她不是被我爱的玛卓，我不是爱着她的刘仁，我是谁呢？

为什么从那以后刘仁和玛卓认为做爱是一种丑恶，并非做爱本身丑恶，而使他们发现在他们之间仅有身体冰冷的接触，没有灵魂温柔的抱慰。难道性爱是罪吗？不，而是爱情不在场的性爱有罪——亏负的即是身体又是灵魂。（性爱无罪。上帝在第六日造男造女，“上帝看着一切所造的都甚好”。性行为本身是好的。《创世纪》中，上帝觉得始祖亚当孤单，就在他熟睡的时候从他的肋骨中取出一根，造出女人，男女关系应该是，你是我“骨中的骨，肉中的肉”，既是两个身体合一的疼爱与喜悦，又有性的欢愉。但如果做爱的过程中我们想的是另外一个——性幻象，这就有罪，“犯了奸淫”。）性并不会扭曲爱，正如爱更不会扭曲性一样，而是他们自己的隔绝使爱与性都成为一种扭曲。

其次是生活层面的破碎，从表面上看，好像是生活淹没了爱情，仿佛日常生活的诗情消解（各种家庭琐事及生存压力）使爱情也一点点消解，但实质上，固然有以上因素，刘仁与玛卓纷争的焦点仍是不爱，正由于不了解对方，却又对对方期望过高而落空，才使生活乱七八糟，毫无诗意，唯美主义的刘仁与唯美主义的玛卓的婚姻生活毫无唯美色彩，因为只是在猜疑、欺骗、害怕、可惜，刘仁却没意识到，他仍然以为是“贫贱夫妇百日哀”的生活阻隔了爱情，阻隔了人诗意地栖居，如果不少烦恼的确来自清贫，那么以下这段场景显然与经济困境无关，而是审美困境：玛卓产后留下的伤口需要每天进行医疗照射，刘仁作为妻子的丈夫和孩子的父亲，陪在身边却感到“有点恶心，觉得这种情景丑陋不堪”，以致疲惫不堪离开，爱一个人，会伴随恶心吗？可紧接着，刘仁一看到当年写给玛卓的信，眼泪就落下来，不爱一个人，会为之落泪吗？刘仁自问：“我对我的爱感到怀疑了，也许真正的我只爱这些信而已。并不爱真实的玛卓。”（212

页）（信中有刘仁自我的形象和对玛卓的想象，和现实相比是另一个世界，刘仁真正是“生活在别处”。在我们的文学中，说出“生活在别处”这句话的人似乎很自豪，真是奇怪！就像一个人很痛苦很虚无反而变得很骄傲一样。“丰富的痛苦”？）

刘仁为何要去日本？表面上是为解决生存困难，实际上是为了重返山坡爱情模式：“我有了这房子，房子外面有山有水还有黄土路，房子被树遮盖了，墙上还有爬山虎，我想我们一定会相爱，什么东西都别想靠近我们”（256页），但作品中的我却一针见血地问道：“你的房子无非是个无菌的氧气罩，你以为这样就能守住爱情？”刘仁总说是“别的什么东西消磨了爱情”，其实殊不知就是他们自己。（确实是“他们自己”，因为他们没有终极话语的指引，只在自我的语言与思想中沉迷。这里是没有出路的。）也不是刘仁不知，他只是没有别的办法了：他无法如少年时代再靠自己自足，或以为自足的诗性精神去爱玛卓了，因此，刘仁的日本梦想终究是一种逃避，既然内心的诗性无法自足，就借靠外界的诗性吧，可是外界的诗性能在多大程度上激发内心的诗性呢，如果玛卓去日本后还会碰到上述手术，刘仁还会感到恶心吗？抑或，摆着丑陋之姿的玛卓在身边青山秀水、良辰美景的对比下，只会让刘仁更恶心？！

刘仁仍最终求援于审美意境，诗化空间，以为能解决爱情危机，其实，玛卓反比他清醒得多。既然到了日本后，刘仁没变，玛卓没变，那么，真正的刘仁仍并不爱真实的玛卓，只爱那些信，只爱那种牧歌情调，只爱美好空灵的少女玛卓，只爱纯洁高尚的少年刘仁自己，跟在国内有什么区别？事实上，当年的山坡爱情就有隐患，只是影子的相爱，现在，难道还要玛卓的影子与刘仁的影子在异域的风花雪月下作相亲相爱状？然后让真实的玛卓与真正的刘仁蒙住双眼，摒弃一边？玛卓不要，宁可死掉也不要。况且，他们再也回不去了，玛卓还能重演那个少女吗？刘仁还能重演那个少年吗？

四、刘仁的困境——我有爱的能力吗？

肯定有人会问，为什么真正的刘仁就爱不上真实的玛卓？我不能回答，若说他们两个都太过于完美主义理想化了，显然太片面，如果完美主义的人都无法容忍对方的不完美，那么，诗意的爱情还有什么可能？

首先，是刘仁开始对自己的欠然——爱的能力产生怀疑：自己真的像自己想象的那般纯洁高尚么？起初，这种欠然是本能状态带来的，比如刘仁的多看几眼别的女人，（这里我引用我的一段现有的文字——北村的小说《玛卓的爱情》有一个主人公玛卓的奇怪的“三段论”。玛卓一天和丈夫刘仁一起在街上走，路遇一美女［玛卓本身也是美女，曾经是校花，写诗、能歌善舞，好不容易被刘仁追到手］，回来后玛卓就不理她丈夫了。原来，刘仁的表现是这样的：第一眼看见美女；停顿了一会儿；他再次偷看了美女。玛卓说，在第一眼的时候他没什么，因为是偶然，中间的停顿男人心里就不那么清洁了，而第三个动作表明了男人确实有不洁之念。第三个动作表明男人犯了罪［在心中犯了奸淫］。敏感的玛卓在这个“人不断犯罪”的世界［她自己也是个罪人］无法生存，早早死去［去东京看望丈夫、神智恍惚地在铁轨上行走、未见丈夫已死于车祸、怀揣刘仁曾经写给她的一千封信，信在风中纷纷扬扬］。面对她的“三段论”我们无法说这是她的胡搅蛮缠。这理论有道理。不是她的苛求。我们也不能认为玛卓对刘仁的要求很离奇。）刘仁厌恶手术后丑陋的玛卓，他无法忍受自身的不完美。其次，这种欠然是由于不爱带来的，他发现自己只爱想象的玛卓，不爱真实的玛卓：“现在，面对这样一个逐渐展开的人，我怎么办？我一点办法也没有。”（209页）当刘仁上街看到别的女人而有了兴奋感，并借着这种激动像野兽一样与玛卓做完爱后，他呕吐了。并且知道“那个山坡上的少年已不再存在了，这里只有一个困难的男人，他的爱情虚弱到经不起一盏灯的袭击。”（215页）他不仅不爱玛卓，也不配爱玛卓；爱感消退，罪感来临，（在这里，刘仁“认罪”了，但他并不彻底，他的方式是在欺骗良心。良心岂能被欺骗，所以接下来是良心的责问和折磨。）跑遍全城买一件大衣送给玛卓则是对玛卓的赎罪，他也明白这不是爱，是用大衣贿赂良心；爱感消退，怕感来临，掉了钱却对玛卓撒谎钱被偷了，骗她，是因为怕她，他又看到了自己“我无法担保将来我不会再撒谎”（220页）。

刘仁发现自己的欠然这一事实，已让他对自己很没信心，玛卓对其欠然的苛刻，就使他更没有信心了。但既是这样，刘仁不是没有努力过——努力过去爱真实的玛卓。刘仁在生活中处处是迁就玛卓的，买菜，为她撒谎，负担高价的孩子的奶粉，但玛卓却不以为然，甚至适得其反，做错了事，他向玛卓不停地道歉，希望重新开始，但玛卓却不相信，也厌倦了道歉，“他只有无休止的道歉，多乏味”“每一次都是失败，总是一团糟，还有必要再说开始吗?”（209页）这使刘仁的心冷到极点，爱是双方的事，在为爱情力挽狂澜中，如果施与爱的一方感受不到承纳爱的一方的回应，就会孤立无援，绝望无助。自救不可能了，但为了重新得到爱，他又想到了另一种它救——求援于审美意境，求助于诗化空间，因此也是另一种自救。可结果呢?

如克尔凯郭尔所问：人自己岂是有爱的能力的?正因为人的有限与脆弱，才会把生活弄成这个样子：“我们盼望生活像天使，实际上它像垃圾”（207页）。“我们盼望生活像天使”源于人的渴求高贵的一面，“实际上它像垃圾”源于人的欠然，而自己又无法超越这种欠然达到高贵的另一面，但是一定有个安慰者的——“我们像走迷的羊，都走在自己的路上，我巴望尽快离开这条黑暗的河流，一定有个安慰者，来安慰我们，他要来教我们生活，陪我们生活。”（258页）（其实《孔成的生活》之后，北村小说创作从形式实验向神性话语转变之后，北村几乎在每一篇小说的结尾都有这样的启示——“他们”都毫无意义地死了，为什么死？难道人活着一生就是为了吃吃喝喝、生老病死吗？死了又去哪里？难道死了就“一了百了”吗？一定有个安慰者，这个安慰者在北村看来，就是《圣经》所启示的那造人和万物的、始终在召唤人而人常常拒绝的上帝。）

五、玛卓的困境——爱的信靠在谁那里？

为什么玛卓如此苛求刘仁？（玛卓并没有“苛求”刘仁，只因为他们都是罪人。读这个小说如果你没有“罪性”的观念，就无法理解。从无“罪性”的眼光看，这一对夫妇，无非是曾经是诗人的美丽妻子有点神经质，丈夫偶尔犯点小错误，很正常嘛！过日子，不就这样？）还得从为什么玛卓会在山坡上喜欢上刘仁说起，前面已说过有两点原因：一、对刘仁的感动，二、对意义的迷茫，当刘仁以自己的孤独来抱慰玛卓的孤独时，玛卓就不再孤独了，觉得人活着还是有意义的。并发出爱的回应，但前提是刘仁得首先爱她，干干净净的，纯粹不含杂质的爱她，因此婚前刘仁的多看两眼别的女人，自然在玛卓看来就是白璧之爱的瑕疵，也不可饶恕的。更遑论重人性弱点的角度去谅解刘仁——只因为，她把刘仁当成神了，当成爱情与维系她活着的意义的光源了，（正如刘仁把能散播出高贵爱情的自己当成神，当成光源一样），神怎么会有瑕疵？（“神”确实是没有瑕疵的。神是自有永有的。但刘仁不是，他是一个不断犯罪的“人”。）玛卓问，刘仁自己也问。一旦这个神越露出他的欠缺，他的无能与无力，玛卓，对生活的品质和爱人的品质要求极高的玛卓，就开始陷入怀疑中了，对对方的信靠到对对方的怀疑再到对对方的绝望，显然便是玛卓对刘仁态度的变迁过程：“我早就看出人不可靠，只要一有条件，他就犯罪。”（235页）（玛卓这句话其实是北村的话，是《圣经》的话，是北村小说写作的根基，人的光景就是这样，故人需要真正的救赎。）

如果人性的自足可以导致爱情与意义的自足，那么，人性的断裂必然导致爱情与意义的断裂，玛卓反复问自己，“人活着是为了什么”，以前是为了爱情，但爱情不足以信靠，那么现在呢，还能指望什么？

与刘仁相比，玛卓显得更加自我中心，和自私。其实，真正的玛卓又何尝爱真正的刘仁？她对刘仁的爱就是想象“我写了一大堆诗，可是他一首也读不懂，正因为他没有一首读得懂，我才感到高兴”。一个人以自己喜欢的方式爱对方，而不是以对方希望的方式爱对方，是真正的爱吗？“这只是残缺的情感”（244页）。甚至，（如前所言，爱情是人类残缺的情感，如果这其中没有神的爱。北村多次申明这一点。他的《最后的艺术家》《周渔的喊叫》《强暴》《张生的婚姻》等小说，都是讲述这个主题。）她都没有试着去爱真正的他，更别说去谅解刘仁的难处，设身处地考虑刘仁的感受了，起码，刘仁是一直在为爱情的破碎努力着的，尽管努力错了方向，但玛卓却连努力也不曾，只是一味抱怨刘仁的欠缺，并以一种激烈的、轻蔑的、高傲的姿态表达出来，耐人寻味的是，她瞧不起刘仁看别的女人，自己却又可以倒在别的男性的怀抱里，并感慨“唉，我真是感到迷茫，人是那么没法子管住自己呵”（245页）她为什么不由此想一想，既然自己是欠缺的、易犯错的，刘仁也是欠缺的、易犯错的，为什么不以自己的欠缺来体谅刘仁的欠缺呢？什么是爱？不是一个完美的人对另一个完美的人的接纳，而是一个欠然状态的人对另一个欠然状态的人的接纳，接纳彼此的不完美，接纳因这不完美而各自所遭受的创痛与挣扎，接纳对方“尽管也许没有足够能力去爱，但努力地想去爱”的真诚与勇气。然而，玛卓却不懂，“爱是恒久忍耐，又有恩慈”，（这话在《新约·哥林多前书》第13章，你可以去寻读。北村的小说集《水土不服》［中国社会科学出版社，2001年］的后记写得非常好，你可以参阅。信有神（信耶稣基督的上帝）是北村整个人生的一个起点，论北村，也必须了解这个事实。北村在一些创作谈和自述中，也讲到自己的信仰经验）。爱，也是需要回应的。（“回应”不是“回报”，人与人之间的爱是需要“回报”的，非常之狭隘，但被我们说成痴情、纯粹等等。上帝爱人，就不是这样……上帝希望我们的回应是：只要求我们不要再犯罪，心里有上帝的形象和样式。）

六、玛卓的死与刘仁的死

双方都没有面对他们的根本问题：该怎样去爱才是正确的——才是对对方最好的？如果玛卓对刘仁更宽容体谅一些，如果刘仁对自己更看得清醒和低调一些，如果……可是，没有如果，他们都死了！（“罪的工价乃是死”，他们的死是必然的。玛卓是值得我们同情的人，这个对生活苛刻而绝望的女人，她的得救其实只差一步，她没有挺过绝望的边缘。）

玛卓的死源于“意义危机”，像所有真正的诗人一样，她，他们，既不愿意做螃蟹“我看着那些在下面忙碌的人，觉得很可笑”，又做不成鸟“但我更难受，明明重的很，却要装出飞的样子”，（小说里写玛卓为了生计去拍广告这一段很有意味。美女玛卓被掉在空中拍摄飞翔的场景。鼓风机吹着她，看起来是在空中飞翔。一遍又一遍，玛卓快呕吐了：人明明很“重”，却装出要“飞”的模样，这个悲剧情境其实是意谓：人有罪，就不可能是天使。）于是上不着天下不着地的悬浮在空中，很尴尬。追问生存意义却又找不到生存意义，或者对原来坚信不疑的意义（人文信念，或革命理想，或爱情）（这三个东西，不是灯盏，而是三箩筐的水，我们的知识分子为他们耗尽了气力，一再地徘徊在虚无与绝望的边缘。）产生怀疑，这是一切诗人自杀的原因。对爱情神圣幻灭后，幸福不再，平安不再，“玛卓心中的恐惧和黑暗是何等的大”，甚至比大学时的那次出走还要孤独。“我现在就要平安，现在平安就永远平安”（251页）。可谁来救救她呢?（后期北村每一个小说都有这样的提问：谁来拯救我们？不过，对那些认为自己没有“罪”的人来说，这不是个问题，他们认为自己不需要拯救。他们对自己的行为其实有这样的信念：人活一世，及时行乐。哪有犯罪之说。有这一心理其实是因为中国人对“死”的观念:“死后原知万事空”。但事实上是否真的这样？由于没有人死了又回来告诉我们真相，我们就这样怀着侥幸心理相信着，管他呢！不都是一死吗？有什么区别？其实死后是有区别的,《圣经》上说:“死后有审判。”）

刘仁的死同样源于“意义危机”，玛卓的自杀实际是对刘仁乐观地（他不是乐观，是自我欺骗，刘仁也是个值得同情的人）重温爱情梦的否定，是对刘仁爱情主体性自足的否定，是对刘仁最后退路与出路的否定。刘仁在大学时代说“我相信这光虽微弱，但它能使我找到爱情”（193页），婚后虽然一塌糊涂，但在去日本之前，还更觉得“爱情誓言是我一生的力量，它使生活变的美好”“爱情是一生中最超越的目标，我的追求没有错。”（228页）这里，仍有对这光的相信，然而玛卓的自杀同样让他看到爱情与意义的双重破碎，刘仁不是因玛卓的死而殉情的，而是同样没有了活下去的理由当他发疯后握着手电筒的光看信，但小说中的我去抢过去熄灭它时，刘仁就彻底陷入人生的黑暗深渊中，连发疯都不可能了。“看来靠我们是无法上岸了，一切都是徒劳”（259页）。（不同的时代，我们都在依靠不同的话语和力量……但似乎没有一种话语和力量让人获得真正的“自由”，能解决人对虚无和死亡的恐惧。）

一切都是徒劳吗？爱是那么难那么难，天地之间，谁在为你们默默忧叹？

个体、交往与隔绝：周李立小说印象[1]

读周李立的小说，我脑海里会浮现出刘一南、贾小西、冯静水、小马、康一西、蒋小艾这些人物。这几个小说，人物关系比较简单、社会场景也不复杂，心理描写的部分较多，就像人物照，背景被虚化了，人物的表情被突出了，作者让我们看人本身。周李立似乎以这种方式，让我们专注于芸芸众生中那一个个单独的人，看看他们的内心、看看他们与人与世界交往的情形、看看现代社会作为个体的人的存在状态。个体的命运，似乎是她的小说一个常见的主题。

提到"个体"一词，人们首先想到的是自由、个性、独立。但事实上"个体"也是一种悲剧处境，因为随之而来的自由我们似乎无法承担。文学中的"现代主义"，其实也有一定的悲剧意味，这里的"现代"就不止是一种进步：思想、精神上的深刻，艺术上的独特性等等，它也指向人脱离了上帝之后的一种处境：离开了最高实在与否定了终极价值、否认了生命之始，我们该何去何从？我们还相信什么价值？我们是否要自己创造价值？或者我们对一切价值都无所谓？在辨析现代文学的特征时，很多人都将这种文学在精神上的虚无、荒诞、冷漠、孤独等特征归结为人与自然关

1 原刊于《长江丛刊》2015年第27期。周李立作品为《长江丛刊》提供。

系的疏离、人与社会关系的疏离、人与人关系的疏离、人与自我关系的疏离等等。而这一切疏离的原因，可能正是我们出发的那个起点，也许根源在于人与终极存在、作为信心对象的那种实在——上帝的疏离。是的，你是一个个体的人，但你无法独自承受这“个体”所带来的，因为你有来源，因为你的来源还同时携带着目的或使命，只是你从来不去追究或者根本不相信。

所以在基督教的语境里，除了“个体”（上帝创造的每个个体，有其自身的天赋、恩赐等独特性），还强调“交往”，个体之间彼此交接的关系，英语是fellowship。而人世间最大的交往当然是上帝与人的交往。为了让人明白上帝之爱，三位一体的上帝的第二位格、圣子耶稣基督，他本是上帝，但成为人（“道成肉身”），在地上成为替罪者，承担了人因自身的罪所要受的刑罚，你可以理解为，上帝这位公义的法官在审判的事情上，将罪责转移到自己唯一的儿子（耶稣）身上。这是上帝与人那代价极大的交往，这个交往成就了《圣经》中人与神的沟通（communication），唯有被赎罪的人，才能与神之间有沟通（communication），中文和合本将这个词有时翻译为“交通”，这是极有意思的：人与人之间的交流、交谈、交往是一种“交通”，它似乎提醒我们，我们的交流、我们不孤单的前提是——我们之间的交通（traffic）顺畅吗？有道路吗？有出口吗？

所以当我读到周李立的小说时，这个写作者所关心的一个命题让我很感动：现代人之间的那个沟通（communication）是怎样的呢？在周李立的笔下，结局似乎都是悲剧，个体与个体之间，虽然有交往，但却陷入更深的孤独、更大的困境。小说虽然没有这种困境提供道路，但无可厚非，文学本没有这样的义务，文学的义务是描述症状，不是开药方，小说的义务是在故事的叙述中呈现人生困厄的景象和景象中的种种复杂性。

小说《如何通过四元桥》从题目看，似乎就是一个象征，这个像中国联通标志一样的重要城市枢纽，复杂无比，我们如何能够越过一端到达另一端？主人公刘一南赴女孩贾小西之约，要经过四元桥。小说中说他们的关系，很有意思，“……他们的关系，其实还没有男女朋友那么明确。他们一起喝咖啡一起看电影一起参加各种饭局——以男女朋友的名义，他们把各自大部分的闲暇时间都放在一起打发。他们也做爱——如果有必要。但他们却从来没有明确过他们之间的关系——也许时机未到。他们一起谈论各种问题，但仿佛只是为了交换各自的知识储备，却从不谈论他们的关系，仿佛那是两人共同的知识盲区”。他们虽然已经到了做爱的地步，但却谈不上是不是男女朋友；有肉体和知识的交换，却没有灵魂里的根须相触。刘一南本是一个自信的人，他在迷路中也不需要贾小西的指引，自信、独立、智慧、成功，这是刘一南吸引女性的根本，他不相信自己不能到达贾小西所在的那个咖啡馆，这是一个以自己的智慧和能力为是的人。而贾小西，是一种相信网络的人，她连卫生巾之类的东西，都是在网上买的，若不是男朋友和咖啡馆不能网购，她可以不出门。这是一个以科技的智慧、以人类的智慧和能力为是的人，她在刘一南在四元桥上不断转圈寻找出口的时候，只是在百度上“搜一下”一句话就解决问题了——“从机场高速出京方向，到东四环往南方向，应该怎么走?”当她将这个答案发信息到刘一南的手机上，很可惜，她所相信的科技耽搁了一下，并没有及时被发送。在网络上得到的答案，似乎是有用的消息，但也可能是假消息，这是否是“贾小西”这个名字的暗示?

刘一南和贾小西共同的问题是没有更深的生命的交接，他们虽然在交往，虽然也做爱，但其状态能否说恋爱或者说他们之间是爱情的关系，他们自己都不清楚。这样的生存状况和生命状态，本身就是迷乱的，犹如那个恐怖的麻花一样的立交桥，他们能成为对方的指引和出口吗？小说否定了这一点。刘一南看到了那个延迟的短信，等他到达出口，发现出口因为修路，被封住了。这个结尾也许并不荒诞，它反映了我们精神处境中的一种真实。

《小马的右手》这个中篇小说意蕴更丰富一些。冯静水因为父亲去世，多年不见的哥哥重新回到家中，平静的生活出现了波澜，她开始觉得浑身不自在，在洗手的时候都觉得自己多出了一只手，浑然不觉自我之存在的生活因着陌生人一样的哥哥的侵入，开始有了一种意识：对自己的身体感到陌生，其实是对自己的存在有了一种自觉意识。后来她“意识到自己多出来的不是一只手，而是一个哥哥”。冯静水和哥哥之间为何根本没有“交通”（交往、交谈、心灵的交接）可言，这首先牵涉到他们的父母。“……冯静水几乎想不起来妈妈的样子了。那个女人在他们很小的时候就去了外国，现在生死不明。”父母之间的这样的关系，会给孩子们带来什么影响呢？从哥哥冯自强的生活来看，这个家庭的生活在他们少年时代整体上是有些糟糕的。冯自强（“疯子强”）对着自家对面的那幢灰色三层小楼里的姑娘手淫，被姑娘发现，导致了姑娘跳楼，在1983年的严打中，冯自强因猥亵罪被劳改四年。在内蒙古服刑结束后，他没有再回家，甚至改了名字，从此姓马。他对自己的右手耿耿于怀，似乎罪孽的原因在于右手（“他就在那时说了这话——他用右手干了那件事，为的是让她明白，他为什么要用左手吃饭”）。小说的名字大约源于此。

小说在结尾如是陈述小马那荒诞而悲剧的人生：“……那次自慰，也是不成功的自慰，因为那女的叫起来，打断了冯自强最关键的环节。他始终没能认识那女的，他早该认识她的，也许认识了，他就不用手淫，她也不用去死了。她的自杀，那也是不成功的自杀，因为那女的没能让自己立刻死掉。连最后劳改四年的宣判，也是不成功的，他们后来又可笑地改了判决，说那是不成立的猥亵。”也许，和那个自杀的女孩之间，最大的问题是他们不“认识”，如果有“认识”，有真正的沟通（communication），悲剧会发生吗？冯自强青春期情欲萌动，他空洞的生命渴望有更深的满足，他渴望与那个女孩有更深的关系，在缺乏“认识”的情况下他以自慰的方式获得想象性的满足。有意思的是，在《圣经》中，人类第一对夫妇亚当和夏娃发生性的关系之时说："有一日，那人和他妻子夏娃同房，夏娃就怀孕"(《创世纪》4:1)，这里"同房"(希伯来语yada)一词却是"认识"之义。"认识"与"同房"同义，这是否提醒我们：没有生命的交接，我们可能有真正的"认识"吗？而我们现在的状况是，根本不求生命里那深处的根须纠结、心灵深处的沟通(communication)、彼此认识，而是直奔肉体的交接而去。我们是否根本不认识"认识"为何物？这是否是我们悲剧性处境的一个成因？

而冯静水自己，她的婚姻，也是失败的。在这个小说里，无论是社会与人、人与人、夫妻、兄妹、父母与孩子等等，诸多关系之间的沟通(communication)都是成问题的，或者说从根源上就已经扭曲，小说所描述的，其实是扭曲之后的当下状况。这种让人喘不过气的紧张、尴尬，在冯静水和哥哥的到来之后，在两个人的面对面中，变得尤为严重，就像你和你爱的人，或者你和你的亲人，你说你爱他/她，但两个人突然在一起，你们不知道如何相处。而小说结尾所给出的缓解方法，似乎并不那么有力。现代人，作为个体的我们，你和我之间，一定有什么出了问题。

《八道门》和《如何通过四元桥》一样，在题目上就意味深长。堂宁小区是北京中心城区的高级住宅，200平方米已是最小的户型，而其独特的设计让业主有极为私密的个人空间，"300平方米以上大户型，都使用单独入户的电梯——他们永远不会与邻居在电梯偶遇"，从小区大门到家门口，已经是七道门。康一西因为住在此地，得来了无数人的猜测，以为他有什么大来头，纷纷与之交往，包括一位20岁的女孩，这位女孩在小区做游泳教练。但事实上，从省城上来的这位日常生活包括个人性情都极为乏味的工程师，住极为昂贵的堂宁小区，则是别人不知道的情形："……这让康一西也觉得尴尬，他差点就想告诉同事：他目前一个月的收入根本就不够交房租，而他之所以住在堂宁小区，只不过因为他对人生快要绝望了——这是绝望之人做出的绝望之事，他不奢求别人的理解，但至少也是死刑犯的最后一餐盛宴，可以吃得好一点。”他被同事请客很多次，面对这些饭局，他心怀愧疚，因为他无以回报，“他起初猜想，生活在这混乱陌生又刺激的北京城的人，也许就是比省城的百姓害怕寂寞，所以他们每一个人都忙于扩大自己在这座城市的人脉。但他很快发现事情其实没那么简单，人们不过只热爱那些值得交往的人，那些人多数都手握一些钱权资源，在内心里做着一个不可一世的伟大的梦。而他之所以被所有人都高看一眼，只是因为他住在堂宁小区”。

《八道门》道出了一个情形，现代社会，人的本质为其部分社会性所劫持，我们并不在乎一个人的知识、性情和修养，而是他所拥有的资产、地位和名望。人们与之“交往”的，不是他这个人，而是这个人的社会关系，是他背后的“资源”。万圣节孩子们上门的“trick or treat”（不给糖果就捣乱）活动，带来了小区一些住户之间的交往，但这种交往是因为这个舶来的节日带来的，是临时性的，是一种节日里特有的人性表演。在孩子们后面的母亲当晚和颜悦色，真的像相处日久的邻居。但第二天在电梯里见到的，却是另外的陌生的女士，她们“戴着墨镜，胸脯高高撑起西服套装，层次分明的香水有新泡乌龙茶的味道”，令人感觉昨夜像一场梦，只有被扔在垃圾桶里的康一西认真招待孩子们的巧克力糖果，能够证明那并不是梦，那陌生人，其实是昨夜刚跟他说过话的人。

后来小区出了事，有人在游泳池跳水自杀，导致了“堂宁小区的第一道门与第二道门之间，又加了一道门。这第八道门，据说是为改变小区不太吉利的风水”。《八道门》是一个象征，所指向的是孤独个体渴求交往但又被更深地隔绝的现实，这个小说更像是一个精妙的现代人生存境遇的寓言，一个关于交往与隔绝、孤独与绝望的寓言。作为敞开、沟通的象征，“门”在这里成了它的对立面，越多的门，带来的是越多的隔绝，就像卡夫卡说的道路：“真正的道路……与其说是供人行走的，毋宁说是用来绊人的”。

有这几个小说为背景，《更衣》这个短篇似乎有另外的意义。单纯看这个小说，无甚亮点，但是在周李立这个“交往与隔绝”的主题下，这个小说显得有点独特。小说放大了现代人的那个渴求交往但最终孤立无助的处境：蒋小艾在星期三晚上走进了一家试业期的健身房，但很不幸，当她健身完洗澡完毕湿漉漉赤裸裸在更衣室四面的镜子面前，意识到一个问题。她一开始就将所有衣物和手上的钥匙（一个小磁扣）随着61号柜门的啪嗒一声锁在了柜子里。湿漉漉赤裸裸的蒋小艾开始求救，但在试业期的健身房人烟稀少，各种原因最终导致无人应答她的求救。那个健身房竟然像一个深夜的旷野，毫无让困境中的人看到一线生机之可能。一直到保洁员收拾衣柜时，保洁女工才看见62号柜子里睡着的赤裸女人，人们开始以为那是一具尸体。但蒋小艾接下来的举动是有意思的，她只是在发烧，在被发现之后，手到擒来地抢去保洁阿姨手上的万能磁扣，打开61号衣柜，在她穿戴整齐之后，“刚走到门口，她又转了身回来。她把手上那个万能的小磁扣，以及那个带着彩色塑料绳的小磁扣，都放在了61号更衣柜里，然后用毫无必要的力量，甩上门，那小门弹了一下，随即就闭合了，并配合地发出嘀嗒一声。这声音似乎让她很满意，她就这样在四个女工仍惊愕的神情中，心满意足地走了出去。而她们，要过一阵儿才会意识到——她把它们都锁住了。现在，再也没有小磁扣可以打开61号更衣柜了。”蒋小艾最后的报复动作是一个反抗，既然这个世界缺乏交往的可能，就让交往的可能更少一些吧，就让那个隔绝的处境更彻底一些吧。这个素来极为普通的女人，在自己的遭遇中似乎看透了现代人所营造的世界的本质，她用自己的力量，给了这个世界一记回应。

小说与白日梦[1]

说来很惭愧，我的小说启蒙是从一本叫《右江文艺》的书开始的。那时根本不知道“右江”为何物，更何谈它与广西有什么关系。在那以前，我所知道的小说只有《岳飞传》《杨家将》《薛仁贵征西》之类，还属“声音文学”——评书。《红楼梦》之类的虽然也听说过，但好像写的是男女之事，那时我还不大懂，不算。1985年左右的某天，骑在牛背的我接到伙伴手上的一本破书，一看之后就从此不能自拔，书中的那个世界太有意思了！哪像这个破落的小山村，视野狭小、满目污泥牛粪、满耳父母的咒骂与争吵。那本破书里边有四个中篇小说，我清晰地记得其中一篇，赫然叫作《神州侠影》，无年代无背景，就是江湖恩怨，打得十分热闹，那些人物，个个身怀绝技，厉害极了，让我佩服无比。第二篇乃是以民国时期为背景，破案加武打。英雄除了气功、轻功厉害，手上还多了铁制的手枪。第三篇是间谍小说，说的是滨海某市的一场凶杀案，里边的反面人物开始有了情妇，那时还不叫“情妇”，叫“姘头”。第四篇是个民间传说，说的是有情人终成眷属，劝人为善。此篇放在最后，算是垫底。这本集武

1 原刊于《广西日报》2004年12月3日，原题为《小说的旅途》。时应小说家蒋锦璐邀约，在《广西日报》副刊有专栏。

打、色情、凶杀、爱情等元素的《右江文艺》，大致反映了20世纪80年代初期中国人在正统的“伤痕文学”“反思文学”和“改革文学”之外的精神渴求。

在每一个时代，恐怕都有启蒙的文学和消遣的文学之分，《右江文艺》《金田》《今古传奇》及《传奇·传记》之类和当时的主流当代小说相比，相当于五四时期的革命文学和鸳鸯蝴蝶派。我说的“革命文学”是个大的概念，就是通俗文学之外的现代文学，鲁迅的作品也包括在内。但有意思的是，鲁迅的妈妈爱看小说，就是觉得儿子写的东西不如张恨水的小说好看。不爱和大陆的现代文学研究者意见一致的海外学者夏志清先生，在其《文学革命》一文里就很肯定类似于《右江文艺》这样的文学，他说五四时期鸳鸯蝴蝶派的作家不仅在小说技巧上“实在比一些思想前进的作者高明得多”，而且，“这一派的小说，虽然不一定有什么文学的价值，但却可以提供一些宝贵的社会性的资料。那就是：民国时期的中国读者喜欢做的究竟是哪几种白日梦？”探究一个时代的人到底在做着怎样的通俗甚至“庸俗”的白日梦，是件很有意思的事情。和五四时期要开启民智、构建现代性的民族国家的启蒙精英们不同，鸳鸯蝴蝶派的作家们所写的是家长里短、官场黑幕、七情六欲之类故事情节极强的小说，他们写小说的目的是为了民众读得愉快，他们并不认为民众的人生就是“潘先生”、就是“阿Q”等急需知识分子拯救不求改变的人生。鲁迅的小说反映的是这一代启蒙精英建设新的“国民性”的白日梦，至于“国民”们自己在想什么，他们的小说恐怕反映得并不真实。

小说是要让人读得懂的，同时也要让人读得愉快。这很需要作家对日常生活、对自身的定位有认真地省察。小说家是知识分子，但小说不一定就是启蒙的工具。1986年以来，当代文坛出现了一大批所谓“先锋派”小说，余华、北村、格非、孙甘露、苏童、吕新等等，这帮人的小说写得一个比一个难懂，在收获了当代中国小说少有的形式自觉之后，他们也丧失了广大读者。同时期或稍后一点的池莉、方方、刘震云等“新写实”派，则将小说写得一个比一个通俗，一个比一个“情感零度”。阅读《风景》《桃花灿烂》,《烦恼人生》《太阳出世》《不谈爱情》,《一地鸡毛》《单位》这样的小说，人们觉得这小说写的事情跟自己有了点关系。

先锋派小说虽然难读，但它是有用的，它多少影响了后来的小说家：写小说怎么着也得有点“形式”的自觉，你在讲故事的时候得注意“叙述”的方法。东西、鬼子的小说一度也是很“先锋”，但在20世纪90年代中期以后，开始显得自如、流畅、好读。东西在《花城》上发的《迈出时间的门槛》很精妙，但就没有后来在《收获》上发的《没有语言的生活》既好读又余味悠长。写《家癌》《叙述传说》时期的鬼子让人觉得很生涩，但到了《上午打瞌睡的女孩》和《瓦城上空的麦田》，鬼子那硬朗又流利的叙述风格似乎才得以形成。先锋派的小说形式的自觉意识，以及“新写实”派的作家对自身定位的改变（启蒙精英、通过“叙述”生活来“引导”民众改变生活——日常生活的“客观”呈现者），使后来的小说家具备了以往作家难以具备的素质。他们既能像余华等人一样把小说写得很好，又能比余华早期（《活着》之前）像《河边的错误》《往事与刑罚》那样的小说好读。

“先锋派”作家的转型（以余华写《活着》：北村放弃写“……者说”系列，写《伤逝》等事件为标志）和“新写实”作风被大家普遍认同（这里边也有20世纪80年代到20世纪90年代之后知识分子对政治、文化的看法和策略的改变，九十年代中国经济的转型在文化上对知识分子的影响等原因），这些因素促成了接下来“六十年代出生的作家”在中国的幸福时光。1997年冬天，“广西三剑客”作品研讨会在广西南宁召开，全国许多重要的批评家聚集在这里，这个事件并不单单是为几位广西作家开表彰会，而是显示出中国小说的一个新的时代的来临。由于即时的调整自身的姿态，自身在小说技巧上的修养和对前辈的学习，广西这几位，东西、鬼子、李冯无疑是中国作家中在小说技法的先锋性和作品的可读性上做得最好的一群人，他们的作风将预示着接下来中国小说的某种作风。1997年冬天已经是世纪末了，但对于中国小说，确是新的时光的开始。“三剑客”虽是在广西成长的作家，但却是一个时代的小说风格的代表。

20世纪90年代后半期至21世纪初的今天，小说的质量是否上升我姑且不论（不经历一段历史时期，现在没法评论），至少，小说比以前好读了。20世纪90年代初，我看的小说基本上来自《收获》《钟山》《花城》《人民文学》《小说月报》《中篇小说选刊》《小说选刊》，在我印象中，《收获》《钟山》《花城》是极为先锋的，《收获》在1987年有两期曾连续推出马原、余华、北村、格非、潘军、孙甘露等人的中篇小说，几乎每篇后来都被选入“先锋派小说选”“新实验小说选”之类的小说集，作为一个时代中国小说在艺术性和实验性方面的经典。《花城》不用说了，其先锋性直到今天还在坚持，难能可贵。我记得《钟山》曾经打出过这样的旗号：呈现“小说的多种可能性”。这样的品质是可贵的，一个杂志要实验“小说的多种可能性”无疑是以牺牲作品的好读、读者为代价的。和这些刊物相比，《小说月报》《中篇小说选刊》之类基本就是通俗读物。但通俗读物里头不一定就没有好作品，这几本小说杂志里边的小说往往能给人更多的感动。本来我对《小说月报》《中篇小说选刊》《小说选刊》之类的杂志是没有比较的，但1997年冬天和鬼子一同回桂林的路上听他大批《小说月报》大褒《小说选刊》之后，我也对《小说月报》改变了看法，它确实是在讲一个个通俗的故事。缺乏好小说应用的技术上的东西。鬼子是一个很讲究小说的叙述技巧和语言风格的人，他的批判是有道理的。最能说明问题的是，以前我注意在火车站的小书摊上，和一大堆艳情、凶杀、官场黑幕之类的杂志摆在一起的，有《读者》《知音》和《小说月报》，似乎很少看见《小说选刊》摆在那里。

从20世纪90年代初开始，我就热衷于追逐当代中国那些厉害的小说家，最先进入我视野的是余华、格非、苏童、北村、孙甘露，我对他们写的那些让我看不懂的小说佩服极了。后来才知道，在他们“先锋”之前，早有马原和残雪的小说已经写得离中国人的阅读习惯很远了，又追逐了马原和残雪一会儿。发现这两人的东西还是没有余华、格非、北村这一拨人写得有趣。马原的写作在当代小说史上很有意义，余华同样有意义。但是两人的读者应该是不一样的。余华的小说更有文学的感染力。这是文学史的经典和文学的经典之区分。之于文学的天分，马原也是和余华不能比的，同样是做起随笔散文，余华的随笔集《我能否相信自己》《高潮》《内心之死》比马原的那本谈现代小说的书有趣多了。还有一本谈小说的讲稿就是王安忆的《心灵世界》，也让我很受益。

但不管怎样，我对马原他们和余华他们的敬意远远甚过池莉、何顿这样的作家，太通俗啦，我尽管嘴上不说，但心里总觉得遗憾。不过这遗憾慢慢也就习惯了，变得可以容忍。小说毕竟是小说，是需要读者的，读者是需要完整、有感染力的故事的，不能老拿小说当艺术实验的基地。五四的文学革命的干将们，写的是赤裸裸探讨社会问题的小说，今天我们看他们的东西，真是觉得问题多多，干涩无比。幸亏出了个鲁迅，不然新文学最初十年（1917—1927）的小说家，真没法向后人交代。“先锋派”、“新写实”之后，“新生代”（大约也就是20世纪60年代出生的作家）上阵，东西、鬼子、李冯、陈染、林白、何顿、刁斗、邱华栋等等，反正广西人的名额挺多，可见当代广西小说家的实力。用号称“后主”（此“后”乃后现代主义之“后”，意谓评论家喜欢将批评对象纳入“后现代”的文化境遇中来考察）的著名批评家陈晓明的话，这帮人的写作都是“剩余的想象”“欲望叙事”，小说乃是欲望的“表象”。所谓“剩余的想象”指的是这帮人已经没有新时期文学那些作家有着借着文学叙述来构建“新时期”宏伟话语的热情，他们的写作的动力只是那种构建共同的文化想象的“剩余”，他们更大的激情只是写个人的与性欲有关的琐事，所谓“私人写作”。他们写作的对象是欲望，功能也是欲望的象征性表达。他们的作品，不是深度的本质呈现，只是一些在事物表面滑动的“表象”。弗洛伊德曾将写作与“白日梦”联系在一起。将“白日梦”与新生代作家的写作联系在一起，想想他们的作品中四处浮现的欲望图景，我们也可以知道“走进新时代”的中国读者喜欢做的究竟是哪几种“白日梦”？

我们到底在做什么“白日梦”呢？说来可能不是那么堂皇，但毕竟是俗人，有些东西俗不可耐，含糊就过去了。但文学不是这样，文学可以将非常俗的东西写得非常堂皇，就因为它是文学——艺术确实是件怪异的事，当艺术家把小便壶放在艺术展上，小便壶就不是它本身了，而是非常“现代”的艺术了。文学在当代尽管如陈晓明所批评的那样，不那么崇高，但也不必过分指责，并且“崇高”好像也不是文学的根本主题。文学就是反映人生、呈现生存的复杂性与矛盾性（从“人”里面出来的东西，能有多“圣洁”或“崇高”？），至于这人生具体到底怎样的地步、需要怎样的拯救，待它到了“无法直面”（鲁迅语）的地步，思虑拯救的事情肯定要迫在眉睫。当代文学的不“崇高”、它的“欲望叙事”和“表象化”特征，确给它自身带来了一种前所未有的活力，它似乎什么可以写，它的通俗化为它赢来了久违的大众读者。人们再次阅读小说的时候，发现读小说其实也很轻松。许多传统的文学杂志也纷纷或改头换面或增添版面，大量刊发一些颇为通俗的小说吸引大众。《作家》改得像时尚杂志。《当代》另外再搞一个“中篇原创专号”。《小说选刊》另搞一个“长篇小说增刊”。部分名刊在本刊之外，另辟园地，发一些很有可读性的长篇小说和中篇小说，书也印得漂亮，小说的内容提要表明出来既不肉麻也具有诱惑力。我手头一份《作家》杂志的“长篇小说夏季号”就很有意思，这一期有三个长篇小说，格非的《人面桃花》和虹影《绿袖子》，还有何顿的《发生在夏天》，故事里有包工头的发家致富和穷人的嫉妒乃至谋财害命，有金钱、性交易和暴力。小说的内容以如下文字被介绍出来：“他笔下的那些男女凭着本能生活，只为自己生活，没有信条，不需要任何规则，我们可以指责他们为行尸走肉，但是他们生活得很快活，潇洒走一回，过把瘾就死。”这是陈晓明在评何顿的小说时说的一番话。我深感如果身边的人都是“凭着本能生活，只为自己生活，没有信条，不需要任何规则……行尸走肉……潇洒走一回，过把瘾就死”那是极为可怕的，我不知道陈晓明对于这个时代的人或对于何顿的小说到底是表扬还是批评或者就是客观描述，但是人们看到这样的介绍基本上知道小说里边有什么。

从前我们在火车站附近的小书摊上看到的“高雅”读物顶多有《读者》和《小说月报》，今天的情况已经大不一样，我在上面提到的杂志，特别是什么“增刊”“专号”，更是赫然在目，在邮局，在报刊亭，在火车站，卖得挺好。一个个精致可爱的“小长篇”仿佛欲望的黄手绢，频频向每一位即将远行的旅客招手，以看小说的方式打发旅途的时光尽管不是大多数的选择，但是，小说在今天其身份和地位的降卑，使人们选择它来打发时光的可能性大大增加了。我在旅途上就有阅读小说的习惯。每次上火车之前，我习惯买一本应当看的知名小说上车，这是职业的需要，也是我自认为保持文学感受力的良好方式。

2003年春节回广西，我在北京西客站上车之前买了《作家》某期长篇小说专号，头条是号称“美男作家”的葛红兵的《沙床》，小说煞是好看，里边那个大学教授的生活，我觉得很熟悉，一下子就进入了小说的情境。许多的旅途，我都沉湎于这样的当代中国小说。

更往前一点，2002年“非典”期间，我去长沙的路上，读完了虹影的《K》，这是《作家》2002年的“长篇小说春季号”。虹影真是厉害，将20世纪30年代在武汉大学教书、其丈夫是文学院院长的现代中国某著名女作家写成了一个红杏出墙、精通房中术的床上高手，并且，她爱上的是个外国男人。小说的主要人物，除了那位外国帅哥，熟悉现代文学史的人似乎都心中有数。特别是这个女主人公，我当时心想。这样美丽而矜持的现代女作家，竟然这样？我想起前面所引夏志清的话，真正的小说反映的一个时代的人民他们隐晦的“白日梦”，那《沙床》和《K》这样的小说，究竟是谁的白日梦？作家的？读者的？或者都是？小说有着满足我们白日做梦的功能，难怪它已经可以摆在火车站了。这样的内容大家都饥渴。

后 记

这本小书初衷在谈论一个问题：文学（写作）的意义与限度。这里的文字也涉及了一些，但还不够集中与具体，我想这是今后我的阅读与思考的聚焦之处。

关于“小说”的一组文章，最早的完成于1997年，最晚的写于2015年，反映了我过去读书和写作的踪迹。在去首都师范大学中国诗歌研究中心读博士之前，我的志向一直是要研究先锋派小说（从本科开始就对此兴趣盎然，本科论文是关于北村的小说），故几次报考中国社会科学院陈晓明老师的博士研究生，陈老师对我的专业成绩也很满意，曾经想破格录取，惜社科院英语巨难（徐坤小说《白话》里有诗云：“研究生院最难忘。三年多，是同窗。促膝谈心，相知胜祝梁。记得携手观影院，社科院，小礼堂。”征战过社科院的人，对此“小礼堂”应该记忆惨烈，这也是考生受培训和实战社科院博士招生英语考试的地方），最终未能成功。

但上帝的安排是最好的。2002年秋，我进入首都师范大学跟王光明老师做诗歌研究，这是人生的重要转向，从此撰写的大部分文字，皆与诗歌有关。但对于小说的热爱，一直未减。也从北京读书开始，关注一些文学之外的问题，如人的罪性、困境与如何得到解救等方面。故本书的内容为三个方面：诗、小说及人之困境与寻求救赎的问题。关于小说研究或评论，估计以后我很难再有，故此次收录这些文字，有总结加了结的意思。

每一本小书，都是一次不同的人生踪迹之显现。书中文字之浅陋，彰显昔日少年之浮夸作风，不过，回望之中，又遇见那个曾经的自己，逝去的生命又得以复活……这也算普遍的文学写作之意义吧。

本书拟题为《目送自己进入旷野》，此题来自于“70后”诗人朵渔的一首诗：

……
目前来看，你狂热的进取心
该停一停了，现在每走一步
都在离真理更远一些
是该目送自己进入旷野了
大地上已没有纯洁的宴席
……

我觉得这个想象极有意味，如果说中年犹如一条大河，在减速、开阔的话，现在正是我们进入这样的人生境界之时。“旷野”的隐喻也许同样合适，旷野表面上是荒芜，但其中有使生命丰盛的灵魂的粮食。“目送自己”，意味着自我与旧我的分离，这不是写作上叙述视角的疏离，而是生命的一次蜕变，犹如蝉蜕，一个新的生命脱壳而出。“目送自己进入旷野”，这是对自我和时间的重新认知，不仅有悔罪与批判，更有信心与盼望。

小书的出版，要感谢武汉大学文学院的支持。这些年，许多领导、师长和同人，给了我有力的支持和无私的帮助。

也要感谢商务印书馆龚琬洁老师和逸轩编辑，没有你们的鼓励与催促，这本书估计还会在无休止的修补之中。小书里边多篇文章，因年代久远，曾经的许多话语，虽不一定精彩，但已经不适宜在今天重见天日，故修补是必须的；又因情境已变，思想和语词均不复从前，如何补缺，是个问题。

而残缺之旧文，总让心不能甘……故修补是无休止的。

最后要感谢我的妻子林季杉。爱是最大的信德。活着，首先是为了爱。因为有你，人生的一切才有意义。

2022年10月7日星期五

终稿于武昌·南湖·半岛居

图书在版编目（CIP）数据

目送自己进入旷野：文学写作的意义 / 荣光启著. —北京：商务印书馆, 2022
ISBN 978－7－100－21773－6

Ⅰ. ①目…　Ⅱ. ①荣…　Ⅲ. ①中国文学—文学研究　Ⅳ. ①I206

中国版本图书馆CIP数据核字（2022）第186097号

目 送 自 己 进 入 旷 野
文学写作的意义
荣光启　著

商 务 印 书 馆 出 版
（北京王府井大街36号　邮政编码 100710）
商 务 印 书 馆 发 行
山西人民印刷有限责任公司印刷
ISBN 978－7－100－21773－6

2023年11月第1版　　开本 787×1092 1/16
2023年11月第1次印刷　　印张 23½

定价：120.00元